ハヤカワ・ミステリ

ÉRIC FOUASSIER

鏡の迷宮　パリ警視庁怪事件捜査室

LE BUREAU DES AFFAIRES OCCULTES

エリック・フアシエ
加藤かおり訳

TOKYO
HAYAKAWA
BOOKS

A HAYAKAWA
POCKET MYSTERY BOOK

LE BUREAU DES AFFAIRES OCCULTES
by
ÉRIC FOUASSIER

Translated by
KAORI KATO
First published 2022 in Japan by
HAYAKAWA PUBLISHING, INC.
This book is published in Japan by
direct arrangement with
ÉDITIONS ALBIN MICHEL.

装幀／水戸部 功

わたしの最初の読者にして
いつも新しい冒険を求めている
パスカルへ

とっておきの秘密を教えよう。
鏡は、死が出入りする扉だ。
ジャン・コクトー　映画『オルフェ』

今のわたしは恐れている、鏡の隠しているものが、
もろもろの影と罪によって損われた、
わたしの魂の真実の顔ではないのかと。
ホルヘ・ルイス・ボルヘス「鏡」
『ボルヘス詩集』　鼓直訳　思潮社

鏡の迷宮　パリ警視庁怪事件捜査室

登場人物

ヴァランタン・ヴェルヌ………パリ警視庁風紀局第二課の警部
グロンダン…………………………同風紀局局長。警視
ジュール・フランシャール……同治安局局長。警視
アメデ・ジロー・ド・ラン……同警視総監
ヴィドック…………………………同元治安局局長
シャルル゠マリー・
ドーヴェルニュ……下院代議士
リュシアン…………………………シャルル゠マリーの息子
フェリシエンヌ…………………シャルル゠マリーの娘
エドモン・テュソー……………ドーヴェルニュ家の主治医
偉大なるイエス《グラン゠ジエジュ》…………………男娼の元締め
助任司祭《ル・ヴイケール》…………………………幼児性愛者
ダミアン・コンブ………………ル・ヴィケールに囚われた少年
ミシェル・ティランクール……自殺したボナパルティスト
ヤサント・ヴェルヌ……………ヴァランタンの父。四年前他界
ジョゼフ・ペルティエ…………薬学高等学院教授。ヤサントの親友
フォーヴェ゠デュメニル………〈ジャコバン派再生会〉議長
グリスランジュ…………………同書記。弁護士
エヴァリスト・ガロワ…………同会員。数学者
アルフォンス・
ド・シャンパニャック………貴族院議員。子爵
エミリー・ド・ミランド………才人が集うサロンの主催者
アグラエ・マルソー……………アクロバット座の女優

プロローグ

恐怖に立ち向かえ。

瓶の破片でテントの布地を切り裂いたとき、少年は逃げ場所を見つけたと思った。テントの内部になにが待ち受けているのか、想像もつかなかった。足を踏み入れた瞬間、さらなる恐怖が押し寄せてきた。血走ったいくつもの目。自分自身の恐怖を映し出す、おびえきったいくつもの顔。少年はいま、そこで、まとわりついてくるような闇のなかで、手足を震わせ、身を丸めて倒れている。テントのなかに置かれた数少ない蠟《ろう》燭《そく》は闇を追い払うためのものではなく、影と光の戯れを巧妙に演出するためのものだ。蠟燭は炎の翅《はね》をそなえた蝶となり、宙に浮いているように見える。少年にどちらがいいか尋ねれば、おそらくこの不穏な灯《とも》し火よりも、通りに延びる黒いトンネルを選ぶだろう。闇と無を選ぶだろう。そうしたもののほうが、じっとりと湿ったテントのなかで襲ってくるこれらの恐ろしい光景よりもまだましだと思うだろう。だが少年にはもう動く気力はない。目をつむることしかできない。まぶたのカーテンが守ってくれる、カーテンを閉めれば、耐えがたい恐怖を消し去れるとでも言うように。

いったいどれほどのあいだ、こんなふうに身をこわばらせて倒れこんでいたのだろう？　一分、一時間、一世紀？　少年にはさっぱりわからない。恐怖に立ち向かえ……。頭のなかでずっとそう唱えてきた。自分は罠から逃れられるほど強い、と信じてきた。けれども、もうわからない。頭のなかに混乱が居座り、まともな考えはもう少しも浮かばない。凍てつく寒さが襲ってきた。身体じゅうの骨から力を奪い取る寒さが。

遠くの彼方から、くぐもったような祭りの喧騒《けんそう》が聞こえてくる。音楽、笑い、呼び声。祭りを楽しみ、気晴らしをする人びとが、気ままで無頓着な群衆が、テントの外のほんの数メートル離れたところにいる。けれども、ずっと離れた場所にいても同じことだ。少年にとってはどうでもいい存在だから。彼らは助けにならない。少年がみずからの悪夢にとらわれつづけているかぎり。

とはいえ、少年は先刻、この浮かれ騒ぐ群衆のなかに救いを見いだした気がした。彼は夜の闇を裸足《はだし》で駆けた。側溝を走る足音が心臓の鼓動と響き合った。心臓は胸郭《きょうかく》のしたで狂ったように鳴っていた。少年は真っ暗な狭い路地をあてもなくやみくもに走った。彼の奮闘を支えていたのは、短い祈りの言葉だけだった。

〝神さま！　どうかあの人に捕まりませんように！　もう一度捕まるくらいなら死んだほうがましです！〟

少年はそのとき——そのときはまだ知らなかったのだが——プティ＝シャロンヌ集落の近く、モントルイユ市門の先に広がる郊外にいた。まわりにあるのは、あばら屋、掘っ立て小屋、空き地、畑……。

少年の胸は火がついたようになっていた。こめかみもドクドクと脈打っている。それでも、ファサードの影にまぎれこむようにして走りつづけた。見つかりやすいひらけた場所は注意深く避けた。ときどき後ろを振り返って呼吸を整え、びくびくしながら闇を窺《うかが》った。背後に人の姿はない。とはいえ、助任司祭《ル・ヴィケール》に追われているのはわかっていた。暗闇のどこかにあの人がいる。逃走する少年は、必要とあらば相手が夜通しでも追ってくるのを知っていた。だから走りつづけるしかない。最後の力を振り絞れ。

永遠にも思われるほど駆けたすえ、少年はついに、パリをぐるりと囲む城壁にできた綻《ほころ》びを見つけた。そこを通って市内に入ると、うらぶれた街区を走り抜け、オルム通りに行き着いた。これまでよりも広いその通りのあちこちで、ランタンの灯りがそれほど高くないところに揺れている。通りの反対側の端、近くて遠い場所から、祭りのざわめき、音楽、弾むような喧騒が聞こえてきた。考えるまでもなかった。判断するよりも直感に頼った。生きるための怒り。ル・ヴィケールの魔の手から逃れようと決めたときから、少年の行動を突き動かしてきたのはこの怒りだった。この怒りが、走れ、隠れろ、待て、逃げろ、と命じてきた。

少年は長い大通りに足を踏み入れると、トローヌ広場に近づくにつれてどんどん数を増していく人の波に身を任せた。そうして闇から光へ、死から生へ、一足飛びに移動した。横溢する光と命に突然包まれた。少年は身体がよろめくのを感じ、気を失って倒れそうになった。縁日の祭りにのみこまれ、音、におい、色の大渦に巻きこまれた。曲芸師たちの客引きの声、弾《たま》があたった射的のパイプが立てる乾いた音、木馬に取りつけられた鈴の澄んだ音。音楽、叫び、笑い声……。

少年はめまいを覚えながら、バラックとテントと設営された舞台のあいだを流されていった。次にどうしたらいいのか決めかね、途方に暮れた。群衆は顔を失い、ひとつの塊と化していた。少年は救いの手が伸びてくることを願ったが、注意を払ってくれる人はひとりもいない。誰ひとり、少年の引きつった顔、泥にまみれた手に気づかない。助けてください！ 少年は叫びたかった。けれども祭りの喧騒が少年の声を奪い、彼を狂乱する音の渦にのみこんだ。せめて激しく波打つこの心臓だけでも鎮まってくれたらいいのに！

少年は冷淡な人群れのなかをよろよろと歩きつづけた。だがあるとき、群衆が不意にいっせいに動いたせいで脇に流され、両側にテント張りの芝居小屋が立つ、狭くて小便くさい袋小路に押し出された。海に浮かぶ漂流物、いや、そんなたいそうなものではない、海面に浮かぶ小さなあぶくが波に弄《もてあそ》ばれるように。

気力も体力も限界に達していた少年は、ごみが散乱する石畳に倒れこんだ。そのとき、それを見つけた。

ごみのなかにまぎれていた瓶の破片。長くて尖った破片。

少年はすぐに、そこに運命のしるしをみとめた。休息を取る必要があった。これからのことを考えるために、正しい決断をくだすために、巣穴の奥の安全な場所で小さく身を丸めている必要があった。少年は袖の端を引き裂くと、ガラスの破片に巻きつけて即席の握りをこしらえた。そして、いちばん近くにあったテントの布地を切り裂いた。目立たないちょっとした切れ目、少年が入りこめる程度の裂け目だ。そして、そこを通り抜けた。そうして、喜声、拍手、冷やかしなど、吐き気を催すような浮かれ騒ぐ音すべてを背後に置き去りにした。

テントのなかに広がる世界を、どうしたら予想できただろう？

テントのなかにきわめつけの恐怖が待ち受けていることを、百の頭を持つ海蛇《ヒドラ》に、少年自身の恐怖を映したいくつもの幻影に直面しなければならなくなることを、どうしたら予測できただろう？

休息は、この湿った暗がりに目が慣れるまでのほんの一刻しか続かなかった。そのあと、悪い夢でも見ているように、無から無数の顔が不意に立ちあらわれ襲いかかってきた。蠟燭の炎によって陰影が強調された、恐怖にゆがむやせこけた顔。けれども少年はすぐにわかった。これはぼくの顔だ。そこらじゅうから襲ってくるのは、汗と涙に汚れたぼくの顔だ。ぼくの顔が、果てのない入れ子みたいに無数に映し出されている。

恐怖に立ち向かえ……。自分にならできるとわかっていた。けれども、千の恐怖、取り乱した千のまなざし、耳元で無限の叫びをあげている千の口に立ち向かうのは少年の力を超えていた。まだ十二歳ぐらいの少年が耐えうる試練には限界がある。彼は目をつむり、両手の握りこぶしをまぶたにあてると、地面にしゃがみこんで胎児のように丸くなった。もうなにも見えない、なにも考えない。背景に溶けこもう……。それがちょうど一世紀前のこと。いや、一時間前だろうか、一分前だろうか……。

不意に場ちがいな笑い声が響いてきて、少年は現実に引き戻された。女の人の笑い声だ。女の人がすぐ近くにいる。少年は顔を上げた。闇のなかにいるのはもう自分ひとりじゃない。衣擦れの音、ささやき、そしてまたあの甲高い笑い声。こんなふうに笑うのは、おとなじゃない。まだ若い人だろう。少年は思い切って目を開けた。目の前にふたたびいくつもの自分の顔が現われた。けれども表情は変わっている。無数の瞳の奥に、恐怖ではなく一種の期待のようなものが浮かんでいる。

少年はぎくしゃくした身ごなしでなんとか立ちあがった。心臓の鼓動がふたたび速くなった。周囲でなにかが変わったのを感じた。ぎりぎり感知できるほどのなにかが。風が入りこんだのだろうか。いや、風よりかすかななにかだ。蠟燭の炎が小さく揺れた。炎が一瞬傾き、またまっすぐに立ちのぼった。

次の瞬間、若い娘がいきなり姿を現わした。

娘は何歩か少年に近づいた。少年は茶色の巻毛、いたずらっ子のような表情、肩を包む毛糸のショールをはっきりとみとめた。娘はひとりきりではない。ずるそうな男が娘を抱き寄せている。男は労働者か職人が着る上っ張りをまとい、革の庇《ひさし》がついた帽子を目深にかぶっている。引き寄せた娘の腰を男の手がなでまわす。娘は身をくねらせて抱擁から逃れ、くすくすと笑う。男が娘を捕まえる。娘がふたたび逃げる。そして少年のほうにまっすぐ向かっていく。けれども娘にも男にも、少年に気づいたそぶりはない。

少年はふたりがなぜ、まだ彼の存在に気づかないのかわからない。ふたりはいまや、一メートルも離れていないところに立っている。娘が人差し指を少年に向ける。「ねえ、見て、ギュスターヴ！　あの子、身体がたわんでるわ。すごく変！　シルク・オランピック座のこびとみたい！」

だが、男はすぐに娘を後ろに引いて抱きしめた。その直後、ふたりの姿が消えた……と思った瞬間、今度は少年の背後に現われた。それから少年の両脇に出没したあと、もといた暗い冥府へ戻っていった。

「待って！　お願い、戻ってきて！」

少年は思わず叫ぶと、ふたりを追いかけようと駆け出した……。そして、見えない壁にぶつかった。予期せぬ激しい衝撃に少年はその場で固まった。茫然としながら腕を伸ばし、周囲を探った。固くてなめらかな同じ壁が、いたるところに立ちはだかっている。

すぐにわかった。

鏡だ！

鏡に文字どおり取り囲まれている。そこらじゅう、鏡だらけだ。前後左右、さらには頭のうえまでも。鏡が幻想の合わせ鏡となって、ゆがんだ見せかけの現実の断片を映し合っている。

少年は長々とため息をついた。この奇妙な場所の謎が解けたいま、呼吸が楽になった。もちろん、長居をするつもりはなかった。混乱するし、圧迫感もすさまじい。ル・ヴィケールに追われていることを忘れたわけではないけれど――どうしたら忘れられる？――、一刻も早く外の自由な世界に戻りたい。少年はもと来たほうへ注意深く引き返した。切り裂いたテントの裂け目に戻ろうと手探りした。けれども見つからない。少年は絶えず鏡の壁に衝突した。鏡のなかに映るのは揺らめく蠟燭の炎と、少年を見つめ返してくる、いまや激しい不安にゆがんだ幾千もの自分の顔だ。

何度も何度も失敗を繰り返したあと、少年はついに認めざるをえなかった……。鏡の迷宮に正真正銘、とらわれてしまったことを。

1　会うは別れの初め

シャルル十世が追放され、神の恩寵と民衆の意思がルイ＝フィリップを〝フランス国民の王〟に押しあげることになった一八三〇年七月のあの熱狂の日々（七月革命を指す）以来、パリは見せかけの秩序すら取り戻せずに苦しんでいた。バリケードが撤去された街路で抗議活動やデモ行進が繰り広げられる一方で、新しい君主が起居するパレ・ロワイヤルに民衆が何週にもわたって連日なだれこむという前代未聞の事態が起きていた。人びとはパレ・ロワイヤルに、まるで風車小屋に立ち入るかのようにやすやすと入りこんだ。人気取りに腐心していた新王ルイ＝フィリップは、パリの各所や地方の町から続々と押し寄せる使節団を逐一相手にしなければならない羽目に陥った。日がな一日、数カ月前には目もくれなかった人たちとひたすら握手を交わしつづけた。夕刻になると、パレ・ロワイヤルの庭園内や鉄柵の前に群衆が押し寄せた。そして新王がバルコニーに姿を現わすよう要求し、王が姿を見せると、《ラ・マルセイエーズ》か《ラ・パリジェンヌ》を歌うのを聞くまで居座った。夏の盛りから秋の初めにかけて、パリの街はさながら、厩舎に戻ることを拒み、たてがみを風になびかせながら狂ったように疾走する暴れ馬のようだった。

そのあと少しずつ革命の熱気が冷めていき、表面上は静けさが訪れた。パリの労働者も職人もすでに二日酔いで、勝利の陶酔のほとんどを奪い取られると、賃下げと労働条件の悪化に象徴されるつましい暮らしに戻っていった。確かに玉座に就く人物は変わったが、大きな変化はそれだけだった。そして少なからぬ人びとがそのことに気づき、苦々しい思いを噛みしめた。消し炭のなかではまだ熾火がくすぶっていた。飛び抜けた眼識の持ち主でなくとも、ちょっとしたきっかけ、ごく些細な理由でふたたび火が燃え広がることは容易に察せられた。

とはいえ、十月末のこの日の宵は穏やかで心地よく、人びとはゆったり羽を伸ばし、生きる喜びに浸っていた。それらの人びとの筆頭に挙げられるのは、七月革命後の新体制のもとで特権を分け合っていた一部の恵まれた者たちだ。秋の夕暮れの柔らかな日射しに包まれたフォーブール・サン＝トノレ街のあちこちで、夜会のざわめきが響いていた。ここはショセ＝ダンタン街と並び、名誉と金儲けを重んじる上流ブルジョワジーの縄張りだ。パリ中心部の薄暗い路地に比べると、空気は軽やかで風通りもよく、空も心なしか澄んでいる。高い壁の後ろに控えるファサードには凝った装飾が施され、大きな窓越しに垣間見えるのは、蠟燭《ろうそく》を灯《とも》したシャンデリアが織りなす夢の世界だ。惨事の訪れを予感させる気配は少しもなかった。ところが……。

王立マドレーヌ寺院からすぐ近くにあるシュレーヌ通り十二番地には、夜の八時過ぎから大型高級箱馬車《ベルリーヌ》や幌付き四輪馬車《カレーシュ》がひっきりなしに乗りつけていた。馬車は蔦に覆われた広壮な車寄せになだれこみ、噴水池をそなえた方形の庭に金融界や財界のお歴々を続々と吐き出していった。その夜、シャルル＝マリー・ドーヴェルニュは装いを新たにした自宅のお披露目式を催しており、政界の友人や得意先など、少なく見積もっても百人を下らない招待客が集まっていた。

城館の主であるシャルル＝マリー・ドーヴェルニュは、香辛料と薬の卸売りで財を成した人物だった。数年前、彼は百万フラン近くを投資してオワーズ川のほとりに水力を動力源とする工場を建設した。そしてそこで独自の方法を使ったカカオ豆の焙煎に成功し、薬用チョコレートの製造元にほぼ専売で原料を卸す特権を手に入れた。

ドーヴェルニュには自分の成功を誇示するだけの理由があった。なにしろ事業は好調で、商売はしっかり軌道に乗っている。しかもついこのあいだ、新政権への宣誓を拒んだ代議士の議員資格剝奪に伴い実施された下院の補欠選挙に出て当選し、政治家としての一歩を踏み出したばかりだ。元来保守派であるはずの彼が最近の政変の恩恵にあずかることができたのは、彼の嘘いつわりない信念によるものではなく、その日和見主義のおかげだった。七月二十九日の午後、体制転覆をもくろむ者たちの勝利がほぼ確実になると、彼は機転をきかせ、蜂起した民衆のために自身が保有するパリの倉庫を開放し、そこに野戦診療所を設けさせたのだ。このたった一度の思い切った行動は、ほんの小さな貢献にすぎなかった。にもかかわらず、ドーヴェルニュはそれを巧みに利用し、その結果、〝自由権の熱心な擁護者〟という地位を獲得した。こうして彼は、銀行家のジャック・ラフィット（一七六七～一八四四。一八三〇年十一月に首相に就任）とカジミール・ペリエ（一七七七～一八三二。銀行家、政治家）を中心とする内輪のサークルにぎりぎりで滑りこむことができた。この小さな集団を構成するひと握りの確乎不抜な人びとこそ、ブルボン家の流れを汲むオルレアン家の子孫、ルイ＝フィリップ（原注：オルレアン家の領袖ルイ＝フィリップは歴代の王、ルイ十六世、ルイ十八世、シャルル十世の従兄弟である）を即位させ、フランスがふたたび革命の騒乱に見舞われるような事態を阻止した立役者たちだった。そうした人物たちにぴたりと付き従うことで、ドーヴェルニュは権力の舞台裏へと続く階段をのぼった。そして有力な競争相手の鼻先で大規模な公共契約をかっさらい、その風見鶏作戦がもたらした最初の果実を手に入れはじめていた。

そして今宵、シャルル＝マリー・ドーヴェルニュはとなりに妻を立たせながら、みずからの成功を心ゆくまで味わっていた。彼は招待客を玄関ホールで迎えると、大理石と金箔がふんだんにあしらわれ、弦楽四重奏曲が流れるひと続きの居間へ案内した。そこではパレ・ロワイヤル地区の高級仕出し料理店〈シュヴェ〉が用意した豪華なビュッフェが整えられていた。招待客たちが思い思いにテーブルを囲んでいる。ご婦人がたは間近に迫った社交シーズンの到来（原注：当時のパリの夜会シーズンは十二月から復活祭まで。五月を過ぎると富裕層は田舎に遁世し、都に戻るのは晩秋になってからだった）や、この先催される舞踏会や外出の機会にそなえて注文した新しい衣装について談笑し、懇《ねんご》ろになっている男女や、ブーローニュの森やオペラ座でこのところ目撃されているカップルに関する最新の噂をひそひそ声で交わし合った。一方、殿方の関心は時事問題だった。補助金を大々的につぎこんで経済を再生させようと下院で可決された三千万フランの予算の効果について議論する人たちもいれば、ブルボン家を支持する正統王朝主義者《レジティミスト》たちに憤っている人たちもいた。正統王朝主義者《レジティミスト》たちが、「財産を強奪するため最後のコンデ公を殺害させた」として、現王室を構成するオルレアン家を糾弾していたからだ。さらには、先のシャルル十世の治下で首相と大臣を務めた者たちを被告とする裁判の行方を予想し、彼らが命拾いをする可能性は万にひとつもないだろうと推測する人たちも。

そんななか、プライベートな居室へとつながる大階段のてっぺんで青年がひとり、物憂げな様子で手すりに肘をついていた。服装こそ優雅だったが顔色は青白く、その線の細さは病みあがりか肺病患者を思わせた。彼は目の前で繰り広げられている社交の宴《うたげ》を陰鬱な表情で眺めていた。好きにできたなら、招待客たちの前に姿を現わしたりはしなかっただろう。だが父に、口答えを許さない断固たる口調で命令された。実際、シャルル＝マリー・ドーヴェルニュはひとり息子のために壮大な計画を温め、息子の全面的な協力をあてにしていた。ドーヴェルニュにとってこの豪華な夜会は、代議士という彼の新たな身分にふさわしい華麗なやり方で、ある重要な決定をおおやけにする機会となるはずだった。

ドーヴェルニュの〝計画〟の中核を成すのは、ジュリエットという愛らしい名を持つ十七歳の少女であり、さらに言えば四十万金フランの持参金だった。ジュリエットはノルマンディー地方の富豪の実業家の末娘で、父親はルーアンからエルブーフにかけての一帯に紡績工場を三カ所以上所有し、きわめて有望な株式を多数保有していた。この縁組が実り多いものであることに疑いの余地はなく、実りはなにもドーヴェルニュ家の子孫繁栄にかぎるものではなかった。代議士になったばかりのドーヴェルニュはひとり息子のリュシアンに、「とにかく第一印象が肝要だ」というメッセージを暗に、だが明確に伝えていた。

おそらく野暮ったく、会話の種もないだろううぶな田舎娘のために夜会のあいだじゅう騎士役を演じなければならないのか……。リュシアン・ドーヴェルニュははげんなりした。二十五歳のリュシアンは甘やかされた子どもそのもので、ふらふらと地に足のつかない洒落者の暮らしを送っていた。父はひとり息子の浮薄な態度にいら立ち、選挙が終わると、今後は生活を改めるよう息子に申し渡した。家長の口から出た「生活を改めろ」という言葉の裏には二重の命令があった。つまり、「条件のよい結婚をして身を固めろ」と、「そろそろカカオの相場を注視し、工場のつつがない運営に心を砕け」のふたつである。そのどちらもリュシアンの気を惹くものではなかったが、言いつけに背けば金銭の援助はこれきりだと脅され、しぶしぶ従うよりほかなかった。

とはいえ、リュシアンには母という頼れる味方がいた。

ドーヴェルニュ夫人は父親とはちがって息子を甘やかし、夫の不満をよそに、物書きになりたいというリュシアンの夢を後押ししていた。事実、リュシアンは自分には文才があるとうぬぼれていた。文名を手にするまでには至らなかったが少しばかり詩作を試みたあと、最近では筆の力でパリの大舞台の観客を魅了してみせると意気ごんでいた。彼は演劇にすっかり心を奪われ、昨冬、『エルナニ』の初演の大成功に立ち会って以来、ヴィクトル・ユーゴーが憧れの人物となった。抜け目のない母親はこの夜会にユーゴーを招待するべく画策をめぐらし、ひとりだけ文人を招待するのは不自然なため、ほかに何人か高齢のアカデミー会員にも声がけした。

　リュシアンが意を決して招待客のひしめく居間に下りていくことにしたのは、早々に婚約者を厄介払いにし、『東方詩集』や『死刑囚最後の日』を著したこの作家とお近づきになる機会を得るためだった。だが、事はそううまくは運ばなかった。階段を下りたところで、あろうことか、ユーゴー氏が夜会に出向くのを急遽取りやめたと知らされたのだ。たちの悪い風邪を引き、数日、部屋から出られないとのことだった。意気消沈したリュシアンは、まだ短い彼の人生のなかで今宵が最悪の夜になると観念した。そしてそのとき件《くだん》のジュリエットを紹介された。意外なことに、策略家の父の選択はさほど悪くはなかった。魅力を欠く娘ではなかったからだ。ビロードのような柔らかなまなざしをしたブルネットの娘で、朗らかな声で、「わたし、ロマンチックな詩が大好きなの」と自己紹介した。若いふたりは双方の親にやさしく見守られながら、すぐにラマルティーヌやアルフレッド・ド・ミュッセの詩を朗唱し合った。リュシアンはこの若い娘の魅力に夢中になり、この縁組の唯一の目的が四十万金フランの持参金であることをほとんど忘れそうになった。

　惨劇に先立つひとときの様子は、事が起きたあとにさまざまな人の証言を突き合わせて初めて明らかになった。治安局の捜査員たちが集めた情報によれば、夜会の最中、リュシアンは自分の寝室にある自作のソネットを取りに行くため二階に上がったらしい。彼がジュリエットに、「実は自分でもいくつか詩を書いているのだ」と打ち明けたところ、「いくつか読ませてちょうだい」とねだられたのだ。その後の展開は、もっと曖昧で混乱している。下僕のひとりは、夜の十時少し前にリュシアンと二階の廊下ですれちがったと証言した。二階の廊下には、一階の居間のスペースを確保するために雑多な調度品が移動されていた。そのなかには金枠に入ったヴェネツィア製の大きな鏡もあった。鏡は床に直置《じかお》きされて壁に立てかけられていた。リュシアンは片膝を絨毯につき、異様な目つきで鏡を見つめていた。まるで鏡に映る自分の姿に吸い寄せられているように。「ええ、リュシアンさまはそれはもう、じいっと鏡に見入っておいででした。なにかご入り用なものはございませんか、とお尋ねしたのですが、その言葉も耳に入っていらっしゃらないかのようでした」――のちに下僕は、現場検証にやってきた警官たちにそう語った。

ジュリエットは麗しのパートナーがなかなか戻ってこないので、ついにドーヴェルニュ夫人にその旨を伝えることにした。手に負えないあの子がまた気まぐれを起こしたのかしら、と心配になった夫人は、ともあれ事の次第を確認し、息子がいないことを夫に気づかれる前に自分で問題を処理しようと考えた。そして玄関ホールに向かったところで階段を下りてきた下僕に出くわしたので、リュシアンを見なかったかどうか尋ねてみた。下僕の話を聞いて彼女は二階にのぼり、息子が確かに片膝をつき、微動だにせずに鏡に見入っているのを目にした。

不吉な予感にとらわれた夫人は、息子の名を呼んだ。愛する母の呼び声に、リュシアンは立ちあがった。そして母のいる側とは反対側の廊下の端に向きなおり、頭の高さで軽く手を振った。最後の別れでもするように。そのあと、少しよろめきながらも決然とした足取りで直近の窓のほうへ歩き出し、窓を開け……静かに虚空《こくう》に身を投げた。

ドーヴェルニュ夫人は悲鳴をあげ、つんのめるようにして窓に向かって駆け出した。そしてその不吉な窓を通じて、五メートル下に横たわる息子の遺体を目にした。リュシアンは落下するさい、中庭の噴水を飾る海神《ネプチューン》が持つ三叉の矛に胸を突かれていた。詩を綴った紙片が、落ち葉とともにひらひらと力なく宙を舞っていた。

2　偉大なるイエス《グラン＝ジェジュ》

細紐の先で得体の知れない物体が十個ほど、ぶらぶらと揺れている。丸々と膨らんだものもあれば、ほっそりと細長いものもある。色は灰色か、黒に近い濃灰色。物体は空中でくるくると回転し、互いに擦れ合いながら不吉で怪しげな舞踏《ジグ》に興じている。

踊っているのは、ネズミだ……。

男がひとり、大きなネズミの剝製をいくつも竿の先にぶらさげ、それを看板代わりに肩に担いで歩いている。おそらくネズミ捕りと猫いらずを扱う行商人だろう。男はユゼス邸をぐるりと囲む壁に沿ってサン＝フィアクル通りをゆっくりとのぼった。そしてユゼス邸を通り過ぎたところでようやく街路に面した入り口を見つけ、長い一日の疲れを感じさせる、引きずるような足取りで近づいていった。

男が万にひとつの幸運を期待して門を叩こうとした瞬間、物陰からいきなり人影が飛び出してきた。哀れな行商人はぎょっとして飛びあがり、ネズミの剝製の蒐集物を取り落としそうになった。

「邪魔だ、あっちへ行け！」

まだ青臭さの残る声だったが、有無を言わせぬ威厳が感じられた。行商人は思わず一歩あとずさった。

「あんまりなお言葉じゃあございませんか？」愚痴っぽく抗議した。「あっしはなんの害もない物売りです。ネズミを捕る罠やら仕掛けやらを売ってるんですよ」

いきなり現われて行商人を手厳しく叱りつけたのは、二十三歳の青年だった。足元にまで届く長い縞のズボンに灰色のフロックコートという出で立ちで、山高帽を目深にかぶり、洒落たステッキを手にしている。腰は細いが肩はがっしりと張っていて、眼光鋭い灰色の目が燃え盛る炎のようにきらめいていた。線の細い端整な顔は、独特の痛々しいまでの美を湛え、この世に迷いこんでしまった天使のようだ。少なくとも一見したかぎりは。というのも、目を凝らしてよく見れば、精美な顔立ちのしたたに、剣の刃のような峻厳さと揺るがぬ意志が潜んでいるのが感じられるからだ。そしてこの天使が正義の剣を持つ人物で、その全身から発せられるぴんと張り詰めた雰囲気は、獲物を追う野獣のそれだと気づくことになる。

どんなならず者をもひるませるであろう毅然とした物腰のその青年の名は、ヴァランタン・ヴェルヌ。パリ警視庁風紀局第二課に勤務する警部だ。

「そこをどけ、どくんだ！　そこにいると、こっちの存在が気取られる！」

「はい、はい、承知しやしたよ」行商人はぶつぶつ言いながら退散した。「そんなにカッカすることたあないでしょうに。こっちはただそこいらをまわり、真面目に日銭を稼いでるだけなのに」

　行商人は不安げにちらちら後ろを振り返りながら足早に遠ざかった。そして青年から離れた場所まで来ると、ペッと地面に唾を吐き、ひとりごちた。「嫌味なおまわりめ！　いっつも貧乏人をいじめやがる！」そして薄気味悪いネズミの骸《むくろ》をぶらぶらさせながら、物売りを再開した。

　ヴァランタン・ヴェルヌは肩をすくめると、行商人との一件を誰にも気づかれなかったことを確認したうえで、ふたたび戸口の暗闇にまぎれこんだ。

　彼はかれこれもう一時間以上もこの場所に身を潜め、男娼と客との密やかな取引を窺《うかが》っていた。事実、サン＝フィアクル通りは、ルーヴル宮殿からロワイヤル橋に至るセーヌ河岸と、ヌーヴ・ド・リュクサンブール通りからデュフォ通りまでのブールヴァール（マドレーヌ寺院からレピュブリック広場に至る大通りの総称で、歓楽街が形成されていた）と並び、男色家の発展場となっていた。男娼は自分が春をひさぐ者であることを隠しはしなかったが、相手から確実なサインがあるまでは客引きをしない。サインはいつも同じだ。男娼のほうは街灯のしたで新聞を読んでいるふりをするか、あるいは通りをゆっくりと行き来する。一方、客のほうは必ずひとりでやってきて――たいていは身なりがよい――、男娼に近づき歩を緩めて視線を交わす。相手を気に入ると、着ているスーツかフロックコートの襟を右手でつかみ、自分の顎まで持ちあげてかすかに身を傾げる。この仕草で、やってきた男がその筋の人物であることがはっきりする。そのあと、ひそひそ声で短い交渉が始まる。合意に達すると、多くの場合、通りにある安宿のひとつにふたりして姿を消す。

　ヴァランタンは張り込みを始めてからもう六回ほど、この種の取引が成立するのを目にした。なかにはすでに事を済ませたカップルもある。客は安宿から下りてくると、ヴァランタンが身を潜めている戸口のそばをかすめ、ポワソニエール大通りのほうへ足早に立ち去った。高価そうな外套、極上の深靴、恰幅のよい身体。顔には皺が寄り、もみあげはすでに白髪まじりだ。それに対してたったいまこの男に春を売り、通りを少し下ったところでふたたび客待ちを始めた男娼のほうは、十五歳にも満たないであろうほんの少年だった。

ヴァランタンの喉の奥に苦々しさがこみあげた。沸き立つ血を鎮めるため、胴着《ジレ》のポケットから時計を取り出すと、夜の訪れとともに深まった闇のなか、文字盤の数字を読もうと目を凝らした。時刻は六時三十分過ぎ。情報提供者の情報が正しければ、待ち人はもうすぐ姿を現わすはずだ。

張り込みの苦労はじきに報われることになった。それから十分もしないうちに、問題の人物が近づいてきたのだ。ヴァランタンはそれを、目で見るより先に感じ取った。雷雨の到来に先立って大気が不意に帯電するように、通りににわかに緊張が走ったからだ。男娼たちは商売の手順こそ変えなかったが、急にそわそわしはじめた。不安な表情で順々に目配せし、片手で髪をなでつけたり、気ぜわしく上着の襟をなおしたりした。やがて、通りに並ぶ建物のファサードに沿って重い足音が響いてきた。

ヴァランタンは潜んでいるアーチ形の戸口から身を乗り出して、顔の半分を外にのぞかせた。やってきたのは三重のケープがついた長外套姿の男で、ジュヌール通りの側からブールヴァールに向かって悠然と道をのぼってきた。樽に短い脚を取りつけたような、縦横がほぼ同じのずんぐりむっくりの体型だ。男はじっくりと時間をかけて男娼の一人ひとりに声をかけはじめた。そして遠ざかる前に必ず、そのぼってりとした手を男娼のほうに差し出した。すると相手は、その手のひらになにかを滑りこませた。男の仰々しくもったいをつけた振る舞いのせいで、彼が男娼の全員に声をかけ、ヴァランタンが潜んでいる戸口にまでやってくるのに十五分近くかかった。

「商売繁盛のようですね」歩く酒樽がそばを通りかかった瞬間、ヴァランタンはささやいた。「ずいぶん潤っているみたいじゃないですか、偉大なるイエス《グラン＝ジェジュ》！」

男娼の元締めは自分の縄張りでこんなふうに呼びかけられてぎくりとしたようだったが、驚いたそぶりは微塵も見せず、ただ小さな目をすがめ、戸口の闇に目を凝らした。

ヴァランタンは一歩前に進み出てその姿を晒《さら》した。

「職務中の警官と少しばかり話をしてもらいましょうか。なに、すぐに終わりますよ。どうやら〝時は金なり〟を地でいくようなおかたのようですから」

今度は太った元締めもとまどいを見せ、頭を左右に振り向けて道の両端を窺った。商売道具である男娼たちの注意を惹いてはいまいか、いや、それよりも付近に誰かほかに隠れている人がいないかどうか確かめようとしたのだろう。そしてほかに誰もいないとわかって安心したのか、丸々とした顔に薄笑いを浮かべた。

「警官だと？」ねっとりとした声でそっと尋ねてきた。

ヴァランタンはそのぽってりとした唇を見て、ぬらぬらする気味の悪い二匹のナメクジを連想した。「さてはエルサレム通り（原注：かつてシテ島にあった通り。当時、パリ警視庁の庁舎があった）の警官だな。風紀局か、それとも治安局か？」

「風紀局のヴェルヌ警部です。二、三、うかがいたいことがありまして」

若い警部に〝グラン＝ジェジュ〟のあだ名で呼ばれた男は怪訝そうに目をすがめた。男は人好きのする風貌を装っていたが、ときに大仰に、ときに抜け目なく振る舞い、つねに陰険で残酷だった。

「ヴェルヌだと？ 初めて聞く名だ！ それにしてもずいぶん若いな。新米か。だが、おまえさんの上司のグロンダン警視に言われたはずだぞ。われわれがちょっとした取り決めを結んでいると」

「取り決めですか。なるほど、なるほど……」

「警察に協力は惜しまん。治安の問題が生じれば、このグラン＝ジェジュをあてにしてもらってかまわない。なにしろわたしは、原則を重んじる男だからな！」

ヴァランタンは悪党に鋭い視線を向けたまま背後の戸口に手をまわし、その重いドアを押し開けた。戸口の向こうにアーチ形の通路とユゼス邸の馬車置き場になっている中庭が広がっていた。ヴァランタンはユゼス邸前に着くとすぐにこの場所を検分し、内密の話をするには理想的なひとけのない場所だということを確認していた。

「ちょっとなかに入ってもらいましょうか」ヴァランタンは問答無用の強い口調で言った。「聞き耳を立てる人もいないので、ざっくばらんに話せます」

男色専門の周旋屋、それも年端のいかない少年に春を売らせている男は、うすら笑いを引っこめて額に皺を寄せたが、つべこべ言わずに従った。通路は馬の糞尿のにおいが立ちこめていた。辺りを照らすのは、小さな中庭から射すわずかな灰色の光だけだ。中庭の堆肥の山のてっぺんに腹をすかせた猫が陣取っていたが、ふたりの男の足音が響いてくるや、そそくさと逃げ出した。

「それで、なんの用件ですかな？」グラン＝ジェジュが尋ねた。「こっちには仕事があるんでね。いったいなにがお望みです？」

ヴァランタンは持っていたステッキを左の腋の下に挟みこむと、上質なヤギ革の手袋を丁寧にはめた。そして愛想のよい声で応じた。

「先ほど申しあげたとおり、ほんのいくつかお尋ねしたいことがあるだけです。たとえば、あなたの男娼たちは路上だけで商売しているわけじゃないですよね。どうやら個人宅にも届けられているみたいですが、それはほんとうですか？」

グラン＝ジェジュの目の奥に警戒の色が浮かんだ。彼はぐっと身を縮めた。縁日の見世物小屋のレスラーが、相手の攻撃にそなえるときに、あるいは全力で踊りかかっていくときにするように。

「そういうこともあるでしょうな」むっつりと答えた。「客の要望に応えられるのがよき商売人ですから。だが、なぜそんなことを？　お伝えしたとおり、グロンダン警視もこのことはご存じだ。わたしが信頼に足る人物であることも」

ヴァランタンは相手の言葉を断ち切るようにさっと手を振った。それでも、仲間内で話すように、穏やかな声音のまま言った。

「とりあえず、お仲間の警視のことは忘れましょう。どちらにせよ、いまはふたりきりなのですから。なに、あなたが柔肌の少年を専門に取り扱っているという噂を耳にしましてね。棄児養育院から少年をもらい受け、金持ち連中にあてがっているという噂です。それはほんとうですか？」

「まったく、口さがない連中が多くて困ったものですな」グラン＝ジェジュはため息をついた。「噂話のいちいちにかまっていたら、身が持ちませんよ！　誓って言いますが……」

グラン＝ジェジュは最後まで言い終えることができなかった。いきなり頬を張られたからだ。小太りの元締めはぐらりとよろめいたが、それは痛みからというよりも驚きからだった。

「頭がおかしいのか⁉」じんじんと熱を帯びた頬に手をあてながら抗議した。「あんたの上役と手を組んでいると言ったはずだぞ！　わたしは彼に庇護されてるんだからな」

「あなたとグロンダン警視との関係は、こっちの知ったことではありません」ヴァランタンはシャツの襟に巻いたスカーフをなおしながらぞんざいに言い放った。「わたしにとってあなたは汚らしいクズで、忠告しておきますが、こちらの質問にはきちんと答えたほうが身のためですよ」

「なんの権利があってそんなことを！　職権濫用だぞ。

苦情を申し立ててや……」

「ル・ヴィケール。この名に心あたりがあるのでは？」ヴァランタンは相手の言葉を遮り、冷たく尋ねた。

グラン＝ジェジュは一瞬ためらった。瞳が泳いだが、かぶりを振った。

「いま、なんと？　助任司祭《ル・ヴィケール》？　初めて聞く名前だな！　いずれにせよ、わたしに坊主の知り合いなどいない」

「まずい答えですね。一応、警告してさしあげたのですが」

ヴァランタンはそう言うと、今度は肝臓に鉄拳を打ちこんだ。相手は豚がうめくような声を漏らして身体をふたつ折りにした。ヴァランタンがすかさず顎した から持ちあげるように拳固を食らわせると、グラン＝ジェジュは後ろに弾き飛ばされ、石壁に頭を打ちつけた。ほかの人であれば、おそらく気を失っていただろう。だがグラン＝ジェジュは締まりのない見た目とは裏腹に、頑丈で腕っぷしが強かった。怒りのうなりをあげると、長外套のしたからナイフを取り出した。

「ちんぴら警官め！」彼はナイフの切っ先をヴェルヌに向けながら息巻いた。「目にもの見せてやる！　おまわりでも容赦はしない。はらわたを引きずり出してやろうじゃないか！」

そして、太り肉《じし》の男にしては驚くべきすばやさでヴァランタンに踊りかかった。ヴァランタンはひるむ様子を少しも見せずにひらりと身を翻《ひるがえ》して相手の攻撃をかわすと、敵の前腕をステッキではたいてナイフを取り落とさせた。そして勢いあまってつんのめった敵の背中、正確にはうなじに二発目の殴打を裏打ちでお見舞いした。

グラン＝ジェジュは狭い中庭の石畳に突っ伏した。ヴァランタンは相手が体勢を立てなおすより前にその身体を仰向けにした。倒れた拍子に下唇を切ったのだろう、悪党の顎が血とよだれで濡れている。かっと目を見開き、空気を取りこもうと大きく口を開けて痛みに身をよじるその姿は、釣りあげられたばかりの大きなハタのようだ。

ヴァランタンは冷静さを保ったまま、地面に伸びている男の全身を蹴りつけ、ステッキで打ち据えた。氷のように冷酷な態度で、なんの感情も覚えていないかのように、その美しい顔の表情をひとつも変えずに。

すぐにグラン＝ジェジュは身をよじるのをやめた。傷だらけの口から漏れ出るのは慈悲を乞う、もはや不明瞭で哀れっぽいけだものじみたうめき声だけだ。ヴァランタンはさらに数分間、まんべんなく敵を痛めつけると、かたわらに膝をついた。そして手袋をはめた両手で血だらけの顔をつかみあげ、人差し指を相手の鼻梁に沿わせた。鼻の穴から鼻水と軟骨のかけらが飛び出した。彼はさらに前かがみになり、深みのある柔らかな声でグラン＝ジェジュの耳元にささやいた。

「明日か一週間後か、一ヵ月後か、それとも一年後か、そんなことはどうでもいい、とにかくいつかル・ヴィケールなる人物があんたに協力を求めてきたら、そのときはすぐに知らせろ。ヴェルヌ警部、ヴァランタン・ヴェルヌだ。この名をよく心に刻んでおけ」

3 火薬庫

その日の朝、ヴァランタン・ヴェルヌはシェルシュ＝ミディ通り二十一番地にある建物を早い時刻に出た。彼はそこの四階にある広々としたアパルトマンに住んでいた。警部としてささやかな額の俸給しかもらっていない二十三歳の青年が暮らすには贅沢すぎる住まいだ。同僚たちが彼の暮らしぶりを知れば、おそらくねたましく思っただろう。だがヴァランタンは容易に打ち解けるたちではなかったので、パリ警視庁の風紀局に配属されてから一年が経つというのに、上司や同僚のなかにほんの少しでも彼の私生活について聞き出せるほど親交を結んだ者はいなかった。ヴァランタンは同僚たちから無視されるか、悪くすれば敵愾心を持たれていた。けれどもつねに強気な態度を見せていたため、その若さにもかかわらず、これまであからさまに嫌がらせを受けたことはなかった。

この季節の朝のこの時間、パリはしっとりと湿った霧に包まれていた。ヴァランタンはぶるりと身震いすると、フロックコートの襟を立てた。そして気持ちとは裏腹に、ゆったりと鷹揚にステッキを振って歩を速めた。前日の夕がた、勤務を終えて帰宅しようとしたところで、思いがけない命令を受けた。命令の主は治安局を率いるジュール・フランシャール警視で、明朝いちばんに会いに来いとのことだった。

ヴァランタンは評判のよいフランシャール警視の顔は知っていたが、これまで話をする機会はなかった。治安局が取り扱う案件は元来、ヴァランタンのあずかり知らぬものであるのだから当然だ。治安局はナポレオン一世の帝政（一八〇四〜一五）下に、無法者を取り締まり、パリの暗黒街と闘うために元徒刑囚のウジェーヌ＝フランソワ・ヴィドック（一七七五～一八五七。元犯罪者。腕と経験を買われて警察機構の要職に就く）が創設した。ヴィドックが解雇され、新しい局長に変わったのが一八二七年。以来、再編の途上にあり、パリ警視庁内では、同局が新体制に敵対する政治勢力の監視と取り締まりにあたる秘密警察に変容したとの噂が流れていた。そのような任務にあたる治安局の局長が、いったいなんの用事だろう？

一向に心あたりがないため、ヴァランタンの想像はあさっての方向へ飛び、この突然の呼び出しは、グラン＝ジェジュへ与えた先日の手荒な仕打ちにかかわるものなのではないかと考えた。あれは二日前のこと。あの元締めがその言葉どおりほんとうに警察の庇護を受けているのなら、それを利用して反撃に打って出る時間はじゅうぶんあった。だが、それでは辻褄が合わない。上層部がヴァランタンの狼藉を戒めようと決めたなら、その任にあたるのは風紀局の直属の上司、グロンダン警視であるはずだ。風紀局の職員の逸脱行為に、なぜ治安局が首を突っこんでくるのだろう？

あれこれ不毛な憶測をめぐらしすぎたせいで、ヴァランタンは真相をはっきりさせるため、一刻も早くフランシャール警視に会いたいと願うような気持ちになっていた。それでも赤い十字架《カルフール・クロワ・ルージュ》広場で足を止め、いつもどおり簡単な朝食をとることは忘れなかった。彼は露天のカフェの陳列台の前で、チコリで苦味をつけた飲み物を大きなカップで立ち飲みし、蜂蜜を塗ったトーストを慌ただしく腹に収めた。そして胃が満たされると、サン＝ペール通りを歩き、マラケ河岸に着いた。

厚い雲を貫いて太陽の光がちょうど射しはじめた。対岸のテュイルリー宮殿とルーヴル宮殿の下方にあるサン＝ニコラ港が青白い光に包まれている。港はすでに活気づいていた。ヴァランタンは歩を進めながら、船頭や荷役人がぬかるむ河岸で忙しそうに立ち働く様子や、シャイヨ、オートゥイユ、ジャヴェルに向かう川舟にその日最初の乗客がぞろぞろと乗りこむさまを目で追った。シテ島に向かって河岸をのぼっていくうちに血のめぐりがよくなって心が晴れ、治安局長に呼び出しを受けたことすらなかば忘れかけた。

露天商でにぎわう新橋《ポン＝ヌフ》が見えてきた。彼は通行人と露天商のあいだを縫いながら橋を渡った。異様な身なりをした物売りたちはまだまばらな通行人に雑貨類や、万能の効果を謳いつつ、その実なんの効果もないクリームやら化粧品やらを売りつけようとしていた。ヴァランタンはさらに数十メートルほど進んでエルサレム通りに入った。パリ警視庁の庁舎は、かつて歴代のパリ高等法院長が住まった館に置かれていた。治安局の部屋がある三階までのぼっていくと、しょぼくれた身なりをした受付の職員が薄暗い廊下を指して、そこに立って待つよう指示した。ヴァランタンはゆうに二十分ほど待たされることになったのだが、その間《かん》、タレコミ屋や猫かぶりをした悪党など、カーニヴァルの行列を思わせる種々雑多な一群が面前を通り過ぎていった。

色褪せた絵画が飾られた執務室にようやく通されると、部屋のなかではがっしりと大柄な男がひとり、ドアに背を向け、窓の外を流れるセーヌ河に見入っていた。部屋の主が訪問者の存在に気づかない様子だったので、ヴァランタンはわざと咳払いをした。それでも相手はすぐには反応せず、なおもたっぷり一分ほどそのままじっとしていたあと、ようやくくるりと身を反転させた。

じっと静かにたたずんでいたその後ろ姿とは異なり、振り向いたフランシャール警視はときに相手を面食らわせるほどの陽気な活力を漲《みなぎ》らせていた。獅子のたてがみを思わせる髪、太いもみあげ、レスラーのような体格、どこか不満げな顔立ち。だがそうした猛々しい印象は、澄んだまなざし、口角に刻まれた皮肉っぽい皺、落ちついた身ごなしによっていい具合にやわらげられていた。フランシャール警視は黒い漆塗りの机の向こうに陣取ると、薄い紙挟みを開き、数枚の書類にさっと目を走らせた。

「ヴァランタン・ヴェルヌ警部」ようやく彼は訪問者のほうに目を上げ、語尾を引き伸ばす話し方で語りかけた。「手元の記録を信じるならば、きみは風紀局第二課に一年とひと月ほど前に配属されたようだな。それで相違ないか？」

「はい、そのとおりです、警視殿」

「それで、風紀局の仕事は気に入っているのか？」

「もちろんです」ヴァランタンは単刀直入に尋ねられ、いくらか不意を衝かれた。「風紀局に入れるようにみずからさまざま手を尽くしたので、いまさら不満を口にしたら、それこそ罰があたります」

フランシャールはうなずくと、目の前の相手をより仔細に観察するように目をすがめた。それから無造作に手を振って椅子を指し示し、座るよう命じた。

「同僚のグロンダンの反感を買う気はないのだが」鷹揚な口調で言った。「彼の班の評判がよろしくないことは認めざるをえない。部下たちは規律を欠き、娼家の女将《おかみ》たちとちょっとした取引をしていると批判されている。真面目な女たちを無理やりしょっぴいている一方で、どんな見返りを受けているのやら、衛生規則のイロハも無視して路上で商売している女たちには目こぼししているとの批判まで出ているありさまだ。まあ確かに、口の悪い連中はどこにでも大勢いるし、噂にいちいち耳を傾けるべきではないだろう。だが、ほら、よく言うじゃないか、火のないところにはなんとか、と……」

ヴァランタンはかすかに身をこわばらせた。同じ警視庁の職員の口から出てきたこの驚くべき内部告発は、グラン＝ジェジュへの暴力行為を持ち出すための前振りなのか？　あるいはフランシャール警視はこちらを試そうとしているのか？　相手の意図が読めない以上、ヴァランタンは警視の発言への同意や否定と捉えられかねない言葉はいっさい口にすまいと用心した。けれども元来激しやすい性格だったため、つい辛辣な物言いになった。

「ですが、思いますに、治安局も同じような批判を受けているのではないでしょうか。治安局の聴取室が入る階にはペテン師が大勢いて、しかもそれは捕まった側だけにとどまらない、という噂を耳にしたことがありますから」

「然り！」フランシャール警視は肘掛け椅子の背もたれにどっと身をあずけ、腹のうえで手を組んだ。「とはいえ、状況は変わりつつある。ヴィドック氏と彼のやくざなおまわりたちの時代は終わったからな。清廉潔白な輩《ともがら》たちと、清く正しい警察業務を遂行しうるようになったことはまちがいない」

ヴァランタンは黙ったまま、うなずきもしなかった。

「とにかく手元の資料によれば」フランシャール警視は紙挟みを叩いて言った。「きみも清廉潔白な輩のひとりのようだ。金利生活者の父親は四年前に他界。息子であるきみは、かなりまとまった遺産を譲り受けた。高等な教育を受け、優秀な成績で法学を修めている。しかも記録を読むと、アルバレート通りにある薬学高等学院にも通ったようだな」

「ときどき通っていただけです。とくに植物観察実習と化学実験に興味があったので。父のヤサント・ヴェルヌは薬学高等学院の教授陣と親交を結んでいました。そのおかげで、一部の講義を自由に受けられる特権にあずかったのです」

「そのうえ、わたしからの讃辞にもあずかることになるわけだな。法学はもちろん、化学などの諸科学に通暁しているとは……なんとまあ、見てくれがいいだけでなく、頭の中身も詰まっているということか。これほどの逸材を埋もれたままにしておくのは、もったいないのひとことだ」

「なにがおっしゃりたいのです？」

警視は人差し指を立てて頭上を指した。

「上層部がきみの資質に注目し、その結果、昨日、わたしはきみの異動辞令を受け取った」

「異動？」

「きみは一時的にわたしの配下に入り、治安局の職員となる。わたしはかなり微妙な事案を抱えており、組織としては、その捜査を政治的偏見にとらわれていないと目される、慎重で信頼が置ける人物に任せたいと考えているのだ。そしてこの条件に該当する人物としてきみの名が挙がったわけだが、自分ではどう思う？」

まさかこんな話を切り出されるとは。ヴァランタンは予想外の展開に面食らった。たとえ期間限定とはいえ、異動させられるのは心外だった。風紀局にいれば、いくらでも時間をかけてル・ヴィケールを追い詰めることができる。だが治安局に移れば、今後も同じような自由を享受できるかどうか定かではない。とはいえ、配置換えの決定がすでになされているのであれば、抗議をしたところで意味はない。ここは要請を快諾したという印象を与えておいたほうが得策だろう。

「その微妙な事案というものについて、少し詳しくお教えいただくことは可能でしょうか？」

「もちろんだ！　いずれにしても、きみはこの部屋を出ていくとき、初動捜査と現場で集めた証言をまとめた報告書を手渡されることになる。手短に言えば、やんごとなき御仁の子息が急死したという事案だ。御仁の名はシャルル＝マリー・ドーヴェルニュ。なりたてほやほやの下院代議士だ。もろもろを勘案すると、自殺したと目される。だが状況に少々腑に落ちない点があり、家族みずからが徹底した捜査を要求しているのだ」

「殺しを疑っているのですか？」

フランシャールは、ヴァランタンが口にした〝殺し〟という言葉を消し去ろうとでもするように、さっと手を振った。

「いや、いや、そこまでじゃない。ただこの死には常軌を逸したところがあり、しかもその場に大勢がいたせいで、突拍子もない噂話があれこれ出まわっているとだけ言っておこう。とはいえ、父親が政治家であることから、一部の者たちにあることないこと吹聴されるのは具合が悪い。というわけで、すみやかに真相を明らかにして、騒動を回避する必要があるのだ。この夏のコンデ公の謎の死をめぐって世間がどれほど騒ぎ立てたか、きみに説明するまでもないはずだ」

ヴァランタンは社交界と距離を置く生活を送っていたが、それでも今夏に起きたこの醜聞に対する人びとの反応は、嫌でも耳に入ってきた。王家の血を引く老コンデ公は、サン＝ルー城の自室の窓のイスパニア錠に紐をかけ、首をくくった状態で発見された。コンデ公の遺書のなかで新王ルイ＝フィリップの息子のオマール公が唯一の遺産相続人に指定されていたため、追放されたシャルル十世の支持者たちは、ルイ＝フィリップが莫大な遺産を手にするため同公の暗殺を命じたのだと非難した。この件については、追加の捜査がまだおこなわれているさなかで結論が出ておらず、自殺説と自殺に見せかけた他殺説が世論を二分していた（原注：今日の歴史家たちの多くは、全裸で発見されたコンデ公のこの異常な死は性的な戯れによるものと見なしている）。

「ブルボン家を推す正統王朝主義者《レジティミスト》たちは新王の信用を失墜させるためならなりふりかまわない、と言われていますからね」ヴァランタンは指摘した。「ブルボン家の直系である前王のシャルル十世にとっては、分家のオルレアン家の従兄弟《いとこ》たちに自分の地位を奪われるのは耐えがたいはずです」

フランシャール警視は立ちあがって机をぐるりとめぐった。そしてふたたび窓辺に立つと、窓を少し開け、手を背中で組み、深々と息を吸った。パリの混沌とした空気を――その熱気、緊張、目に見えない闘いも含めたすべてを、まるごと味わおうとしているかのように。

「シャルル十世を支持する正統王朝主義者《レジティミスト》だけを相手にするのなら、秩序を維持するのは容易だろう。だが新体制はまだ脆弱だし、共和主義者は七月革命の結末をいまだに消化できずにいる。そんな連中の一部が秘密結社をつくり、新王を玉座から引きずり落ろす機会を虎視眈々《こしたんたん》と狙っていることがわかっている。その証拠に、十日ほど前にもひと騒動あった」

「暴徒たちがヴァンセンヌ城に押しかけたことを指しておられるのですね？」

「さよう！　あの怒れる狂信者たちは、囚われの身にある前首相と前大臣たちに死を与えようと躍起になっている。それが正統王朝主義者《レジティミスト》たちや欧州の列強たちを分断することになると確信しているのだ。彼らが望むのは過激な進歩、革命による恐怖政治への回帰だ。王国全土を火の海で包み、欧州諸国の同盟軍を相手にした負け戦に突き進むのもいとわずに！」

七月革命のあと、シャルル十世の治下で首相を務めたポリニャック公と三人の大臣が国外に逃亡しようとして逮捕された。そして彼らに大逆罪を科すか否かを決める裁判が、この十二月に貴族院で開廷される予定だった。そこでいかなる審判をくだすべきなのか、国内のさまざまな政治勢力が論争を続けていた。十月初め、下院は対立の激化を避けるため、政治犯については死刑を廃止する法案を提出するよう国王に求める上奏書を採択した。だがそれだけで共和主義者の激しい怒りを買うにはじゅうぶんだった。そのなかでもとくに過激な者たちは、パレ・ロワイヤルを占拠したあと、前首相と前大臣たちが収監されているヴァンセンヌ城になだれこんだ。そして独房から彼らを引きずり出して処刑しようとしたが、国民衛兵が果敢に介入したことで暴挙はなんとか食い止められた。

「ということは、ドーヴェルニュの子息の死がさらなる騒乱の引き金となることを恐れていらっしゃるのですね？」

「少なくともその可能性はあるだろう。前の首相と大臣たちを裁く公判が実施されるまで、パリはまさに火薬庫だ。上層部はわれわれに期待しているのだよ……」

フランシャールはふっと笑うと、ヴァランタンを指さして言いなおした。

「いや、わたしはきみに期待しているのだよ。きみが、火薬庫に火がつく前に導火線を引き抜いてくれることを。さあ、わたしの信頼に応える働きぶりを見せてくれたまえ」

4 ダミアンの日記

これらのすべてを紙に書きつける意味はあるのだろうか？　静寂に包まれたこの部屋で鵞《が》ペンをきしませたところで、いったいなにが得られるのだろう？　真っ白な紙に引かれるインクの軌跡は、ぼくをいったいどこへ導くのだろう？　ぼくが求めているのは逃げ道なのか？　闇から光へと通じる道なのか？　無から生へと続く道なのか？

そんな考えは、すべて幻想だ！

ときどき、自分はあの地下室から、あの暗闇から抜け出していないんじゃないかと思うことがある。あの暗黒の口が、ぼくを捉えてのみこんでしまったからだ。あの闇がぼくを取り囲んでいるだけでなく、いまではぼくのなかにも存在するからだ。いたるところに。どんなときにも。闇はぼくの一部になった。ぼくの深奥に潜む一部になった。そのせいでぼくは、真昼の太陽のしたでも手探りして進まなければならない。永遠の闇夜をさまよう盲人のように。

　自分が書いたものを読み返すことはない。そんなことをしてなんになる？　ぼくは手が動くままに任せる。蛇が雪のうえで身をくねらせているように、言葉が紙のうえを這うがままにさせる。ぼく自身は、記された文章から距離を置いている。離れた場所から、この黒々とした爬虫類が絡み合うのを眺めているだけだ。辛抱を重ねれば、蛇たちはもしかしたらぼくを、ぼくがもう一度目にしたいと願っているのにいつもするりとぼくのもとから逃げ去ってしまうあの面影へと、ぼくの遠い記憶と同じくらいはるか彼方にまで遡るあの面影へと導いてくれるかもしれない……。ぼくの母の面影へと。

　ぼくはときどき、それを夢のはしばしでつかんだ気になる。ぼくのまわりには割れた鏡の鋭い破片が散らばっている。何百もあるそれらの破片はやがて見えない力によって、鉄粉が磁石に吸い寄せられるように整然と並び出す。そうして少しずつ鏡像が形づくられていく。鏡に映るのは、きれいな楕円形の顔だ。やさしく波打つ長い髪は、水面《みなも》をたゆたう気だるい藻を思わせる。目鼻立ちもつくられていく。けれどもいつも最終的には、そうしてつくり出された鏡像の中心に置くべきかけらが見つからない。ぼくは怪我を覚悟で手のひらを地面に走らせ、行方不明のかけらを捜す。でも、どうしても見つからない！　そこでしかたなく身を起こし、いまだにつかみ切れないぼくの母の顔のうえに、ぼく自身の顔を重ねようと試みる。するとその瞬間、なめらかな鏡面がふたたび割れてしまう。鏡の破片がぼくの身体に降りそそぎ、ぼくは闇のなか、無数の切り傷を負って血まみれになる。

ぼくは両親を知らない。彼らについてわかっているほんのわずかな事柄は、ずっとあと、ぼくがおとなになってから知ったことだ。いくつかの手がかりからぼくは、父親は裕福な商人かパリの金利生活者で、おそらく母とは別の女性と結婚していたのだろうと思っている。母のほうは、サン＝タントワーヌ街で下着を縫うお針子として働いていた。母は生後まもないぼくをパリの孤児院の窓口に置き去りにした（原注：窓口には困窮した母親たちがこっそり子どもを置いていけるよう、回転式の扉がそなえられていた）。おくるみのなかには、ぼくの名前と苗字が書かれた洗礼証書が入っていた。一カ月後、愛徳修道会のシスターたちはぼくを、モルヴァン地方の森に暮らす木樵夫婦のもとに里子に出した。ぼくの名前だけを伝えて。〝ダミアン〟――この四文字が新しい人生への餞別だったが、自分の人生を切り拓くにはあまりにも足りなかった。

悲しいことに、さっぱり足りなかった！

ぼくの養父母にはほかに子がなかった。ぼくが来る二ヵ月前に女児が生まれたのだけれど、難産で赤ん坊は数日後に死に、母親はもう、子どもが産めない身体になった。いまにして思えば、彼らがぼくを引き取ったのは生き延びるための反射的な行為、つまり水に落ちた人が溺れ死ぬのを避けようとして手近にある浮遊物にしがみつくような行為だったのだろう。ふたりは運命に逆らい、夫婦のあいだに空いた恐ろしい穴、自分たちをのみこもうとする暗い深淵を埋めなければならないと感じていた。何年も経ったあとにぼくはようやく、養父母はぼくに相反する激しい感情を抱いてもおかしくはなかったと思い至った。なにしろぼくは、彼らの実の子が占めるはずの場所に居座っていたのだから。けれども養父母と一緒に暮らした年月のなかで、彼らがぼくの存在を苦々しく思っているように感じたことは一度もなかった。ふたりは精一杯、ぼくによくしてくれた。ぼくが苦難の幼少期を生き延びられたのは、あの人たちのおかげだ。

人生の最初の八年の思い出らしい思い出はほとんどない。それはおぼろげな記憶とでも呼ぶべきもので、おもに自分のなかに刻まれた感覚で形づくられている。ときどき、そうしたが感覚が針となって身体のなかに突き刺さっているような気がする。それはとても鋭敏な感覚だ。何気ないこと、ちょっとしたなにかがほんのかすかに肌をかすめただけで、埋まっている針が内側からちくちくと肌を刺す。養父母とぼくは、森のきわにある集落に暮らしていた。冬は寒く、夏は暑さにむせ返るあの家には、木くずと動物の濡れた毛のにおいが漂っていた。あの頃の記憶を探ろうとして思い浮かぶのは、葉叢《はむら》のあいだから射す木漏れ日、苔やキノコの香り、ヤギの乳のつんと癖のある味、そしてぼくの頬をなでる柔らかい手のぬくもりと、それとは対称的な、斧を振るう胼胝《たこ》だらけの手のゴツゴツとした感触だ。頭のなかに子守唄もとぎれとぎれに浮かぶのだけれど、歌詞はどうしても出てこない。けれどもやさしい声でそっとささやかれた旋律は、切れ切れで現実のものとは思えないのに、やさしくたなびく風のようにいまでもぼくを捉えて放さない。

ぼくは自分が不幸な子どもだったとは思わない。けれども孤独な小さな存在で、たぶんちょっと人見知りがすぎたのだ。集落のほかの子たちは、ぼくを仲間に入れるのをあきらめた。自分たちの遊びからぼくを遠ざけ、ぼくも彼らに近づく努力を少しもしなかった。ぼくは動物たちと一緒にいるほうが好きだった。家で飼われている動物とも、野生の動物とも。それから何年かのちに、ぼくは喉を引き裂かれそうなほど愛に飢え、底なしの苦しみに襲われた。そんな状況に打ち勝つため、ぼくは過去の記憶にすがろうとした。そんなとき、いつも真っ先に思い出されてぼくの心を慰めてくれたのは、ぼくよりもさらにか弱いこれらの動物だった。巣から落ちた雛鳥、子猫の兄弟たち、母親の腹から出てきたばかりの子ヤギ。そう、長いあいだぼくは、懸命に生きようとするこれらのかけがえのない小さなものたちにしがみついていた。産毛、羽、丸めたふわふわの身体、湿った小さな舌などを持つ小さなものたちに。

そうやって、現実から逃避した！

ぼくはさっき、子ども時代の思い出らしい思い出はないと書いた。だがこれは完全に事実というわけじゃない。ある夏の夕がたのことを鮮明に憶えているからだ。ぼくは八歳になっていた。そして三カ月前から、家でただひとりの男だった。ぼくを家に迎えてくれた木樵は、ある朝、姿を消した。粗野で寡黙な田舎者だったが、彼なりのやり方でぼくに、愛情とまでは言えないものの、少なくともやさしさを示してくれた。彼もその妻も、突然の旅立ちの理由を説明してはくれなかった。説明しても意味がないと考えたのだろう。だけど、ぼくが当時母と見なしていた女性の目に浮かぶ涙を見ただけで、ぼくらの暮らしに不幸が入りこんできたのだとわかった。沈黙の刻印が押されたこの不在は、運命にまつわる至高の法則、つまり〝大切な人は遅かれ早かれ、自分たちのもとを去ってしまう〟という法則を裏づけるものに思われた。そう、この呪いから逃れられる者はひとりもいない。

ここでもまた、ぼくが事の次第を知ったのはずっとあとになってのことだ。あれは一八一五年の夏、〈ワーテルローの敗北〉からちょうど一カ月目のことだった。同じ年の三月、ナポレオンがエルバ島を脱出してパリに帰還し、民衆はわれを忘れて狂喜した。その熱気のさなか、ぼくの養父はナポレオンの軍隊に馳《か》せ参じ、ベルギーでの戦闘に赴いた。遺体は彼の国に、敗北の風雨に晒《さら》された広大な平原に置き去りにされた。寡婦となった彼の妻はシスターたちに手紙を書き、もうぼくの面倒は見られないと訴えた。いずれにしてもぼくは、一般的には里親のもとを離れ、子どもの働き手を必要とする雇用主にあずけられる年齢に達していた。つまり、役所が孤児にはめていた首輪をはずす手続きをする年齢に。首輪のメダルには、孤児の登録番号と施設にあずけられた年と、施設の名前が記されていた。

そんな事情はもちろん、当時は知らなかった。けれども一八一五年七月のあの宵のことは、**彼**がぼくの人生にどんなふうにして押し入ってきたかは、つぶさに憶えている。その日はとても暑かった。空気は糖蜜のようにべたつき、蚊たちが隙あらば血を吸おうと、ぼくらの頭のまわりをせわしなく飛び交っていた。ぼくは壁板が剝がれかけた物置小屋にこもっていた。小屋のなかでは西日が射すなか、埃が舞っていた。いまも目をつむり、あの夕刻のことを思い出そうとするだけで、物置小屋にあった干し草としなびた林檎のにおいがよみがえる。ぼくは青みがかった大きなコガネムシを、瓶から瓶に移動させて遊んでいた。すると名前を呼ばれた。すぐに誰とはわからない声だったけれど、確かにぼくの名を呼ぶ声がした。ぼくは小屋を出てそっとドアを閉めた。干し草と林檎のにおいがこもるその場所にかぎりなく大切ななにかを閉じこめることになるとは、そのときは思いもしなかった。それはぼくがそこに置き去りにすることになるものだった。〝無垢〟とでも言えるなにかだった。もっともそれは、人がこの世に生を享《う》けたときから魂の奥底に原罪のかけらを秘めていなければの話だけれど。

当時住んでいた家にたったひとつだけある部屋で、ぼくがまだ〝母さん〟と呼んでいた女性が見知らぬ男と一緒にぼくを待っていた。男は長身で、頭は禿げあがり、顔はナイフの刃のように細く、全身黒ずくめで、旅用の長衣《スータン》のようなものをぴっちりとまとっていた。ぼくが戸口まで来るとすぐに、男の眼光鋭い小さな目がぼくを捉え、じっと凝視した。けれどもぼくの注意を惹いたのは、なによりもその手だ。ひょろりと長くて白く、そのくせ骨ばっていて、手の甲に浮き出た静脈が絡み合うさまは、皮膚のしたで水蛇がとぐろを巻いているようだった。すぐに心臓がすうっと凍りつくのを感じた。あれは恐ろしい手だ。行きたくない場所へぼくらを引っ立て、ぼくらに耐えがたいことをさせようとする手だ……。そして、漠然とこう感じて血が凍った——ぼくはこの陰鬱な人にとらわれてしまった、ぼくはこの人に連れ去られる、ぼくはこの人についていくしかない、この人とともにする恐ろしい旅から二度とふたたび戻ることができないのに……。

　家の戸口にいるぼくを見て、もうぼくの母ではなくなった女性——彼女がぼくの母親であったためしは一度だってない！——はかすかな微笑みを浮かべると、ぼくに紹介するように見知らぬ男のほうを向いた。

「さあ、お入り、ダミアン」彼女は、ぼくの耳には明らかに異様に響いたあの引きつったような声で言った。

「さあ、こっちにおいで、かわいい子。こちらは神父さまよ……すみません、神父さま、お名前を憶えられなくて」

　黒ずくめの男も笑みを浮かべ、並びの悪い黄ばんだ歯を見せた。そしてそのとき、初めてあの声を聞いた。あの日以来、夜な夜なぼくを苦しめることになるあの声を。

「子どもにとってわれわれには名前などなく、ただの助任司祭《ル・ヴィケール》です。ムッシュー・ル・ヴィケール。それでけっこうです」

5　至福の死

ヴァランタンはフランシャール警視のもとを辞去したあと、ドーヴェルニュ事件の記録を手に取り、二時間かけて隅々にまで目を通した。警視の言葉どおり、確かにこの事件には引っかかるものがあった。悲劇が起きた夜に現場で集められた証言によると、ドーヴェルニュ家のひとり息子リュシアンは、父親が所有する邸宅の窓から身を投げ、即死したとされている。一見したところ、自殺であることに疑いの余地はないように思われた。とはいえ、いつまで経っても姿を見せない息子のことが心配になり、二階にまで捜しに行った母の眼前で命を絶つという行為は少々常軌を逸している。加えてリュシアンの近親者と一部の招待客は、夜会のあいだこのような悲劇が起こる兆候はまるで見られなかった、と異口同音《いくどうおん》に断言しているのだ。それどころか、リュシアンは誰の目にも上機嫌に映っていた。彼は夜会のあいだじゅう、親が取り決めた縁組の相手とおしゃべりに興じていた。しかもこの若い男女の婚約が、夜会の最後に大々的に発表されるはずだったのだ。

そうした証言の数々は、「うら若き青年が、突然の本能的な要求に駆られたかのように自殺の衝動にとらわれた」という不穏な印象を引き起こすものだった。宴《うたげ》の最中に起きたこの恐ろしい死はみなの心に、夏の澄みわたる空のしたでいきなり落雷に見舞われたかのような衝撃をもたらした。

もうひとつ、ヴァランタンの注意を惹いた事柄があった。それは死の翌日に作成された報告書に、「ドーヴェルニュの息子の遺体は、検死に付すため死体安置所に運ばれた」と記されていたことだ。医師が遺体を検《あらた》めて死因を特定しようとするのは驚きでもなんでもない。変死した場合の通常の手続きであり、リュシアン・ドーヴェルニュの死は疑わしいとまでは言えないまでも、少なくとも異常な状況下で起きたため、検死をおこなうだけの理由はあった。そうではなくヴァランタンを驚かせたのは、父親のシャルル＝マリー・ドーヴェルニュが息子の遺体を、あの不潔きわまりない場所に運ばせることを許したという事実だった。

確かにいまあるパリの死体安置所は、歴代の王のもとでそのための場所となっていたグラン・シャトレの卑しい牢獄とはちがう。死体安置所はナポレオン一世による帝政の初期に、シテ島のマルシェ＝ヌフ河岸にあるかつては肉屋だった崩れかけた建物内に移されたからだ。とはいえ、パリの遺体公示所としての使命に変わりはなかった。つまりそこではセーヌ河から引き揚げられた身元不明の溺死体や、パリ旧市街の不潔な路地で毎朝集められる哀れな行き倒れの死体が晒《さら》されていた。そしてそこは、杜撰《ずさん》で不潔な場所という悪しき評判を取っていた。死体が劣悪な環境のもとでぎゅう詰めになっていて、ネズミがそれらの端部を齧《かじ》っているという噂もあった。職員は収容する死体とほぼ隣り合わせで眠ることを余儀なくされ、一年を超えて持ちこたえられる者がほとんどいないほど劣悪な環境で働かされていたため、役所は定期的に配置換えをせざるをえなかった。

代議士でもあるドーヴェルニュの財力と社会的地位に鑑《かんが》みれば、大切なひとり息子の遺体は診療所に運び、大学の高名な博士に検めてもらうのが自然ではないか。死体安置所に遺体を運ばせたという選択は、身分にこだわるよりも隠密に事を運ぼうとした結果だろう。確かに自殺は家名を汚す行為だ。だが、死体安置所を利用した理由は自殺を恥じたことだけだろうか。ほかになにか別の意図もあるのかもしれない。ヴァランタンの警官としての勘がそうささやいた。治安局への異動命令に歯がゆい思いを抱いていた彼は、がぜん好奇心に駆られた。そして気がつくと、確かに不自然なリュシアンの死に隠された謎を解明してみせると意気ごんでいた。

ヴァランタンは警視庁を出るとサン＝ミシェル橋までオルフェーヴル河岸を進み、道を渡って陰気な死体安置所の建物にたどり着いた。死体安置所はシテ島を挟んで分岐するセーヌ河の小さいほうの分流に沿って設けられた柵に隣接しており、密集するあばら屋や怪しげな家屋を見下ろして建っている。入り口の前には河辺につながる階段が延びていて、毎朝舟で運ばれてくる水死体の陸揚げに使われていた。

ヴァランタンは大きな呼び鈴を鳴らし、誰かがドアを開けに来るのを待った。少々待たされたあとようやく、鷺《さぎ》を思わせるひょろりとのっぽの男がやってきた。男が身につけているぶかぶかの革の前掛けはくるぶしにまで達する長さで、茶色い染みが散っている。それがなんの染みなのか、ヴァランタンはあえて考えないことにした。名前と職業を名乗り、リュシアン・ドーヴェルニュの遺体を見せてもらいたいと切り出すと、男は皮肉な笑みを浮かべた。

「なんてこった！」甲高い声だった。「ってことはやっぱり、そこいらの連中じゃなくて、高貴なおかたにお泊まりいただいてるってわけか。くたばっちまったあとも、自宅の豪勢な居間に客をお迎えするみてえに歓待せにゃならんとは、ご苦労なこったな」

「どういう意味です？」

「なに、この午前中にここを訪れたのは、おたくだけじゃねえんですよ。すでにひとり、死体に会いに来た人がおりましてね。一家の主治医とやらで、解剖後の遺体の、いわばおなおしに来たってわけで」

ヴァランタンは男のあとをついて暗闇を突き進んだ。長々と続く廊下は悪臭に包まれていた。廊下の両側にずらりと部屋が並んでいる。ドアが開いた隙になかをのぞくと、どの部屋もじめじめとした雰囲気で、湿気のせいだろう、壁には硝酸カルシウムの結晶が浮いている。丸々と太ったハエが建物じゅうをぶんぶんと飛びまわり、ふたりの頭にしつこくつきまとってきた。ほかにも生きものがいるらしく、ヴァランタンたちが近づくとさっと逃げる気配がした。姿こそ見えないが、そのかすかな足音と迷惑そうに鳴く声がはっきり聞こえた。

「迷惑千万なネズミどもめ！」案内役の男が壁を蹴りつけた。「ったく、ここを自分らの家だと勘ちがいしてやがる！」

ヴァランタンはハンカチを広げて鼻にあて、腐敗臭から身を守った。

「駆除を試みなかったのですか？」

「やったところで、土台が無理な話でしてね！　学習能力が高いから、罠は避けるわ、毒入りの餌には寄りつかないわで、処置なしですよ。あいつらを追い出すため、猫二匹を放ってみやしたが、二晩、三晩したら、逆にネズミに齧《かじ》られてる始末でさ！」

男はようやく木のドアの前で足を止めた。

錆びついた大きな錠のついたそのドアは独房の入口を思わせたが、独房のドアとはちがい、押すだけで簡単に開いた。鷺を思わせる男はさっと脇に寄り、ヴァランタンを部屋のなかに通した。

部屋の壁は半分の高さまで白い陶器のタイルで覆われていた。採光は乏しく、わずかにふたつの窓から灰色の陽の光が射すだけだ。空中にはフェノールのにおいが漂っていた。中央に置かれた大理石の長テーブルの全体を覆う白布が、横臥《おうが》する人形《ひとがた》に盛りあがっている。

隅の洗面台で手を洗っていた男がヴァランタンに気づいて振り向いた。威厳を感じさせる五十がらみの男で、真珠のボタンがついたシルクの胴着《ジレ》を身に着け、腹部を懐中時計の金の鎖で飾っている。袖をまくりあげていたが、明らかに上等な布地でつくらせた仕立てのよいシャツであることが見て取れた。先端を尖らせて短く整えた顎髭も髪も、灰色がかった金色だ。重々しい顔、骨ばった身体つき、ある種の意固地さを感じさせるたたずまい。全身から警戒心と厳格さを発散させている。だがその不遜で冷ややかな外見に似合わず、まなざしは見る人をはっとさせる力強さと鋭敏さを湛えていた。

「パリ警視庁治安局のヴェルヌ警部です」ヴァランタンは山高帽を取って挨拶した。「ドーヴェルニュ家のリュシアン青年の死の捜査を任されています。失礼ですが……」

医師は闖入者《ちんにゅうしゃ》に挨拶を返すため軽く会釈した。そして濡れた手を丁寧に拭くと、シャツの袖を手首まで下ろして上着を羽織ってからようやく、氷のように冷たい手をヴァランタンのほうに差し出した。

「エドモン・テュソー医師です。ドーヴェルニュ家の主治医にして友人の。それにしても、なんとも恐ろしいことだ！」

「ここにいらしたのは、遺体の……見目を整えるためとうかがいましたが」

「昨夜、検死が終わるのがずいぶん遅くてね。父親のシャルル＝マリーにせっつかれたのです。葬儀を執りおこなうため遺体が家族のもとに戻ってくる前に見てくれをなんとかしろ、と。警視庁の依頼で検死にあたっている同業の者たちは、どうもそっちの方面の配慮を怠りがちでね。死体安置所の職員に任せるわけにはいかなかったのです」

「検死報告書の結論はお読みになりましたか？」

「いや。だが今朝、この目で死体を確認したが、死因について疑問の余地はありません」

「と申しますと？」

「頸椎《けいつい》がぽっきり折れていた。それと、挫傷がたくさんあった。とくに顔に。それから、両手両腕に擦り傷がついていた。中庭の小石のせいでしょう。胸部にもそれとわかる傷があった。地面に落ちる前、リュシアンは彫像が手にしていた三叉の矛で胸を突かれたのです。とはいえ、落下の最後に首の骨を折ったことがこの不幸な青年の死因です」

「なるほど、なるほど」ヴァランタンは好奇心を全開にした。「胸に傷があったわけですね？　リュシアン青年が落下に先立ち暴行を受けた可能性は？　殴られたとか、刺されたとか？」

　テュソー医師ははっと息をのむと、不快感をにじませた驚きと非難の表情を浮かべた。

「刺されたですって？　これまた珍妙なことを考えたものですね！　リュシアンの死が自殺だったことは明らかです。ええ、断言できます。なにしろ母親の目の前で宙に身を躍らせたのだから。加えて言えば、胸の傷はかなり浅く、海神《ネプチューン》が持つあの三叉の矛の三つの端部によるものであるのはまちがいない」

「思いつきを口にしたまでです」ヴァランタンは慌てて言いわけをした。「職業病ってやつです。こんな仕事をしていると、毎日おかしなことを山ほど目にするものですから！」

「おそらくそうなんでしょうね」テュソー医師は仏頂面を崩さずにうなずいた。「正直、そもそもだからこそわたしは、徹底した捜査を警察に依頼するのはやめるようドーヴェルニュ代議士に忠告したんですよ。警察というのは、なんでもかんでも事件やら謎やらと結びつける節がありますから。非難しているわけではないですよ。どの職業にも、ものの見方の癖みたいなものがありますからね。ですが、悲しいかな、リュシアンの自殺に疑わしき点は皆無です」

「遺体についていた痣がいつ頃できたものか確かめましたか？　打撲傷のしたの細胞組織にも血液の鬱血があり、そのせいで痣が大きく広がっていましたか？」

テュソー医師の鋭いまなざしの奥が、興味をそそられたようにきらりと光った。目の前にいる若い警部を新たな角度から眺めはじめたようだ。

「あなたが余計な気をまわさないように言っておきますが、わたしは傷のすべてを確認しました。そしてそのいずれもが落下前についたものには見えませんでしたよ。だが、これは少々驚きですね。一介の警部にすぎないあなたが、どうやらかなり豊富な法医学の知識をお持ちのようだから」

「わたしは昔からずっと学問が好きで、捜査官たるもの、最新の科学にいくばくか通じておらねばならぬ、とつねづね感じているのです。二年前にはオルフィラ教授（原注：マチュー・オルフィラ。パリ大学の法医学教授。*Traité de médecine légale* は、七月王政期に何度も刊行、翻訳され、この分野のバイブルとなった）の毒物学の講義をいくつか拝聴する栄誉にもあずかりました。教授の著書、『法医学講義』にはとくに感銘を受けましたよ。この論文は教授の高名な先達、つまりフランソワ＝エマニュエル・フォデレ（一七六四～一八三五。医師、植物学者）やジャン＝ジャック・ベロク（一七三〇～一八〇七。外科医。フランスの法医学の基礎を築いた）といったこれまた卓越した医師たちの業績をはるかに凌ぐものです」

話をしながらヴァランタンは、さりげなく部屋の中央に移動した。そして検死台のそばまで行くと、遺体を覆っているシーツをめくって頭部と胴体をあらわにした。

「なんとこれは！」つい大きな声が出た。「まったくもってふつうじゃない」

「今度はいったいなんですか？」

「リュシアン青年の表情に気づきましたか？」

「固まっていますね。死後硬直《リゴール・モルティス》です」テュソー医師はそう吐き捨てると、明らかに関心がなさそうに肩をすくめた。「ほかの組織と同様、顔の筋肉も硬直します。自然の成り行きですよ。あなたもオルフィラ教授の著作を読んだのなら、驚くこともないでしょうに」

ヴァランタンはすぐには返事をしなかった。というのも、リュシアン・ドーヴェルニュの表情から目を離すことができなかったからだ。なにしろ、遺体が微笑んでいたのだから！

薄汚い部屋に横たわり永遠の眠りについている死者は、不可解にも至福に満ちた表情を浮かべていた。

6 帰りぎわの収穫

ヴァランタンは死体安置所を出るとリュシアン・ドーヴェルニュの遺体を検死した外科医が働く施療院《オテル・デュー》に赴いた。だが、新しい情報はなにも得られなかった。法医学者であるこの外科医はテュソー医師の結論に同意し、転落による首の骨折が致命傷になったと断言した。そして、「即死か、ほぼ即死だったでしょう」と言い添えた。ヴァランタンが故人の顔に浮かんでいた不思議な微笑みについて専門家の見解をうかがいたいと切り出すと、外科医は困惑の表情を浮かべた。

「わたしもすぐにこの点に気づいて驚きましたよ。自死した者の顔にこのような表情が浮かんでいるのを目にしたことはいまだかつてありません。悲しみや苦悩や恐怖の表情なら見たことがあるのですが。ときには怒りの表情も。けれども、魂を奪われたみたいにあんなふうに恍惚とした表情は初めてです。ですが、わたしの知る科学は、この現象を説明するなんの手がかりも持ち合わせてはいません……」

施療院《オテル・デュー》を出て、昼どきで混雑する通りの雑踏にふたたび身を置いたヴァランタンは、ひとつ大きく息をついた。衛生状態のひどさにかけては、歴史あるパリの施療院《オテル・デュー》も死体安置所といい勝負だ。施療院《オテル・デュー》ではすべてが老朽化し、劣悪な環境のもと、病人たちがぎつぎつに押しこまれている。そのほとんどが身寄りのない貧者で、死を待つしかない人びとだ。彼らはそこで、つまり診療所というよりも死の待機所に近いこの気の滅入る施設の古びた部屋で、衰弱するか、あるいは朽ち果てていく。というわけでヴァランタンは、居並ぶ安食堂や屋台から出た焦げた脂のにおいが通りに充満しているにもかかわらず、屋外に出られたことを、腐肉や硫黄やメチルアルコールのにおいをもう嗅がずにすむことを喜んだ。とはいえ、せせこましくて閉塞感のあるシテ島とその中世の路地から逃れるため、一刻も早く右岸に行き着きたかった。そこで歩幅を広げ、架けられて日の浅いアルコル橋を目指した。

道すがら、ヴァランタンは心ならずも担当することになったこの奇妙な事件について考えた。リュシアン・ドーヴェルニュの死は自殺によるものだろう。だが、その死に謎の要素があるのはまちがいない。好奇心旺盛な彼は、この謎を早々に解き明かしてみせると張り切った。

それにどちらにせよ、選択の余地はなかった。本件を解決し、フランシャール警視を満足させることがル・ヴィケール捜しを一刻も早く再開するための確かな近道だ。なにしろこのパリでダミアンを、怪物の手に落ちたあのか弱い孤児を救い出せるのは自分しかいない。そしてダミアンのことを忘れてはいないのも、自分ひとりだけだ……。

　ヴァランタンはそんなことを考えながら、行き交う人びとのあいだを大股ですり抜けていった。通りには労働者、職人、お針子、洗濯婦など多種雑多な群衆がひしめいていた。みな、界隈に数多くある食堂のひとつで短い昼休みを過ごそうとする人たちだ。そうしたつましい人びとのなかで、ヴァランタンは明らかに浮いていた。優美な服、すらりと引き締まった体型、知性を感じさせる広い額、うなじで波打つ金色味を帯びた栗色の髪。それらすべてが相まって、気品のある貴族的な雰囲気が醸し出されているのだが、重々しい表情がほんの少しだけその雰囲気に水を差している。なかでも彼のまなざしはその瞳に宿る炎のせいで、すれちがった人に忘れがたい印象を残した。瞳の色はそのときどきの機嫌や状況に応じて変わった。たとえば相手に打ち勝とうとするときには灰色に、相手を魅了しようとするときには緑色に。ヴァランタンがそばを通りかかると、女工やお針子や物売り娘ははっとおしゃべりをやめて見とれた。だが彼のほうは、女性たちにまるで目もくれなかった。同じ年頃の男たちとは異なり、異性の気を惹こうとはしなかった。そのミステリアスな雰囲気から生まれる魅力にも、その天使のように美しい顔が女性の大半を夢中にさせていることにも気づいていなかった。彼にとって大事なのは、みずからに課した贖罪《しょくざい》の使命だった。そしてみずからを律するまでもなく、その使命を損なう恐れのあるものからおのずと目を背けていた。

　セーヌ河の右岸に行き着くと、市庁舎を通り過ぎてヴェルリ通り、次いでサン＝トノレ通りに入った。朝がたから空気がじっとりと湿っていたが、ここにきてさらに湿度が増してきた。まだ雨は降りはじめていなかったが、天を仰ぎ、西の空に湧き出した黒い大きな雲を見ただけで、驟雨《しゅうう》が迫っているのは明らかだった。ヴァランタンがパレ＝ロワイヤルの拱廊《アルカード》に着いたところで空が割れ、ごうごうと雨が降り出した。

そこここにあるカフェは人でごった返していた。客たちの話題の中心はもっぱら、この先おこなわれる前の首相と大臣たちの裁判と、国外で強まっている政治的対立だった。七月革命はほかの国々の民衆に自由の息吹をもたらす結果となり、それはオーストリアのメッテルニヒ宰相が最近口にした、この有名な言葉に象徴されていた――〝パリがくしゃみをすると、ヨーロッパが風邪を引く〟。あるカフェでは客たちが、ドイツの四州とスイスのいくつかの州で発生した暴動や、ベルギーをめぐる最新の動向（原注：一八三〇年八月二十五日、ベルギーはオランダの支配に反旗を翻し、十月四日に一方的に独立を宣言した）について激論を交わしていた。ベルギーがフランスに併合される可能性を示唆する者もいれば、それに異を唱える者もいる――「一八一五年に同盟を結成してナポレオンに対抗した列強どもが、今回もわれわれの前に立ちはだかり、わが国がベルギーを併合しようとする動きを見せようものなら、まちがいなく戦争になるはずだ！」。この難局を切り抜けるために政府はいかなる舵取りをするべきか、見るからに誰もが一家言を持っており、誰もが少しばかりタレーラン（一七五四～一八三八。政治家、外交官）を気取っていた。

ヴァランタンも通り雨を避けようと、こうしたカフェのひとつに逃げこんだ。そしてついでに腹を満たそうと考え、セップ茸が入ったオムレツとピッチャーに入ったブリー産の葡萄酒を注文した。料理を運んできたのは、八歳ぐらいの青白い顔をした少年だった。かわいそうに骨と皮ばかりにやせこけ、よだれを垂らさんばかりにして皿の中身を見つめている。手の届かないところにいるネズミを必死に狙っている、飢えた猫のように。

「ずいぶんとお腹をすかせているみたいだね」ヴァランタンは声をかけた。「このオムレツ、食べたいのかい？」

少年はその場で身をよじり、皿とヴァランタンの顔のあいだで視線を行き来させた。食べたいけれども食べてはいけないという苦しみにもがいているのが見て取れた。その姿がヴァランタンにはいじらしかった。彼は元来、口数が少ないほうで、人と交わることに一種の警戒心を覚えていたが、子どもにだけは無防備だった。接し方を自然に心得ていただけでなく、いつもすぐに子どもの心をつかむことができた。

「さあ！」彼はやさしく促した。「ここにお座り。だって、とっても食べたそうに見えるから」

そしてテーブルの隅を片づけると、長椅子に腰掛けるよう手招きした。少年は座りたそうにしながらも、まだ迷っているようだった。

「ぼくのことを怖がってるわけじゃないよね？」

自分はそんな弱虫じゃない、と伝えようとしたのだろう、少年はすぐに背筋を伸ばし、やせこけた胸をそらせた。

「まさか、ムッシュー、そんなことないです！」

だがそう勇ましく告げるとすぐに、カフェの主人がいるカウンターの向こうを不安げに窺《うかが》った。

「なるほど、そういうことか」ヴァランタンは自分が座っている長椅子の座面をトントンと叩きながら言った。「ここに座って、ゆっくりこれをお食べ。あとはぼくに任せてくれ」

男の子がようやく腰を下ろすと、ヴァランタンは手を挙げてひらひらと振り、カフェの大柄な主人に合図した。カリフラワーのような耳をし、ひしゃげた鼻をした血色のよい大男はヴァランタンの合図を誤解し、長椅子にちんまりと座っている男の子に気がつくと、典雅な客の邪魔をしているこの不届き者を排除すべく、頭に血をのぼらせて突進してきた。

「こら、小僧、お客さんに迷惑かけるとは、たいした度胸だな？　なにしてやがる、そこをどけ！　でないと、ケツをひっぱたいて二度と座れなくしてやるぞ！」

そう言って少年をつかみあげようとした主人を、ヴァランタンはステッキではばんだ。微笑みを浮かべながらも、顎の筋肉にぎゅっと力をこめて。

「勘ちがいされているみたいですね。この子はわたしのお客さままでですよ」

カフェの主人は目を見開いた。

「こののろまなガキが、お客さんの……お客さまでですと？」

「ええ、まさに！　ひとりで食事するのが苦手なもので、この子にお付き合いをお願いすることにしたのです」

「なんと、まあ、そうでしたかい！」赤ら顔の大男は当惑して頭をかいた。「だがあいにく、この怠け者にはしなきゃならない仕事がありましてね。ええ！　ほかのお客さんの給仕をせにゃいかんのですよ」

「ならばこれから三十分、わたしがこの子を借り受けて、専属で給仕をしてもらうということでいかがです？　さあ、これが三十分の借り賃です。これだけあれば、オムレツだってもう一皿、注文できると思いますが」

ヴァランタンはポケットから五フラン硬貨を二枚取り出してテーブルに置いた。主人はチャリンという音とともに置かれた硬貨をさっとつかみ取ると、「これだけありゃ、今日はもう、人手がなくともやってけますよ」と言いのけた。主人が踵《きびす》を返すや、少年はオムレツにかぶりついた。前日からなにも食べていなかったような勢いだ。最初の数口をむさぼるようにかきこんでいる少年を見ながらヴァランタンはふっと全身の力を抜き、愉快な心地になった。うなじの後ろで手を組み、壁にゆったりと背をつけた。

「おい、食いしん坊くん、喉を詰まらせないように気をつけるんだぞ！」いたずらっぽく笑いながら声をかけた。「きみがオムレツを喉に詰まらせて死んでしまったら、ぼくは一生罪の意識に苛まれてしまうだろうから！」

しばらくしてカフェを出ると、すでに雨はやんでいた。ヴァランタンはふたたびサン＝トノレ通りを進み、建設中の大きなマドレーヌ寺院まで行った。足場のあいだから側面壁を飾る壮麗なコリント様式の列柱が見える。寺院は全体的にディオクレティアヌス帝の浴場を彷彿させる造りをしていた。そんな寺院の建立は、ヴァランタンの目にはパリの真ん中に古代ローマをよみがえらせようとする虚《むな》しい試みに映っていた。寺院の建造につぎこんだ大枚をパリの中心部に広がる貧民街の衛生向上に使えば有益だったのに、と思わずにはいられなかった。貧民街では困窮者がひしめき合い、あさましいハゲタカどもが罪のない獲物をよりどりみどりで狙っている。

一方、フォーブール・サン＝トノレ街の美しい邸宅群はその多くが控えめな美を誇り、確たる基盤を築いたブルジョワたちの余裕のある暮らしぶりが窺えた。だがいくつか例外があり、それらの邸宅は贅《ぜい》をこれみよがしに誇示し、そのほとんどが成金を絵に描いたような様相を呈していた。壮大な車寄せ、帯状装飾《フリーズ》と仮面飾り《マスカロン》が目を惹くファサード、ごてごてと飾り立てたバロック様式の海神《ネプチューン》の泉をそなえたドーヴェルニュ邸は、そのいくつかの例外に属していた。

ドーヴェルニュ邸を訪れたヴァランタンは居間で待たされた。目につかない場所に通気孔を配した熱循環装置のおかげで、息苦しいほど暖かい。ダマスク織りのカーテンがかかった窓の向こうに、美しいクマシデの木が生える広い庭園が見える。壁に張られたスミレ色のシルク、寄せ木張りの床に敷かれたトルコ産の分厚い絨毯、台座に鎮座する金箔張りブロンズ製の巨大な時計。名門家具工房〈ブール〉の見事なサイドボードの美しい木肌が、マントルピースと彫像の大理石の輝きを受けて照り映えている。居間はそれらの品々から成る奢侈《しゃし》の海にどっぷりと浸かり、なんとはなしに胸焼けを催す雰囲気を漂わせていた。人に誇示するためにしつらえられたこの空間に自殺という悲劇が突然入りこんできたことは、いきなり砲弾を撃ちこまれたような衝撃だったにちがいない。

ようやく現われたシャルル＝マリー・ドーヴェルニュ代議士は、適度に品よく喪服を着こなしていた。眠れていないのだろう、肌は黒ずみ、目のしたに隈が浮いている。シャルル＝マリーは訪問客に軽く会釈した。

「わしの友人でもある警視総監のジロー・ド・ラン（一七八一〜一八四七。政治家）は、息子リュシアンの死にまつわる捜査を庁内でも指折りの凄腕捜査官に任せると承け合ってくれた。だが、悪く取っていただきたくないのだが、きみはわしからすれば若すぎるように思われる」

「組織の上層部はどうやらその点を考慮しなかったようですね」ヴァランタンは山高帽を取ってお辞儀した。「ですが、まずはともあれ、代議士殿、名高い御一家が見舞われたこのたびの痛ましいご不幸に心よりお悔やみを申しあげます」

そう言われてシャルル＝マリーは心を動かされたようだった。その証拠に、急に態度をやわらげた。

「警視庁の人選が的を射たものであることは疑っていない」そう言ってヴァランタンに肘掛け椅子を指さし、自分はルイ十六世様式の長椅子に腰を下ろした。「おそらくそれなりの妥当性を持って、息子と同じ年頃の捜査官のほうが息子をあの……恐ろしい行為に駆り立てた要因を解明できると踏んだのだろう」

「息子さんがみずから命を絶った原因について思いあたる節は？」

長身のブルジョワジーの代議士は、その疲れ切った顔に悲痛な渋面を浮かべた。

「そんなもの、ひとつもない！」声がうわずった。「そもそも息子がなぜあんな極端な行動に走ったのか、その理由が知りたくて警察にいくばくかの捜査を——

いわずもがな、隠密の捜査だが——迫った次第だ。なにしろわしには男子がひとりしかおらず、あれは跡取り息子だった。あいつがなぜあんな狂ったまねをしでかしたのか、その理由を知る必要がある」

「今朝、死体安置所に行き、息子さんの遺体を確認した医師から話を聞きました。その医師の話では、どこからどう見ても自殺は明らかだとのことでしたが」

「むろんわしとて、息子の自殺を疑ったことは微塵もない。問題はそこではない！　きみが解明すべきは、
未来を嘱望された健康で活力あふれる青年が、なぜ自殺などという行為に走ったのか、ということだ」

「息子には父親に知られたくない動機など、掃いて捨てるほどあるでしょう」

「たとえば？」

「失恋の痛手、賭け事でつくった借金……それこそいろいろです」

「だとしたら、たいした驚きだな。リュシアンは真面目な青年だった。それに死んだまさにあの夜、婚約を発表する予定だったのだ。とにかく、あらゆる方面を探ることだ。息子を死に追いやった人物がいるのかどうか知りたいのだ。もしそんな人物がいるのなら、男にせよ女にせよ、犯した過ちの代償は払ってもらう」

ヴァランタンは表情を曇らせた。リュシアンの父の居丈高な口調が気に入らなかった。それはヴァランタンを、自分の言いなりにできるしがない使用人とでも思っているかのような口ぶりだった。だがなにより彼を不愉快にさせたのは、リュシアンの父が、このような接し方をすれば相手が気を悪くするなどとは少しも思っていないように見える点だった。警察の人間に命令を出すのは、この代議士にとってごく当たり前のことなのだろう。

「残念ですがこの種の状況において、人間の正義はえてして……」ヴァランタンは意地の悪い喜びを覚えながら指摘した。「……無力であることを露呈するもの

です」

リュシアンの父はがばりと立ちあがり、面談がすでに終わったことを暗に示した。そしてふたたび口を開いたとき、その声には傲慢さと怒りが入りまじった不快な響きが感じられた。

「この世に正義の鉄槌をくだす方法はいくらでもある。いいか、息子の死の報いは必ず受けてもらう！」

シャルル＝マリー・ドーヴェルニュに導かれてヴァランタンが玄関ホールまで行くと、ふたたび雨が降っていた。激しい雨で、窓を打つ様子はまさに滝のようだ。このまま外に出たら、服がずぶ濡れになるだろう。ヴァランタンはいまいましく思った。と、その直後、十六か十七歳ぐらいの少女がひとり、格子の入った窓のそばに立ち、降りしきる雨にじっと見入っていることに気がついた。ぽっちゃりとした体型で、繊細そうな顔に寂しげな表情が浮かんでいる。

「娘のフェリシエンヌを紹介しよう。いまやわしに残されたたったひとりの子だ」シャルル＝マリーは少女を手招きした。「そんなところでなにをしている？」

「ギュスターヴから警察のかたがいらっしゃっていると聞いたものだから。こんなひどい雨だもの、雨具がご入り用かと思ったんです」

ふたりのほうに向きなおった少女は、胸に黒い大きな傘を抱えていた。シャルル＝マリーは娘にやさしく微笑んだ。

「なんて気が利く子なんだ！　この試練のときに、やさしいこの子がいてくれることだけが唯一の救いだ……。とはいえ、なにをしている、フェリシエンヌ？　こっちへ来い！　警部さんがまさか、おまえに指錠《プセット》（原注：両手の親指を拘束する器具。手錠の前身）をかけるわけなんぞなかろうに！」

フェリシエンヌは実際、ヴァランタンのほうへ近づきかけて、急に躊躇したように立ち止まっていた。彼女は父親の言葉に当惑したように顔を赤らめると、いそいそと近づいてきた。そして恥じらうように目を伏せて、傘を差し出した。

傘を受け取るとき、ヴァランタンの手が柄のうえで少女の指と触れた。その瞬間、彼はどきりとしたが、驚きを表わさないように精一杯自制した。というのもフェリシエンヌが手のひらに、きれいに折りたたまれた紙片を滑りこませてきたからだ。

7 〈冠を戴いた雉《きじ》たち〉亭

ほかの人たちの言うことを聞いてはいけません。だって、みんなリュシアン兄さまがほんとうはどんな人か知らないんですから。兄さまが心を許すことのできたのは、このわたしだけです。わたしたち、ついこのあいだまでとっても仲がよかったんです！　でもこのところ、兄さまはずいぶん変わってしまった。〈冠を戴いた雉たち〉亭とかいう酒場に集まる若者たちとつるみ出したりして。兄さまを死に追いやった人物を捜しているのでしたら、きっとあの酒場で見つかるはずです。

フェリシエンヌ・ドーヴェルニュ

ヴァランタンは最後にもう一度、繰り返し何度も読んだその手紙に目を通すとポケットにしまった。通りの反対側に建つ酒場の店構えはずいぶん古ぼけている。ケンケ灯のうえに見えるのはみすぼらしいブリキの看板だ。看板にはなんの種類か判然としない二羽の鳥の稚拙な絵が描かれていて、鳥の頭には滑稽なくらい飾り立てられた王冠が載っている。土壁は泥と煤で染みだらけだ。店は背の低いドアと幅広の格子窓をふたつそなえていたが、濃緑色のガラスが嵌《は》まっているせいで店内の様子はまったく窺《うかが》えない。

店はサント＝ジュヌヴィエール山（セーヌ左岸にある丘）の麓、アラス通りとトラヴェルシーヌ通りの交差点にあった。辺りにはキャベツと馬糞のにおいが立ちこめている。すれちがうのは、だらしない身なりをした学生、野菜などを積んだ荷車を押す行商人、研師、水売りなどだ。ヴァランタンは酒場の開店直後にこの界隈に到着し、店から三十メートルほど離れた戸口の隙間に身を隠して通りの往来を密かに窺っていた。

十時になると早速、その日最初の客たちが酒場に入っていった。その大半は、午前中の休憩時間を利用して訪れた職人たちだ。見たところ、興味を惹くような人物はいない。だがヴァランタンは店に足を踏み入れる前に、客層や店内で身の危険に晒《さら》される可能性などについてできるだけ情報を集めたいと思っていた。

彼は昨晩、その日おこなった捜査について時間をかけて振り返り、矛盾する感情に引き裂かれた。リュシアン・ドーヴェルニュが自殺したときの不可解な状況、死に顔に浮かんでいた不思議な微笑み、妹からこっそり渡された手紙。それらが好奇心を刺激したことは否めない。そこには確かに謎があり、ほかの状況であれば、自分の知力と知性を試す機会だと喜び勇んでこれに立ち向かったことだろう。だがリュシアンの父とのやり取りが、熱意に水を差した。あの父親が警察に捜査を依頼したのは、私怨を晴らすためであることはまちがいない。それがどうにも気に食わない。我慢のならないことですらある。そんなわけでヴァランタンはベッドに就くとき、捜査はこれきりだ、とすっかり心に決めていた。朝いちばんにフランシャール警視に会いに行き、風紀局に戻してもらうよう願い出よう。成金の気まぐれに付き合って、ル・ヴィケール捜しを犠牲にするなどもってのほかだ。ダミアンを救い出すには、汚らわしいあのけだものを狩り出すよりほかに方策はないのだから。

そう意を決していたのに、眠りに落ちようとしたちょうどそのとき、ある人の顔が頭に浮かび、たったそれだけで彼の決意は翻《ひるがえ》された。それはフェリシエンヌ・ドーヴェルニュのぽっちゃりとした丸顔だった。あの少女に紙切れをそっと握らされた瞬間、ヴァランタンは彼女の瞳の奥に底知れぬ悲嘆と必死の懇願を見た気がした。そしてその無言の呼びかけに応じるためだけに、この朝、〈冠を戴いた雉たち〉亭にやってきたのだ。

昼どき近くになり、通りの人出も増えてきた。ヴァランタンが身を潜めていた戸口からすぐのところに揚げ物屋が屋台を出していた。彼の左、手が届きそうな場所にパンが山と積まれ、右のほうでは焜炉に載ったフライパンのうえでソーセージ、ブーダン（血入りソーセージ）、豚の骨付き肉や薄切りバラ肉がじゅうじゅうと食欲をそそる音を立てている。そんな屋台を利用することで、界隈の庶民は安い値段ですばやく腹を満たすことができた。人だかりのせいで、問題の酒場に出入りする客を把握するのはもはや不可能だ。そこでヴァランタンは店内に足を踏み入れることにした。いずれにせよ、てい昼食をとる人で混雑する時間帯だ。客が大勢詰めかけているから、注意を惹くことはないだろう。

ヴァランタンは空いている数少ないテーブルのなかから、店内を見渡せる席を選んだ。腰を下ろすと、愛想のよいきびきびとした女給が注文を取りにきた。女給は表情を閉ざしたこの若い客を気に入ったのだろう、料理の皿を運んでくるとき、大胆にもいたずらっぽくヴァランタンに目配せをしたが、彼は無視した。女給は目論見がはずれ、むっとした様子で唇を尖らせると、あてつけるように肩をすくませながら戻っていった。

ヴァランタンは〈両世界評論〉誌を読みふけっているふりをしながら食事を始めたが、なにひとつ見落とすまいと周囲を窺いつづけていた。

彼ほど鋭敏な目の持ち主でなければ、おそらく奇妙な点には気づけなかっただろう。というのも表面上、〈冠を戴いた雉たち〉亭は、パリにごまんとあるこの種の店となんら変わるところがないように見えたからだ。つまり常連客たちが罵詈雑言を楽しげにぶつけ合いながら、質より量で勝負の料理と、ピッチャーからせわしなく注がれる葡萄酒を楽しむ店だ。だがヴァランタンは第六感のようなものをそなえており、それがすぐに警告を発してきた――じきに変わったことが起こるだろう、危険に注意しろ。警視庁で働き出してからこのかた、この直感のおかげで何度も危険な状況を切り抜けてきた。彼の警官としての勘は絶対だった。

そういうわけで、彼はすぐに店の主人の奇妙な振る舞いに気づくことができた。

店の主人はシチューのにおいが漂い、鍋がぶつかる音が響いてくる厨房の入り口に置いた椅子に陣取り、給仕たちの働きぶりに目を光らせながらゆったり物憂げに身体を揺らしていた。主人は来店する客を満面の笑みで迎えたが、応対は給仕たちに任せていた。だがヴァランタンは一部の客――彼らはたいていひとり、あるいはせいぜいふたり連れで、それ以上になることは決してなかった――が用心深く周囲を眺めまわしたあと、まっすぐ主人のところに向かっていくことに気がついた。主人は客とさっと握手を交わしたあと、自分の手のひらにちらりと目をやり、よし、と言うようにうなずいた。そして立ちあがり、ひとり、あるいはふたり連れの客を、おそらく建物の奥にある別の部屋の入り口だろう、鍵のかかっていたドアまで導いた。そして客たちを別の部屋に通し、ドアをふたたび施錠したあとまたそっと椅子に戻って座り、何事もなかったかのように力なく身体を揺らしはじめた。

一時間もしないあいだにヴァランタンは五回同じような光景を目にし、七人が謎のドアの向こうに消えた。服装から判断すると、みなブルジョワか学生に思われた。最後にやってきた男にかすかに見覚えがある気がした。まだ若く、おそらく二十歳《はたち》にも達していないはずだ。ひょろりとした体型、落ち着きのない所作、知性を感じさせる広い額、熱に浮かされたようなまなざし。ヴァランタンは記憶を探った。そして料理を食べ終わり、徐々に店の客が掃けはじめた頃、ようやく名前を思い出した。ガロワ。エヴァリスト・ガロワ（一八一一～三二。数学者、革命家）。途方もなく数学に強い、つねに興奮して息せき切っているような青年だ。ガロワはこの春、フェリュサック男爵（一七八六～一八三六。百科全書派、博物学者）が刊行している〈科学情報総合紀要〉にモジュラー方程式に関する論文を発表した。少々荒削りだが、秀逸なアイディアを数多く含む内容だった。その直後、ガロワが数学大賞の受賞を惜しくも逃した科学アカデミーの会合で、ヴァランタンは彼と面識を持った。講堂を出るさいに二言三言、会話を交わしただけだったが、ヴァランタンはそのときのことを引き合いに出して話しかけ、〈冠を戴いた雉たち〉亭でなにが企てられているのか探りを入れようと考えた。とはいえ、昼食をすっかり食べ終えていたため、このまま店に居座っていたら注意を惹く恐れがあった。そこでいったん店を出て、通りでガロワが出てくるのを待つことにした。

幸いそれほど待つことはなく、二十分もするとガロワが店の戸口に姿を現わした。来たときと同じようにひとりだ。ヴァランタンはほっとした。連れがいたらどうしようかと案じていたからだ。それだと計画が覚束なくなる。ガロワがすでに二十歩ほど先に行ってしまっていたため、慌てて追いかけて声をかけた。

「すみません……！　もしやガロワさんではないですか？　エヴァリスト・ガロワさんですよね？」

相手は振り返り、ヴァランタンをまじまじと見た。

「どこかでお会いしましたっけ？　すみません、思い出せないんですが」

警戒心を微塵も感じさせない、気さくな口調だ。

「憶えていらっしゃらないのも当然です。科学アカデミーで一度お目にかかっただけですから。方程式の代数的解決法に関するあなたの研究に感銘を受けた旨、お伝えした者です」

「そうでしたか」若い数学者は明らかに気をよくした様子だったが、目に困惑の色が浮かんでいた。「なるほど、確かにそんなこともあったような……。科学アカデミーとおっしゃいましたね。名前をうかがってもいいですか？」

「ヴェルヌです。ヴァランタン・ヴェルヌ。わたしは数学よりも化学と鉱物学に興味があるのですが、基礎科学にかかわるものでしたらなんでも好きでして」

「ああ、そうでした、そうでした、ヴァランタン・ヴェルヌさん！」エヴァリスト・ガロワは額をぽんと叩いた。「まったく、ぼくときたら、どうかしてる。またお目にかかれて嬉しいです！」

ヴァランタンは笑いを噛み殺した。というのも、エヴァリスト・ガロワに名を名乗ったのはこれが初めてだったからだ。ガロワは明らかにあのときの短い出会いをすっかり忘れている。けれども相手の気分を害さないように、憶えているふりをしているのだ。

「こんなふうに道の真ん中でいきなり話しかけて申しわけありません。ですが、たったいま、〈冠を戴いた雉たち〉亭から出てこられましたよね。実は、友人のリュシアン・ドーヴェルニュが昼食をとりにあの店に来るんじゃないかと思って待っていたのですが、会えていいのですが、会えずじまいだったんです。それでひょっとして、リュシアンのことをご存じかと思いまして」

「リュシアン？　ええ、もちろんですよ！」ガロワは声を弾ませた。話題が変わったことにほっとしているのだろう。「ぼくらは友人同士の小さなサークルをつくっていて、あの店で定期的に会っているんです。でもこの二週間、リュシアンは会合に姿を見せていませんよ」

「なにか理由でもあるんでしょうか？」

「くだらないことですよ！　ご存じでしょう、政治の話になるとみんなどうなるか。すぐに頭に血がのぼる。売り言葉に買い言葉でついつい語気が荒くなり、すぐに収拾がつかなくなる。でも、諍《いさか》いをしたところで、長くは続きません」

　ちょうどそのとき、カランコロンと金属のバケツにコップがあたる音を響かせながら水売りが近づいてきた。ヴァランタンはとっさにガロワの腕をつかんで自分のほうに引き寄せた。おかげでガロワは水売りにぶつかって濡れずにすんだ。

「リュシアンがあなたがたのサークルの会員のひとりと言い争いになったのですか？」ヴァランタンはガロワの袖の埃を払いながら尋ねた。

「〝言い争いになった〟という表現はおおげさです。〝議論が白熱した〟とでも言うべきですかね。〈ラ・トリビューン〉紙の記者のフォーヴェ＝デュメニルと。デュメニルは喧嘩を売るのが好きで、力勝負も辞さない危険な決闘家です。対してリュシアンはかっとなるたちで、挑発に乗りやすい」

「言い争いの種は？」

「くだらないことですよ、言ったでしょ。ベルギー問題についてです。リュシアンはベルギーがフランスに併合されるよう主張する彼《か》の国の愛国者たちを支持していました。ベルギー併合をフランスが偉大さを取り戻し、一八一五年にワーテルローで被った敗北の雪辱を果たすよい機会だと考えていたんです。一方、フォーヴェ＝デュメニルは、併合は子どもじみた不合理な選択だと見なしていました。ヨーロッパじゅうを火の海にし、ぼくらを十五年前に後退させる選択だと主張して」

「あながち的はずれとは言えないのでは？　最新の情報によると、ロシアのニコライ皇帝がポーランドとの国境に軍を配備し、あらゆる事態にそなえているらしいので」

エヴァリスト・ガロワは肩をすくめた。

「正直、外交のそうした微妙な駆け引きについてはよくわかりません。でも、ぼくのささやかな意見を言わせてもらえば、ぼくらは隣国の問題に首を突っこむべきじゃない。まだまだやらなければならないことがあるのだから。七月革命の精神を、わがフランスの全土にあまねく行きわたらせるためには」

彼は指先を額にあて、ヴァランタンに向かって軽く挨拶するような仕草をした。

「さて、すみません、ヴェルヌさん、そろそろ失敬します。半時間以内に師範学校に戻らないと、退学させられるかもしれないんです」

「ずいぶんやんちゃな生徒さんのようですね」

若き数学者は、ヴァランタンに茶目っ気たっぷりにウィンクした。

「ええ、あなたが考える以上に」わずかに挑発するような声音で応じた。「あの破廉恥なギニョー校長（原注：七月革命後に自治独立が認められた師範学校の初代校長。革命の騒乱のあいだは学校のドアを施錠し、当校の生徒が武装蜂起した理工科学校生に合流することをはばんだが、革命後は新体制を支持するという無節操な態度を見せた）は先の七月の〈栄光の三日間〉（七月革命を指す）のさい、生徒たちが蜂起に加わるのを阻止しただけでは飽き足らず、校則を決めるにあたって生徒たちに発言権を与えなかったんですよ。そんなのはまさに専制君主の振る舞いで、歴史の流れに逆行しています。そう思いませんか？　ぼくはそのことを少しばかり声高に指摘したせいで、旧体制の犬そのもののギニョー校長に、あっさり禁足令を食らってしまいました。まあ、そんなこと、こっちはどこ吹く風ですが。なにしろぼくは無断外出の達人だから。とはいえ、さすがに午後の点呼の時間までには戻らないといけません」

そう告げると彼は、いたずら小僧のようにちょこまかとした足取りで去っていった。

ヴァランタンは彼がアラス通りの角を曲がって消えるのを見届けたあと、握りしめていた右手をようやく開き、この若き数学者のポケットからこっそり抜き取っていた紙切れに目を凝らした。それは印刷された店のメニューで、同志を見分けるためのサインなのだろう、独特の形に折られていた。ヴァランタンは一七九三年に始まった〈ヴァンデの反乱〉（フランス西部で発生した反革命の農民蜂起）のさい、王党派があの悪名高いアシニャ紙幣（フランス革命期に使用された紙幣）を巧妙に折りたたみ、〝共和国の死〟という言葉を紙幣上につくり出していたという逸話を思い出した。目の前にあるものも、言葉こそ短かったがその意味は明白だった。というのも、メニューの上部に記された店名、〈冠を戴いた雉たち（Faisans couronnes）〉の最初の三文字を消す形で紙が折られ、〝冠なし（sans couronnes）〟と読めるようにしてあったからだ。これはまさに共和主義を目指す陰謀が疑われる人物による、一種の信条表明にほかならない。

どこからどう見てもドーヴェルニュ事件は、予想以上に複雑な様相を呈しはじめている。ヴァランタンの心に一抹の不安が兆した。この怪しげな迷路は、いったいどこに通じているのだろう。

8　ペルティエ薬局

ヴァランタンはエヴァリスト・ガロワと別れたあと、カルチェ・ラタン地区の情報提供者たちに会いに行った。「これから何日か、自分はここにあまり足を運べなくなるが、警視庁に行けば連絡が取れるので、ル・ヴィケールについてなにかわかったら知らせてほしい」と伝えるためだ。

情報提供者にひととおり連絡し終えると、ヴァランタンは自宅のアパルトマンがある方角へ、つまりジャコブ通りをシャリテ病院に向かって下っていった。サン＝ジェルマン＝デ・プレ教会の鐘が六時を告げた。すでに夕闇が下りている。やがてペルティエ薬局が見えてきた。薬局の前の石畳が、二種の蛍光色の液体を映して輝いている。

薬局の向かい側まで来たヴァランタンは、ガラスの入ったドアの両側に設けられた陳列窓にそれぞれ鎮座する洋梨形の美しいふたつのガラス瓶にじっと見入った。瓶のなかには色のついた液体が入っている。化学はなんと妙《たえ》なる学問なのだろう！　ニクロム酸カリウムは目の覚めるような赤を、硫酸ニッケルは強烈な緑をもたらす。さらにアンモニアを加えた硫酸銅は天空の青を、クロム酸ナトリウムは暖かみのある黄色を授けてくれる。薬剤師たちは薬品を取り扱う熟達の技と店のガスランプを組み合わせて、〝光る看板〟を発明していた。そして、これはほとんど知られていないことだが、鮮やかな液体が入った広口瓶を陳列窓に置き、背後からガスランプで照らすことには看板の働き以上の、もっとずっと巧みな商売上の目論見があった。実際、薬剤師たちはドアの開閉の向きに応じて瓶の配置を変え、店に入るときには寒色の液体を湛えた瓶に、店を出るときには暖色の液体を湛えた瓶に照らされた顔がドアのガラスに映るよう工夫した。おかげで客は入店のさいにはみずからの死人のような青ざめた顔色におじけづき、帰りぎわには血色がよくなって回復したと勘ちがいした。色がもたらす心理的効果は抜群だった。

ヴァランタンはためらいがちな足取りで道を渡ると、薬局のドアを押し開けた。組鐘《カリヨン》の澄んだひと続きの音が響いた。乾燥させた植物、ベンゾインチンキ、アルニカ軟膏が入りまじったほんのり甘いにおいが鼻孔をくすぐり、脳裏には数年前、つまり十代の頃の思い出がよみがえってきた。あの頃、彼は植物学を学んだり、始めたばかりの化学実験にいそしんだりして、ここで一日の大半を過ごしていた。ヴァランタンは胸に懐かしさがこみあげてくるのを感じながら、門外漢にとっては謎以外のなにものでもないラテン語の説明がついた薬壺《やっこ》とガラス瓶が並ぶ棚に視線をさまよわせた。そして高い場所に置いてあるテリアカ（ローマ時代より作られてきた万能の解毒薬）が入った大きな壺を長々と眺めた。壺にはリュネヴィル焼き特有の凝った花の装飾が施されている。処方箋を受け付けるカウンターを飾る浮き彫りにもじっと見入った。そこに描かれているのは、ギリシャの健康の女神ヒュギエイアが命の炎に油をそそぎ、医神アスクレピオスのシンボルである〝蛇が巻きつく柘榴《ざくろ》の枯れ木〟をよみがえらせようとしている図柄だ。複雑な象徴に彩られたこのなじみのある場所はヴァランタンに、存命だった父に守られ、傑出した科学者になるよう期待をかけられていたあの安穏とした日々を思い出させた。そしてこの薬局を訪れるたびに、ヴァランタンの胸はかすかに痛んだ。

勘定台の近くでは、見習い薬剤師が前掛け姿のメイドにケルン水（オーデコロンを指す）と硫酸マグネシウムの小袋を引き渡していた。ヴァランタンは山高帽の縁に指を二本あてて挨拶した。

「大先生はお見えですか？」カウンターの後ろにまわりこみながら尋ねた。

「薬学高等学院から帰っていらしたところで、研究室にいらっしゃいます。邪魔するなとおしゃっていました。でもヴァランタンさん、あなたなら大丈夫ですよ。ご存じでしょうけどね！」

〝大先生〟……。この呼び名に皮肉の意味合いは微塵もなく、これは科学探求の面白さを教えてくれた人へのヴァランタンの純粋な敬愛の表われだった。ジョゼフ・ペルティエ（一七八八～一八四二。化学者、薬学者）は実際、凡百の薬剤師とは一線を画していた。薬学高等学院の教授であり、パリ衛生評議会のメンバーでもあり、レジオン・ドヌール勲章騎士級《シュヴァリエ》も持つ彼は、近年進歩を遂げた化学的抽出法をもとに、古くからある薬用植物の有効成分を粗抽出物として単離することに成功した先駆者のひとりだった。なかでもエメチン、ストリキニーネ、コルヒチン、カフェインの発見は彼の功績によるものだ。さらに、〝人類の恩人〟と言っても過言ではない存在だった。なにしろ同僚のジョゼフ・ビヤンネメ・カヴェントゥ（一七九五～一八七七。化学者、薬学者）とともに、マラリアの特効薬であるキニーネの抽出に成功したのだから。その成功ののち、彼はヌイイに工場を設立し、自分が単離に成功した成分のなかで有望なものを大規模に生産することで事業を拡大した。とはいえ、多くの仕事を抱えていたにもかかわらず、父から受け継いだ薬局の経営をおざなりにはしなかった。実際、彼がその科学実験のほとんどをおこなったのは、家族経営のこの薬局の奥に設けた研究室でのことだった。

　ヴァランタンが研究室に入ると、ジョゼフ・ペルティエは胴着《ジレ》に袖まくりしたシャツという出で立ちで、水槽の温度を調節しているところだった。水槽にはスチルヘッドとガラスの螺旋管がついた銅製の蒸発釜が浸されていた。最近妻を亡くしたばかりのこの四十代の傑出した科学者は、どんなときにも静かで落ち着いた物腰を忘れなかった。どことなくシャトーブリアン（一七六八～一八四八。政治家、作家）に似ていたが、こちらは〝苦悩がやわらいだ、穏やかで髪の乱れがないシャトーブリアン〟といった趣だ。

「放蕩息子のご帰還だな！」ペルティエは両腕を大きく広げてヴァランタンを歓迎した。「ここに来る道順を忘れてしまったのかと案じていたところだよ。なにしろ二カ月近くもご無沙汰だったからね！」

「足りない試薬がいくつかあって、人を遣るより、挨拶がてら、自分で足を運んだほうがいいと思ったんです」

　ペルティエはヴァランタンを愛情たっぷりに抱きしめた。そして両肘をつかんで一歩身を引き、心配げな面持ちで気遣うようにヴァランタンの顔を見つめた。

「それは賢明な判断だったな！　会えて嬉しいよ。だが、それにしてもまたやせたんじゃないか？　警察の仕事は、まともに食事をする時間も取れないほど忙しいのか？　きみの父親は気の毒に、その削げた頬と死人のような顔色を見たら、さぞ心を痛めるだろうよ！」

　ジョゼフ・ペルティエはヴァランタンの父、ヤサント・ヴェルヌの親友だった。ふたりは同じ高校で学んだ仲で、同じように科学の進歩に夢中になり、同じように寛大な性格を持ち合わせていた。固い絆で結ばれたその友情は、歳月や人生の浮き沈みにも損なわれることはなかった。そして今度はヴァランタンが化学と自然科学一般に興味を示すようになったとき、父のヤサントが息子の教育をこの親友に委《ゆだ》ねたのは当然の成り行きだった。十五歳から十九歳まで、ヴァランタンは週に数日、午後になるとジャコブ通りにあるこの薬局を訪れ、アルカロイドに関するペルティエの研究を手伝った。ペルティエはヴァランタンに、硫酸キニーネの開発を目的に設立した工場の重要な役職を与えることまで考えていた。ところが一八二六年の春、辻馬車の事故でヤサントが急逝したことで、未来の青写真が根底から崩れ去った。

ヴァランタンは数カ月のあいだ、意気阻喪《そそう》とも言えるほど悲しみに打ちひしがれた。そこでジョゼフ・ペルティエは、気晴らしに世界一周の長い旅に出ることを勧めた。金銭上の心配はなかった。ヴァランタンは父親の遺産を、それもこの先生活費を稼ぐ必要がないほど多額の遺産を相続したばかりだったからだ。けれどもヴァランタンはこの提案を聞き入れなかった。やがて彼はこの尋常ではない失意からようやく抜け出したが、それは数少ない近親者に、「理工科学校に入るため、これまでの学業は放棄する」と宣言するためのものだった。そして、亡き親友の息子の面倒を見なければならないという道義的責任を感じていたジョゼフ・ペルティエの意向に背き、法学の学位を取得してパリ警視庁に入るという不可解な選択をした。そのうえ、当時悪名を馳せていた風紀局で働き出した。ペルティエはなにを持ってしてもヴァランタンを翻意させることができず、これまで研究室に迎え入れた学生のなかでもっとも優秀だと見なしていたこの親友の息子が自分のもとを去っていくのを、断腸の思いで見送ったのである。

「来るなら前もって知らせてくれたらよかったのに」ペルティエは親しみのこもった口調で責めた。「そうしたら時間をやりくりして、夕食を一緒にとれたんだが。残念なことに、今夜は娘夫婦に付き合ってオペラを鑑賞することになっているんだよ」

ヴァランタンはかつての師を大切に想っており、不愉快な思いをさせるつもりは少しもなかった。だから、あえてなにも言わなかった。この薬局に足を踏み入れることに、いまではいくばくかの気まずさを覚えていると告げてなんになる？　かつての知的な協力関係が、いまの自分の目には愚にもつかないものに映っていると伝えてなんになる？　かつての弟子が自分たちの熱心な研究を、時間の無駄、お人好しの理想主義者たちのたわいもない気晴らしだと見なしていることを知って、この実直な師にいったいどんな得がある？　よいことなどひとつもない。恩師が大切にしている心暖まる思い出を土足で踏みにじることになるだけだ。

　四年前、ヴァランタンは父が遺したさまざまな書類に目を通しながら、自分を取り巻く世界がいっきに崩れ落ちた気がした。安心を与えてくれる、けれどもまがいものの世界が。見せかけの夢に彩られた長すぎる眠りから覚めた思いがした。彼は、世界じゅうの科学者が人類の境遇を改善するためにいくら努力を払ったところで徒労に終わる、すべての人を幸せにすることはできない、と悟った。やるだけの価値がある唯一の闘いとは、人間の心を蝕《むしば》む絶対的な悪に立ち向かう、密かで激烈な闘いだけだ。ヴァランタンは少なくともいま、汚濁と闇に喜びを見いだす一部の連中の悪と闘い、彼らを狩り出すために日々身を粉《こ》にしている。警官になったのは、それがこの闘いをやり抜くもっとも確実な方策に思えたからだ。けれども彼はすぐに、ともにこの闘いに身を投じてくれる者はひとりもいないことを悟った。同僚とされる人のなかで誰ひとり、彼と同じ内なる怒りに駆られ、彼のようにもはや信仰とも言える使命感に燃えている者はいなかった。

　その日の晩、ヴァランタンは丁寧に包装された薬品の入った包みを小脇に抱え、かつての恩師の薬局をあとにした。シェルシュ＝ミディ通りにある快適な自宅のアパルトマンに一刻も早く戻りたくてたまらなかった。彼はそこに秘密の部屋を設け、〝驚異の部屋〟（珍品を保管、陳列する部屋）兼実験室として使っていた。そして暇ができるとすぐに、毒物学や各種の偽造工作の検出および身元特定に関するさまざまな研究にいそしんだ。科学はいまや彼にとって、犯罪に立ち向かうための単なる道具、それもまだまだ頼りない道具にすぎなかった。

　自宅へ帰る道すがら、ヴァランタンは考え事にふけっていたため、長い外套を窮屈そうに着込み、つばの広い帽子を目深にかぶった長身の男が足を引きずりながら彼のあとを尾《つ》けてくることに気づかなかった。けれども、その見知らぬ男が街灯の明かりのしたを通り過ぎた瞬間にヴァランタンが振り返っていたならば、その顔に浮かぶ残忍な表情と、瞳の奥に宿る凶悪な光に驚いたはずだ。そして即座に、自分が狩る者から狩られる者へと立場を変えつつあることに気づいただろう……。

9　ダミアンの日記

　ぼくがいったい、どんな悪をなしたというのだろう？

　ぼくはこの問いを、それこそ何百、何千回と自分の胸にぶつけた。答えを得られぬままに。だけどどこかに答えはあるはずだ。物事には必ず理由があるはずだから。ぼくは自問した。この沈黙と闇を、ぼくをのみこむこの底なしの奈落をよしとする、いったいどんな過ちをぼくは犯したのだろう？　このカビのにおい、こもった湿気、鉄格子、垢まみれの身体、飢えと渇き、恐怖、殴打、そして……あれに、あれに、あれのすべてに耐え忍ばなければならないほどのどんな悪をぼくはなしたのか？

ぼくは初め、ぼくが**彼**を怒らせたのだ、ぼくが**彼**を不愉快にさせることを言ったり、したりしたのだと考えた。そしてモルヴァン地方から大きな都市の近郊にまで至るぼくらの旅を思い返した。すべてはそこに、旅の途中に、つまりぼくらが一緒に過ごしはじめた頃のことに原因があるのだと考えようとした。ぼくはばかげた希望にしがみついた。犯した過ちがなんだったのか、それがわかれば赦《ゆる》されるだろう、もうぼくを苦しめないよう**彼**を説得できるだろうと思いこもうとした。それはただ無意味で哀れな試みだった。だけどたった八歳の子に、まったき悪の存在を理解できるわけがない。悪に抗《あらが》ったり、悪と闘ったりできるはずがない。せいぜいその不気味な恐ろしい顔を、真正面から見据えられたらたいしたものだ……。こんなことになったのは自分のせいだ、とぼくは思った。そう思うことが、物事をあるがままに受け入れるための唯一の方法であり、狂気にのみこまれないためのたったひとつの逃げ道だったから。

ぼくにいったい、どんな悪がなしえたというのだろう？

ぼくはそれこそ何度も、あの最初の朝、つまり森の家を出たあの朝のことを考えた。養母は目に涙を浮かべて家の戸口に立っていた。両手で前掛けをよじり、なかなか別れの挨拶ができずにいたけれど、ぼくらの姿が道の最初の曲がり角に消えそうになったとき、ついに悲痛な面持ちで手を振った。するとその瞬間、助任司祭《ル・ヴィケール》の腕がぼくの首にまわされた。不意にのしかかってきたその重みを、ぼくはいまでも憶えている。そのときはなんとも思わなかった。そんなことよりも、やさしかった養母、そしてもう二度と目にできないであろうあの慣れ親しんだ自然など、自分があとに残してきたあれこれについて考えていた。ぼくは涙をこらえた。大きな男の子は泣いてはいけないから。「しっかりするのよ、ダミアン。言うことをよく聞いてがんばるのよ」——別れの前夜、養母はぼくを寝かしつけながら何度も繰り返した。ぼくは自分のベッドで寝たくなかった。すると養母は、彼女のベッドで一緒に眠ることを許してくれた。養母のほどいた髪は焚き火のにおいがして、肌はかすかに汗臭かった……。ぼくは道を歩きながら、自分の手から奪われてしまったこうしたもろもろのことを考えた。目に涙が浮かんできた。涙がこぼれ落ちないように懸命に耐えた。だから、ぼくの肩をむんずとつかんだあの手に注意を払わなかったのだ。

あの手には用心しなければならなかったのに！

目的地に着くまで六日かかった。向かったのは、パリの近郊にあるうら寂しい町だ。ル・ヴィケールはたぶんその町の名前を口にしたのかもしれないけれど、忘れてしまった。六日。それは長いとも言えるし、短いとも言える。一瞬一瞬をよみがえらせ、この耐えがたい試練のわけをそこに見いだそうとするときには。

ぼくらは徒歩で移動し、道中、ほとんどしゃべらなかった。ル・ヴィケールは口数こそ少なかったが、ぼくを気遣ってはくれた。何時間かごとに声をかけ、疲れていないか、休憩を取りたいかと尋ねた。粗末な二輪馬車に乗った農民を見かけるたびに**彼**は祝福を与え、道案内を頼んだ。夏の盛りで、日中は暑く、夜は暖かくて芳香に満ちていた。木陰で休息を取ったときには、養父母との暮らしについて尋ねてきたり、ぼくが遊ぶのを黙って眺めたりしていた。ぼくは養父から教わったいろいろなことを披露できて誇らしかった。小川の流れを変えるため、どんなふうに堰をつくればいいのか。ニワトコの茎でどうやって笛をつくるのか。どうすれば蝶を傷つけずに捕まえられるのか。ぼくの器用さに**彼**が驚いていたのを憶えている。**彼**は、ぼくがか弱い小さな生きものを捕まえることに喜びを感じているかどうか知りたがった。あのとき彼の瞳に奇妙な光が浮かんでいたのを思い出したのは、ずっとあとになってからのことだ。ひょっとして、あれがぼくのなした悪だったのか？　けれども、彼がそんな遊びを咎《とが》めているようには見えなかった。それどころかその逆で、ぼくが蝶を捕まえてくるたびに、彼は笑顔でぼくを励ました。

日が経つにつれ、ぼくはかたわらにいるこの無言の存在に慣れはじめた。ぼくらは昼、川のそばで食事をとり、夜はぼくらを迎え入れてくれた農家で席を詰め合いながら食卓を囲んだ。ぼくはそのときのことを振り返り、彼を怒らせてしまうような出来事や言動があっただろうかと記憶を必死に探ったが、思いあたる節はひとつもなかった。

それとも、なにかほかの理由があるのだろうか？

何週間も何カ月もかかった。ようやくわかりはじめるまでに。ぼくがこんなひどい目に遭わなければならないおおもとの理由を察せられるようになるまでに。ぼくは悪いことなど、なにもしていなかったのだ。その必要はなかった。というのも、悪、それはぼく自身だったから。ぼくのほんとうの両親はそのことを見抜いたから、ぼくを捨てたにちがいない。彼らは自分たちの人生からぼくを追い出した。有害な、あるいは病気にかかった動物を追い払うように。ぼくの人生に不幸を招いていたのは、ぼく自身だったのだ。そう考えればすべて説明がつく。生まれてすぐに捨てられたこと、孤児院、養父の死、子ども時代との突然の別れ、彼の登場、監禁、苦しみ。ぼくのなかにあったのにそれまでその存在を知らなかった悪について、ぼくは報いを受けなければならなかった。神は、ぼくがみずから咎を認めた唯一の過ちを償わせようとして、ぼくを彼の手に委《ゆだ》ねたのだ。生きて存在している、という過ちを。

旅の最後の日、ぼくらは夜まで歩いた。パリに近づくにつれ、道を行く馬車と人の数が増えていった。けれどもなぜかはわからないけれど、ル・ヴィケールは周囲の人にどんな手助けも乞わなかった。長く歩いたせいで、ぼくの子どもの脚はくたくただった。疲れ切り、そのせいで何度も休憩を取る羽目になった。それでも**彼**は、あまりいら立っているようには見えなかった。少しでもつらさを訴えると、すぐに休ませてくれた。その一方で、「馬車に乗せてもらおうよ」と訴えると、決まってこう応じた――もうそれほど遠くはない、あともうひとふんばりだ。

そんな調子でぼくらは歩き進み、日もとっぷり暮れた夜になってようやく目的の町にたどり着いた。お腹がすいていたし、喉も渇いていた。疲れてくたくたで、体じゅうの筋肉が悲鳴をあげていた。暗闇のなか、数軒のあばら家の大きな輪郭をかろうじて見分けることができた。犬が数匹、ぼくらがそばを通りかかると鎖をぴんと引っ張って激しく吠え立てた。けれども家から出てくる者はいなかった。住人はみな寝静まっていて、ぼくらが着いたことに気づく者はいなかった。

目指す家は町から少し離れたところに建っていた。家のまわりには壁で囲われた小さな庭があり、草木が伸び放題になっていた。ル・ヴィケールは長衣のポケットから鍵束を取り出した。そして鉄柵を開けると、微笑みを浮かべてぼくを先に通した。「ほら、言っただろ、いつかは着くと。わが家へようこそ、坊や」そしてふたたび、鉄柵をしっかり施錠した。家のドアにも同じように鍵をかけた。

家のなかは閉め切った場所特有の古びたにおいがこもっていた。ぼくは手近にあった椅子に崩れ落ちるように座った。ル・ヴィケールはランプに火を灯《とも》すと、井戸に水を汲みに行った。**彼**が戻ってきたときにはもう、ぼくはテーブルに肘をつき、両腕で頭を挟んでうとうとしていた。**彼**はぼくの肩をやさしく揺すって起こした。テーブルには美味しそうなハムを三枚載せた皿とビスケット、プラム、そして水で割ったワインが入った大きなグラスが置いてあった。「たっぷり眠る前に、まずは食べて元気を取り戻しなさい」彼はそう言うと、ぼくの正面、テーブルの反対側に座った。けれども彼のほうは食事をとらなかった。ぼくが食べて飲むのを、ただ微笑みながら眺めていた。部屋にひとつだけあるランプの火影《ほかげ》が彼の顔のうえで揺らめき、瞳の奥にある真っ赤な熾火を踊らせていた。

突然、ぼくはめまいに襲われた。

周囲ですべてのものがまわり出した。

ぼくは目を閉じて、この暴れ狂う輪舞《ロンド》を止めようとした。まぶたがどんどん重くなり、もう目を開けていることができなくなった。不意に身体がずるりと横に滑り、椅子ごと床に倒れた。ぼくは、無に沈みこんでいった。

目が覚めると、裸だった。着ていた服はすべて脱がされ、小さな木の十字架がついた革紐を首に巻かれていた。辺りは真っ暗闇に包まれていたけれど、自分がいるのが寝室ではないことはすぐにわかった。

においのせいで……。

腐葉土と腐敗物のにおい。墓場のようなにおい。

周囲の闇を手探りした。ぼくは石の仕切壁に固定された木板のうえに寝かされていた。丸まった毛布もあったけれど、カビくさかった。ぼくは上体を起こして座った。するとふたたびめまいに襲われ、頭のなかの嵐が収まるまでしばらくじっとしていなければならなかった。素足が触れているのは土間だとわかった。締め固められた、ひんやりと冷たい土間。目が少しずつ周囲の闇に慣れはじめた。そしてそのとき初めて、あの地下室の内部を目にして喉が詰まった。

分厚い石壁、高いところに設けられた窓。窓は外側から何枚かの木板でふさがれている。階段のてっぺんにある木のドアは鉄具で補強され、巨大な錠がくくりつけられている。ほかには木箱がいくつかと、空《から》の瓶が入った棚。

そして、檻……。

床に固定された、大型犬の小屋くらいの大きさの、鉄の棒が嵌《は》まった檻。

それを見た瞬間、冷たい手に心臓を鷲づかみにされた。なぜかはわからないけれど、すぐにわかった。**彼**はぼくをあそこに閉じこめるつもりだと。恐怖がかぎ爪と牙をむき出しにして襲いかかってきた。叫びたかった。けれども、恐ろしさに喉が詰まって声は出てこなかった。ぼくは寝板のうえで身を縮め、足先から頭まで全身を震わせながら何時間も泣きじゃくった。迷子になった幼子のように。

こうして一日目が過ぎた。ル・ヴィケールは姿を現わさなかった。

二日目の朝、**彼**がやってきて、水が入った小鉢と粗末な粥をよそった椀を差し出してきた。ぼくは喉の渇きも忘れて、彼の手に噛みつこうとした。だけど、**彼**に襲いかかるには弱すぎた。相手は攻撃をかわすと、激しくぼくを痛めつけた。最初はこぶしで、次に足で。彼は長々と暴力を振るった。怒りをあらわにはせず、けれども執拗に、念入りに、無言でめった打ちにした。ぼくがうめき声もあげず、床で身をよじることもなくなると、**彼**はぼくの足を持って檻まで引きずり、なかに閉じこめた。

三日目と四日目、ぼくは檻に閉じこめられたままだった。檻のなかではちゃんと座ることも横になることもできなかった。ル・ヴィケールは粗末な食事を檻の外に置いた。ぼくは鉄格子の隙間から手を出して粥をすくい、舌で小鉢の水をぴちゃぴちゃ舐めなければならなかった。犬よりひどいありさまだった。

五日目、ル・ヴィケールはようやくぼくを鉄の拘束物から解放した。**彼**は桶とブラシを持ってきて、ぼくが排泄物で汚してしまった檻の内部をきれいにしろと命じた。ぼくは今度はおとなしく従い、**彼**はぼくが掃除をするのをひどく満足げに眺めた。掃除が済むと、**彼**はその青白くて長い手でぼくの顎を持ちあげ、ぼくのうなじをなでた。聞き分けのよい犬をなでてやるように。「よしよし、いい子だ。きみがいい子で嬉しいよ」そのねっとりとした甘い声音に、ぼくは吐きそうになった。

そして十日目になってようやく、**彼**はぼくを犬とはちがうふうに扱った。それはぼくを罠にかけて以来、**彼**が死ぬほどしたがっていたことだった。あの日、そう、あの日、ぼくは恨めしかった。ぼくが犬ではないことが。

彼の犬でいたほうが、まだましだった。

彼のものになるよりも、彼の犬でいたほうが。

10　新たな情報

霧雨が降っていた。

お誂《あつら》え向きの空模様だ。しとしとと際限なく落ちてくる小雨が、ペール＝ラシェーズ墓地を悲しみのヴェールで覆っている。穴のまわりで墓掘り人が四名、リュシアン・ドーヴェルニュの棺を下ろす作業に追われるそばで、林立する傘のしたでたくさんの弔問客がじっと黙ってたたずんでいる。

集まっているのはもっぱら、立派な喪服に身を包んだ上流階級の人たちだ。前列に家族と近親者たちが陣取っている。ドーヴェルニュ夫人はほとんど茫然自失の体《てい》で、悲嘆に打ちひしがれてくずおれるという醜態を晒《さら》さぬよう、夫の腕にひしとしがみついている。夫妻の後ろにフェリシエンヌが控えている。そのぽっちゃりとしたシルエットを、両親が覆い隠そうとでもしたかのようだ。バティスト織りのハンカチを口元にあて、嗚咽を必死に押さえようとしているが、肩が小刻みに震えている。その背後にいるのはシャルル＝マリー・ドーヴェルニュの商売相手や政治家仲間だ。ヴァランタンはそこにテュソー医師の姿をみとめた。尖った山羊髭と骨ばった体型からそうとわかる。パリの社交界の名士たちの顔もある。セーヌ県知事、五、六人の代議士、銀行家のドミニク・アンドレ（一七六六〜一八四四、銀行家、実業家）とエミール・ペレール（一八〇〇〜七五、銀行家、政治家）、そして弁護士界の重鎮のひとり、アントワーヌ＝ブリュテュス・グリスランジュ……。

ヴァランタンは、そうしたやんごとない人びとの輪から離れたところにある大理石の霊廟に背をつけて立っていた。つかの間、埋葬の儀式から目を離し、周囲にある墓碑や墓所に視線をさまよわせ、そぼ降るくすんだ秋雨が草木のはびこる墓石の列を濡らす様子に陰鬱な思いを募らせた。栄光や美を讃える大仰な碑文が刻まれた墓石も、いまやすっかり葉叢《はむら》に埋まっている。その姿は廃墟と化し、少しずつ草木に覆われて消えてゆく、栄華をきわめた古代都市を思わせた。ヴァランタンにとって英国式庭園風の外観をそなえたこの墓地は、人間が死を手懐けようと躍起になって挑む愚かな負け戦の象徴にほかならなかった。

じっと立っていた弔問客たちがようやく動き出し、それを合図にヴァランタンは鬱屈とした物思いから引き出された。どうやら葬儀人が棺を穴の底に下ろし終えたらしい。集まった人びとは聖水を撒くための灌水棒を手にして墓穴の前に進み出たあと、遺族に悔やみの言葉を述べた。フェリシエンヌ・ドーヴェルニュは両親の後ろに立ったまま、悲しみに身をこわばらせていた。ヴァランタンはいまだと思い、そっとそばまで移動した。

「マドモワゼル」フェリシエンヌにしか聞こえない小さな声で呼びかけた。「〈冠を戴いた雉《きじ》たち〉亭に行ってみました。この件について、少しお話ししたいことがあります。ちょっといいですか？」

フェリシエンヌの丸顔に取り乱したような表情が浮かんだ。彼女は、ガラスに衝突した蝶が羽ばたくようにまぶたをしきりに上下させると、弔問客の挨拶に応えるためにちょうど手袋を脱いだばかりの父親を不安げに窺《うかが》った。

「長くはかかりません」ヴァランタンは安心させるのと同時に、拒めないほどじゅうぶんに威圧的な口調で言った。「お兄さんの死の真相を突き止めてほしいのなら、まだもう少しご協力ください」

フェリシエンヌは答えなかったが、聖水の入った壺の前に並ぶ弔問客たちから少し離れた場所に移動した。棺の蓋を叩く雨滴が、恐ろしいほど虚《うつ》ろで沈鬱な音を響かせている。この単調な雨音のおかげで、ふたりは誰にも聞かれずに話ができた。

「どんなお話ですか？」フェリシエンヌが小声で尋ねた。「父はわたしがあなたにリュシアン兄さまについて話すのを嫌がるはずです。評判に傷がつくのを極度に恐れているから」

「それでこっそり手紙を手渡してきたのですか？　だが、そもそもあなたはなぜ、お兄さんの死があの店に集まっている人たちと関係があると考えたのです？」

「あそこに実際に足を運ばれたんですか？」

「ええ、二日前に。そして、あそこが共和主義者たちの秘密の溜まり場だと信じるに足るじゅうぶんな根拠を得ました。集まっているのはおそらく、〈人民の友協会〉（原注：ルイ・フィリップに対抗し、七月革命の〈栄光の三日間〉に発足した共和主義者の組織。新体制への暴動を扇動したとの嫌疑をかけられ、一八三〇年十月二日に非合法組織となった）の解散を受け入れようとしない過激派たちでしょうね。ご存じでしたか？」

フェリシエンヌは一瞬ためらうような表情を見せたあと、相手の質問が聞こえなかったかのようにこう言った。

「リュシアン兄さまは昔からやさしい夢想家でした。商売やお金儲けに関することはみな毛嫌いし、兄さまが〝ブルジョワジーのさもしい精神〟と呼んでいたものを憎んでいました。それが父の怒りを買ったんです。父は兄を、〝恩知らずめ、おまえは自分のスープに唾を吐いている〟と叱責していました」

「ふたりはよく口論していたのですか？」

「リュシアン兄さまがもっと若かった頃は、はい。でも、成人してからは、その……なんて言えばいいのか、家族の輪から距離を置いていました。アングレーム通りに部屋を借りて、詩や戯曲を書きはじめたんです。こんな恐ろしい悲劇に見舞われなければ、偉大な芸術家になったかもしれません！」

そう言うと彼女はもうこらえ切れなくなり、喉の奥から嗚咽を漏らした。

「こちらの質問に答えていませんね」ヴァランタンは迫った。「なぜあなたは、〈冠を戴いた雉たち〉亭の常連客のなかにお兄さんの死を招いた者がいるといったようなことをあの手紙に書いたのですか？」

「リュシアン兄さまのことは大好きでした。でも、移り気だったことは認めなければなりません。すぐに夢中になる性格で、あまりにも簡単に熱に浮かされたみたいになるんです。最近では共和主義の思想にのめりこんでいました。上級ブルジョワジーが人民から七月革命を奪ったのだと主張したりして。自由主義的な改革をおこなうよう、政府に早急に圧力をかけなければならない、などと言ってました。わたしは兄が心を許せる唯一の人間でしたが、それでも兄の興奮ぶりが少し心配になりました。そんなわたしを安心させるため、兄は言ったんです。〝そんなふうに考えているのは自分ひとりじゃない〟と。それでもう少し兄をつついてみたら、例の店で会合が持たれている秘密結社のようなものに加わったって、教えてくれました」

「けれどもその説明では、あなたがなぜその秘密結社のメンバーたちに疑いを抱いたのかわかりません」

ちらりと両親のほうを見やったフェリシエンヌの顔が青ざめた。ヴァランタンもドーヴェルニュ夫妻に視線を向けた。すると、父のシャルル＝マリーがこちらをじっと窺っていた。相変わらず友人知人と握手を交わしつづけていたが、悔やみの挨拶にもう言葉を返すことなくただうなずいている。その顔には悲しみに代わり、強烈ないら立ちが浮かんでいた。

「こんなふうにひそひそ話を続けるわけにはいかないわ」フェリシエンヌは口早に言った。「わたしが言えるのは、リュシアン兄さまがここ最近、人が変わったみたいになったということです。あれは、頭に吹きこまれた新しい思想のせいだけじゃありません。たぶん……たぶん、神経の病にかかっていたみたいなんです。数週間前から、突然ぐったり衰弱したりしてたから」

「そのことがお兄さんの死と関係があるかもしれないと？」

「わたしは医者ではありません。でも、どうしても関連づけないわけにはいきません。なにしろ、もっと気になることもあったんですから。十日ほど前、家族でわたしの誕生日を祝ったときのことです。その日はリュシアン兄さまも家に来て、夕食を食べて泊まっていきました。そのとき、すごく奇妙なことがあったんです……」

「それはどんな？」ヴァランタンはじれったさを隠さずに尋ねた。

「あの夜、自分の寝室で寝ていると、ドアの前で足音がしたので目が覚めました。廊下にいたのは兄でした。夢遊病の発作に見舞われているみたいに見えました。目をかっと見開いて歩いていて、わたしの姿は見えず、わたしの声も聞こえていない様子でした」

「それでどうしたんです？」

「なんにも。あんな不思議な状態にある兄を正気に戻そうとして、もっとひどいことになるのが怖かったんです。助けを呼ぼうかと思ったとき、兄は自分の部屋に戻っていきました。翌朝、いつもの兄に戻っているように見えたので、このことは誰にも言いませんでした。でもリュシアン兄さまがあんな死に方をしてからずっと、わたし、あのことで自分を責めてたんです」

　泣き腫らした目をしたこの弱々しい少女を、ヴァランタンは気の毒に思った。いつもは他人にあまり共感を示さないのに、フェリシエンヌには慰めの言葉をかけてやらなければと感じた。

「自分を責めてはいけませんよ」やさしく声をかけた。「こんな恐ろしいことになるとは、誰も予測できなかったはずです。ですが、わたしに教えてくれたのは正解でした。もしわたしがお兄さんの死をめぐる謎を解明できたら、その多くはあなたのおかげです」

　埋葬は終わりかけていた。すでに弔問客たちは馬車を待たせている墓地の門のほうへ、本降りに変わった雨から逃れようと足早に歩いている。墓のまわりにはもう近親者しか残っていない。ヴァランタンは懐中時計を取り出して時刻を確かめた。リュシアンがアングレーム通りに借りていた部屋——この部屋については捜査資料に記載がなかった——まで足を運び、ざっと検分する時間はまだある。

　ヴァランタンは墓所が並ぶ小道を下っていった。そのとき、全身黒ずくめの女性の存在に気がついた。どうやらわざと離れた場所から葬儀に参列していたようだ。たっぷりとしたケープのフードで顔はなかば隠れていたが、若くて美しい女性のようだ。墓穴から二十メートルほど離れたほかの墓のそばに立ち、墓掘り人たちがシャベルで棺に土塊をかけはじめたのを見つめている。彼女はレースのついたハンカチを握りしめ、そわそわとよじっていた。

　興味を惹かれたヴァランタンは、そのまま彼女の前を通り過ぎると、小道を下った先にある道具小屋の陰に身を潜め、この見知らぬ女を見張った。女がようやく墓地を出ようとしたとき、リュシアンの墓のまわりにはもう熱心に立ち働く墓掘り人しかおらず、遺族ですらその場を立ち去っていた。ひとりでたたずんでいたこの女は、故人とふたりだけで過ごすひとときを持つために、最後までその場にとどまることにこだわったようにも思われた。

ヴァランタンは、墓地を出る女のあとをそっと尾《つ》けた。いったい何者だろう？　リュシアンとどんな関係にあるのだろう？　捜査になんらかの手がかりを与えてくれる人物なのだろうか？　気づかれないように距離を保って歩くあいだ、頭のなかにあれこれの問いが浮かんだ。一時的にせよ治安局に配置換えされたことに初めは少々いら立ちを覚えていたのに、いまではドーヴェルニュ事件にすっかり夢中になっていた。この事件には不可解な点がありすぎる。宴もたけなわのなか、さしたる理由もなく母親の目の前で身投げしたこと。遺体が至福の笑みを浮かべていたこと。秘密結社……。そして今度は、故人と明らかに親しかったと思われるのに、誰の口にものぼらなかった謎の女。これだけあれば、好奇心をかき立てられるのも道理だ。

ヴァランタンは尾行を続けながら、先を行く女を仔細に観察した。歩き方や服装から判断すると、歳は二十代前半か。着ている黒い服はある程度洗練されてはいるが、一流の仕立て屋によるものではない。どの社会階級に属する人か、正確に言いあてるのは難しい。女工や使用人でないことだけは確かだが、といって上流階級の女でもない。服の布地の質はそこそこで、シルエットも平凡だし、靴は踵《かかと》がすり減っているのか、石畳の隙間にできた水たまりを避けるため、わざわざまわりこむようにして歩いている。加えてペール＝ラシェーズ墓地の門の前に馬車の従者は控えておらず、さらに言えばいまやざあざあ降りだというのに、空《から》の辻馬車が二台通りかかったにもかかわらず呼び止めようとはしなかった。

ふたりは相次いでオネー市門を通ってパリの街に入ると、プティ・ロケット女子刑務所沿いを歩き、サン＝マルタン運河を通ってタンプル大通りまでのぼっていった。この辺りはいつも下層民でごった返し、夕がたから夜遅くまでお祭り騒ぎのにぎわいを呈しているのだが、あいにくの天気で人出はない。車道に並行して延びる細い並木道沿いに建つ大道芸人の小屋も、そのほとんどが鎧戸を閉ざしている。小屋の色とりどりの看板は雨に打たれて灰色にくすみ、日除けの布が風に吹かれて寂しげにはたはたと揺れている。若い女は小劇場がいくつか入る建物の前へ、まっすぐに進んでいった。

ヴァランタンは彼女に追いつこうと歩を早めた。そして女が、有名なマダム・サキ（原注：第一帝政期に名を馳せた有名な綱渡り師兼軽業師。のちに一座を率いる）が主宰する古いアクロバット座の楽屋口に入ろうとしたとき、声をかけた。

「マドモワゼル、突然お声がけするご無礼をお許しください」そう言いながら、女の腕を引いた。「少しお時間をいただいてもよろしいでしょうか？」

未詳の若い女ははっと振り返ると、相手を見定めようとしたのだろう、フードの端を持ちあげ、ブルネットの髪で縁取られた魅力的な顔をあらわにした。

「なにがお望みなのか、あてさせてちょうだい」彼女はヴァランタンを見あげながら言った。「あなたもきっとほかの人と同じね。狙いはただひとつ」

「それはいったいなんでしょう？」どうやら誤解されているようだ、女性をたらしこもうとするそこいらの遊び人だと思われているにちがいない――ヴァランタンはそう確信しながら尋ねた。

だが、相手が魅惑的な微笑みを浮かべて返してきた言葉に、完全に面食らわされた。

「わたしを殺すつもりなんでしょ、もちろん！　ほかになにがあるっていうの？」

11　霧のなかの足音

「だってもう、わたし、殺されっぱなしなんだもの！　きちんとかぞえはじめたのは今年の初めからだけど、もうすでに百三十五回刺し殺され、二百五十六回毒を盛られ、ついでに言えば五百二十九回、口説き落とされたり、連れ去られたりしたのよ！　だから、わかるでしょ、アクロバット座の楽屋口で声をかけられたとき、またわたしに舞台上で死んでほしがっている劇作家のひとりだって勘ちがいしちゃったの。メロドラマ（原注：当時、血なまぐさいメロドラマはタンプル大通りにある劇場の呼び物であり、同大通りは新聞記者から〝犯罪大通り〟と呼ばれていた）を面白くして、タレイア（原注：喜劇を司るギリシャ神話の女神）に報いるために」

そう語った女の名前はアグラエ・マルソー。二十二歳になったばかりの女優で、その潑剌《はつらつ》とした美しさを武器に、マダム・サキが率いるアクロバット座の十八番《おはこ》であるパントマイムと軽業ショーの幕間に披露される寸劇で若いヒロインを演じていた。この一年来、リュシアン・ドーヴェルニュはタンプル大通りにある一連の劇場に足繁く通い、アグラエの演技に魅了され、彼女を自分の詩神《ミューズ》と讃えて贔屓《ひいき》にしていた。

「あの人は、ほぼひと晩おきにわたしの芝居を観にきてくれたわ」アグラエはそう言うと、ヴァランタンと一緒に席についた劇場前のカフェで、ココアの入ったカップにふうとやさしく息を吹きかけた。「彼は見るからにうぶで、母親のスカートの陰から出てきたばかりでまだ女の人を知らないっていう感じなのに、強がってばかりいた。だからわたし、かわいいと思ったの。わたしのことを、タンプル大通りで披露されているお涙ちょうだいのお芝居や、どたばた喜劇ばかりを演じさせるのはもったいない逸材だって、褒めてくれた。

彼に言わせれば、わたしはヴァリエテ劇場やフランス劇場の舞台に立っても大成功まちがいなしなんですって。あの人はわたしを主役にして、先人たちのどんな名作をも超えるすばらしい戯曲を書くんだって野望に燃えていた。そして、そのための努力をしていたことは認めなくっちゃならない。毎晩部屋に閉じこもり、ほとんど夜を徹して執筆にいそしんでいたんですもの！」

「皮肉でおっしゃってるんですよね？」ヴァランタンは確認した。

「あの人がわたしの才能をべた褒めし、さらに自分はオギュスタン・ウジェーヌ・スクリーブ（一七九一～一八六一。劇作家、小説家）やヴィクトル・ユーゴーを超えられるって思いこんでいたことは、彼が舞台芸術についても女性の扱い方と同様にセンスがなかったことのあかしだわ。でも、わたし、あの人があんまり不器用で世間知らずなものだから、なんだか愛《いと》おしくなっちゃって。あの人はいわば、原稿に突っ伏して居眠りしてしまって約束をすっぽかし、そのあと許しを乞おうと何日も何日もバラの花束を山ほど送りつけてくるようなたぐいの男性だったの！」

ヴァランタンは次の質問を口にするのに躊躇した。あまりに直截な訊き方は避けたいし、相手の気分を害したくもない。けれども女性と接した経験が少ないせいで、どうしたらいいのかわからずとまどった。必死に頭を絞ったが、うまい言いまわしが思いつかない。そこでしかたなく、単刀直入に尋ねた。

「リュシアンを愛していたのですか？」

かわいらしい女優はカップを置いた。ほんの一瞬、瞳が翳った。彼女はその全身からいたずらっぽい魅力と愛らしい活力を発散していた。意思の強そうな顎、金色味を帯びた栗色の大きな瞳。才気煥発な表情に弱々しさは微塵もない。

「あの人がわたしを情婦にしたかどうか知りたいのだ

ったら、答えは否《ノン》よ」彼女はヴァランタンの目を直視しながら言いのけた。「まあ、そうはならなくて、向こうは少しばかり不愉快だったでしょうけど。でも、彼はわたしにとって欲望をかき立てる存在じゃなくて、かいがいしく世話してあげたいと思わせる人だった。そんな男性と、いったいどうしたら恋に落ちるって言うの？　わたしにとってリュシアンは恋愛の対象というよりも、弟みたいなものだった。その彼が突然亡くなってしまって、わたしはすごく悲しかった」

気まずさを繕うため、ヴァランタンは口に手をあてて咳払いをした。

「あなたが悲しみに沈んでいたのは、さっきの葬儀でも感じられました」

「あら、あなたもいらしてたの？」

ヴァランタンはうなずいた。先ほど彼女に、「リュシアン・ドーヴェルニュの死の捜査を担当している警官です」と自己紹介したとき、墓地から彼女のあとを尾《つ》けてきたことは内緒にしていたのだ。

「なぜ離れた場所にいたのです？」

「リュシアンはわたしが葬儀に来るのを望んでるはずだって思ったの。でも正直、あの上流階級の人たちのなかにわたしの居場所があったかしら？」

アグラエは悔しがる様子もなく、これは嘆いてもしかたのない明白な事実だとでも言うように口にした。ヴァランタンは不意にこの女優に対する見方を変えた。彼女は美しい外見を持ちながらも、踊り子や女優によくあるように計算ずくの媚態を振りまくことはしない。しかも率直さと毅然さを持ち合わせている。可憐で面白い人だ、とヴァランタンは思った。

彼女なら多くの男たちに影響を与えているはずだ。若いリュシアンが彼女に触発されて、芸術的な野望を抱いたのも無理はない！

「リュシアンの妹はここ最近、彼がずいぶん変わったと証言しています。神経の病を患っていた可能性や、さらには夢遊病の発作についても言及していました。あなたも似たようなことに気づきませんでしたか？」

「なにか病気にかかっていたか、という質問ですか？いいえ、病気だったとまでは思えません。でも確かに、ここ何週間か、リュシアンは以前とはちがっていました。〝作家たるもの、祖国の進むべき正しき道に無関心でいるわけにはいかない〟だなんて主張したりして。わたしがそれまで知っていたリュシアンは、もっと軽い感じだったのに、急に無口になり、大仰で難しそうなことを口走るようになりました。〝民衆を啓発し、七月革命の炎をふたたび燃えあがらせるような作品を書かなければ〟って意気ごんでいました。友愛《フラテルニテ》、平等《エガリテ》、普遍性《ユニヴェルシテ》、教育《エデュカシオン》、解放《エマンシパシオン》、革命《レヴォリュシオン》とかなんとか言いながら。お気づきでした？〝テ〟や〝シオン〟で終わる言葉に、人の気を惹く絶大な力があることを？」

ヴァランタンは自分の見解を述べることは控え、相手の思考の流れに沿った問いを発した。

「リュシアンがなんらかの思想に感化されたということですか？」

「何冊か書物を読んで心がかき乱されたみたいです。昨年の冬にリュシアンと知り合ったとき、彼はいつも詩集を読みふけっていました。だけどここ最近は、反体制派の新聞を読むようになっちゃって。肌身離さず持ち歩いている本もあって、その本の何節かは全文を諳《そら》んじていたわ。題名は忘れちゃったけど、それを書いた人は、浴槽のなかで刺し殺されたあの有名な革命家よ」

「マラーの『奴隷の鎖』ですか？」

「そう、それよ。リュシアンは、〝あの頃から実際のところ、なにも変わっていない、民衆はまだ鎖を打ち砕いていない、民衆がついに目を覚ますときが来た〟って主張していました」

別れぎわ、ヴァランタンはアグラエからアングレーム通りにリュシアンが借りていたアパルトマンの正確な番地を聞き出し、合鍵を手に入れた。そして大通りを渡った先にあるその部屋へ、すぐさま赴いた。

　アパルトマンと言っても、ドーヴェルニュ代議士の倅《せがれ》が暮らしていたのは老朽化した建物の最上階にある、ろくすっぽ家具もないつましい屋根裏部屋だった。リュシアンのブルジョワ金満家の父親が息子の方向転換を快く思っていないのは明らかで、金銭の援助を少なくとも部分的に打ち切ったのだろう。

　この狭い部屋をひととおり検《あらた》めるのに一時間もかからなかった。実際のところ、収穫は乏しかった。稚拙な詩を書き連ねた乱雑な紙の山、幾日分かの〈ラ・トリビューン・エ・デュ・ナシオナル〉紙（原注：当時の共和主義者系新聞）、そして、フロックコートの裏地の縫い目の隙間に隠してあったメニューの紙切れ。紙切れは、前々日にエヴァリスト・ガロワのポケットから盗み出した紙と同じ具合に巧妙に折りたたまれていた。唯一のちがいは、広げたメニューの裏に羽根ペンの書きこみがあったことだ。筆跡は詩を綴った人物のものと同じで、こう記されていた――〝短いノック三回、間延びしたノック二回〟。

　ヴァランタンがリュシアンの部屋を出て通りに下りると、すでに日が暮れていた。気温の低下に伴って湿った空気が濃い霧となり、街灯の明かりで淡い黄色に染まっている。自分が歩いている道すらほとんど見えない状態だが、パリの街を知り尽くしているヴァランタンに不安はなく、サン＝タントワーヌ街を突っ切ることにした。

　ヴァランタンは歩きながらつらつらと考え事にふけった。フェリシエンヌ・ドーヴェルニュとアグラエ・マルソーの証言は、こちらの見立てを裏づけるものだ。つまりリュシアンの死は、彼の最近の共和主義思想への傾倒と性格の急変になんらかの原因があるという見立てだ。この三つの事柄が短期間に起こっているため、関連がないとはとうてい思えない。となると今後すべきことは、政治的信条に目覚めたことで前途洋々たる青年がわずか数週間のうちになぜ自死へと追いこまれたのか、その謎を解き明かすことだ。そのためには、危険を承知で、〈冠を戴いた雉《きじ》たち〉亭で会合が持たれている秘密結社に潜入する必要があるだろう……。

目的に達するための最善の方法を探っているうちに、サント＝アヴォワ地区に行き着いた。泥まみれの路地、腐敗臭が漂う小道、息苦しい袋小路が迷路のように入り組む界隈だ。この薄暗くて不潔な地区もまたパリであり、そこには惨めきわまりない人生を運命づけられた人びとがひしめいていた。みなしご、職にあぶれた人、梅毒に冒されたもぐりの商売女、下っ端のごろつき……。この都会の沼地で四年前、ヴァランタンの父ヤサント・ヴェルヌは、ル・ヴィケールの足跡を見失った。

亡き父のことが思い出された瞬間、ヴァランタンは凍った手で心臓を鷲づかみにされたような気がした。リュシアン・ドーヴェルニュの埋葬を目にしたことで、暗い記憶が呼び覚まされたのだ。彼がそれまでに出席した葬儀は、まさにこの敬愛する父の葬儀だけだった。彼を打ちのめした当時の激しい心の痛みが、まざまざとよみがえってきた。すべてがあまりに突然で、一夜にして人生が暗転した。父ヤサント・ヴェルヌはセーヌ河岸で暴走した辻馬車に撥ねられた。頭を強打し、ほぼ即死だった。数日後、ヴァランタンは父の書類を整理していたとき偶然、書き物机の秘密の引き出しにしまってあった紙束を見つけた。そしてそこに書かれてあった内容に衝撃を受けた。目の前にぶらさがっていた紗幕《しゃまく》が突然破り去られたかのように。あるいは彼を悪から遠ざけようと設けられたささやかな柵を、まさに悪がその手で突き破ったかのように。そこには、つまり父の優雅な黒い文字で覆いつくされたその何枚かの紙片には、すべてがつぶさに記されていた。ヴァランタンはダミアンの物語を、つまり怪物の毒牙にかかったあの捨てられた子どもの恐ろしい物語を読んだ。そして、父が息子に内緒で七年もの長きにわたってル・ヴィケールを追っていたという事実を知った。莫大な労力と資金を費やし、一意専心にあの怪物をたゆまず追っていたという事実を。執念の甲斐あって、怪物の巣穴をいくつか突き止めはしたが、いつも一歩遅かった。そしてとうとうパリの下町の雑踏で、その痕跡を見失った。

卑劣な殺しを重ねたル・ヴィケールの人生を知るにつれ、ヴァランタンは悲しみから虚脱状態へと沈みこんだ。心のなかで陰々滅々とした堂々めぐりを繰り返し、そこから二度とふたたび出られなくなりかけた。失意の淵から抜け出すことができたのは唯一、父がやり残した仕事を引き継ぐのだという意志によるものだった。心の奥底に、自分があとを継ぐしかないという確たる思いが根を下ろしていた。ダミアンを助け出せるのはもう自分しかいない、ル・ヴィケールの死だけが、あの子を永遠の夜から引き出せるのだ……。

教会の鐘が九時を打った。路地を覆う真綿のような濃霧のせいで奇妙にやわらげられたその音が、ヴァランタンを物思いから引き戻した。彼はこの数分のあいだ、ステッキの先端で家々のファサードをかすめながら、足の向くままそぞろ歩いていたことに気がついた。現在地を確かめようと足を止めた。すると、背後のかなり近いところから足音が聞こえたような気がした。そしてその足音も、一瞬遅れでぴたりと止まった。ヴァランタンは立ち止まったまま、しんと静まり返った周囲に耳を澄ました。なんの物音もしない。おそらく霧のせいで物音が妙な具合に反響し、聞きちがいを引き起こしたのだろう。

通りの銘板が読み取れないため、ヴァランタンは直感を頼りに歩きつづけることにした。とにかく緩い坂道をそのまま下りていけば、セーヌ河岸に出るはずだ。

そこまで行けば目印を見つけ、左岸にある自宅に戻るのは簡単だ。彼は自分にそう言い聞かせると、豆のピューレのようにぐちゃぐちゃにぬかるんだ道を慎重に歩き出した。

だが、数百メートル進んだところでふたたび足を止めることになった。彼の歩調に合わせて、先刻と同じ足音が響いてきたからだ。遠くから誰かがあとを尾けてくるような、こちらの足取りをたどっているような気配がする。ヴァランタンは耳をそばだてた。けれどももうなにも聞こえない。周囲に満ちているのは街のいつもの喧騒《けんそう》を消し去る、まるで真綿にくるまれたような、手で触れられそうなほどどっしりと存在感のある静けさだ。警戒するあまり、奇妙な物音が聞こえたような気がしたのだろうか？　というのもヴァランタンは、この地区のおぞましい評判をよく知っていたからだ。ここでは毎週、魂を蝕《むしば》むような貧困から生み出された暴力が横行していた。盗み、襲撃、報復……。犠牲者の多くが困窮者か乞食だったため、当局は多くの場合、見て見ぬふりをした。ときに警察がバラックをガサ入れすることもあったが、無許可で商売していた女たち、浮浪者、みなしごが捕まるか、無法者が何人かしょっぴかれるのがせいぜいだった。

霧のなかからはもう、不審な足音も気配も感じられない。ヴァランタンはふたたび歩き出した。けれども今度は物思いにふけるのはやめて、周囲の物事に集中した。そのおかげで数分後、注意力を研ぎ澄まさなければおそらく気づけなかったであろう、ささやかな音を聞き取った。まちがいない、靴底が石畳に擦れる音だ。そしてそれは、ヴァランタンの足音が反響したものではありえなかった。なぜなら金属が石畳にこすれる音で、生まれつき脚の不自由な人の一部が履いている強化靴を思わせたからだ。もはや疑いの余地はない。誰かに尾けられている。しかもその見知らぬ人物は、先ほどより距離を詰めている。音から判断して、十メートルも離れていないはずだ。

ヴァランタンは不意にまわれ右をすると、十メートルほど道をすばやく引き返した。けれども誰もいない！　建物の隅に身を隠したのだろうか？　あるいは視界不良のこの危険な霧のなかで、そうとは気づかずにすれちがったのか？　ヴァランタンはいら立ちと不安を覚えながら何度も周囲を確かめた。そしてふたたびセーヌ河のほうへ大股で歩き出した。数分のあいだ、あとを尾けてくる者の存在を感じさせる物音はしなかった。どうやら尾行をあきらめたらしい。ヴァランタンはわずかに警戒を解いた。あと二、三本路地を抜ければ河岸に出る。そうしたらもう危険はないだろう。

まったく、こんな小さなことにびくびくするなんて、情けない。ヴァランタンが自分を責めはじめたとき、小さな衝突音に続いてくぐもった悪態が聞こえてきた。胸の鼓動が速まった。さっと振り返り、分厚い霧に目を凝らしたが、なにも見えない。しかたなく声をかけた。

「誰かいるのか？」

その瞬間、過ちを犯したことに気がついた。声の出どころを頼りに、正体も目的もわからない謎の尾行者は、標的のいるおおよその場所を割り出したにちがいない。ヴァランタンは左のほうでなにかがすばやく動く気配を察するよりも早く、直近の建物のファサードに本能的に背をつけた。おそらくその反射的な行動が命を救ったのだ。その直後、鈍器が頭をかすめて首の付け根に激しく振りおろされた。驚愕するのと同時に、左半身に強烈なしびれを感じた。即座に反撃しないとまずい。

激しい痛みに耐えながらステッキの受け輪を緩め、細い鋼《はがね》の剣を取り出した。そしてフェンシングの〝第三の構え〟を取ると、鈍器を振りおろした勢いで敵がよろめいたと思われるだいたいの方向へ、ぐっと足を踏み出した。そしてそのまま三度前方に踏みこみながら、何度もあてずっぽうに宙を突いた。最後の突きで切っ先がなにかにあたるのを感じた。そこで手首を利かせて、剣の先端をさらに深く差しこんだ。すぐに悲痛なうめき声が響いてきた。そしてその直後、霧のなか、片脚を引きずるような足音が遠ざかっていった。

　視界の利かない濃霧のなかで賊を追うには、ヴァランタンはあまりにも深手を負っていた。濡れた石畳に膝をついた。首の付け根がずきずきと痛み、目の前に星がちらついている。跳ね狂う鼓動を抑えようと、深呼吸した。左半身を麻痺させていた痛みが徐々に収まっていった。そこでようやく、ステッキに仕込んであった剣を顔の近くにまで持ってきて確かめた。

　尖った端部が、親指二本分ほど鮮やかな真紅色に染まっていた。

12　狼の口のなか

ヴァランタンは不安を覚えながら、〈冠を戴く雉《きじ》たち〉亭の主人に近づいていった。最初に来たときと同様、また午前の早い時間だというのに店はすでににぎわっている。店主は例のお気に入りの場所、つまり脂のにおいが漂う厨房の入り口に陣取り、腰掛けた椅子の後ろ脚でバランスを取りながらだらしなく身体を揺すっていた。

　前夜、ヴァランタンは襲撃で受けた傷——鎖骨のうえにできた、鳩の卵大のひどい打撲傷——の手当てをしながら、この数日間に起きたあれこれの出来事を整理し、今後の捜査の進め方を模索した。

　考えれば考えるほど、霧にまぎれた襲撃が怪しく思えてきた。もしこれが、粗忽《そこつ》なブルジョワを襲おうとしたどこにでもいる強盗のしわざであれば、まずは脅して財布を盗《と》ろうとしただろう。そして、抵抗された場合に初めて暴力に訴える。ところが謎の襲撃者は霧に乗じて忍び寄り、いきなり殴り殺そうとした。満身の一撃だったから、すんでのところで身をかわさなければ頭蓋を割られていたはずだ。いや、あれはどう考えてもただの盗みではない。まぎれもなく暗殺の企てだ！

これは着手したばかりの捜査のせいなのか？　それは誰かにとって、捜査にあたる警官そのものを消してしまおうと決意させるほど不穏なものだったのか？　まさか、そんなはずはない。捜査はまだほんの手始めで、いくつか証言を集めたものの、どれも決め手を欠いているのだから。だが、ほかにいったいどんな理由があるのだろう？　いずれにせよ、捜査の取っかかりになりうるのは唯一、例の酒場で秘密の会議を開いている共和主義派たちの策謀を探ることだ。つまりもう一度あそこに足を運び、店の奥でなにが企てられているのか調べるよりほかはない。危険は承知のうえで、正面突破を試みるのがいちばんだ……。

そんな前日の心意気を胸に、ヴァランタンは店主の前に立った。包丁の先で爪の垢をほじくっていた店主は、つと手を止めて腕で刃をぬぐうと、目の前に立つ男をしげしげと見あげた。紫色の血管が浮き出た赤ら顔と赤鼻から、店主が安酒を売るだけにとどまらず、みずからも痛飲していることが窺《うかが》えた。

「なにかご用ですかい、お客さん？」

店主の息は、アルコールと腐った虫歯のにおいがした。

ヴァランタンは質問には答えずに、三日前に目にしたシーンを再現した。つまり握りこぶしを開き、〝冠なし〟の文言が見える形に折りたたんだ店のメニューを見せたのだ。

開け、ゴマ。ここが勝負の分かれ道。もうあとには引けない……。

店主は紙切れを確認しようとしたのだろう、瞬きを二回すると、得心した顔でうなずいた。

「よし、そいつをしまえ」うなるように言った。「常連さんじゃねえな？　こう見えても物覚えには自信がある。兄さんみたいにきれいな顔ならなおのこと、忘れるわけがねえ」

「リュシアン・ドーヴェルニュの友人です。この店の奥で開かれている集まりについて、彼から教えてもらいました。わたしをメンバーに紹介したいと言って」

「おい、名前を出すんじゃねえ！」店主は歯の隙間から吐き出すように言うと、警戒するようにさっと周囲を見まわしていまの話を誰にも聞かれていないか確かめた。「でなきゃ、こんちくしょう、仲間を識別するのに秘密の暗号をつくる必要なんぞねえだろうに！」

ヴァランタンは恐縮して首をすくめると、店の奥に通じるドアへ導くために席を立った粗野な店主のあとをおとなしくついていった。店主は前掛けのしたからごつい鍵を引っ張り出して錠前をぐるりとまわした。そして自分は脇に寄り、ヴァランタンに入れと合図した。そしてドア口で目配せしながらささやいた。

「廊下の突きあたりの右側の部屋だ」

そしてヴァランタンの背中でドアを閉めた。ガチャリ、と鍵のかかる乾いた音がした。

最初の関門は無事に通過した！　だが本番はこれからだ。いいか、ヴァランタン、気を抜くなよ。

ヴァランタンはここに潜入するための確実な方策について頭をめぐらせた結果、一か八かの勝負に出るしかないとの結論を得ていた。結局、リュシアンの仲間たちが暗号を取り決めるよりほかになかったのは、秘密の会議の参加者同士がみな顔見知りではないからだろう。驚くべきことではない。警察は〈人民の友協会〉が解散させられて以来、密かに組織化を図ろうとする共和主義者たちの、足並みの乱れたてんでんばらばらな企ての数々を把握してきた。そうしてつくられた秘密組織は連携を欠き、武装蜂起の牙城として点在しながら互いに競い合い、新規参入者の数をもとに運動の主導権を握ろうと鎬《しのぎ》を削っていた。そのため組織の多くが迂闊な振る舞いに出て、これが警視庁の監視業務を大いに助けていた。おもだった扇動者たちがいまだに牢に入れられていないのは、ひとえに現体制の寛容な姿勢によるものだ。

ヴァランタンが足を踏み入れた廊下は、臭気がこもる光の射さない場所だった。塗装が剝がれた壁は、半分消えかけた落書きで覆われている。闇のなか、廊下の両側にふたつずつドアが並んでいるのがなんとか見て取れた。ヴァランタンは、店主に指示されたドアへ向かうと耳を押しあてた。がやがやとした声はするが、単語がいくつか切れ切れに聞こえるだけで、話の内容まではわからない。

チャンスは一度きりだ。ヴァランタンは思い切って、亡きリュシアンの素人ならではのおめでたさに運を委《ゆだ》ねることにした。結局のところ、詩人が優れた革命家になることなどめったにない。息を止め、リュシアンが愚かにもメモに残した方式に従ってドアをノックした。短いノック三回、間延びしたノック二回。

声がぴたりとやんだ。そのあと、椅子が床をこする音がした。足音がゆっくり近づいてくる。掛け金が持ちあがってドアが開き、ケンケ灯の炎が闇にたたずむヴァランタンの顔を探った。

「入りたまえ、同志。大丈夫、まだ始まったばかりだ」

力強い声が響いてくるのと同時にヴァランタンの肩に手が置かれ、室内に入るよう促された。ケンケ灯を持つ男は、親しげな微笑みを浮かべている。まだ二十歳《はた ち》前と思われる若者で、その外見は、多少なりとも鍛えられた目を持ってすれば、カルチェ・ラタン地区の学生だと断言できるほどにだらしがなかった。

　廊下の暗闇にいたため、ヴァランタンは部屋の内部を確認するため目をすがめなければならなかった。簡素な家具が置かれた居間のような部屋だ。たったひとつだけある窓は、内側から暗色のカーテンで覆われている。ヴァランタンはすぐに、室内にいるほかの人びとに視線を向けた。十二人ほどが長テーブルを囲んで座っている。テーブルには瓶、グラス、紙、羽根ペン、インク壺がところ狭しと並んでいる。三つのランプの火影《ほかげ》が、彼らの顔の突起を際立たせ、窪みを闇に沈めながらその凹凸を浮かびあがらせている。

「さあ、こっちへ」テーブルの中央に陣取っていた洒落者風の男が言った。「そこだと顔がよく見えないからね」

　ヴァランタンはその言葉に従った。ランプが照らす明るみのなかに足を踏み入れながら、目の前にいる人びとの顔と服装をさらに仔細に観察した。作業着姿の労働者が二、三人と学生たち。なかには理工科学校の制服を着ている者も何人かいる。そして礼服を着込んだブルジョワが四人。

　ヴァランタンは少なくともふたり、見知った人物がいることに気がついた。ひとり目は前日のリュシアンの葬儀に来ていた、自由主義思想を公言している弁護士、アントワーヌ＝ブリュテュス・グリスランジュ。ふたり目は劇作家のエティエンヌ・アラゴ（一八〇二〜九二。劇作家、政治家、パリ市長）だ。彼はヴォードヴィル劇場でまずまずの成功を収めていたが、それでも兄フランソワの名声には及ばなかった。フランソワ・アラゴ（一七八六〜一八五三。数学者、物理学者、天文学者、政治家）は天文学と物理学で名を馳せ、科学アカデミーの会員でもあり、先の九月にセーヌ県議会議員に選出されたばかりだ。この兄弟もまた熱心な共和主義者で、ヴァランタンはそのひとりがこのような会に参加しているのを目にしても驚かなかった。

　不思議なことに会議を仕切っていたのは、これらふたりのパリの名士のうちのどちらかではなく、ふたりに挟まれて座っている優雅な身なり――赤いウールのフロックコートをまとい、ネクタイを金のピンで留めている――の男だった。意志の強そうな顔立ち、鷲鼻、入念に整えられた茶色の細い口髭が特徴のこの男は、目の前に置かれた呼び鈴の握りを指先で無意識になでながら、穏やかな口調で尋ねた。

「お初にお目にかかる顔ですね。名前と肩書をお願いします」

ヴァランタンは偽名を名乗ろうかと思ったが、口にする直前で思いとどまった。先日、この酒場から出てきた数学者のエヴァリスト・ガロワに声をかけたとき、本名を明かすという失態を犯していたことを思い出したからだ。この場にガロワはいないが、捜査の都合でふたたびこの種の会合に潜りこまなければならなくなったさい、顔を合わせる羽目にならないとはかぎらない。というわけで、ここは少なくとも半分は正直に名乗ったほうがいいだろう。

「名前はヴァランタン・ヴェルヌ。帳簿係です」

「ここに集まっている人のうち、新メンバーの加入の可否を本日の議題にすることを求めた者はいません。誰の紹介でここに?」

「わたしはリュシアン・ドーヴェルニュの友人です」

ヴァランタンは落ち着いた態度を装いながら答えると、リュシアンの父親がオワーズ県に工場を所有していることを思い出してこう付け加えた。「故郷のサンリスを離れてあなたがたを訪ねるよう、リュシアンに説得されたんです」

「われわれの仲間であるために全面的に賛同しなければならない主義主張の根幹についてはご存じですか?」

「あなたがたが擁護されている共和主義の考えについては、リュシアンが長々と説明してくれました。わたしはそのすべてに心から賛同しています」

「つまりきみは、〝主権者とはこれすなわち国民であり、いかなる政府もその第一の義務とは、事実上も法律上も、国民主権を確立することにある〟と表明しているわけですね」

「わたしはその旨、力強く高らかに宣言します」

テーブルの中央にいた三人の男は満足げに視線を交わし合った。とはいえ、グリスランジュ弁護士はヴァランタンに念押しした。

「リュシアンは死んだのですぞ。きみが真実を話していることを、さらに言えばきみが密告者でないことを、どうやって証明するおつもりですかな？」

「リュシアンが話してくれなかったら、ここであなたがたが会合を開いていることをわたしはどうやって知りえたでしょう？　気の毒なリュシアンは、次の会議でわたしの加入を議題に挙げるつもりでした。わたしは彼のその思いに応えようと、みずから出向かなければ、と考えたんです。ですが、信じていただけないということであれば、すぐさま引きさがったほうがよさそうですね」

エティエンヌ・アラゴが議長のほうに身を寄せると、すぐにグリスランジュが続いた。三人の男はひそひそと短い言葉を交わし合った。そのあと、議長を務める赤いフロックコートの男が、先ほどと同じ落ち着いた声音でふたたびヴァランタンに言った。

「われわれの書記は（そう言って、グリスランジュのほうに頭を振った）、当会の規則では安全上の明白な理由から、加入候補者は現会員の推薦が必要である旨定められているという、当然至極な主張をしました。そしてリュシアン・ドーヴェルニュ同志は自死を遂げたため、残念ながら現会員にはあたりません。しかしながらわれわれの会計係は（そう言って、今度はアラゴのほうに顎を向けた）、きみが会員を識別するための暗号を知っていたということは、きみの主張が信じるに足るものであることの証拠ではないかという、これまたまっとうきわまりない異議を唱えました。そこで、きみの加入の可否について、本会議にて投票をおこなう旨、決定しました」

ヴァランタンは、目の前にいる十二ほどの顔を眺めわたしながら言った。

「みなさん」声に一抹の重々しさを漂わせて呼びかけた。「わたしの処遇はみなさんの採決に委ねます。それがいかなる結果であれ、みずからの信念の強さはなんら変わらぬことをここに宣言する次第です」

「なんと立派な言葉だろう。見あげた心意気です」議長役の赤いフロックコートの男がチリンチリンと呼び鈴を振った。「それでは申しわけないが、席をはずしてもらいましょう。投票の結果が出るまで、廊下で待機するように。二名以上が反対票を投じた場合、加入は認められません」

そして赤いフロックコートの男がさっと手を振ると、先ほどヴァランタンを迎え入れた学生が立ちあがってドアを開け、すばやく誰かを呼んだ。ヴァランタンの予想に反し、やってきたのは店主ではなく、顔にそばかすが浮いた赤毛ののっぽの男だった。ヴァランタンはこの男に従って廊下に出た。

赤毛の男は、向かいの部屋から丸椅子を持ってきて無言のままヴァランタンに差し出した。それから持参したケンケ灯を壁の釘に吊るすと、胸の前で腕を組み、壁に背をつけてじっと待った。

「長くかかると思いますか？」ヴァランタンは暇潰しに声をかけた。

だが相手は返事をしようともせず、表情を閉ざし、意味不明のうめき声をあげただけだった。そして胴着《ジレ》から口琴《こうきん》を取り出すと、哀愁漂うメロディーを奏ではじめた。

けれども、男の無関心な態度は見せかけにすぎなかった。というのもヴァランタンはすぐに、男がちらちらと何度も彼を探るように窺い、目が合いそうになると慌てて顔を背けていることに気づいたからだ。

それほど待つことなく、部屋を出てから十分もしないうちにヴァランタンは部屋に呼び戻された。室内にいた全員が採決の結果を伝えるために立ちあがっていた。ヴァランタンは、ほとんどの人がにこやかに笑いかけてきたのでほっとした。弁護士のグリスランジュだけが、心なしか顔をしかめている。

議長が鐘を鳴らし、厳粛な声で宣言した。

「ヴェルヌ同志、本日の定例会に参加した〈ジャコバン派再生会〉のメンバーの評決により、一票を除く満場一致で貴殿の当支部への加入が認められました。われわれの会へようこそ。仲間の祝福を受けたのち、会議の席に着いてください」

これに続いて、握手、親しげな抱擁、簡単な自己紹介が交わされた。そうしてヴァランタンは議長を務める赤いフロックコートの男こそ、エヴァリスト・ガロワによればリュシアンが自殺の数週間前に口論したという、新聞記者のフォーヴェ＝デュメニルにほかならないことを知った。このふたりの言い争いについて、なんとしてでももっと詳しい情報を引き出す必要がある。だが疑念をかき立てないように、あせらず慎重に事にあたるべきだろう。会にあっさり受け入れられたことだけでもすでに儲けものだ。ここに集まっているのは無害な理想主義者たちなのか、はたまた危険な過激派なのか、見定めるにはもう少し時間が必要だ……。

だが第一の議題が、その疑問に対する答えの端緒を開いてくれた。〈ジャコバン派再生会〉のこの会合で、年末までに貴族院で開催されることになっている裁判をめぐる方策について討議されたからだ。つまり、前のシャルル十世治下で首相と大臣を務めた者たちに死刑を科すためには、どのように世論に働きかけ、いかなる手段を講ずるべきなのかが話し合われたのだ。会のメンバーたちは、集会や出版物を通じた宣伝活動だけでは足りない、との考えですぐに一致した。とにかく政府に圧力をかけつづけなければならない。そのため下層民が暮らす地区で扇動を続けることと、貴族院が入るリュクサンブール宮殿の窓下で威嚇的な示威行動を連日のごとく決行することが決められた。

第一の議題に片がつき、会計報告に移ろうとしたとき、先ほどの赤毛ののっぽがふたたび部屋に現われた。今度は葡萄酒の瓶と食べ物が載った盆を手にしている。赤毛の男は参加者たちに飲食物を届けると、身を屈めて議長のフォーヴェ＝デュメニルの耳に顔を寄せた。話を聞きながら、フォーヴェ＝デュメニルはみるみる表情を曇らせた。よからぬ知らせにちがいない。

赤毛の男は上体を起こすと、ヴァランタンに喧嘩を売るような視線を向けた。ヴァランタンにはこの唐突に向けられた敵意の意味を考える余裕はなかった。フォーヴェ＝デュメニルがすぐにこう尋ねてきたからだ。

「ヴァランタン・ヴェルヌ……きみはそう名乗りましたよね？」

「ええ、そのとおりです」

「それで、サンリスで帳簿係をしていたとのことでしたよね？」

嫌な予感にとらわれたヴァランタンは、ただ黙ってうなずくことしかできなかった。周囲ではメンバーたちが議長の態度の急変に興味をそそられ、椅子のうえでそわそわと身じろぎしている。何事だろうと色めき立つ興味津々の目が、ヴァランタンと赤服の議長のあいだを往来した。

「実はですね」フォーヴェ＝デュメニルは落ち着いたよく通る声で続けた。「このテオデュルが（そう言って赤毛の給仕に顎を向けた）、先ほどきみを廊下でとくと観察しました。その結果、きみに見覚えがあると断言し、きみについて大変に興味深い証言をしています。彼によれば、きみは三カ月前、彼の妹が女将《おかみ》をしている娼家を調べにやってきたヴァランタン・ヴェルヌに瓜ふたつらしい。だが、このヴァランタンなる人物は帳簿係などではまるでなく、警視庁風紀局第二課の警官だそうだ。これについて、なにかおっしゃりたいことは？　あるいは、異存なしということでよろしいですか？」

　ヴァランタンは芝居を打つのをあきらめた。どう取り繕っても、乗り切れる見込みはない。というのも、フォーヴェ＝デュメニルが短銃身の拳銃を胸に突きつけてきたからだ。

13　一難去って、また一難

　メンバーのなかでも血気に逸《はや》る者たちが、ヴァランタンを取り押さえようと飛びかかってきた。ヴァランタンは抵抗しなかった。フォーヴェ＝デュメニルの目を見れば、少しでも抵抗を試みれば迷わず引き金を絞るつもりでいるのがわかったからだ。それにいかんせん、敵の数が多すぎる。逃げるのは不可能だ。であれば、窮地を逃れる好機がめぐってくるのを願いながら、ここはおとなしく従うのが賢明だろう。

　とはいえ、そのあとヴァランタンは手荒に扱われることになった。共和主義者たちの一部、とくに警官にだまされたと腹を立てた学生たちに罵倒され、激しく殴打されたのだ。さらに、ほかのメンバーたちに後ろ手に縛りあげられ、ネッカチーフで猿轡《さるぐつわ》を嚙まされた。彼らを曲がりなりにも落ち着かせるため、フォーヴェ＝デュメニルはみずからの威厳を総動員して怒鳴りつけなければならなかった。

「おい、こら、騒ぎ立てるんじゃない！　酒場の客の注意を惹いてしまうぞ。それより、この密偵を地下室に運べ。地下室でなら、こいつの取り扱いについてじっくり落ち着いて決められるからな」

毅然とした命令口調だったので、激昂した者たちの興奮はひとまず収まった。すぐにふたりのメンバーが両側からヴァランタンの腋の下に腕を差し入れ、部屋の外に引きずり出した。そのあと彼らはフォーヴェ＝デュメニルとグリスランジュを先頭に、廊下のドアの向こうにある急な階段を通って地下まで下りた。頑丈な木のドアを開けると、葡萄酒の樽がずらりと並ぶ小さな部屋があった。床は土間で、窓も換気孔もなく、湿った壁に硝酸カルシウムの結晶が浮いている。

なかに入ると、土と湿気のにおいがこもっていた。ヴァランタンは思わずよろめいて倒れそうになった。胃がよじれ、頭がくらくらする。闇に沈むこの部屋は墓場そのものだ。気を失わないよう必死に努めた。自分が共和主義者の集まりに潜入しようとしていたことを知る者は、警視庁内にひとりもいない。前夜、上司のフランシャール警視に短い報告書をしたためはしたが、リュシアン・ドーヴェルニュが〈冠を戴く雉《きじ》たち〉亭で会合を持っている共和主義者の秘密結社に加入していることについて触れただけだ。このまま消息不明になれば、おそらくこの酒場にも捜査の手が入るだろうが、あの報告書を読んですぐに同僚たちがここにやってくることを期待するのはお門ちがいだ。とにかくいま、最悪の事態を避け、拷問人と化した敵たちの制裁を逃れるためには自力に頼るしかない。そう思った瞬間、背中に冷たい汗が伝わった。手を拘束され口をふさがれた状態で、逃げ道がひとつしかない狭くて薄暗い小部屋に閉じこめられ、さらに周囲をいきり立つ男たちで固められたいま、自分にチャンスがあるとはとうてい思えない。

これでは連中のなすがままだ！

ヴァランタンを両脇から挟んでいた学生ふたりは、ぐらつく椅子の窪んだ藁の座面に彼の尻を据えた。そしてそのまま両側に陣取り、それぞれ片手で肩を押さえつけた。フォーヴェ＝デュメニルが真正面、木箱や空《から》の壺が乱雑に載っているテーブルの背後にやってきた。ヴァランタンは、エティエンヌ・アラゴを含む数人の共和主義者の姿が見えないことに気がついた。これから起こる事柄にかかわりたくなくて、地下室に移動しなかったのだろう。そのため相手の数が少し減ったが、ヴァランタンにとってはなんの慰めにもならなかった。

「猿轡をはずせ！」フォーヴェ＝デュメニルが命じた。「この権力の犬にどんな罰を与えるか決める前に、いくつか質問をしなければならないからな」

「まさか、裁判の被告人になるとは思いませんでしたよ」ヴァランタンは口をふさいでいたネッカチーフが取り去られるや、皮肉を言った。「まあ、理想を追い求める共和主義者のみなさんが、ひとりよがりの正義で人を裁くことをよしとするなら話は別ですが」

「そなたはわれわれを密偵するためにここに来た」グリスランジュ弁護士がいまいましげに言った。「そなたには古今東西、裏切り者どもに与えられてきた罰がふさわしい」

ヴァランタンはグリスランジュの呼びかけの言葉が〝きみ〟から〝そなた〟に変わったことに気がついた。これは悪い兆候だ。

「なんとも冴えわたる弁論ですね、弁護士先生殿」ヴァランタンは嫌味ったらしく言い返した。「お許しいただけるのであれば、わたしのほうは弁護士先生の雄弁に頼らずに、みずから自分の弁論を試みたいと思います」

　グリスランジュの唇がゆがみ、瞳に悪意の光が灯《とも》った。ヴァランタンは平然とした冷静な態度を装ったが、内心は平然とも冷静ともまるで言いがたかった。だが、この切迫した状況ではなんとしてでも時間稼ぎをしなければならず、敵に揺さぶりをかけるためには自分の才気に賭けるよりほかにないとわかっていた。

「警察はどうやってわれわれの活動を把握した？」フォーヴェ＝デュメニルが問い質《ただ》した。「われわれの組織に潜入して、いったいなにを探ろうとしたのだ？」

「〝冠なし《sans couronnes》〟ねえ……」ヴァランタンは薄笑いを浮かべた。「こんな言葉遊びに気がついて、きっと鼻高々だったでしょうね。あなたがたのうちいったい誰がこんなうまい紙の折り方を思いついたのか知りませんが、わたしがあなたがたの立場であれば、内心穏やかではなかったでしょう。ダントンとロベスピエールの後継者を自称する共和主義者が、ヴァンデの乱で壊滅させられたカトリック王党派の軍隊が採用していたやり方を手本にするなんて、いささかけしからん話ですし、縁起も悪いですからね」

〈ジャコバン派再生会〉のメンバーたちからいっせいに抗議の怒号があがった。唯一、フォーヴェ＝デュメニルだけがヴァランタンの挑発を表面上は受け流し、冷たく指摘した。

「こちらの質問に答えてほしいものだな」

　ヴァランタンは猛スピードで頭を働かせた。手元に残されたカードは一枚しかない。それを早速ここで切ってしまおうと肚をくくった。

「ええ、わたしがこの場にいるという事実がみなさんの不安をかき立てていることは理解できますよ。なんだかんだ言っても、わたしはあなたがたの門番にメンバーしか知らないはずのサインを示し、取り決められた方法に従って部屋のドアを叩いたのですからね。それができなければ、みなさんのご尊顔を拝む栄誉にはあずかれませんでした」

この言葉に会のメンバーたちがわずかに浮き足立ったが、グリスランジュが腕のひと振りで鎮めた。

「大口を叩いてわれわれをひるませようとしているのなら大まちがいだぞ。そなたの遠まわしの脅しなど、われわれにとっては痛くも痒くもない。〝死人に口なし〟とはよく言ったもので、死んでしまえば、知りえた顔も名もすべて墓のなかに持っていくことになるのだからな」

「ええ、わたしを殺してしまったら、それこそ〝死人に口なし〟で、永遠にわからないでしょうね。わたしがどうやって、とくには誰を通じて、秘密のサインの情報を得たのかを」

「われわれのなかに裏切り者がいると言うのか？」フォーヴェ＝デュメニルが詰問した。

ヴァランタンは、愛想のよさを装ったまま肩をすくめた。

「裏切り者ですか？　これはまた物騒なことを」

会のメンバーたちは、今度はざわざわと不安げにささやき合った。

「どうせはったりだ！」グリスランジュが仲間たちを非難の目でにらみつけた。「この下劣な輩《やから》は、われわれのあいだに諍《いさか》いの種を蒔こうとして適当なことをほざいている。それがわからんのか？　こやつは生き延びるためにはどんな姑息な手でも使うつもりだ！」

「それでも彼は真実を語っています」理工科学校の制服を着た学生のひとりが指摘した。「だって、われわれの仲間内の合図をすべて知ってたんですからね。誰かがやつに教えたんですよ！」

「必ずしもそうとはかぎらんぞ！」グリスランジュは反論した。「リュシアンが自殺したあと、警察が彼の私物のなかにわれわれの会を危うくする書類を見つけたという可能性も考えられるからな。とにかく用心するに越したことはない。この密偵をいますぐここで始末しよう！」

　ヴァランタンは思い切って最後の矢を放った。

「わたしが単身でここに出向いてきたと、いったい誰が言いました？　こうしてあなたがたと話をしているあいだにも、警察はすでにこの店の戸口という戸口をすべて封鎖しているかもしれませんよ」

　グリスランジュは動揺を見せたが、フォーヴェ＝デュメニルのほうは頭を働かせて冷静に言い返した。

「その点については、少なくとも確認するのは造作ない」そう言うと、地下室までついてきていたテオデュルという名の赤毛の給仕に合図した。「うえに行って外の様子をちょっと見てこい。われわれがほんとうに包囲されているのなら、すぐにそうとわかるはずだ」

　それから数分のあいだ、ヴァランタンは共和主義者たちの敵意をはらんだ沈黙に囲まれながら椅子に座っていた。平静を装ってはいたが、心臓は早鐘を打っていた。ここにひとりで乗りこむなんて、あまりにも無謀な試みだった。つかの間の休憩をもぎ取ったものの、向こう見ずな行為の代償を支払う瞬間を先延ばしにしたにすぎない。

　ヴァランタンの不安を裏づけるようにドアがふたたび開き、赤毛のテオデュルが戻ってきてメンバーたちを安心させた――通りはいたって静かでした、怪しい気配などありゃしません。小さな集団を安堵のさざ波が駆け抜けた。

　グリスランジュがにやりと笑い、ヴァランタンに人差し指を突きつけた。

「ほら、言ったとおりだろうに。こやつはわれわれを出し抜こうとしているのだ。さあ、この卑劣な密偵を抹殺しようではないか！」

　フォーヴェ＝デュメニルがヴァランタンに、立て、と命じた。その声は、わめき散らすグリスランジュのテノールよりもずっと相手を威嚇する冷ややかな響きを保っていた。

「彼の処遇は会の全体で決めることだ。彼を即刻ここで死に処することに賛成する人は挙手をしてくれたまえ」

〈ジャコバン派再生会〉のメンバー全員が手を挙げた。フォーヴェ＝デュメニルはゆっくりうなずいた。

「これではっきりしたな。それでは彼にもう一度猿轡を嚙まして、止血帯で首を絞めることにしよう。そして日が暮れたら、死体を酒樽に詰めて運び出す」

この死刑の宣告を実行に移そうと、フォーヴェ＝デュメニルの言葉が終わる前から、学生ふたりと労働者ひとりがヴァランタンに飛びかかってきた。もう失うものはなにもない。ヴァランタンは無駄を承知で最後の抵抗を試みるため、筋肉にぐっと力をこめた。するとそのとき、若々しいがどこか威厳を感じさせる声が響いてきた。

「ちょっと待ちたまえ、同志諸君。共和国は共和主義を奉じる英雄やその大義のために落命した人物を誇りとするが、人殺しは認めない！」

全員の視線が地下室のドア口に注がれた。敷居に若き数学者のエヴァリスト・ガロワが立っていた。ヴァランタンは、ガロワの背後にエティエンヌ・アラゴの顔が見えたような気がした。

「人殺しなどと、人聞きの悪いことを申しておるのはいったいどこのどいつだ？」グリスランジュが叱りつけた。「ガロワくん、きみか？　いいか、この警官はいま、われわれを破滅させるために当会に忍びこんだんだぞ。われわれはこの男をどうするか当会として決定をくだしたばかりだ。決定を見なおす必要はない。こやつは、密告者に与えられる罰を受けるのがふさわしい」

血気盛んなガロワは、数歩前に進み出てヴァランタンの横に立った。そしてグリスランジュに直接応えずに、その場にいた全員を順繰りに眺めわたしながら話しかけた。

「この死はわれわれの理想を汚すことになる！　同志

諸君、身を守るすべのないこの男を冷酷にも死刑に処すれば、われわれの品位を落とすことになるでしょう。つまり、われわれが闘おうとしている者どもと同類になるということです。われわれは横暴と闘っており、わが国にさらなる正義と友愛を確立せんとしています。かかる目的は、はたしてこのような罪を犯すことによって達成されうるものでしょうか？」

「裏切り者に死を与えるのは、罪ではない！」グリスランジュは反論した。

「裏切るとは、同志との約束を破ることです」ガロワは言い返した。「話を聞いたかぎり、この男は一介の警官にすぎません。彼は命令に従ったまでです。繰返しましょう。この無防備な人に死を与えることは、殺人の罪を犯すことにほかなりません」

若いガロワの強い信念に、メンバーたちの良心がぐらつきはじめた。なかでも、これまでヴァランタンにとりわけ大きな敵意を向けてきた学生たちが、ガロワの言葉にしきりにうなずいている。

風向きの変化を感じ取ったフォーヴェ＝デュメニルは、状況が手に負えなくなる前にすかさず問いかけた。

「きみの言いたいことはよくわかるよ、ガロワくん。だが、ではどうしろと？　この男を解放したら、われわれ全員を即座に告発するのは明らかだ。われわれは警察に追われて逮捕されることになるだろう。当局はこちらの運動を壊滅させることができて、それこそ大喜びするはずだ」

「ぼくが申しあげたいのは……」ガロワは投げかけられた問いに対する回答を持ち合わせていないことを示すように、力なく両手を広げた。「……不名誉にも流された血は、すべからくわれわれの頭に降りかかり、われわれの大義を損なうようになるということです」

薄闇のなかからガロワに賛同する声がちらほらあがった。しかしフォーヴェ＝デュメニルはさっと手を振って、それらの声を黙らせた。薄い口髭のしたに、残酷な笑みが浮かんでいた。

「話を聞いていると、きみはどうやら死刑に処することにとまどいを覚えているようですね。ならば、これが解決策となるかもしれません。この男はわれわれの共和主義思想への賛同を偽ることで、われわれの感情を大いに傷つけました。それについて彼は、われわれに償いをする必要がある。もし彼が、ここで見聞きしたことについて沈黙を守ると名誉に賭けて誓うのであれば、わたしは彼を解放してやることにやぶさかではありません。とはいえ、明朝、決闘場で再会することにいたしましょう」

「決闘するのですか？」

「そのとおり！　これがわたしからの提案です。さて、この男を野に放つことにしましょうか。突然行方が知れなくなったら、心配する人が出てくるでしょうからね。ただし、われわれのことを密告しないと誓うことが条件です。きみ、ガロワくんは、明日までこの男のそばに張りつき、彼がきちんと約束を守るよう目を光らせてくれたまえ。そして決闘場まで連れてきて、彼の立会人になるのだ。これでもう、われわれが人殺しの罪をかぶることはない！　きみが庇護する者は、わたしと同じ条件でわたしに立ち向かい、われわれの争いは名誉の掟に従って解決されることになるのだから。これで異存はないですね？」

　エヴァリスト・ガロワはヴァランタンに身を寄せ、耳元でささやいた。

「提案を受け入れなさい。それがここから生きて出る唯一の道です」

14　死を呼ぶ鏡

　晴れて自由の身となったヴァランタンは、命を救ってくれた数学者の青年、エヴァリスト・ガロワとともに〈冠を戴いた雉《きじ》たち〉亭の恐ろしい地下室からパリの通りに出た。それにしても、まさかこのような方法で命拾いをするとは、まさに奇跡としか言いようがない。午前中の冷気を胸一杯に吸いこみながら、ヴァランタンはまだ驚きに打たれていた。

「なんとお礼を申しあげたらいいのかわかりません」彼はエヴァリスト・ガロワに言った。「あなたが来てくれなければ、わたしは殺されていたでしょう」

「残念ながら、あなたが得たのはつかの間の猶予にすぎませんよ。フォーヴェ＝デュメニルは凄腕の拳銃使いですからね。おそらくパリでも彼の右に出る者はそうそういないでしょう。正直、彼は決闘では負け知らずです」

　けれどもヴァランタンは、絶体絶命の窮地を逃れたことにほっとするあまり翌日のことにまで頭がまわらず、感謝の気持ちをこめてただガロワに微笑んだ。

「おそらく、エティエンヌ・アラゴ氏があなたに知らせたのですよね、わたしが大変な状況にあることを。わからないのは、なぜあなたがわたしを助けに飛んできたかです」

　ガロワは肩をすくめた。

「まさかぼくが、道の真ん中でリュシアン・ドーヴェルニュの友人と名乗る人物に突然声をかけられても不審に思わないほどおめでたい人物だと思っているわけじゃないですよね。リュシアンが一度もその存在について言及せず、名前を口にしたことのない友人に。あの日、あれからすぐにぼくは、〝冠なし〟と読めるように折りたたんだメニューの紙が紛失していることに気づき、警戒心が膨らみました。あなたは科学アカデミーについて話されましたよね。そこでぼくは、あなたについてなにか手がかりを得られないかと、あの権威ある学会の文献記録を探りました」

「それで成果は？」

「科学アカデミーの通信会員で警部でもあるヴァランタン・ヴェルヌなる人物が、先の六月、窒息死においては胸膜下または心膜下に斑状出血が例外なく存在するといった内容の発表をおこなっていました。もう少し調べてみると、この同じヴェルヌなる人物が四年前、かの有名なペルティエ教授の化学実験に参加していたこともわかりました」

「なるほど。でもいまの話は、〝あなたがなぜわたしを助けてくれたのか？〟という問いの答えにはなっていません」

「ぼくの政治信条は友愛精神へとぼくを導いています。そしてぼくとしては、肩書がなんにせよ、科学に興味を寄せる紳士には親近感を覚えずにはいられません。ぼくは現体制に仕える人たちすべてを公然と侮辱するあの過激な連中とはちがいます。共和国は警官なしでは立ちゆきません。警官たちが知に通じた者であるかぎり！」

「嬉しいことを言ってくれるじゃないですか！」ヴァランタンは声を弾ませた。「その寛大で開かれた精神は称賛に値します。あなたの胸を打つ弁舌がなければ、あなたのご友人たちはわたしを即刻あの世に送りこんでいたでしょう」

ヴァランタンとガロワは地獄《アンフェール》通りに出ていた。時刻は午前十一時前。霧がリュクサンブール公園の鉄柵の向こうの落葉した木立の合間を力なく漂い、泥だらけの石畳を走る馬車の金属音が鳥のさえずりをかき消している。ふたりは馬車に泥を跳ねかけられないように注意しながら歩いた。

「政府が〈人民の友協会〉の解散を命じてこのかた……」ガロワは説明した。「……ぼくらは疑心暗鬼になってしまったんです。政府が敵対する共和主義者を抑圧しようとしているんじゃないかってね。そしてぼくらのなかでもとりわけ復讐心に燃える人にとって、警察の人間は抑圧の手先でしかありません」

「あなたも同じ見解ですか？」

「とりあえず、七月革命後に幅を利かせている金持ち階級にも、ブルジョワを装っている現国王にも、ぼくはまったく信を置いていないとだけ言っておきましょう。人民が力強く声をあげなければ、やがて抑圧の憂き目に遭うはずです。わが国の歴史の暗黒の時代と同じように」

「とはいえ、あなたもわたしと同様、ルイ＝フィリップ国王がこれまでのところは敵対勢力に寛容であることについては否定できないのでは？　出版物はまた自由に刊行できるようになったし、デモ隊も明らかな暴力行為がないかぎり、蹴散らされたりはしていません」

　エヴァリスト・ガロワは異論を唱える相手に茶目っ気たっぷりに笑いかけると、皮肉っぽく言った。

「だけどそれと同時に、あなたを密偵に仕立ててあげたりしてますよね」

「誓って言いますが、それは誤解です。わたしがあなたがたのささやかな秘密結社の活動に興味を持ったのは、リュシアン・ドーヴェルニュとの関連性からです。彼の死に疑わしい点があったため、警視庁の上層部がわたしに捜査を命じたのです」

「リュシアンの死が自殺であることに、疑わしい点などないと思っていましたが」

「ええ、あらゆる証拠が自殺であることを示唆しています。ですが、いくつか腑に落ちない点があり――それについては、申しわけありませんが明かすことはできません――、捜査が必要だと判断されたのです」

「なんとまあ！」ガロワは急に表情を曇らせた。「いまの話がほんとうなら、あなたはほんの些細なことで命を危険に晒《さら》したことになる。断言できますが、〈ジャコバン派再生会〉はリュシアンの死とはなんの関係もありません。会には何人か狂信者はいますが、ぼくたちは体制の変革を通じて人民主権を確立することを目指しています。あなたが先ほど目にしたように、あのフォーヴェ＝デュメニルにしても、あなたを殺すことは罪を犯すことになるとぼくに説得されると、あっさり翻意しました」

「改めてあなたには心から感謝しますよ」

ガロワは困惑顔になった。

「けれども参ったことに、あなたはまだ泥沼にはまっています。ったく、決闘する羽目になるなんて……」

「決闘は明日でしょ？」ヴァランタンは陽気にガロワの言葉を打ち切ると、彼の背中をぽんと叩いた。「とりあえず、わたしはご覧のとおりぴんぴんしています。どうです、これを祝してわが家でシャンパンでも開けませんか？」

ふたりはじめじめと冷えたパリの街を歩き、シェルシュ＝ミディ通りまでやってきた。そして二十一番地にある建物の優雅な玄関口に足を踏み入れようとしたとき、背後から鋭い声が飛んできた。

「おい、ヴェルヌ！　ヴェルヌ警部！」

ヴァランタンは振り返った。辻馬車が一台、通りの反対側に駐まっていて、運転台に座った御者がいまにも馬に鞭を振るおうとしている。少し開いた客室の扉の隙間から、男が身を乗り出して手を振っていた。

「まさか、あの人がここに来るとは！」

「あの人って？」ガロワが尋ねた。

「直属の上司のフランシャール警視です。用向きはわからないけれど、無視するわけにはいかないな。ここで知らんふりをしたら、向こうはつねならぬ事態が起きたと思うでしょうから」

ガロワは唇を噛んだ。どうするべきか迷っているのだろう。だが、結局はうなずいた。

「わかりました。上司のところに行ってください。でも、ぼくがあなたの保証人になっていることを忘れないでくださいよ。あなたは確約したんですからね。他言はしないことと、明日決闘場に赴くことを」

「心配は無用です、明日ちゃんとうかがいますから。明けがた、ここに迎えに来てください。すべてあなたの仰せのとおりにしますよ。わたしのアパルトマンは四階にあり、階の全体を占めています」

ヴァランタンはガロワと固く握手を交わして約束を確認すると、急いで道を横切った。フランシャール警視は彼を冷ややかな態度で迎えた。

「身を切るこの寒さのなか、きみのアパルトマンが入る建物の玄関先で一時間近くも待たされるとはな。まったく、いったいどこに行っていたものやら。そのずたぼろの身なりからすると、結婚式でも挙げていたようだな！」

〈王冠を戴く雉たち〉亭の地下室で被った災難のせいで、ヴァランタンのいつもの洒落た装いは台無しになっていた。ネクタイはなかばほどけ、フロックコートには染みがつき、ズボンの裾は破れている。そしてなにより、腫れあがった頬と切れた唇を見れば殴られたことは明らかだ。もしひとりきりであれば、ヴァランタンはただちに熱い風呂に入り、気つけにアルマニャックを一杯ひっかけたはずだ。

「結婚式？　そうなんですよ、かなり手の早い花嫁でしてね！」

「ほれ、乗った、乗った！」警視は、獅子を思わせるその顔にぱっと笑みを浮かべて言った。「結婚式の話は道々聞こうじゃないか、ヴェルヌ！　これから警視総監の家に行く。きみとふたりで来いと言われているんでね」

パリ警視庁のアメデ・ジロー・ド・ラン総監はうだつの上がらない男だった。冴えない礼服、黄色っぽい顔色、ひしゃげた鼻、たるんだ頰。さながら消化器に問題を抱える英国国教会の聖職者といった風貌だ。彼は自宅を訪ねてきたふたりの部下を、実用一点張りの家具が並ぶいかめしい執務室の椅子に座らせた。

「こうしてきみたちを呼び出したのは、ドーヴェルニュ家のあの悲惨な事件について話すためだ。死んだ青年の父親はわたしの長年の友人でね。ひとり息子を亡くした父親はお察しのとおり、悲嘆に暮れている。その彼に何度も頼まれたのだよ、今回の悲劇をもたらした要因を解明するため、徹底的に捜査してほしいと。当初わたしは、父親の願いに応えようと捜査を承諾した。気の毒でならなかったからね。むろん、自殺であることには一点の曇りもないように思われたが」

フランシャール警視は重々しくうなずいた。

「ええ、集まった証言はどれもみな、自殺を裏書きするものばかりです」

「とはいえ、フランシャール警視、わたしはきみから上がってきた報告書に目を通しながら……」総監は机のうえに置かれた分厚い茶色の革製の紙挟みを指さした。「……ある事柄に注意を惹かれたのだ。鏡だよ。リュシアン青年は身投げする直前、長々と鏡をのぞいていたそうだな」

「それについては複数の人が証言しています」フランシャールは慎重に総監の言葉を裏づけた。

「母親の眼前でみずからの命に終止符を打とうとするほどまでに絶望していた若者が、まるでこれから愛しい女性に会いに行こうとめかしこむときのように鏡を眺めているというのは、控えめに言ってもおかしな話に思えるのだが。フランシャール警視はどう思う?」

「かなり特異なことだと思います。ここにいるヴェルヌ警部から昨日、新しい報告書を受け取ったのですが、そこにはほかにも困惑させられる事柄がいくつか指摘されています。もっともいまのところは、そこからなんらかの結論を導き出すのは難しいように思われますが」

「その報告書は注意深く読ませていただこう。とりあえず、残念だがきみたちに、この事件は思っていたよりも相当に厄介なものであるらしいことをお伝えせねばならない」

　総監は座っていた椅子をぐっと後ろに押し出して立ちあがると、背中で手を組んで室内を大股で歩きはじめた。額に浮かんだ皺が、問題の深刻さを物語っていた。

「実は昨晩より、奇妙な死をまたひとつ嘆かなければならない状況になっているのだ。代理店業を営み、札付きのボナパルティスト（ボナパルト家支持者）でもあるティランクールなる男が、パレ・ロワイヤル近くの瀟洒《しょうしゃ》な邸宅で自死したのだ。男は邸宅の……なんと言えばいいのか……接待役の女のひとりと一緒にいるときに、突然の狂気に見舞われたらしい。燭台を手にして、寝室にあった鏡という鏡を叩き割ったあと、女に拳銃を突きつけた。女の悲鳴を聞いて使用人たちが駆けつけたが、狂乱したティランクールはドアに鍵をかけていた。そこで使用人たちはドアを打ち破ったのだが、部屋になだれこんだ瞬間、ティランクールは銃口を自分に向け、胸に一発ぶちこんだ。だがすぐに絶命したわけではなく、息を引き取る前につぶやいたのだ」

「なんと？」

「それがどうにも妙でね。ティランクールはこう言ったのだ――〝おれは鏡に強いられた〟」

「鏡ですか？」ヴァランタンは思わず訊き返した。そんなばかな、という気持ちが口調に出てしまった。

「三人がこの言葉を聞いたと証言している。これでなぜわたしがこの一件を、リュシアン・ドーヴェルニュの自殺と関連づけて考えたか、ご理解いただけただろう」

「単なる偶然かもしれません」フランシャールは大胆にも言い返した。「総監ご自身もおっしゃったじゃないですか。このティランクールなる人物が狂乱していたと。そんな状態にあれば、あることないこと口走ってもおかしくはありません！」

「だが、ほかにも残念な偶然があるのだよ、フランシャール警視！　わが友、ドーヴェルニュ代議士に打ち明けられたのだが、彼の息子さんはこのところ共和主義思想に染まっていたらしい。そしてこのティランクール、名はミシェルと言うのだが、彼は暴君ナポレオンに仕えた士官で、復古王政（一八一四年のナポレオン退位後から一八三〇年の七月革命まで続いた王政。ルイ十六世の弟のルイ十八世、次いでシャルル十世が統治）下で休職させられたナポレオンの第一帝政期の軍人たちを扇動していたのではないかと考えられている。どうにも気に入らん、まったくもって気に入らんよ、フランシャール警視！」

「それで総監は、わたしたちになにを期待されておられるのでしょう？」フランシャール警視が慇懃《いんぎん》に尋ねた。「なんなりとお申しつけください」

「これほど似通ったこれらふたつのむごたらしい死の背後に、もしや体制転覆の企てが隠されていないか確かめなければならない。いまの政治状況がどれほどデリケートであるか、説明するまでもないだろう。今朝、ラフィット氏は国王から、組閣に着手せよ、との命令を賜った。国王がみずからの支持者のなかでももっともリベラルな人物に首相の職を任せることで、敵対する共和派の切り崩しをもくろんでおられるのは明らかだ。そもそもラフィット氏がくだした最初の決定は、ヴァンセンヌ城にとらわれている前首相と前大臣たちの裁判にかかわる予審を担当する貴族院議員を任命することだった。そしてこの職務にあたる人物として、穏健派のアルフォンス・ド・シャンパニャック子爵が指名された。いわば裁判が年内にきちんとおこなわれることを国民に保証した恰好だ。というわけで、年末までパリは平穏であらねばならない。反体制派のあいだで、華々しい自殺騒動が相次いでもらっては困るのだ。ルイ＝フィリップ国王の望む融和政策が、まるごと水泡に帰す恐れがあるからな」

「こちらの理解が正しければ、総監殿、ヴェルヌ警部の捜査によって、このふたつの自殺がまちがいなく……自殺であるとおおやけに結論づけられることが望ましいのですよね。けれども万が一、このふたつの死になにか特段の事情があるのであれば、わたしとヴェルヌ警部とで事態の収拾を図らなければならない。もちろん、あくまで隠密に」

　警視総監のジロー・ド・ランは両手をこすり合わせ、唇をめくりあげて歯を見せながら苦労して口角を左右に引き、笑顔らしきものをつくった。

「こちらの意図は完璧に伝わったようだな、フランシャール警視。捜査の進捗状況を定期的に報告することを忘れないでほしい。きみのほうは、ええっと、なんていう名前だっけか……」総監はここでヴァランタンに視線を向け、腫れあがった顔に気づいて顔をしかめた。「……とにかく、きみにはきみが必要と判断した捜査を漏れなくおこなう権限がある。手間暇惜しまずに捜査にあたるように。そしてこの奇妙奇天烈な鏡の謎を解明してくれたまえ」

15　ダミアンの日記

　ぼくは激しい混乱にからめ取られていた。強欲で燃えるように熱く、突き刺されるように痛いなにかに絶え間なく苛まれつづけた。そこにあったのはもちろん、恐怖と肉体の苦痛だ。だけど、それだけではない。怒り、落胆、孤独、恥辱もあった。もう少しで気が狂うところだった。ぼくを救ったのは、ぼくがまだほんの子どもだったという事実だ。ぼくは自分の身に起こった出来事の恐ろしさを事細かに表現するための言葉を、ぼくが陥ったこの悪夢を正確に捉えるための語彙を持ち合わせていなかった。なによりも混乱させられたのは、おぞましい体験が心の奥底に閉じこめられたままになることだ。というのも、それを妥当な言葉を使って、あるいは単に聞き取れるだけの言葉を使って、どうやってそこから引きずり出したらいいのかわからないからだ。というわけで、それは自分自身の奥深くにしまわれることになる。心のなかに場所をつくり、自分を恐怖に陥れるもの、嫌悪を覚えさせるもの、自分を傷つけるものすべてをそこに閉じこめることになる。それは自分の心に第二の地下室を掘るようなものだ。そしてそこに、おぞましいけだものを追いやる。今度はぼくではなくて**彼**を地下室に監禁し、そこ以外のぼくの縄張りに**彼**が近づくことを拒む。

　ほとんどの時間、ぼくはそこで、つまり守られたぼくの縄張りで身を縮めていた。そうしながらぼくは、自分はほかの少年と同じなんだという幻想を膨らませた。地下室の窓をふさぐ板切れのあいだから射す陽光の縞模様が土間を移ろうさまを目で追いながら、ぼくは夢想にふけった。石炭のかけらでお手玉遊びもした。幼い頃に養母が口ずさんでくれた数え唄を頭のなかで歌ったりもした。もちろん当時のぼくは、自分が頭のなかに自分自身を守る繭玉をこしらえたことをはっきり自覚していなかった。物事をそんなふうに捉えることはまだ無理だった。なにしろ八歳にすぎなかったのだから。まだほんの子どもだった。あの不吉な地下室で決定的な役割を果たしたものを理解したのは、ずっとあとになってからのことだ。ずっとあとになってからぼくは、自分を持ちこたえさせてくれたもの、監禁に、そしてそれに伴うあれこれに抗《あらが》うことを可能にしたものがなんだったのか理解した。

　ぼくの頭は**彼**からぼくを守るために壁を築いた。ぼくはそのことをきちんと自覚していなかったけれど、生存本能にその仕事を任せていた。生存本能は日に二回、ぼくのまなざしからすべての感情を消し去ってくれた。それはル・ヴィケールがぼくに食べ物を運んでくるため地下室に下りてくるたび繰り返された。ぼくが**彼**の支配から逃れるすべを見いだしたことを彼が知れば、やつはその事実に怒り狂うだろうから。そう、そうしてようやくぼくは、少なくともこう考えることができるようになったのだ——ぼくの秘密の隠れ家を、彼に知られてはならない。その思いは強迫観念になった。ぼくは何週間も何カ月も、**彼**がこの隠れ家に押し入ってきたらどうなってしまうのか不安だった。彼にそんな力はないと気づく日まで。それは**彼**がぼくを人間としてではなく、単に獲物として見ていたからだ。**彼**はぼくを殴り、ぼくを卑劣な快楽の道具にはできるけれど、ぼくの心の奥深くにまで立ち入ってくることはできない。それを理解したとき、**彼**がぼくを打ち砕くことはできないとわかった。ぼくのなかには、どんな責め苦にも絶え抜く強い芯があった。ぼくはぼく自身のなかに身を潜めたまま、チャンスを窺《うかが》った。チャンスは遅かれ早かれ、いつか必ずめぐってくるはずだから。

　時間……。それは実体のない概念になっていた。存在することは知っていても、手懐けることをあきらめてしまったなにかに。とはいえ囚人のほとんどは、時間の概念を保つための手段を見いだす。交互にやってくる昼と夜を把握することさえできれば、独房の壁に線を刻むことでそれを保ちつづける。けれども、時間の重要性をわかっているのはおとなたちだけだ。時間こそが、いまの自分と過去の自分とを結びつける糸だから。人はその糸を断ち切られてしまうと、川面《かわも》に落ち、水の流れに翻弄される枯れ葉のような存在になってしまう。

八歳……。当時のぼくは、流れる歳月をかぞえるため、地下室の壁に毎日一本ずつ線を刻みつけることをすぐには思いつけなかった。初めて気づいたときには、すでにだいぶ経っていた。どれくらい前から自分がとらわれていたのか、もうわからなかった。その事実だけでぼくはあきらめた。それでもそのあと、何度か試してみた。けれども、最後はいつもこう考えた——こんなことをしてなんになる？　捕らえられている年月の一部だけを切り取ってかぞえることに、なんの意味がある？　ばかげている、なんの得にもならない……。ぼくはかぞえるのをやめた。そしてしばらくするとまたかぞえはじめた。四日に一度は、線を刻むのを忘れたけれど。

マドモワゼル・ルイーズが不意にぼくの人生に姿を現わし、孤独という地獄を打ち崩してくれたとき、ぼくの寝板で隠れていた地下室の壁には、三百十二本の線が引かれていた。

マドモワゼル・ルイーズ……。彼女がいなければ、ぼくは頭の奥にあるあの守られた飛び地をいつまでもぐるぐるとめぐる羽目になっていただろう。とにかく、たぶん天上にうっかり者の神さまがいて、その神さまがようやくぼくに視線を向けてくれたのだ。そしてぼくのもとに彼女を遣わしてくれたのだ。控えめだけれど、ぼくを大いに慰めてくれる、頼もしい守護天使のような彼女を。

　彼女はある朝、ぼくが目覚めたときに地下室に現われた。すぐには自分の目が信じられなかった。ぼくがこの呪われた家に足を踏み入れて以来、ル・ヴィケールを除いて命あるものを目にするのは、これが初めてだったから。

　ぼくは散々な一夜を過ごしていた。地下室がひどく寒かったのと、悪い夢ばかり見たせいで、さっぱり休んだ気がしなかった。頭にまだ霧がかかり、手足がこわばったままゆっくり眠りから覚めた。ぼうっと広がる弱々しい光が、ぼくを取り巻く空間すべてを灰色に染めていた。苦労して上体を起こし、素足を土間にだらりと下ろした。百歳にもなってしまった気がした。横になって寝ていたいという誘惑に苦しめられた。でも、**彼**が朝寝を嫌うことや、寝板に横になっているのを朝の餌を運んできた**彼**に見つかったら、ひどい仕置きを受けることはわかっていた。晩まで鉄の檻に閉じこめられるという仕置きだ。数カ月前、ぼくは檻に入れられてとてもつらい目に遭った。罰を受けたのは、地下室のじめじめとした湿気のせいで高熱を出し、寝板に横たわってがたがた震えているのを見つかってしまったからだ。あのときぼくは、乱暴に揺すり起こされた。とはいえ**彼**は、日暮れ後にぼくを檻から出したとき、分厚い毛布を置いていった。そのときぼくは、**彼**も**彼**なりのやり方で——あまりにも独特な、卑劣で残酷で倒錯したやり方で——、このぼくを少しは大切に想っているのだと考えた。

　その日の朝、ぼくは両手で頭を抱えながら寝板のうえで身をこわばらせていた。〝**彼**がぼくを大切に想っている〟などと考えたことを思い出して、吐き気がした。ぼくは擦り切れ、くたびれはて、もう限界だと思った。結局のところ、きっぱり終わらせたほうがいいのだ。もう寝板から起きあがらないことにして**彼**の怒りを誘い、いつもより強くぶたせる。そして、もう取り返しがつかなくなるところまで痛みに耐えつづける……。

ちょうどそのとき、闘いをやめようとしたちょうどそのとき、ぼくはマドモワゼル・ルイーズに気がついた。

彼女は二メートルほど離れた椅子のうえにいた。小さい真っ黒な目でこちらを見つめながら、たっぷりと舐めた前足で毛並みを整え、茶色の長いしっぽを空中でやさしく揺らしていた。ネズミだろうか？　いや、たぶんトガリネズミだろう。彼女はふと動きを止めた。尖った鼻、細いひげ、小さな耳でぼくらのあいだに漂う空気の密度を測っているみたいに見えた。そうしながらも、彼女はぼくをじっと見つめつづけた。頭のまわる好奇心いっぱいのこの小さな動物がこれまで生きてきたなかで目にしたもっとも信じがたいもの、それがぼくであるかのように。

そっとゆっくり、ぼくは彼女のほうに手を伸ばした。遠すぎて手は届かなかった。けれども手を伸ばしたのは、彼女に触れるためではなかった。彼女がどんな反応を示すのか、見てみたかっただけだ。伸びてくる手に気づいた瞬間、彼女はふるりと震えた。けれどもそのまま椅子のうえにいた。彼女を怖がらせることだけはしたくなかったから、ぼくはそろそろとほんの少しずつ手を伸ばしつづけた。

彼女はぼくをじっと見つづけた。いっときしっぽが動かなくなったが、やがてまたゆらゆらと静かに揺れはじめた。

ばかみたいに思われるのはわかっている。だけど、ぼくは深い喜びに包まれた。時間をかけて粘り強くやれば、ぼくらは互いをなつかせることができると思った。好都合じゃないか……。

時間なら、たっぷりあったから。

16　即興喜劇と張りぼて

ヴァランタン警部と初めて会話を交わして以来、アグラエ・マルソーは彼の天使のように美しい顔を忘れられずにいた。ヴァランタンの清らかな顔立ちと気品のある物腰に心を惹かれていたが、なにより彼女の心を乱したのは、彼の全身から発せられる愁《うれ》いに満ちたオーラだった。ヴァランタン・ヴェルヌには人を魅了する力と同時に、人を遠ざける冷ややかで不穏で内にこもったなにかがあった。アグラエはもう一度彼に会い、この相反する個性の謎を解き明かしたいと思った。と同時にこんなことを考える自分の好奇心を責めた。鋭敏な彼女は、この好奇心の本質を見抜いていた。つまりこれは、あの魅力的な警官と向き合って座った瞬間から彼に心を奪われてしまったことを示す哀れな証拠にほかならない。

情けない娘《こ》だこと！　最初に出くわした色男に骨抜きになるようじゃ、クレール・デマール（原注：一七九九～一八三三。ジャーナリスト、作家。七月王政初期に発展した女性解放運動の先駆者のひとり。一八三三年、自殺する直前に発表した*Appel d'une femme au peuple sur l'affranchissement de la femme*で結婚を合法的な売春の一形態として痛烈に批判した）の向こうを張るのは百年早い……。

アグラエはそんなふうに自分を諌《いさ》めながらも、あのすこぶるすてきな優男《やさおとこ》がある日、彼女を抱きしめにやってきたらどんな気持ちがするだろうと考えずにはいられなかった。それは一座の男たちに身体を触られたときに覚えるものとはまったく異なる気持ちにちがいない。というのも共演者の男ども――それは主役の若者とはかぎらない――はよく、舞台裏が狭いのをいいことに、彼女に突然キスしたり、恥知らずにも身体のあちこちを触ったりしていたからだ。

その晩、アグラエのいら立ちは最高潮に達していた。

ドレスの胸元にしつこく手を入れてきた男がいたのだが、なんとそれが八カ月前に彼女を雇い入れたマダム・サキの亭主だったのだ。さすがに座長の夫にぴしゃりと平手打ちをお見舞いしたり、がつんとその脛を蹴飛ばしたりするわけにはいかない。けれども、そうしたい気持ちはやまやまだった。破廉恥な行為をなんとかやめさせようと、アグラエはつい、でまかせを口にした。

「わたしの婚約者はね、警視庁の治安局に勤める凄腕の警部で、指を鳴らすだけで芝居小屋を閉鎖させるほどの力の持ち主なんだから！」

それを聞いてマダム・サキの亭主は慌てて退散した。この世で彼が恐れているものがあるとすれば、それは頭の上がらない妻の怒髪天を衝く怒りであり、さらに言えば、破産の影がちらつくことである。どんなに丸く突き出た形のよい胸であれ、大入りの芝居小屋と潤う懐のほうが彼にとってはずっと大事だった。とはいえ、マダム・サキの老いぼれ亭主は、この若い女優から受けた冷たい仕打ちを根に持った――これからはこの娘っ子の男関係にもっと目を光らせんとな。もしまたこの生意気な娘にコケにされたら、情け容赦なくクビにしてやる。路頭に迷ってもオツに澄ましていられるか、見ものだな！

雇い主の頭のなかにどんな考えが浮かんでいるのか知るよしもなかったアグラエは、手にしたこのたやすい勝利をただたっぷり味わうべきだったのだ。けれどもそうはせず、こう考えた――あの好色なお爺さんを追い払うために、わたしのあの美形の警部をとっさに婚約者に仕立てあげたのは、わたしがいつも彼のことばかり考えていることの表われだわ。わたしの警部？　やだ、真面目な話、頭を冷やさなくっちゃ！　こんなにのぼせあがるなんて、あの人のどこがそんなにいいんだろう……。前日からこのかた、アグラエは気づけば甘い夢想に浸っていた。あるときは彼の緑の瞳を、あるときは彼の唇の輪郭を心に描きながら。けれども、もういい加減にしなければ、と思った。だって、あの人と再会する見込みはほとんどないし、それにいまは、とびきり集中力を要する仕事をこなさなければならないのだから。

ぼんやり考え事をしている場合じゃない。彼女はそう自分に言い聞かせると、数分前から背後で待機していたドアに片耳をつけた。そして、「よし、いまだ！」と判断した瞬間、注意深く取っ手をひねってドアを開け、そっとつま先歩きでドア口を抜けた。見かけ上、部屋はたった一本の蠟燭《ろうそく》で照らされていた。蠟燭の揺らめく炎が壁にゆらゆらと動く影を映し出し、でんと置いてある大きな書棚では、ずらりと並んだ古書の金色の装丁がきらめいている。アグラエは蠟燭をつかむと、整然と並んだ本を調べはじめた。一冊、一冊、本を指先で追いながら、その表情豊かな顔に好奇心や焦燥感を浮かべていったが、やがてそこに強い不安を色濃く表わした。

彼女はついにびくりと肩を震わせると、恐る恐る手を伸ばして書棚のガラス戸を開けた。そして書棚の闇を手探りした。カチッという音がしたかと思うと、何冊もの本の背表紙がいっせいにぞろりと動き、その奥に秘密の空間が現われた。アグラエはそこから紙束をつかみ出した。さっと一瞥しただけで、捜し求めていた書類だとわかった。これは国王を暗殺し、欧州の列強に血なまぐさい戦争を仕掛けようとする陰謀の決定的な証拠だ。

「思っていたとおりね！　われながらでかしたわ！」

そう叫ぶと、書類にゆっくり目を通すため、見つけ出したその証拠物件を小さな円卓に置いた。「これを取引の材料にして、卑劣な敵たちの手で牢に入れられてしまった老いたお父さまを助け出さなければ！」

そしてすぐさま書類を読みはじめた。

だがその作業に取り組むや、彼女の背後でふたたびドアがそっと音もなく開いた。そしてドアの向こうから、心の闇を感じさせる陰気な顔をした怪しげな男が登場した。

継ぎはぎだらけのフロックコートを着込み、薄汚いネクタイを首の高い位置で結び、帽子を斜めにかぶったその男は、左目に黒い眼帯をあて、しゃくれた顎に無精髭を生やしていた。どんなに勇敢な人でも震えあがってしまうような不吉な風体だ。おまけに手にしているのは長い包丁で、むき出しの刃がギラリと光っている。

男は用心深い鷺《さぎ》のように足を高く上げておおげさに抜き足差し足しながら、むさぼるように書類を読んでいる若い女に忍び寄ってきた。女は読むのに夢中で、死の脅威が迫っていることに気づかない。男が一歩一歩確実に距離を詰めてくるさまは、迫りくる運命を体現しているかのようだ。男は獲物の真後ろまで来ると、憎らしいほどまでにゆっくりとした動作で、包丁を持つ手を徐々に女の頭上に振りあげていった。

その瞬間、客席からからかうような声が響いた。

「おいおい包丁男さんよ、おまえさんはいい加減、その女をずぶりと刺すことに決めたのかい？　それとも誰か助っ人が入り用かい？」

「おい、おめえ、うるせえな、黙れ！」別の客が文句を言った。

包丁を手にした片目の男は、ぴたりと身動きを止めると、眼帯をほんの少し引きあげた。そして決定的な瞬間にちゃちゃを入れ、演出効果を台無しにした天上桟敷にいる下層民に怒りのまなざしを向けた。すでに一階席の後ろでは、芝居に横槍を入れた者たちへの罵声と、役者ふたりに演技の再開を促す大きな拍手という形で反撃が始まり、すぐに観客が二分された。ふたつの陣営は悪罵や野次を大量に繰り出し合い、天上桟敷として使われていた屋根裏の薄暗い空間からは、油まみれの紙の礫《つぶて》や焼き林檎の芯がバラバラと降り注いだ。

いまわのきわの迫真の演技を披露するために必要な必殺の一撃がいつまで経っても振りおろされないため、アグラエは書類に没頭しているふりをするのをやめ、視線を観客席の前列に向けた。するとすぐに、心臓がびくんと飛び跳ねた。ちょうど舞台下、一階席前部を包む薄暗がりに、ヴェルヌ警部の美しい顔が浮かびあがっていたからだ。ヴァランタン・ヴェルヌはシャンデリアから滴り落ちる灯油をものともせず、芝居を観るため舞台にもっとも近い場所に陣取っていた。

アグラエは興奮に打ち震えながら、あの人はわたしを観に来てくれたんだと確信した。そして芝居に集中しようと自分に言い聞かせたことも忘れ、初めての舞踏会を前日に控えた十代の少女のように心を浮き立たせながら、共演者にくるりと向きなおって詰問調で呼びかけた。

「ちょっと、いくらなんでもこのまま夜を過ごすわけにはいかないでしょ！　ずぶりとやるのやらないの？　さっさと決めてよ！」

舞台裏に控えていた劇作家とマダム・サキは、翌日の新聞に掲載される批評家たちのレヴューを想像して髪の毛をかきむしった。だがふたりの憤懣とは裏腹に、観客席は爆笑の渦に包まれた。そしてその瞬間からこのメロドラマは、最後の幕が下りるまでどたばた喜劇と化してしまった。劇場が立ち並ぶタンプル大通りに通いつめ、ちょっとやそっとのことではもはや心を動かされなくなっていた常連客たちでも必ず泣けると評判の演目だったのに……。

「芝居というのは、いつもこんなに盛りあがるものなのですか？」

舞台が跳ねたあと、ヴァランタンは治安局の警官であることを利用してまんまと楽屋に入りこんだ。楽屋ではアグラエが舞台上での失態を恥じて真っ赤になっていた。だがヴァランタンに食事に誘われ、すぐにいつもの元気を取り戻した。ふたりはフォーブール・デュ・タンプル通りにある〈ベルトラン〉亭で待ち合わせた。葡萄酒が評判の、端役や脇役が溜まり場にしている店だ。ヴァランタンとアグラエはジョッキふたつを前にして座り、しゃくりあげるような音を立てている古い暖房器具の硫黄くさい暖気とパイプタバコの青い煙に包まれながら、打ち解けたおしゃべりを楽しんだ。

「ええ、でも今夜のはまだまだ序の口よ！」アグラエは満員の店の喧騒《けんそう》に負けないように、ヴァランタンのほうに身を乗り出しながら叫んだ。「以前、プティ・ラザーリ座で演じていたんだけど、あそこでは舞台上だけでなく、観客席でも見世物が繰り広げられていたわ。観に来ていたのは下町の労働者や子どもたち。いわゆる下層民って呼ばれる人たちよ！　観客はお芝居のさなかも飲み食いし、ごみや食べ残しが舞台上に積みあがることも珍しくなかったわ」

そう話したあと、アグラエはすぐにあけすけに語ったことを後悔した。

わたしったらなんておばかさんなの！　自分が二流の劇場で演じているしがない下っ端役者にすぎないことをすぐに打ち明けるなんて、ほんとにもう、おたんこなすなんだから！　彼はきっとわたしを、才能も野心もない哀れな娘だって思ったはず。自業自得ね。

だがヴァランタンは、そんなことは露ほども考えていなかった。ただアグラエがこんなにも近くにいることに動揺していた。自分がこんなふうにとまどいを覚えるとは思わなかった。アグラエがこちらに身を乗り出すたびに、彼女がつけている花のにおいの香水がふわりと漂ってくる。彼は、丸くて甘美な膨らみをのぞかせているドレスの開いた胸元に視線をさまよわせないよう目を逸らした。

ヴァランタンは警視総監宅を出てフランシャール警

視と別れたあと、まずは翌日の決闘の準備を整えた。

そして準備が済むと、この世で最後となるかもしれない夜をどう過ごそうかと考えた。ひとりで過ごす気になれなかった。ひとりでいたら、人生をくよくよと反芻《はんすう》し、最期の瞬間についてあれこれ考えてしまうだろう。そのとき頭に浮かんだのが、前日に出会った若い女優だった。どうせ夜明けにはフォーヴェ＝デュメニルの前にみずからの命を差し出す危険を冒すのだ、ならば修道士のように禁欲的な普段の生活に別れを告げ、劇場で楽しい一夜を過ごしたほうがいい。アグラエを夕食に誘うことを思いついたのは、芝居が終わったときだった。下心はなかった。同じ年頃の青年のほとんどが異性を誘惑しようとするが、ヴァランタンはそういう事柄にまるで興味がなかったからだ。彼は総じて女性に関心がなかった。とはいえアグラエを前に、夜が更けるにつれてとまどいは膨らんでいった。それは彼が茶目っ気たっぷりのアグラエの魅力に惹かれるのと同時に、自分が誘惑のゲームに飛びこめないことを痛いほど自覚していたからだった。

「あなたの才能はもっと名高い劇場の舞台で開花させるべきです」彼はアグラエの先刻の言葉を受けて言った。「リュシアン青年にしても、あなたはもっと偉大な芝居にふさわしいと考えていたのですよね？」

「リュシアンは興奮しやすい子どもみたいな人だったわ。でも最初にお会いしたときにお話ししたように、彼のお芝居熱はすでに覚めかけていたの。そしてほかの女性にバラの花束を捧げるようになったのよ」

ヴァランタンは飾らず素直に反応した。

「それは許すまじきことですね！　あなたがリュシアンの新しいお相手に負けているはずがない」

褒められたことに気をよくしながらも、アグラエはそれを顔に出さないようにした。ちょっとやさしい言葉をかけられただけですぐに舞いあがってしまうような、おめでたい女に思われたくはない。ましてや、最初に出会った優男にのぼせあがるような尻軽女に思われるのはまっぴらごめんだ。けれども心の底では、ヴェルヌ警部に夢中になっていることを認めないわけにはいかなかった。一見冷たそうな風貌をし、ときに眼光鋭い視線を投げかけることもあるけれど、ヴァランタン・ヴェルヌには秘められた苦悩のようなものが感じられた。そしてその苦悩が彼に影をまとわせ、唇の端を苦々しくゆがめさせている。苦悩の源はいったいなんだろう？　雲を散らす風のように苦悩を吹き飛ばしてあげたいと願うこのせっぱつまった思いを、どう説明すればいいのだろう？　そんな力を少なくとも自分は持ち合わせているのだろうか？

アグラエは額に皺を寄せ、親指の先を噛んで考えこんだ。けれどもようやく、答えを待つような表情でヴァランタンに見つめられていることに気がついた。彼女はぶるっと身体を震わせると、もごもごと尋ねた。

「ごめんなさい。えーっと、わたし、なにか質問されていましたっけ？」

「大ばか者のリュシアン青年があなたを捨てるほど夢中になった女性が誰なのか、お尋ねしたんです」

「マダム・ド・ミランドという名前に聞き覚えは？」

ヴァランタンは記憶を探ったが、結局かぶりを振った。

「いいえ。誰です？」

「昨年パリに移り住んできた、影響力のある女性のひとりよ。サン＝ギヨーム通りにある邸宅で暮らし、彼女が毎週木曜に開催するサロンは人気を博しているわ。彼女のサロンに迎え入れられることがおしゃれだと考えられていて、そこで注目されたらすっかり時の人よ。作家、画家、音楽家のほか、ジャーナリストや政治家も集まっているんですって」

「共和主義シンパの集まりなんでしょうね？」

「リュシアンが共和主義にかぶれていたからそう考えたの？　いえいえ、そんなことないわ！　マダム・ド

・ミランドのサロンはおそらくパリで唯一、オルレアン派、正統王朝主義者《レジティミスト》、共和主義者、さらにはナポレオン信奉者までもが仲良く集う場所じゃないかしら。パリで認められた才能あふれる人たちを、財産や身分や政治信条の別なく自分のまわりに集めることができるのは、マダム・ド・ミランドの数ある美徳のひとつだわ」

「知性と魅力をそなえた女主人というわけか」ヴァランタンは思案深げに言った。「いったいどんな女性だろう？　心を奪われるような美しい人なんでしょうね」

その言葉を聞いて、アグラエの胸にリュシアンによって傷つけられた自尊心の痛みがよみがえった。彼女はかっとなり、思わず気色ばんだ。

「なるほどあなたも、ついさっきまでマダム・ド・ミランドの存在すら知らなかったのに、いまでは死ぬほど彼女に会いたいってわけね」目にいら立ちの色が浮かんだ。「魔法にでもかかったみたいに！」

ヴァランタンは相手の態度の急変に面食らい、慌てて言い繕った。

「いいえ、そんなつもりで言ったのではありません！　ただ……」

「言いわけしても無駄よ！」今度は口を尖らせながら言った。「あなたにとっては、サン＝ジェルマン街に住み、社交界に出入りしている貴婦人のほうが、タンプル大通りのしがない女優よりずっと魅力的だってことよね、ええ、よーーくわかるわ」

ヴァランタンは先ほどの自分の発言に、なぜアグラエがこんな反応を示すのかわからなかった。だがそれでも、相手が席を立って店を出ていきそうなほどいら立っていることを察し、思い切って彼女の手に自分の手を重ねた。アグラエは手を引っこめようとはしなかった。

「いったいどうしたのです？」ヴァランタンは努めて

やさしい口調で尋ねた。「気の置けない友人同士のようになごやかに語り合っていたのに、わけもなく怒り出すなんておかしいです。断言しますが、ぼくはマダム・ド・ミランドという女性になんの関心もありません」

「さっきの話からは、とてもそんなふうには思えないわ」

「あなたは不思議な小動物みたいな人ですね。さっきまで明るくて魅力たっぷりだったのに、一瞬にして爪をむき出しにして向かってくるのですから。ぼくのなにがあなたをそんなふうに怒らせてしまったのかまるで見当がつかないのですが、とにかく申しわけありません。不器用な言動をどうかお赦《ゆる》しください」

アグラエは臍《ほぞ》を嚙む思いだった。ヴァランタンは心からすまないと思っているようだ。自分を恥じるその表情にドキッとした。やさしさを湛えた緑の瞳とギリシャ神話の青年神を思わせる顔立ちで、これまで何人もの女性を虜にしてきたにちがいない。けれどもこの人は、宵のひとときをわたしと過ごすことに決めたのだ。なのに、わたしときたら愚かにも、些細なことで彼をやりこめてしまった！　アグラエは自分で自分の頰をぴしゃりと叩きたかった。

「自分を責めることなんかないわ」伏し目がちに言った。「ばかなことを口走ったのはわたしのほう。一日の最後の公演が終わると、いつもちょっと神経が昂ってしまうのよ」

「ぼくはあなたに不愉快な思いをさせたことを猛烈に悔やむんだろうな。なにしろ運に見放されたら、ぼくにとってはあなたが……」ヴァランタンはふっと微笑みを浮かべた。「……この世で言葉を交わした最後の女性になるんだから」

ヴァランタンの指のしたでアグラエははっと手をこわばらせた。怪訝な表情を浮かべるのと同時に、嫌な予感にとらわれた。

「どういうこと？」

「明日の夜明けに決闘をしなければならないのです。世の噂を信じるならば、相手は拳銃の名手とのことです。これでおわかりでしょう、マダム・ド・ミランドの居場所はぼくの未来のどこにもありません。なにしろぼくの未来は——嘆かわしいことに——、もうすぐ閉じてしまうかもしれないのですから」

ヴァランタンが説明しているあいだ、アグラエは驚いて目を見開いていた。ということは、恐ろしい運命が彼の美しく整った顔を翳らせているような気がしたのはあながちまちがいではなかったのだ。彼女はヴァランタンの指のしたからゆっくりと手を引き抜き、自分自身に言い聞かせるようにつぶやいた。

「なんてこと！　男の人たちって、ほんとにどうかしているわ！」

17　死との対峙

木立のあいだからいまだ覚束ない光が射し、薄闇を青く染めている。ヴァンセンヌの森のなかに延びる小道の両側は霜に覆われ、そそり立つ樫の木々は乾いた線で描かれた亡霊のようだ。小道を進んだ先に円形の空き地が広がっていた。空き地に駐まっているのは一台の大型高級箱馬車《ベルリーヌ》。薄明の冷気のなか、四頭の馬の身体からもうもうと湯気が立ちのぼっている。二重のケープがついた丈の長いキャリックコートをぴっちりとまとい、エレガントな山高帽をかぶった男がひとり、馬車の客室の扉のそばを行ったり来たりしていた。男は尖った顎髭をそわそわとなでながら小道のほうに鋭い視線をちらちらと投げ、いら立った様子でため息をついた。ため息は唇の外に出るや、たちまち白い靄に変わった。

　客室のなかからなだめるような声が響いてきた。

「われわれと一緒になかで待っていたほうが賢明ですぞ。なに、この寒さだ、風邪を引いてしまうかもしれん。そうなったら、ばかを見ますぞ。それに、そんなふうに外で寒い思いをして待っていたからといって、相手の到着が早くなるわけでもないですからな」

「すでに十五分近く遅刻しているんですよ！　我慢がなりません！　約束は七時でしたよね、グリスランジュさん？」

「ああ、さよう！　このわたしが、われらが同志のガロワ青年と決闘の詳細について詰めたんですからな。ガロワくんはあの警視庁の手先を確かにここに連れてくると確約したんだが」

「ええ、ですが明らかに、時間を厳守するとまでは確約しなかったようですね！」キャリックコートを着込んだ男、つまりフォーヴェ＝デュメニルは鼻息を荒くして言った。「あの警官を信じたことを悔やむような羽目にならないといいのですが」

　グリスランジュ弁護士は、その肉付きのよい酒焼けした顔を大型高級箱馬車《ベルリーヌ》の扉口からぬっと外に出した。起き抜けで、まだ顔がむくんでいる。

「でも、それは自分で撒いた種ですぞ」声にいまいましさがにじんでいた。「こっちの言うことに耳を貸してくれれば、あの酒場であの卑しい密偵をやすやすと始末できたのに。なにしろあそこでは、あの男を煮るなり焼くなり、どうとでもできたんですからな。あやつが約束を守るという保証はどこにある？　あやつはすでにわれわれのことを上司に報告したかもしれませんぞ？」

「あの男が変なまねをしないよう、まさにガロワくんが目を光らせているはずですよ」フォーヴェ＝デュメニルは凍った地面のうえをそわそわと行き来していた足を止めると、腹立ちまぎれに言った。「それにわたしには人を見る目があります。あのヴァランタン・ヴェルヌなる男は約束を破ったり、危険を前にして逃げ出すような男じゃありません。あいつは絶対にやってくる。そしてまちがいなく、あの世へ行く」

「それほどの自信があるのなら、あやつが少し遅れたくらいでなぜそんなに気を揉むのだ？」

「これは原理原則の問題ですよ。自分を殺すやもしれぬ人間を待たせるなんて、図太すぎます。よほどの阿呆でないかぎり、そんなことは……、ああ、ほら！　ようやく姿を現わしたようですね」

幌を閉じた幌付き二輪馬車《カブリオレ》が軽快に小道をのぼってきた。湯気に包まれた馬たちの速歩《はやあし》にリズムをつけるかのように、結具がカタカタと鳴っている。馬車を牽いているのは、留め具を緩められた美しい純血種の馬たちだ。その姿はさながら霧のなかを舞う踊り子のようで、いかにも軽やかでどこか幻想的だった。


遅れてきた者たちが幌付き二輪馬車《カブリオレ》を空き地の反対側に駐めているあいだ、黒い大型高級箱馬車《ベルリーヌ》からふたりの男が降りてきてアルマン・フォーヴェ＝デュメニルに合流し、三人そろって咎《とが》めるような顔で待ち受けた。グリスランジュと一緒に客室で待機していたもうひとりの人物は、鼈甲縁《べっこうぶち》のメガネをかけ、外科医であることを示す診察カバンを持っていた。三人は一列に並び、新参者たちが自分たちのほうに近づいてくるのを無言で見つめた。

霜で凍った草地を踏みしめ、先頭を切って大股で歩いてきたのはヴァランタン・ヴェルヌだった。彼はいつもの気品のある装いを保っていた。広がったつばの両側が巻きあがったフェルト帽をかぶり、波状に光沢を施したケープをゆったりと羽織っている。彼は左の腋の下に楡材の平たい箱を抱えていた。ヴァランタンのあとをエヴァリスト・ガロワが飛び跳ねるようにしてついてきた。「遅刻したのはぼくのせいじゃありません、しかたなかったんですよ」とでも訴えるように、両腕を大きく広げて。

「よくもまあ、二十分近くも待たせてくれたものだな！」フォーヴェ＝デュメニルが相手をにらみつけながら吠えるように言った。「〝よくぞおいでくださいました〟と歓待するつもりはない。ここに集まったのは、ただただ決闘をするためだから。さあ、日がのぼり切る前にさっさと済ませてしまいましょう」

「ぼくたちのせいじゃないんです」ガロワは釈明した。「ヴェルヌ警部の自宅に迎えにくるはずだった辻馬車が約束をすっぽかしたんですよ」

ヴァランタンは帽子を上げ、フォーヴェ＝デュメニルたちに仰々しく頭を下げて謝罪した。

「お待たせしてしまって申しわけございませんでした。ですが急遽、隣人であるデュピュイトラン教授（原注：施療院の高名な解剖学者で、おそらく当時のもっとも偉大な外科医）の幌付き二輪馬車《カブリオレ》をお借りすることを余儀なくされ、そのため、あの傑出した人物をベッドから引っ張り出さなければならなかったのです。わたしのことを、頭に血がのぼった狂人だとお思いになったのではないかと危惧しております。亡き父との友情がなければ、おそらく教授は家の者にわたしを追い払わせていたでしょう」

「われわれはそなたらがおいであそばすまで、ここでじっと凍えていたのですぞ」グリスランジュが嚙みつくように言った。「それにずいぶんとまあ、軽々しい態度ですな。決闘とは名誉にかかわるものであり、よって最大限の注意をもって事にあたらねばならんのに」

〈王冠を戴く雉《きじ》たち〉亭の地下室にいたときと同じように、グリスランジュ弁護士は敵意を漲《みなぎ》らせていた。

ヴァランタンは皮肉で応じることにした。

「恐れ入りますが弁護士殿、この重大な侮辱行為をお詫びするためあなたさまとの決闘に応じるのは無理かと存じます。まあ、新聞記者殿（ヴァランタンはフォーヴェ＝デュメニルを見やった）との決闘のあとでもかまわないとおっしゃるのであれば、話は別ですが。しかも、ここにおられるあなたさまのご友人が、ご親切にもご落命くださり、わたしに第二の決闘の機会を授けてくだされればの話です。おそらくご友人は、かようなご厚意などお持ちではないでしょうがね」

「軽口を叩いたところで、こちらは痛くも痒くもない！」グリスランジュは息巻いた「胸に一発ずどんとやられても、まだ減らず口をきいていられるか見ものだな！」

ヴァランタンは罵言を聞き流してフォーヴェ＝デュメニルに向きなおり、軽く会釈した。

「真面目な話、寒中待たされたことで調子が狂ってしまったとお考えでしたら、そちらのご都合に合わせて決闘の時間を繰りさげてもかまいませんが」

またもや食ってかかろうとしたグリスランジュを、このときばかりはフォーヴェ＝デュメニルが袖を引っ張って制止した。フォーヴェ＝デュメニルのいら立ちは、一向に姿を見せないヴァランタンに毒づいていたときに最高潮に達していた。しかしヴァランタンが空き地に登場したあとは、すっかり落ち着きを取り戻しているようだった。頬の削げたその顔には勝利を確信する男の強い決意が浮かび、瞳には熟達の決闘家ならではの、威嚇するような危険な光が宿っていた。

「そのような申し出をなされたこと、誠にあっぱれだ」彼は言った。「だがわれわれのあいだにある諍《いさか》いの解決にはすでに多大な時間が費やされている。というわけで、すぐさま決着をつけようではないか」

そこでヴァランタンは、小脇に抱えていた木箱を取り出すと、左右の前腕に水平に載せてフォーヴェ＝デュメニルに差し出した。

「正直に申しまして、わたしはこの方面に関するしきたりにはまったく疎いのです。ですが、あなたがご自分を侮辱された側と考え、侮辱された側の権利として決闘で用いる武器をお決めになったのですから、おそらくわたしには、わたしの敬愛する父から受け継いだこれらの拳銃を用いて闘うことをお許しいただけると考えた次第です」

　ヴァランタンは、銅製の小さなふたつの鍵で木箱を開けてもらおうと、フォーヴェ＝デュメニルのほうにさらに前腕を突き出した。フォーヴェ＝デュメニルは鍵をまわそうとしたが、錠前が固まっていたため、何度かかちゃかちゃとやりなおさなければならず、そのさいに左手の親指を軽く切ってしまった。ようやく蓋が開くと、フォーヴェ＝デュメニルは緑色のビロードの布が内張りされた箱のなかに、〈ラサンス・ロンジェ〉の社名が入った見事な二挺の決闘用拳銃が収められているのを目にした。握りとフレームに彫刻を施したクルミ材を使用した、長さが四十センチ近くある堂々たる銃だ。内腔に施条《しじょう》が刻まれた八角形の銃身には〈リエージュ〉と刻印が打たれ、撃鉄には唐草模様の葉飾りが刻まれている。火薬入れ、掃除棒、槌《つち》、レンチ、弾鋳型など付属品もそろっていた。

「すばらしい！」フォーヴェ＝デュメニルは親指の傷を舐めると言った。「実に立派な凶器だ。しかし、あなたにとっては不運だったな。少なくとも箱の劣化ぶりを見ると、あまり使われた形跡がないので。まあ、いいだろう！　あなたがこれで昇天したいと言うのなら、亡きお父上の拳銃を使うことにしようではないか。まずはそれぞれの立会人に拳銃を検《あらた》めてもらおう。そしてあなたとわたしとでそれぞれ一挺ずつ装塡し、そのあと、どちらがどれを使うか籤《くじ》で決めることにする。それで異存はないな？」

　ヴァランタンがうなずくと、グリスランジュとガロワが木箱を携えて大型高級箱馬車《ベルリーヌ》まで遠ざかった。そしてふたりが拳銃を調べているあいだ、外科医が決闘者ふたりから帽子、外套、ケープ、上着をあずかった。ひどく寒かったため、刺繡の入った胴着《ジレ》はそのまま着ていることにした。ヴァランタンは呼吸しやすいように、幅広のネクタイを緩めた。

やがて籤が引かれ、当たりを出したフォーヴェ＝デュメニルが拳銃を選んだ。そのあとエヴァリスト・ガロワが木箱に入ったもう一挺の拳銃をヴァランタンに届けるあいだ、グリスランジュが決闘のルールを大きな声で説明した。

「ご両人ともよろしいですかな？　互いに準備ができたら、わたしの前で背中合わせに立ってもらいます。その後、わたしはゆっくり十までかぞえます。ひとつかぞえるごとに、あなたがたは一歩前に進む。十までかぞえ終わったら、いいですか、まさに十までかぞえ終わったら、あなたがたは振り返って撃つことができます。血が出た瞬間、決闘は終了といたします」

最後の一文を口にしながら、グリスランジュはにやりと微笑んだ。フォーヴェ＝デュメニルは熟達の拳銃使いだから勝負の行方は明白で、ヴァランタンが一発で仕留められる図しか頭に思い浮かばないのだろう。

ガロワも同じように思っていたにちがいない。ヴァランタンに蓋を開けたまま木箱を差し出したとき、彼は目に不安の色を浮かべながら最後の助言をささやいた。

「フォーヴェ＝デュメニルは二十歩離れたところからでも、見事二十スー硬貨に命中させることができる。唯一のチャンスは、やつより早く引き金を引いて怪我をさせ、とにかく撃たせないようにすることだ。きみに神の御加護を！」

ヴァランタンはこの数学者の青年に心から感謝した。ふたりは朝五時頃に再会した。ともに過ごした時間は短かったが、自分たちには似たところがあるとヴァランタンは改めて思った。ほかの状況で知り合っていたら、固い友情で結ばれたにちがいない。ガロワのほうは、前日はまだヴァランタンを共和主義者の仲間たちの手から救い出すことができて喜んでいたが、いまはこの不利な決闘を認めてしまった自分を責めていた。これは名誉の決闘を装った殺人でしかない。ガロワはリュシアン・ドーヴェルニュの死に〈ジャコバン派再生会〉のメンバーはまったくかかわりがないと考えていた。それだけになおのこと、ヴァランタンの死は無駄死にでしかない。ガロワはヴァランタンにフォーヴェ＝デュメニルに道理を説くため仲裁に入ることを申し出たが、ヴァランタンにやるだけ無駄だと言われてあきらめた。そしていまとなってはもう、引くに引けない。最後までやるしか道はない。

　外科医が怪我人にそなえ、手当てに必要な包帯、帯具、器具類などを大型高級箱馬車《ベルリーヌ》の座席に並べているあいだ、ほかの四人はゆっくりと空き地の真ん中に向かった。

　ヴァランタンの射撃の腕は決して悪くはないが、相手の実力には遠く及ばない。剣を使った対決であれば、もっと余裕を持って挑めていたはずだ。彼はつねに剣術を、つまり近距離で互いに目を合わせ、みずからの身体を使った原始的でありふれた方法で命を奪ったり奪われたりするこの高貴な闘いを好ましく思っていた。太腿にあたっている決闘用拳銃が、腕の先で驚くほど重く感じられた。これほどまでに堂々とした銃を使う機会はいまだかつてなかった。彼は前日の夕がた、劇場に赴く少し前に木箱に入った拳銃セットを手に入れたが、射撃の練習をしようとはしなかった。決闘家としてのフォーヴェ＝デュメニルの評判を考えると、そんなことをしてもまったく徒労だと思えたし、あの魅力的なアグラエと一緒に過ごして運命の試練を忘れたいという思いのほうが強かった。けれどもいま、互いに撃鉄を起こした状態で決闘相手と背中合わせに立ち、グリスランジュが十までかぞえはじめるのを待ちながら、ヴァランタンは自分があまりにみずからを過信していたのではないか、あるいは許しがたいほど軽率だったのではないか、と不安に襲われた。どちらにせよ、過信も軽率も同じ事柄を招き、同じ事態を引き起こす。つまり草むらに死体となって横たわり、おのれの血で白い霜を赤く染めるという事態を。

弁護士が数をかぞえ出し、決闘をする両人はそれぞれ前方に進んで互いの距離を広げていった。ついに「十」の声が響いた。ふたりは最後の一歩を踏み出した直後、胸を撃たれないように横顔だけを見せるような体勢で上体をねじった。ヴァランタンは身体の震えを抑えることができなかった。フォーヴェ＝デュメニルまでの距離が驚くほど近く感じられて、背筋が凍った。これじゃ、相手の顔のどんな小さなこわばりでも見て取れそうじゃないか。

ヴァランタンは拳銃を前方に突き出しながらも、さっと脇に目をやった。エヴァリスト・ガロワがその場でじたばたと足を踏み鳴らしている。唇の動きから、「撃て、撃て！」とせかしているのがわかった。ヴァランタンはふたたびフォーヴェ＝デュメニルにすべての注意を振り向けた。フォーヴェ＝デュメニルも急いで撃とうとしているようには見えない。身体のどの部分を狙えばいいのか迷っているように、銃身が揺れている。ヴァランタンは大きく息を吸うと胸に空気を溜め、決して打ち損じることのないよう時間をかけて狙いを定めた。

ヴァランタンが引き金にかけた指に力をこめはじめた瞬間、フォーヴェ＝デュメニルもついに発砲を決意した。

乾いた銃声が鳴り、残響が冷気のなかで長々と尾を引いた。ヴァランタンは目を閉じた。その瞬間、赤い紗幕《しゃまく》に包まれた。

18　予期せぬ訪問

シェルシュ＝ミディ通り二十一番地の門番はしきりに周囲を窺《うかが》っていたが、石畳に響く幌付き二輪馬車《カブリオレ》の車輪の金属音を聞きつけるや、正門の扉を左右に大きく押し開けた。そしてヴァランタンが馬車のブレーキをかけるのと同時に駆けつけ、庇付き帽子《カスケット》を両手に持ち、恥じ入るような態度で彼を迎えた。

「ヴェルヌさまがこんなに早くお戻りになられてほんとうによかったです。ええ、もちろんですよ！　でも、ああするよりほかになかったんです。派手に騒ぎ立てられてしまったものですからね。ここにお住まいの方々や近隣の人たちが、わらわらと集まってきそうな勢いだったんです。それはもう、とてつもない剣幕で！　そうでなければもちろん、玄関を開けることなどなかったでしょう。ええ、まさか、そんなことなどしませんでしたよ！　ヴェルヌさまが静かで平穏な暮らしをどれほど強く求めていらっしゃるか、それはもう、よくよく承知しておりますからね」

ヴァランタンは幌付き二輪馬車《カブリオレ》から飛び降りると、目を見開いて慌てている門番に近寄った。

「マチュランの親爺さん、どうしたのです？　なんの話かさっぱりわからないのですが。派手に騒ぎ立てた？　とてつもない剣幕？　なにがあったのか、落ち着いてきちんと説明してください」

「なにがって、あの女ですよ！　つむじ風みたいな女です、ヴェルヌさま！　それにあたしのことはよくご存じでしょう。あたしは普段、初対面の人に気圧《けお》されるなんてことはありゃしません。だがあの女は、あの女は……本物の悪魔だ！　しなをつくったり、やさしい言葉をささやいたり……、と思えば、いきなりガミガミわめき出す。竜巻ですよ、ヴェルヌさま。あたしはもう、どうしたらいいのかわからなくなってしまいまして。そうなんです。なにがどうしてこうなったのか、とんとわからないのですが、とにかくある時点で、あの女に鍵を渡すよりほかになくなってしまったんですよ」

「マチュランの親爺さん」ヴァランタンは門番の要領を得ない説明に半分いら立つと同時に、その途方に暮れた顔を半分面白がりながら言った。「正直、親爺さんの説明はちんぷんかんぷんです。最初から話してください、今度は落ち着いて……」

門番はヴァランタンの視線を避けながら、手にしていた帽子を激しくもみしだいた。

「若い女です。ブルネットで、ほっそりしていて、かわいい感じの女です。八時の鐘が鳴るや、ここに乗りこんできました。そしてヴェルヌさまに会いたいと要求した。あたしは〝いまはお留守だが、じきに戻るはずだ〟とお伝えしました。ええ、ヴェルヌさまがデュピュイトラン教授に、〝朝のうちに馬車をお返しする〟とおっしゃっていたのを耳にしていたもので。すると女は、〝ヴェルヌさまのアパルトマンを開けてほしい、なかで帰りを待ちたいから〟と言いました。ええ、もちろん、最初は断りましたよ。〝お嬢さんのことは存じあげないし、そのようなかたをヴェルヌさまの留守中に勝手にお通しするわけにはいかない〟と言ってね」

「けれども最終的には押し切られ、その女性にぼくのアパルトマンの鍵を渡したわけですね」

「ああ、ヴェルヌさま！　そのことであたしがどれだけ自分を責めていることか！　ほんとうにいったい、なにがどうしてこうなったのかわからんのですよ。なにしろ、あれよあれよという間にわけのわからない事態になったのですから！　女は色目をつかったり、どやしつけたりしてきました。田舎から出てきたヴェルヌさまの従姉妹《いとこ》だともうそぶいていました。あたしが彼女を締め出したことを知れば、ヴェルヌさまは怒り心頭になるとも。どうすればこの騒動を収められるのか、ほんとうにもうわからなかったんです」

その話を聞いて今度はヴァランタンの顔がゆがみ、額に気遣わしげな皺が刻まれた。身に覚えのない従姉妹の突然の登場は、警戒心をかき立てるのにじゅうぶんだった。

「それで、その若い女性はもうずいぶん前に立ち去ったのですよね？」

「いえいえ、とんでもない！　お部屋でヴェルヌさまをお待ちです」

ヴァランタンは思わず悪態をつくと、すぐに階段へ向かって駆け出した。

「それを先に言ってくださいよ、マチュランの親爺さん！」そう言ったあと建物の入り口ではっとひらめき、振り返りもせずに尋ねた。「ところでそのお騒がせの若い女性は、名を名乗りましたか？」

「苗字はわかりませんが、〝従姉妹のアグラエだ〟と申しておりました」

すでに階段まで達していたヴァランタンは大急ぎで上階へ向かった。自宅に見知らぬ女がいると聞いて不安に襲われたが、不安は一瞬にして嬉しい喜びに変わった。アグラエ・マルソーは前夜、彼が決闘をしなければならないことを知ったあと、少しばかりすねていた。そしてふたりは、喧嘩こそしなかったものの、愚かにも気まずい雰囲気のなかで別れたのだった。双方がそれぞれ、本来ならふたりで楽しく過ごすはずだったひとときを、自分が少しばかり台無しにしてしまったという後悔の念を抱きながら。

とはいえ、ヴァランタンにとってアグラエと夕食をともにした時間は、初対面で感じた彼女の魅力を再確認させるものだった。彼女はまぎれもなく異性を惹きつける外見の持ち主だったが、ヴァランタンが感じていたのは恋愛感情ではない。彼女にはどこか辛辣なところ、大胆とも言えるほどの自由闊達な精神があり、ヴァランタンはそれを好ましく思った。アグラエは夕食の時間の大半を使い、表現の自由を取り戻した出版界の後押しを受けて始まった女性解放運動への熱い思いを語った。オランプ・ド・グージュ（一七四八～九三。女優、劇作家、女性解放運動の先駆者）を崇拝し、ジョルジュ・サンドを読み、絵画や文学など芸術のいくつかの分野で自分と同じ女性が一定の地位を獲得したことに興奮していた（原注：七月王政期では画家の五人にひとりが女性で、男性と同じくらい官展に入選していた）。ヴァランタンは初め、彼女の率直な物言いと世間に抗《あらが》おうとする気質にとまどったが、すぐに魅了された。あの独立心の強いアグラエが、こちらの身を案じ、決闘の結果を知るため朝早くにここに駆けつけるほど不安を感じていたとは……。そう思うと、ヴァランタンは驚くのと同時に悪い気がしなかった。

　だがそれにしても、ここの住所をどうやって突き止めたのだろう？

　そんな疑問を胸に、ヴァランタンは自宅のアパルトマンにそっと足を踏み入れた。玄関口の肘掛け椅子にカプリーヌハットが脱ぎ捨てられ、喫煙室兼図書室のドアがほんの少し開いている。ヴァランタンは図書室まで行き、静かに音を立てずにドアを開けた。鎧戸は閉まったままで、部屋は薄暗がりに沈んでいる。ドア口に背を向ける恰好で、オーガンジーのドレスに身を包み、刺繍の入ったモスリンのショールを肩にかけた女が、書棚に整然と並んだ書物の題名を仔細に眺めていた。

　ヴァランタンは図書室の中央までそろそろと忍び足で進むと、大きな声で呼びかけた。

「田舎から出てきた従姉妹とは恐れ入りました！　まったくもって、大胆なおかたですね！」

　アグラエはびくっと肩を震わせると、片手を胸にあてくるりと振り向いた。

「ああ！　帰ってきたのね！」彼女は、金色がかった美しい茶色の目に驚きの光を浮かべながら言った。「びっくりするじゃない！　背後から突然現われるなんて！」

彼女はすぐに状況を察して唇に笑みを浮かべると、拍手をするかのように胸の前で左右の手を合わせた。

「でも、ちょっと待って……ここにこうして無事で元気な姿で現われたということは、つまり、決闘は……」

ヴァランタンは鷹揚に手を振ると、どうでもいいような口調を装いながら彼女の言葉を継いだ。

「……もう過去のものとなったということです。相手のほうは、無事で元気とは言えませんが。ぼくが彼の右腕に負わせた厄介なかすり傷が治るまで、数日、あるいは数週間ほど必要なようですから」

アグラエは眉をひそめて猛々しい表情を浮かべると、語気鋭く言った。

「いい気味だわ！　善良な市民に決闘をさせるなんて、信じがたいほど罪深い振る舞いよ。中世じゃあるまいし！」

ヴァランタンは小卓まで行くと、寄せ木細工の箱から細い葉巻を選び取った。そして鼻の下に葉巻を持っていき、長々と香りを嗅いだ。

「おそらくぼくの身を案じてくれたのですよね、ありがとうございます。ですが、それだけではあなたが今朝ぼくの家でなにをしていたのか、どうやってここの住所を知ったのか、よくわかりません」

予想に反して、アグラエはうろたえた様子を少しも見せなかった。左右の手をそれぞれ腰にあてて彼の真向かいにしっかと立ち、かわいらしくつんと反った小さな鼻に皺を寄せ、目に怒りを浮かべてヴァランタンをにらんだ。

「だってあなたときたら、デザートを食べながら楽しく語らっているときに突然、明朝、人殺しに長《た》けた男と決闘をしなきゃいけないなんてさらりと明かし、しかもわたしがそんなことを告げられたあとでも平気でいられると思っていたじゃない！　こっちの身にもなってよ。わたしはね、今朝がた繰り広げられる悲劇を思い、昨夜は一睡もできなかったんだから！　それで日がのぼるのと同時に、この狂気の沙汰を止めようとエルサレム通りまで飛んでいったのよ」

「夜明けに警視庁までひとっ走りしたって言うんですか？」

「ほかにどうしろと？　自分の首を断頭台に置くような行為をあなたに思いとどまらせようとするには、わたしがあなたの首ねっこを捕まえるしかないでしょ？　それに、わたしにとって情報を得る頼みの綱は、警視庁しかなかったのよ」

「でも、夜勤の職員からどうやってここの住所を聞き出したのです？　住所を明かすのは規則違反もいいところですからね。まさか、向こうでも従姉妹のアグラエを演じたとか言わないでくださいよ」

「ほかにしようがあったかしら？」彼女は急にしなをつくった。「まずは受付の人を説得してなかに入れてもらったわ」そこまで言うと、ちょっとためらって間を置いた。「でも、あなたの上司の前に通されたとき、ただの従姉妹じゃ、住所を教えてもらうには足りないって思ったの」

「フランシャール警視に会ったのですか？　あの人にどんな話をしたのです？」

「まさか警視さんのところに案内されるなんて、思ってもみなかった。だからわたし……その場で適当に話をつくったの。〝わたしはあなたの新しい情婦だ、昨晩イタリア座の桟敷席で……面識を得た――ええ、警視庁のあるエルサレム通りという名前から聖書を連想して、高尚な婉曲表現を用いなきゃって思ったのよ――、あなたから今朝の待ち合わせ場所を書いたメモを渡されたんだけど、うっかり失くしてしまった〟って説明したの」

「それで、そんなわけのわからない話で警視を丸めこむことができたと？」

「あら、ちょっと！」アグラエは傷ついたふりをして言った。「わたしがあなたを色男に仕立てたことにあなたが腹を立てるのはかまわないけれど、わたしの演技力にケチをつけるのは許さないわよ！」

ヴァランタンは笑うと、降参のしるしに両手を挙げた。

「はいはい、わかりました。ぼくはこれまで同僚たちに寂しい惨めな堅物と見なされていたのですが、これからはひどい女たらしと思われるわけですね」

「そんなおおげさな話じゃないわよ」アグラエは、まるで自宅の居間に客を迎えているかのようなくつろいだ態度で大きな安楽椅子にゆったりと腰掛けた。「さて、決闘家どもを震えあがらせている強者《つわもの》との対決を、あなたがどうやって無事に切り抜けたのか話してちょうだい」

アグラエの口調には称賛の響きが感じられ、ヴァランタンは心ならずも自尊心をくすぐられた。だが、彼女をだますという考えは一瞬たりとも頭をよぎらなかった。

「親愛なるアグラエさん、あなたを失望させてしまうかもしれませんが、ぼくの勝利はなんら英雄的なものではありません。これまで隠してきた人並みはずれた射撃の腕前のおかげでも、神のお導きによるものでもありませんからね。真実を隠さずに言えば、インチキを働いたのですよ」

「インチキ？」アグラエは啞然とした。「でも、拳銃の決闘でどうやってインチキなんてできるの？　だって、あなたにも相手にも、決闘がきちんとおこなわれることを保証する立会人が付いてたんでしょ？」

ヴァランタンはオイルランプの炎で葉巻に火をつけながらうなずいた。

「ええ、目が節穴だった立会人がね。別に自慢しているわけではありません。ですがぼくの職務が、みずからの命を愚かにも危険に晒《さら》すことを禁じているのです。そうでなければ、あんなふうに名誉に背くような行為は決してしませんでしたよ。でも、すべてを犠牲にしてでも優先しなければならないことがある。つまり、目的は手段を正当化するのです」

「でも、どんな手段を使ったの？」好奇心に駆られたアグラエは、道徳の問題を脇に置き、身を乗り出すようにして尋ねた。「ねえ、さっさと教えてよ。敵の必殺の一発を避けるため、いったいどんな手を使ったの？」

「答えはこの小瓶の中身にあります」ヴァランタンは胴着《ジレ》のポケットから小さな瓶を取り出した。

「それはなに？」

「馬銭子《まちんし》というアフリカ原産の植物からつくられた毒性の強い物質です。一八一八年にパリ薬学高等学院のペルティエ教授が初めて抽出に成功し、〝ストリキニーネ〟と名付けました」

「どんな働きがあるの？」

「これは神経系に作用する薬です。肺活量を増大し、感覚を鋭敏にする治療効果があるとされています。ですが過剰に摂取すると筋肉が引きつり、一定量を超えると痙攣、心停止、さらには窒息死を引き起こす恐れがあります。決闘相手のフォーヴェ＝デュメニルには、筋肉をうまく動かせず、弾《たま》を的にあてられなくなるくらいの量を与えました」

「それにしても、ずいぶんと無謀なことをしたものね」アグラエは溌溂《はつらつ》とした子どものように目を大きく見開きながら言った。「だって、身体の大切な部分に弾があたる可能性はあったんだもの……」

「そのくらいの危険は負わなければなりませんでした。なにしろ、決闘にそなえるための時間がほとんどなかったんですからね。それにすでに言ったように、自分のお粗末な射撃の腕に頼るわけにはいきませんでした」

「それでも見事、敵に弾を命中させたじゃない！」

「肩を狙ったのですが、腕にあててしまいました。ぼくの射撃の技量はそんなものですよ！」

アグラエは決闘シーンを思い浮かべてぶるりと震えると、ヴァランタンがまだすべてを明かしていないことに気づいて質問を重ねた。

「そんなに恐ろしい薬を、相手にも立会人たちにも気づかれずにどうやって服《の》ませたの？」

「正直、ストリキニーネを服用させるという考えを思いついたあと、この難題にしばし頭を悩ませましたよ。そしてようやく解決策を見つけたのです」

「もう、じれったいんだから！　もったいぶらないで、どんな手を使ったかさっさと教えてちょうだい」

「拳銃が入っていた木箱の錠前に細工を施したのです。中空の針の内部に薬を入れ、その針を錠前に仕込みました。鍵で木箱を開けようとした人に針が刺さり、確実に毒が体内に入るような形で。厄介だったのは、ぼくが持ちこんだ武器が決闘に使われるようにすることでした。ここはひとつ、あなたの演技を手本に、しらじらしく嘘をつくしかありませんでした。まあ、そちらの方面の才能はあったんでしょうね。だって結局、こっちの狙いどおりに事が運んだのですから」

そのときサン＝シュルピス教会の鐘が九時を打ち、アグラエががばりと立ちあがった。

「もうこんな時間！」そう叫ぶと、髪をなおし、ドレスの皺を伸ばした。「もうお暇《いとま》しなくっちゃ。でも、あなたが無事だったってわかったから、安心して帰れるわ」

ヴァランタンは落胆を隠せなかった。

「もう帰るのですか？　なぜ？　実は今日は朝からまだなにも食べていなくって。せっかくだから、一緒に昼食でもと考えていたのですが」

「それはたぶん、また別の機会に」アグラエは茶目っ気たっぷりに蠱惑《こわく》的な微笑みを浮かべた。「でも、今日は無理。来週の火曜日からマダム・サキの一座で新しいお芝居を披露することになっていて、今日がその初稽古の日なの。十時までには劇場入りしなくっちゃ」

アグラエが帰り、ひとり残されたヴァランタンはしばし考えこんだ。女性にこれほどまで親近感を覚えるのはヴァランタンにとってこれが初めてだった。そして女性が彼の完璧に整った顔にのぼせあがることなく、彼という人間に深い関心を寄せたのも初めてだった。

従姉妹《ひと》のアグラエ！　新しい情婦！　ほんとうに面白い女性だな、とヴァランタンは思った。図々しく嘘をつき、男が思いもつかないような手を考え出し、いままで目にしたことのない潑溂とした才気と大胆さにあふれているのだから。

いつのまにか自分がにやけた笑いを浮かべているのに気づいたヴァランタンは、慌てて気を引き締めた。フォーヴェ＝デュメニルの死の銃弾から逃れるためにこれほど苦労をしたのは、こんな愚にもつかない物思いに時間を浪費するためではない。エヴァリスト・ガロワとのやり取りを通じて、〈王冠を戴く雉《きじ》たち〉亭と〈ジャコバン派再生会〉はリュシアン青年の自殺とは無関係だと確信が持てたいま、振り出しに戻って捜査をやりなおさなければならない。おそらく警視総監から聞いたナポレオン信奉者、ティランクールの線を追うべきだろう。狂乱したあの男は寝室の鏡をすべて破壊して自分の頭を撃つ前に、なんと言ったんだっけ？　〝おれは鏡に強いられた〟それだけではたいして意味のない言葉だが、それでも確かにこんな台詞を口にしたことは見過ごせない。

ヴァランタンはあれこれ考えながら、いましがた彼がそっと部屋に入ったときアグラエがその前に立っていた書棚に近づいた。そしてすぐにモンテーニュの

『随想録《エセー》』を見つけ出し、本を前に倒した。するとカチリと音がして、書棚の一面全体がきしりながら回転し、秘密の入り口が現われた。

　ヴァランタンは通路を通り、二十平米ほどの広さを持つ窓のない部屋に入った。そこは彼の隠れ場、彼だけが知っている部屋で、彼の過去を形づくる多くの品々が収めてあった。部屋の中央に置かれた大きなテーブルには焜炉、るつぼ、蒸留器、試験管、フラスコなど実験器具がところ狭しと並べてあったので、部屋はさながら、偉大なペルティエ教授も認めるいっぱしの科学実験室のようだ。部屋の奥にある何段かの棚に並ぶのは、剝製にされた小動物、鉱物や化石や昆虫などを集めた標本、奇妙な肉片やゼラチン質の塊が浮かぶホルマリンの瓶だ。さらに壁には薬草の模写絵や、色も形もさまざまな蝶が入った額入り標本が飾られ、このどこか不穏な感じのする〝驚異の部屋〟を彩っている。

　ヴァランタンはストリキニーネの小瓶をテーブルのうえにきれいに並んだほかの瓶のあいだに戻すと、重要書類の一式が神経質なほど整然と保管されている書き物机へ向かった。そして天板を開けた瞬間、書類の位置が前夜と変わっていることに気がついた。

　誰かがこの秘密の部屋に入り、書類をこっそり調べたのだ。

19　父と息子

その晩、ヴァランタンはよく眠れなかった。窒息しそうな圧迫感を覚えながら何度も汗まみれで目が覚めた。しばらくするともう我慢ができなくなり、ベッドから抜け出して居間に行き、不眠をまぎらわそうと医学書を手に取った。けれども読書に集中できず、目の前で文字の列が躍って文意がつかめなかった。秘密の隠れ部屋が侵入者によって蹂躙されたと考えただけで、我慢がならない。まるで心の一部をもぎ取られたかのようだ。

やがて本を膝のうえに落とし、ページのあいだに指を差し入れたまま、肘掛け椅子にぐったりと背をあずけた。少しずつ頭に霞《かすみ》がかかり、古い思い出が意識の表面に浮かびあがってきた。

あれはまだ十五歳だった夏のことだ。父ヤサント・ヴェルヌは体調を崩した従姉妹《いとこ》を見舞うために、三日前から家を空けていた。父は息子の面倒をエルネスティーヌという名の老女に任せた。エルネスティーヌはヴェルヌ家の家のなかのことを一手に引き受けている女性で、家政婦でもあり料理人であり、母親代わりでもあった。真面目で誠実な彼女は、孤独な十代の少年のためにまめまめしく世話を焼いたが、退屈して不機嫌な少年の気持ちを晴らすことはできなかった。

真実を明かせば、ヴァランタンが不機嫌なのはすねているせいでもあった。彼は父のいないパリに残るより、田舎に赴く父に同行したかった。なんとか連れていってもらおうとあの手この手で主張したが、父は折れなかった。父の話では、病に伏せている従姉妹というのが癇癪持ちの老嬢で、子どもも、子どもが立てる物音も大嫌いなのだそうだ。周囲にあたりちらすこともあり、愛情をかけているのは一ダースほどの飼い猫だけらしい。ヴァランタンは聞き分けのよい息子としてあきらめるしかなかったが、それ以来、欲求不満を抱えたままだった。情愛に満ちた父がいなくなると、シェルシュ＝ミディ通りにある広壮なアパルトマンがひどくいかめしく感じられた。普段はうまくやり過ごしている母親のいないひとりっ子という境遇のわびしさが、心にずしりと重くのしかかってきた。この歳の少年にしては驚くほど夢中になって読んでいる学術書も、愛情を求める彼の心の隙間を埋めるには力不足だった。

その日の午後、ヴァランタンはひとつのことに数分を超えて集中できないほど気が散っていた。ビリヤード台で玉を突いたり、旅に出る前に父から手渡されたチェスの問題を解いたりしようとしたが、こうした気晴らしがことごとく味気なく感じられた。彼は、呼吸もままならないほどの暑気をつくり出している仮借のない太陽に毒づきながら、暇を持て余して部屋から部屋へと歩きまわった。あらゆる物事に腹が立っていた。寄せ木張りの床に塗ったワックスの胸を悪くするようなにおいにも、窓ガラスに衝突するハエたちのしつこい羽音にも、台所でイチゴのジャムをつくっているエルネスティーヌがのんきに口ずさむ鼻歌にも……。

いつのまにか父の寝室の前まで来ていた。そして驚いた。鍵穴に鍵が刺さったままになっている！　ヴァランタンはアパルトマンの部屋を自由に出入りすることを許されていたが、父の寝室だけは父の私的な空間だった。父がなかに入るのを許してくれたことは一度もなく、はっきり口頭で禁止されたわけではないものの、ヴァランタンはごく自然に、あそこは父しか足を踏み入れてはいけない部屋なのだと思っていた。それにそもそもこの部屋には、いつもはしっかり鍵がかけられていた。

鍵に気づいたとき、ヴァランタンは頭のてっぺんから足先まで震えが走るのを感じた。禁断の行為に手を出す誘惑に心をくすぐられた。愛する父のどんな小さな怒りも買いたくはなかったが、結局のところ、知られなければ怒りを買うこともない。

耳をそばだて、エルネスティーヌがまだ台所にいることを確かめると、ヴァランタンはドアに近寄った。心臓が突如、肋骨にぶつからんばかりに激しく打ち出した。鍵に手を触れようとした瞬間、指が震えるのを抑えられなかった。少しでも触れたらやけどをしそうな、白熱した金属に手を伸ばしているかのように。

けれどももちろん、やけどなどしなかった。

鍵は錠のなかでするりと回転した。ドアは蝶番《ちょうつがい》をきしませることなく静かに開いた。ヴァランタンは肩越しに廊下を一瞥し、決定的な一歩を踏み出すのを急にためらい、見えない境界線を踏み越えなくてもいいように、廊下の端にエルネスティーヌが現われるのを願うような気持ちにさえなった。だがなんであれ、誰であれ、彼が取り返しのつかない行動を取ることをはばんではくれなかった。

鎧戸が閉まっていたため、室内は薄暗かった。鎧戸の木板の隙間から射す細い日射しのなかで空中に浮いた塵が舞い、香《こう》を思わせる甘いにおいが部屋の隅々にまで満ちていた。ヴァランタンはドアを閉めると、恐る恐る何歩か進んだ。調度品の木肌が、薄暗がりのなかでかすかに輝きを放っている。天蓋付きの大きなベッド、ワードローブ、鏡台とそのうえに並べられた身だしなみを整えるための小物、テーブル、聖書が載った祈禱台を見分けることができた。

ヴァランタンはテーブルのうえにある二股に分かれた燭台に気づいて近寄った。燭台のすぐとなりに点火器〈フュマード〉が置いてある。ヴァランタンは内部がふたつの区画に分かれている〈フュマード〉の箱を手にした。そして片方の区画から硫黄を塗ったマッチを取り出すと、二番目の区画に収められていた硫酸の入った小瓶に差し入れた。するとすぐに、か細い炎がゆらゆらと立ちのぼった。ヴァランタンは二本の蠟燭《ろうそく》に火を灯《とも》すと、銀の燭台をつかみ、頭の高さに掲げて部屋の闇を照らした。

そしてそのとき初めて、それを目にした。

それは祈禱台の上方、通常ならば十字架か聖母マリア像が飾られているはずの壁にあった。

飾られていたのは、金髪の美しい女性の全身を描いた肖像画だった。斜めから描かれたその女性は頭をかすかに片方の肩のほうに傾げ、ごく自然でありながらも妙なる魅力を感じさせる姿勢で立っている。繊細なドレープとクリーム色のギュピールがついたイブニングドレスに身を包んだその謎の女性は、この世のものとは思えぬほどに美しく、まさに天使の優美さを湛えていた。揺らめく蠟燭の光のなかで目にした、実物よりもほんの少しだけ小さいその肖像画は、まるでまぼろしが立ちあらわれたかのようで、ヴァランタンはこの奇跡のような絵にすっかり心を奪われ、夢のなかで魔法の世界に入りこんだような気がした。

いったいどれほどの時間が経ったのだろう。背後から聞きなじみのある声が響いてきて、彼は陶酔から唐突に引きずり出された。

「そこでなにをしているのだ、ヴァランタン？」

驚きと恐怖で蠟燭を取り落としそうになった。父ヤサント・ヴェルヌが旅装束のままドアロに立っていた。逆光を受けていたせいで、表情はまるで読めない。

ヴァランタンは心臓が破裂するかと思った。突然現われた父の存在に凍りついた。自分が悪いことをしているのは自覚していた。この部屋に無断で入ったことで、これまで自分に与えられてきた自由を悪用したことも、この世でもっとも大切な人の信頼を裏切ったことも承知していた。すでに彼は叱責を受け入れ、ふさわしい罰を与えてくださいと乞い願う気持ちになっていた。

「父上、どうかお赦《ゆる》しください」心からの後悔をにじませた震える声で言った。

父が近づいてきて、その顔が少しずつ闇から浮かびあがってきた。不思議なことにその表情に怒りの色はなく、むしろかすかな不安が浮かんでいた。父はいざ話す段になると、当惑させられるほどのやさしさを湛えた声音で言った。

「なぜ謝る？　おまえはどんな過ちを犯したと思っているのだ？」

父の逆鱗に触れ、手ひどく叱られると思っていたヴァランタンは、相手の態度に不意を衝かれ、すぐに答えることができなかった。そして、いまや手が触れられそうなほどまで近づいてきた父の唇にやさしい微笑みが浮かんだのを見て、ますますわけがわからなくなった。

「こんなことを……するべきではありませんした。勝手に父上の部屋に入るなんて」

父の微笑みは愁《うれ》いを帯びていた。驚くほどやさしいままの声で尋ねてきた。

「ここに入るなとわたしがおまえに言ったことがあったか？　どうだ、そんなことはないだろう？　なのに、なぜそんなふうに自分を責める？　おまえはこのアパルトマンのどこにでも自由に出入りできるんだぞ」

父はここで間を置くと、ヴァランタンの肩に手を置き、絵に向きなおらせた。そして自分もとなりに立ち、肖像画を見あげて続けた。

「正直、もしここにいるどちらかが謝らなければならないとすれば、それはむしろわたしのほうだよ。もう何年も前におまえをこの部屋に招き入れ、彼女を見せるべきだったのだ。愚かだったよ。だが最後の瞬間に、いつもなにかに、不可解なためらいに、思いとどまらせられた。だが今日、やっとおまえに彼女を紹介できて嬉しいよ。どうだい、美しい女性だろう？」

そう語りながらヤサント・ヴェルヌは、金髪の謎の女性をじっと見つめつづけた。なにがしかの想いか記憶に心が揺さぶられたのだろう、蠟燭の炎に照らされた父の表情が一瞬震え、ヴァランタンの肩に置かれた手に何度も力がこめられた。

父親がはっきりとわかるほど感情を揺さぶられているのを見て、ヴァランタンは困惑しながらうなずいた。

「天使のようですね」なんとかそうつぶやいた。

ヤサント・ヴェルヌは、その言葉の的確さにはっとしたように息子のほうに向きなおった。そして視線を肖像画からヴァランタンへ向けた。その顔には痛々しいまでの衝撃が浮かんでいた。

「気づいていると思うが、おまえは彼女にとてもよく似ている。彼女がまだわれわれのそばにいることを神がお許しになっていれば、おまえはこの女性ととてもうまくやっていたはずだ。人生を謳歌しようとするその態度や、周囲の誰をも巻きこんでしまう朗らかさは、きっとおまえにも伝わっていただろう。わたしはときどき、おまえにひどく生彩を欠いた暮らしを強いている気がしてならないのだよ。おまえの年頃の少年が当然望むはずのものとはほど遠い暮らしを」

「なぜそのようなことをおっしゃるのです？　父上は誰よりも思いやりのある父親です」

「ほんとうにそう思っているのか？　ああ、息子よ、その言葉を聞いてわたしがどんなに嬉しいかわからないだろうな！　わたしはしょっちゅう思っているのだよ。愛するクラリスだったら、わたしよりもずっとうまくこの子を育てられただろうと。彼女は、そこにいるだけで自分の周囲を明るく照らす天与の才があった。ああ、クラリス……」

ヴァランタンはふたたび肖像画に注意を向けた。父は混乱するあまり、この若い女性が誰なのかさえ、まだ明かしてはいない。けれどもヴァランタンは遠慮をして直接には尋ねず、別の訊き方をした。

「なぜこの女性のことを過去形で話すのです？　この

人は……亡くなったのですか？」

　その刹那に父を包んだ悲しみのヴェールを、ヴァランタンは忘れることはないだろう。父のまなざしから光がふつりと消えたように思われた。ほとんど唇を動かさずに、父は答えた。

「お産のさいに亡くなった。医者たちは彼女を救おうとあらゆる手を尽くしたが、駄目だった。地上にいる者の誰ひとり、天使が飛び立つのを止めることはできない」

　父は、襲いかかってきた痛ましい過去のイメージを追い払うかのようにぶるっと身体を震わせると、ヴァランタンを引っ張って部屋から出た。そして、わざとらしくはしゃいだ様子で呼びかけた。

「土産《みやげ》に天体望遠鏡を手に入れてきたぞ。見せてあげよう」

　このエピソードのあと、妻を亡くした悲しみから抜け出せないでいたヤサント・ヴェルヌは、息子を外の世界に触れさせなければならないことに気がついた。息子を籠の鳥のように、この永遠に失われた幸福の記憶に沈むアパルトマンに閉じこめておくわけにはいかない。彼は翌日すぐに、友人のペルティエ教授のもとに息子を連れていった。そうしてペルティエ教授は、ヴァランタンにとって学問の師であり、人生の手本となった。そしてそれだけにとどまらず、教授の一家と家族同然の付き合いをし、毎日昼食はペルティエ家の食卓でとった。ヤサント・ヴェルヌは毎晩、シェルシュ＝ミディ通りのアパルトマンに戻ってきたヴァランタンからその日の出来事を聞き、息子が偉大な科学者の子どもたちと親交を深めていることを嬉しく思った。

　父が存命中、ヴァランタンがふたたび父の寝室に入ることはなく、心奪われるあの肖像画をじっくりと見る機会もなかった。そして父が死んでから初めて、彼はこの絵と再会した。そしてそれを壁からはずすと、新たに設けた秘密の部屋に飾った。そしていま、あの部屋に侵入した何者かがあの絵をそのまなざしで汚したのだと考えるだけで、胸に激しい怒りがこみあげた。

20　ムッシュー・V

ヴァランタンは指示どおり、サン＝マンデ湖を取り囲む柳のしたに忍びこみ、岸辺をたどってラ・ピソット川まで出た。そこではひんやりとした陽光に包まれた茂みのなか、毛皮付きのコートを着込み、立派な麦藁帽子を頭に載せた男がひとり、秋の最後の好天を楽しんでいた。折りたたみ椅子に座り、釣りに夢中になっている。猪首のせいで、帽子から金色の巻毛をはみ出させた頭が、幅広の肩に直接載っているように見えた。

「釣りをするには少々寒すぎはしませんか？」ヴァランタンは声をかけた。「少しでもあたりがあるといいのですが」

釣り人は椅子に座ったまま腰をひねった。五十の坂をゆうに越えている男で、どっしりと頑丈そうな身体つきをしている。卵形の顔の長い顎と鷲鼻からは意志の強さが、絶え間なく動く灰色の瞳からは抜け目のなさが感じられる。上唇に目を惹く傷痕があり、ピアスだらけの耳の片方には金の輪っかがぶらさがっていた。

「ヴェルヌさんだな？　遅かったな。あんたらしくない」

「ヴァンセンヌの駅馬車がトローヌ市門で野菜売りの荷馬車にぶつかってしまったんです」ヴァランタンは弁明した。「積んでいた野菜が道に散乱して、まずはそれを片づけなければなりませんでした。それにしても、ご経営されている工場ではなくここを待ち合わせ場所に指示されたときには、まさか、釣り竿を手になさっているとは思いませんでしたよ」

「釣りなんて柄じゃない、と言いたいのか？」相手は、唇の端に面白がるような微笑みを浮かべて尋ねた。

「あなたがお書きになった『回想録』を読んだ読者があなたに持つイメージにはそぐわない、と言っておきましょう。それにあなたは、最近ご自身で開発なさった例の偽造防止紙の生産に忙殺されていると思っておりましたから」

麦藁帽子の男はいったん釣り糸を引きあげると、今度は左のほうへ投じた。釣り糸が宙を切り裂き、糸の先端に吊るしたコルク栓が苔むした大きな切り株の近く、湖が黒ずみ、深みであることを感じさせる場所に落ちた。

「釣りは気が安らぐし、腕がなまるのを防いでくれる」男はそう説明しながらにやりと笑みを広げたが、それはほとんど肉食動物を思わせる笑いだった。「魚を釣るのは、獲物を追ったり、悪党をとっつかまえたりすることとさほど変わらんからな。肝心なのは、獲物の習性を頭に叩きこむことだ。たとえば、いいか、ポプラの切り株が見えるだろう。あれはわしの昔なじみがいる隠れ家で、やつはそこに身を潜めてる。鯉やらハゼやらを待ち伏せするために。昔なじみっていうのは、どでかいサンドルさ！　体長が一メートル近くあるある大物だ！　いいか、やつはそのうちまちがいなくわしの釣り針に食らいついてくる」

「ええ、そうでしょうとも」ヴァランタンは言った。「しかし、お目にかかりたいと願い出たのは、獲物をおびき寄せる方法やタモ網の使い方について論じるためではありません。釣りとはまったく異なる方面でのあなたの見識が必要なのです」

男は少々下卑た笑い声をあげた。そして折りたたみ椅子の足元に釣り竿を置き、両手で太腿をぴしゃりと打つと、盛大に伸びをしながら立ちあがった。

〝この人は熊のようにどっしりしているが、猿のように頭がまわる〟とヴァランタンは思った。この男を知って以来、ヴァランタンは彼に複雑な感情を抱いてきた。危機を好機に変えてしまうその驚くべき能力と機転に感嘆しつつも、そのやくざな手法とペテン師気質を不快にも思っていたのだ。

「どうやら急を要することのようだな」男はヴァランタンの腕を引きながら言った。「さあ、あそこ、あの草地までちょっくら歩こうじゃないか。無遠慮な輩《やから》たちに盗み聞きされないように」

「いまだに警察の監視下にあるのですか？」

「ああ、いまだかつてないくらい厳しくな！　今朝はふたりが金魚の糞のようにわしのあとについてきた。ひとりはあそこ、木蔦とセイヨウメギの大きな茂みの陰に潜んでいる。あんたが来てからずっと、やつは望遠鏡でこっちを窺《うかが》ってるぞ。もうひとりは、工場の近くにでも張りこんでいるんだろう。わしが相方を撒いてしまうような事態にそなえて」

ふたりは腕を組んで広大な草地まで移動した。そこでなら盗み聞きされる心配はない。

「ティランクールという名に聞き覚えはありません

か？」ヴァランタンは前置きなしに切り出した。

「ティランクール？　アングラード通りの娼館で、寝室をおのれの血で赤く染めなおすのが粋だと考えた狂人か？」

「いつものように情報収集に余念がないようですね」

「なんにせよ、情報を集めることは投資のひとつだからな。しかも利まわりがいい。大勢が欲しがるが、持つ者は少ない。あんたのティランクールに話を戻せば、残念ながら話せることはあまりない。あれは小物の半給士官だ。ご婦人がたにモテたくて大物を気取っていたが、ボナパルティストの要人たちの仲間入りは果たせんかった。つまらん雑魚だよ」

　ヴァランタンは身じろぎもせずにただ落胆した。この海千山千の情報通の男がティランクールについてこれ以上なにも知らないのなら、この線も行き止まりになるのはまちがいない。そこで、方向転換を図ることにした。

「マダム・ド・ミランドという女性についてはなにかご存じですか？　サン＝ギヨーム通りにある邸宅で毎週木曜にサロンを開いているらしいのですが」

「なんだ、いきなり別世界の話か！　あんたの言うマダム・ド・ミランドは芸術、美学、道徳、哲学などなど、多様な分野で活躍するパリの才人が集うサークルを指揮する人物だ。つまり、彼女のサロンはきょうび、あれこれの世評がつくられたり、悪評が立てられたりしている場所のひとつになっているということだ。だが元をたどれば、あの新参の巫女もティランクールと同じような卑賤の生まれだよ。マダム・ド・ミランド……貴族を表わす〝ド〟の小辞は飾りにすぎん。ミランドなどという家名は、純然たる空想の産物だ。あの女――まあ、たいそう魅力的ではあるが――は、エミリー・シャペルとしてこの世に生を享《う》けた。いまからほんの三十年ほど前に。ご存じのとおり女性の場合、年齢を公言するのは失礼なのでぼかしてお伝えしておこう。父親はポワチエ街道の郵便旅籠（迅速な郵便の配達のため、配達夫や馬車用に替え馬が用意された場所）を営んでいた」

「いまいる地位までどうやって這いあがってきたのです？」

「あんたも世間を知らないわけじゃないだろうに。大昔からある方法を使ったんだよ！　昔からあるということは、これすなわち確かな方法というわけだ！　気前よく天から美しい容姿を授けられ、実りをもたらすこの授かり物を損なわぬ程度にまずまずの頭もそなえていた場合、社会をのしあがっていくのにほかにいったいどんな方法があるのかね？」

「つまり、巷《ちまた》によくいる高級娼婦というわけですか？」

「まあ、高級娼婦とまでは言わんが。篤志家の庇護者《パトロン》を見つけるのがうまいとだけ言っておこう。しかも毎度毎度、頃合いを見て乗り換える。新鮮な馬糞を求めて、ハエがあっちの馬からこっちの馬へと飛びまわるように」

「庇護者《パトロン》の名前はご存じですか？」

「最近ではエドモン・テュソー医師がいる。やつは彼女に金持ちの患者を何人か紹介した。そのなかで彼女はアルフォンス・ド・シャンパニャック子爵に目をつけた。サン＝ギヨーム通りの邸宅の経費を支払っているのはシャンパニャック子爵だよ。ついでに言えば、あの邸宅は子爵の所有物だ」

　それを聞いてヴァランタンは初めて手応えを感じた。このふたつの名前には聞き覚えがある。テュソーはドーヴェルニュ家の主治医で、死体安置所を訪ねたときにリュシアン青年の遺体のそばで会った臨床医だ。一方、シャンパニャック子爵は貴族院議員で、最近、シャルル十世の治下で首相と大臣を務めた者たちの裁判の予審を任されている。これは明らかに臭う。探ればなにか出てきそうだ。サン＝マンデ湖まで出向き、まるで釣り人らしからぬ釣り人が持つたぐいまれな情報収集能力をあてにしたのは正解だった。

そこで話を切りあげて暇《いとま》を告げようとも思ったが、三日前、秘密の部屋に誰かが侵入したことを知って神聖な場所が冒瀆《ぼうとく》されたような衝撃を覚えていたことから、ヴァランタンはもうひとつ頼み事をすることにした。

「いままでの話とは明らかに関係のないことなのですが、ついでにひとつお願いしてもよろしいでしょうか」

「わしらのあいだに遠慮はいらん！　すでに言ったが、一年前にあんたに初めて会ったとき、つまりあんたが警視庁に入ったとき、あんたのことはすぐに気に入った。すぐにわしは、あんたには警官魂が——いや、と言うか、正義感があると感じたからな。それにわしは人間というものをよく心得ている！　それで、いったいなんだ、あんたの頼みとは？」

ヴァランタンは一瞬ためらったが、思い切って持ちかけた。

「マダム・サキの一座で役者をしているアグラエ・マルソーという名の女性がいるのですが、彼女についてこっそり情報を集めてほしいのです。出自、暮らしぶり、交友関係……どんなたぐいの情報か、おわかりかと思いますが」

麦藁帽子の男は、右耳にぶらさがった金の輪っかをこすりながらくくっと笑った。

「そりゃ、わかるさ！　しかし、若いってのはいいものだな！　あんたが美女と腕を組んでいるところを誰も目にしたことがないっていうのも、おかしな話だと思ってたんだよ。あんたのような見てくれのいい男がな！　いや、まったく！　なに、いまだから言えるが、あんたにはひょっとしたら少しばかりそっちの気があるのかと思ってたんだ。なるほど、なるほど、お安いご用だ。そのお嬢さんが貞淑か、あんたに内緒で二股をかけていないか、確かめてやろう」

相手の少々品のない言いまわしをヴァランタンは不快に思ったが、顔には出ないよう自制した。男はかけがえのない情報源であり、丁重に扱わなければならない。すると都合のいいことに、相手は唐突に話題を変えた。

「あんたがわしに連絡してくるとは奇遇だな」急に真顔で言った。「こっちもな、連絡しようと思ってたんだ。数時間差で先を越されちまったが。憶えてるか、あんたが昔、わしにある悪党を捜してくれと依頼したことを。ル・ヴィケールとかいう名の男だ。だが、あんたにあいつを捕まえられるはずはなかった。なにしろ相手は三年前にパリを離れていたからな。けれども確かな筋から、やつが最近パリに戻ってきたと聞いた」

男は毛皮がついたコートのポケットからくしゃくしゃに丸めた紙切れを引っ張り出すと、ヴァランタンに差し出した。

「ほれ、やつが身を潜めてるというサン＝メリ地区にあるぼろ屋の所番地だ。あんたがまだこの男を捜しているかどうかは知らんが、とりあえず渡しておこうと思ってな……」

ヴァランタンは頭のなかが真っ白になった。ル・ヴィケールの名を耳にして動揺し、紙切れのほうへ伸ばした手が震えたほどだ。

「最後にひとつ、忠言しておこう」麦藁帽子をかぶった元警官は、ヴァランタンの目をまっすぐに見据えて言った。「このところ裏社会であんたが人気者になっているという噂も耳にした。あんたのことをあちこちで訊きまわり、情報を集めている輩がいるらしい。後ろに誰がいるのかはまだわからんが、危険な動きであるのはまちがいない。わしがあんただったら、ここ何日かは自分の背後によくよく気をつけるだろう」

ほどなくしてヴァランタンは相手に別れを告げた。混乱したまま大股で湖を離れ、サン＝マンデの中心部へ向かった。一刻も早くパリに戻るため、馬車を借りるつもりだった。木立を突っ切る前にさっと後ろを振り返ってみた。麦藁帽子の男は折りたたみ椅子にふたたび腰を下ろしていた。この穏やかな外見をした釣り人が、かつてはブレストとトゥーロンの徒刑場をたびたび脱走した囚人だったことを知る者はほとんどいないだろう。さらにこの男がのちに、パリ警視庁の治安局長となり、業務文書に〈ムッシュー・V〉と署名していたことも。

Vとはつまり、ヴィドックのVだ。

21　ダミアンの日記

マドモワゼル・ルイーズは毎日ぼくのもとを訪れるようになっていた。びっくりするほど規則正しく、いつもお昼過ぎにやってきた。ぼくは、ル・ヴィケールから日に二回与えられる粗末な食事の一部を分け与えることで、彼女を手懐けるのに成功した。ル・ヴィケールは食事のたびに、ぼくが食べ終わるまでそばにいた。ぼくが小鉢の中身をぴちゃぴちゃやるのを眺めながら、残酷な喜びに浸っていたにちがいない。だからぼくは、**彼**に内緒で食べ物の一部を取り分けておくためにさまざまな策を弄《ろう》さなければならなかった。むせたふりをしたり、喉が詰まったふりをしたり、あるいは**彼**が地下室を出るまで最後のひと口を頬の内側に入れたままにしたりした。**彼**がぼくの小細工に気づくかもしれないと考えるだけで、身体に震えが走った。地下室に閉じこめられているぼくにいまや友人がいることを知れば、気を悪くするにちがいない。なにしろ向こうはぼくを、完全に支配したがっていたのだから。

完全に支配しようと、**彼**はぼくを根気よくしつけた。最初の頃、ぼくはなにかにつけて檻に入れられ、折檻された。命令に従うのが遅かった、すぐに目を伏せなかった、便所代わりの手桶をちゃんと磨かなかった……。ぼくは泣いた。懇願した。だけど、**彼**の怒りをかき立てただけだった。だから、黙って苦しみに耐えることを学んだ。最初、身を守るための武器になるものがないか地下室を探した。けれどもなにも見つからなかった。それにどちらにせよ、ぼくはまだほんの子どもだった。ル・ヴィケールのほうがずっと強かった。そのため少しずつ抗《あらが》うのをやめた。従うよりほかになかった。

とはいえぼくは、**彼**の細長い顔、残忍な小さい目、いつも玉ネギとクローブのにおいがするくさい息を憎むようになった。平手打ちと愛撫を交互に繰り出すそのほっそりとした白い手を嫌悪した。夜、野生に戻った犬となって**彼**の手を噛みちぎる夢を見た。けれども昼は、**彼**の両手がぼくに差し出すものすべてを飼い犬のように従順に無言で受け入れた。ぼくは自分自身を嫌悪した。食べ物も、痛みも、汚らわしい悦びも。ぼくは自分自身を嫌悪した。そうしながら、自分はこんな運命を強いられるほどのいったいどんな悪をなしたのだろう、と自問した。そしてその悪は、自分自身から出たものなのだと理解した。生まれたときから自分は悪霊に目をつけられていたのだ、と。**彼**、ル・ヴィケールは、ぼくを罰する役目を負った拷問人にすぎないのだ、と。

いまにして思えば、昼も夜もぼくを苛んでいたそうした病的な考えのどれもこれもが常軌を逸したものに感じられる。結局のところ、ぼくは罪のない犠牲者にすぎなかったのだから。けれども、ぼくの心はバラバラに砕け散っていた。恐怖のせいでまともに考えることができなかった。つねに震えていて、**彼**が地下室に居座るときにはいつも目の端で窺《うかが》いながらびくびくし、ひとりになったときには自分の影に慄《おのの》いた。けれども、そうこうするうちに向こうの態度が変わりはじめた。少しずつ仕置きの間隔が延びた。**彼**は目的を達成したのだ。ぼくはすっかり従順になった。涙も涸れた。懇願することもなくなった。したところでなんになる？

従順になったことでぼくの状況は改善した。着ていた服と靴を返してもらった。毛布、水差し、洗面器のほか、木でできた独楽《こま》までもらった。こうしたものすべてを——たいしたものはなかったけれど、ぼくが持つすべてだ——失いたくなかった。だから、マドモワゼル・ルイーズのことは秘密にした。

とはいえ、彼女がやってきたことですべてが変わった。それまでは地下室の壁に息が詰まりそうになっていた。壁に押し潰される、と思った。カビくさいこの薄暗い場所に生き埋めになって死ぬのだ、と。マドモワゼル・ルイーズのおかげで、ぼくはこの狂気から抜け出した。ぼくの脳みそをゆっくりと、でも容赦なく蝕《むしば》んでいたこの狂気から。何カ月かぶりにぼくは生きる目的を見つけた。毎朝、ぼくを起きあがらせてくれるなにかを見つけた。毎日、この四本足の天使が現われるのを辛抱強く待つあいだ、時間というものがふたたび具体性を持つようになった。時間がふたたび流れ出した。そう、ぼくは目的を見つけたのだ！　ようやく！　ぼくは、ぼくのところにやってくるあの動物をなつかせたかった。ぼくの親友にしたかった。

来る日も来る日も、ル・ヴィケールの監視の目をくぐりながら仕事に励んだ。マドモワゼル・ルイーズは初め、ぼくが彼女に近づき、食べ物を手のひらに載せて与えることを許してくれた。けれども、怖がらせずに彼女をなでられるようになるまでには、何週間もの月日と底なしの忍耐が必要だった。初めて彼女をなでることができた日、ぼくは心臓が破裂するかと思った。やった、ついにやったぞ！　この不潔な監獄に入れられて以来、ぼくは初めて何事かを成し遂げた。もっとうえを目指そう、とぼくは決めた。そこで、食べ物を塗りつけてくるくるまわした独楽に飛び乗る曲芸をマドモワゼル・ルイーズに教えた。そして次に、鼻先で独楽を押してぼくに近づける技を仕込んだ。

　そんなふうにして、ぼくらは友だちになった。トガリネズミはあんなに小さいのに驚くほど賢かった。彼女はぼくの牢番に見つからないほうがいいと自然に察し、決まった時間にぼくに会いに来た。いつも昼下がりに。それはル・ヴィケールが決して地下室に下りてこない唯一の時間帯で、ぼくはそのときだけは緊張を解くことができた。そうでなければ神経がすり減っていただろう。ぼくはしばらくすると、ル・ヴィケールは昼寝好きなのだろうと考えた。この結論に達するまで何カ月もかかった。けれども、マドモワゼル・ルイーズは即座に理解した。ぼくのさまざまな能力をかき集めたものより百倍も優秀な本能に導かれたかのように。三日目にはもう、ぼくのところに来るのを一日のうちのこの時間帯に決め、それ以降、変わることはなかった。

　一見取るに足らないこの存在がそばにいてくれるようになったことで、ぼくはぼくが溺れてのみこまれそうになっていた破滅的な夜から抜け出すことができた。マドモワゼル・ルイーズはただの遊び友だちではなく、心の丈をぶつけられる親友になっていた。ぼくは彼女にぼくの話を、ぼくの恐怖、迷い、ル・ヴィケールに強要され、耐え忍ばされているあの汚らわしい行為への嫌悪を語った。彼女に話すことで、ぼくは自分の身に起きていることを言葉にできるようになった。物事の正当な見方をゆがめていた罪悪感という枷《かせ》から解放された。ぼくの身に起きたことは、ぼくの責任じゃない。これっぽっちも！　悪はぼくのなかにあったんじゃない。悪は**彼**、ル・ヴィケールだ。そして、悪には悪で抗う権利がある。

　なにかが変わったことを、**彼**がどんなふうにして勘づいたのかわからない。たぶん、ぼくがいろいろ注意をしていたにもかかわらず、ぼくの顔、ぼくの目の奥にそれを読み取ったのだろう。ぼくがもう、**彼**のものではなくなったことを。そこで**彼**は、もっとしっかりぼくを見張ることにした。そのせいでぼくの心に恐怖が舞い戻ってきた。マドモワゼル・ルイーズがやってくるたびに、**彼**に見つかるのではないかと考え、心配でたまらなかった。**彼**がどれほどの怒りに駆られるか、恐ろしくて想像もできなかった。そして不安がるあまり、まるで磁石が鉄粉を引きつけるように、最悪の事態を引き寄せてしまったのだ。

　その日、ぼくとマドモワゼル・ルイーズは新しい遊びを試していた。ぼくは彼女をぼくの右の手のひらに載せた。そして腕をまっすぐ水平に伸ばして、ぼくの友だちを袖のなかに誘導した。彼女はぼくの肩まで進むと、首をひとまわりしてもう一方の袖に入りこみ、反対側の手のひらのうえに現われた。彼女が歩くあいだ、小さな足がちょこちょことぼくをくすぐったけれど、ぼくは気づかれないように笑い声を立てるのをこらえた。

　けれども、失敗だった。

　地下室のドアがいきなりバタンと開き、壁に激しくぶつかった。ランプの炎で、ぼくは目がくらんだ。

「このこずるいガキめ！　思ったとおりだ。やっぱりこそこそ隠し事をしていたな。なぜそんなふうににやにや笑ってる？」

　ル・ヴィケールが怒鳴り声をあげながら現われた。狂気じみた目は、まるで稲光を発しているようだ。唇は底意地の悪い笑みを浮かべてひん曲がり、口角によだれが光っている。**彼**は椅子にケンケ灯を置くと、いきなり躍りかかってきてぼくを土間に叩きつけた。そしてまさにその瞬間、マドモワゼル・ルイーズに気がついた。

「薄汚いネズミめ！　捕まえたら容赦はしない！」

彼はうねうねと静脈が浮いた細長い手でマドモワゼル・ルイーズを叩き殺そうとした。だが**彼**にとってトガリネズミは敏捷すぎた。何度かジャンプして地下室の薄暗い隅まで逃げ、姿を消した。ル・ヴィケールはそれでも彼女を捕まえようとしたが果たせず、悔しそうな顔でぼくのところに戻ってきた。鼻の穴が怒りでひくひくと痙攣していた。**彼**は声を震わせてぼくを罵倒しはじめた。そしてぼくの身体を何度も何度も蹴りつけた。ぼくは身を縮め、嵐が過ぎ去るのを待った。頭にあるたったひとつの思いが、苦痛に耐える力をくれた――〝彼女は逃げた、彼女は無事だ。**彼**は手が出せなかった！〟

なんて浅はかだったんだろう！

ル・ヴィケールはぼくを痛めつけるのに飽きると、土間に横たわるぼくの身体を引きずり、金属の檻に閉じこめた。それからケンケ灯を手にして出ていった。痛みに喘ぐぼくを、暗闇のなかにひとり置き去りにした。ぼくの身体のすべてがいまや巨大な傷だった。口のなかに血の味を感じた。歯が二本、歯茎のなかでぐらついていた。けれどもたいしたことじゃなかった。マドモワゼル・ルイーズが逃げおおせたのだから。あちこちで痛みが広がっていたけれど、ぼくはあんなに小さな動物が、ぼくがつねづね絶大な力を持つ悪魔だと見なしているあの男に失敗の屈辱を味わわせたのだと思うと、深い喜びに包まれた。

けれども、喜びは長続きしなかった。数分後にル・ヴィケールがふたたび現われたからだ。そしてぼくが驚愕のまなざしで見つめるなか、檻の周囲に半ダースほどのネズミ捕りの罠を並べた。そして餌として、そのそれぞれにチーズのかけらを置いた。

「このわたしが、神に仕える人間の家で害獣を野放しにするとでも思っていたのか？　なんの罰も受けさせずに？　まさか！　その証拠に、『レビ記』にこう書かれてある。〝わたしもあなたがたに逆らい、怒りをもって歩み、あなたがたの罪を七倍重く罰するであろう〟（日本聖書協会版『旧約聖書』より）」

そして、それ以上なにも言わずにふたたび地下室を出ていった。

あのときぼくを襲った絶望を、どう表現したらいいだろう？　いまでもあのときの心の崩壊を語る言葉が見つからない。ぼくは痛みに打ちのめされ、檻に閉じこめられて無力な存在となった。運命に執拗に攻撃されている気がした。もう一度、闇と狂気にのみこまれそうだった。というのも、ぼくには確信があったからだ。ぼくとマドモワゼル・ルイーズはいまや固くて強い絆で結ばれているから、彼女が突然現われなくなることなど決してない、と。ル・ヴィケールに追いかけられたときに感じたであろう恐怖ぐらいで、彼女がぼくから遠ざかるわけがない。彼女にここへ来ることを思いとどまらせるすべが、美味しそうなチーズのかけらに近づかせないようにするすべが、ぼくにはなかった。まぬがれえない結末へと、ぼくは刻々と近づいていた。ぼくはいまにも叫び出しそうだった。

そして、時は刻々と過ぎた。無情にも。ぼくは夜、一睡もしなかった。どうかぼくの友だちを助けてください。ぼくは神に祈りつづけた。ル・ヴィケールが監禁の初日にぼくの首にぶらさげた、あの木の十字架を握りしめながら。ぼくは指に、ぼくの歯がそこに残した嚙み跡を感じた。あのおぞましいけだものが、ぼくを手ごめにしてぼくの肉を切り裂いたときにつけた嚙み跡だ。ぼくは神に、ただこう乞うた——ぼくの苦しみのすべてと引き換えに、小さな命を救ってください。

けれども、神にぼくの声は届かなかった。

翌日の昼下がり、いかにも誠実な友らしく、いつもと同じ頃合いにマドモワゼル・ルイーズがぼくの視界に現われた。彼女は暗闇から出て、窓を覆う板の隙間から射す細い陽の光を追った。ぼくはもう泣きそうだった。檻から一メートルほどのところで、彼女は突然立ち止まった。長いひげが小刻みに震えている。彼女は尖った鼻先を上げ、地下室の淀んだにおいとは明らかに異なる美味しそうなチーズのにおいを嗅いだ。

　ぼくは彼女を威嚇するため、鋼鉄の檻から両腕を突き出して懸命に振り、声をかぎりに叫んだ。マドモワゼル・ルイーズは、前足で頭のてっぺんの毛をなでながらぼくを眺めただけだった。初めて出会ったときとまったく同じように。それから、落ち着いた様子でまたちょこちょこと歩き出した。そしていちばん近い罠に近寄った。ぼくは目を閉じた。カシャリと乾いた音がした。目を開けると、かわいそうなトガリネズミは足を一本、罠に挟まれていた。彼女は哀れな声で鳴いた。毛に覆われた小さな胸のしたで、心臓が激しく打っていた。そしてぼくは、彼女のほんのすぐそばにいた。ただ見ていることしかできなかった。いないも同然の役立たずだった。

　ぼくの叫び声を聞きつけたにちがいない、ル・ヴィケールはすぐにやってきた。そして罠のひとつに気の毒なトガリネズミがかかっているのを見て、にやりと薄気味悪い笑みを浮かべた。彼はゆっくりと膝をつき、ふたたび取り逃がすことのないよう慎重にマドモワゼル・ルイーズを鉄のフックからはずした。そして勝ち誇った顔で立ちあがり、しっぽをつかんで獲物を振りかざしながら言った。

「〝わたしは怒りに満ちた懲罰をもって、大いなる復讐を彼らになす。わたしが彼らにあだを返す時、彼らはわたしが主であることを知るようになる〟（日本聖書協会版『旧約聖書』より）」

「お願いです！」ぼくは必死に訴えた。「どうかお願いです、彼女にひどいことをしないでください。生かしておいてくださったら、あなたが望むことはなんでもします」

彼はぼくのほうに向きなおった。瞳の奥に邪悪な光が灯《とも》った。

「わたしが望むことをなんでも、だと？　ほんとうか？　言葉どおりに受け取っていいのだな？」

そう言うと、獲物をつかんだまま檻に近づき、錠を開けた。

「出ろ。ほら、さっさと出るんだ！」

ぼくは狭い開口部をなるたけすばやく這って出た。脇腹がまだ痛かったけれど、マドモワゼル・ルイーズを救えるチャンスがほんの少しでもあるのなら、もたもたするわけにはいかなかった。

「おまえにあれほどやさしく頼まれた以上……」ル・ヴィケールは喘いでいるような低くしゃがれた声で言った。「……わたしにこの動物は殺せない。だが、おまえは知っておかねばならない。齧歯類はさまざまな病気の運び屋だ。こいつらに家のなかをのうのうと歩きまわらせておくのはきわめて危険だ。ゆえに、手厳しい措置が必要だ」

「お願いします、ひどいことをしないでください！」

彼の手の先にぶらさがっているぐったりと動かない小さな動物から目を離すことができないまま、ぼくは繰り返した。

「耳が聞こえないのか？　言っただろう、わたしにこの動物は殺せない、と」**彼**は、ふたたびあのぞっとするような薄気味の悪い笑みを浮かべた。「だから、おまえがやれ！」

彼は土間にマドモワゼル・ルイーズを置くと、もう逃げる力がないことを確かめたうえで手を離した。

「踏み潰せ！」立ちあがりながらすげなく命じた。

ぼくは一瞬耳を疑い、泣きながら必死にかぶりを振った。

「ちがいます、彼女は悪い動物じゃありません！　ただのかわいそうなトガリネズミです！」

「最後にもう一度だけ言う。踏み潰せ、いますぐに！」

細められた目が、どんどん不吉に翳っていく。**彼**の顔は、嵐の前の空のようだった。ぼくは残酷で明敏なひらめきとともに理解した。もしぼくがここで**彼**に従わなかったら、これまで耐えてきた事柄とは比較にならないほどひどいことをされるのだ、と。

だから、命じられたことをした。

はっきり自覚していた。ぼくは、ぼく自身に残酷な傷を負わせることになる。これからは長い孤独な夜の悪夢のなかで、あの不吉な音が、ぼくの靴のしたでマドモワゼル・ルイーズのか細い骨が折れる音が、果てしなく響くようになる。

けれども、ぼくはやった。

時間が必要だったから。力と敏捷さを手に入れたかったから。いつか**彼**に立ち向かい、そのときはこのぼくが、**彼**を思いのままいたぶりたかったから。

そのためには、生き延びなければならなかった。

22　悪の巣穴

日暮れとともに路地の闇が急速に濃くなった。それでも、土を踏み固めただけの道の反対側に建つあばら家の姿は、まだはっきりと捉えることができる。

ヴァランタンがその家を見張りつづけてすでに三時間。老朽化したファサードは漆喰がところどころ剝げ落ちて、壁に埋めこまれた厚板をのぞかせていた。一階はかつて靴屋の工房だったと思われるが、店先は鎧戸で覆われ、戸口は交差する二枚の板で封鎖されている。二階と三階は住居だが、人が暮らしているとは思えない。窓の枠木は腐りかけているようだし、ガラスも何カ所か割れている。小さな裏庭があるのだろう、家の脇に小道が延びている。道は雑草だらけだ。もう何年もそこを通る人がいなかったのだろう。そもそも建物全体が打ち棄てられているように見える。監視をはじめてからこのかた、家のなかでなにかが動く気配も物音もまったくしない。というわけでヴァランタンは、来るのが遅すぎた、家はもぬけの殻だ、との結論を引き出すこともできたのだが、判断は控えた。父の長年にわたる捜索と遺された記録から、狡猾なル・ヴィケールには警戒してもしすぎることはないと学んだからだ。第一印象だけで判断をくだすような愚を犯してはならない。つねに慎重な態度で事に臨み、見知らぬ場所に勇んで飛びこむことは控えなければならない。

夕刻になるとすぐにサン＝メリ地区をこっそり訪れたのは、現場を確認する時間をたっぷり取りたかったからだ。ヴァランタンは怪しまれないように、いつもの洒落た服を脱ぎ、労働者によくある恰好、つまり型崩れしたズボン、太いベルトで腰を絞った上っ張り、片耳にかかるように斜めにかぶった庇付き帽子《カスケット》という出で立ちになった。その甲斐あって、パリのなかでももっとも古く、もっとも貧しい地区のひとつとされるこの汚い界隈でも人目を惹かずにいられた。大勢がひしめき合うこの不衛生な地区には、過酷な時代のせいで社会の片隅に追いやられてしまったありとあらゆる人びとが暮らしていた。実際、ここ二年来不況が続いており、しかも七月革命以後は厳しさを増すばかりだった。夏の終わりからパリ市が〈救済作業場〉（原注：失業者を雇用するためセーヌ県知事のオディロン・バロが提唱したもので、土木作業が主だった。しかし規模が小さく、三千以上の雇用はつくり出せなかった）を設けていたが、それでも工場労働者の多くが職を失い路頭に迷っていた。職人や小さな工房で雇われている人は工場との新たな競争に晒《さら》され、収入は太陽を浴びた雪のようにあっというまに減っていった。服や下着を縫うお針子の手間賃は、この数年で半分以下にまで下がった。彼らの多くは、たとえ日に十二時間から十三時間働いても、家族を養うことも、まともな家に住むこともできなくなっていた。パリの中世じみた古い不潔な環境で暮らしていたのは、新体制に裏切られ、社会の底辺に押しやられたそうした人たちだった。

　曲がりくねった路地が入り組むサン＝メリ地区に入ったとき、ヴァランタンは通りに人の姿がほとんどないことに驚いた。というのも普段であればここは、借金漬けの生活を送る失業者、建物の玄関先で酔いつぶれている大酒飲み、生き延びるために物乞いをする障《しょう》碍《がい》者（なかには障碍者を演じている者もいる）、路上で商売する娘、狼藉を働く子どもの群れなどで四六時中ごった返しているからだ。その日が土曜で、まだ余裕のある人たちが〈フェルミエ・ジェネローの城壁〉（革命直前、パリに入る商人たちから徴税するため建設された城壁）の向こう側、ベルヴィル村の麓にあるラ・クールティーユ地区に赴いたことに気づくまで、しばらく時間がかかった。ラ・クールティーユではたくさんのガンゲット（郊外の酒場。客は野外で飲食し、ダンスを楽しんだ）が繁盛しており、人びとは安い値段で踊り、食べ、酔っ払うことができた。〈レ・ザミ・デ・ダム〉、有名な〈デノワイエ〉亭が営む〈エクリュイユ〉、〈シェ・ドルモワ〉亭の〈ラ・ゴゲット〉など、パリを囲む城壁の外に設けられたこれらの店は入市税をまぬがれており、そこでは質の悪い葡萄酒が大量に出まわっていた。そのおかげで客は十スーと引き換えに、一リットルの葡萄酒とつかの間の酩酊を手に入れることができた。店には下層民、休暇で羽を伸ばしにやってきた兵士、下賤の者たちとどんちゃん騒ぎを楽しもうと繰り出してきた中流のブルジョワたちが入りまじっていた。浮かれた宴《うたげ》は夜通しどころか、日曜の日暮れいっぱいまで続いた。週日のきつい仕事で理性を失い、給金のほぼすべてをここで使い果たす勤労世帯も珍しくなかった。薬局で鎮静作用のある謎の成分が入った〈眠りびと《ドルマン》〉という薬を買う者までいた。遊びにかまけられるよう自分の子にこれを服ませ、日曜のあいだじゅうぐったり寝たきりにさせるためだ（原注：これは史実である）。

ヴァランタンがパリの掃き溜めであるこの貧民街の奥深くにまでわざわざ足を運ぶこととなったのは、ヴィドックに渡されたメモにあった住所に導かれてのことだった。彼は、動物と人間の糞便やごみが散乱するぬかるむ路地を歩き進みながら、ここからそう遠くないサント＝アヴォワ地区で数日前に受けた襲撃事件を思い出さずにはいられなかった。結局のところ図らずも土曜に、狭い路地が入り組むこの不潔きわまりない貧民街に出向いたのは正解だった。普段とちがって静まり返っているから、たとえ危険が迫ってきてもすぐに察知できるだろう。

そんな考えが頭をよぎった瞬間、曲がり角からいきなり弱々しい人影が飛び出してきた。恐怖を覚える間もなかった。だがそのシルエットは、人を恐れさせるようなたぐいのものではなかった。いや、まったく！というのも、か細い少女だったからだ。ぼろ着をまとい、足元は冬が近づいているというのに布切れを巻いただけのサンダル履き。いかにも疲れ切った様子で、汚い髪は絡み合い、肌はほとんど青ざめて見える。こめかみには青い静脈が、目のしたには灰色の隈が浮いていた。少女はヴァランタンの袖をつかみ、哀れなつくり笑いを浮かべた。前歯が二本欠けていた。

「婚約者にきれいなお花はどうですか？」そう言って、菊と椿の花束が入った籠を指さした。

「ありがとう。でも婚約者はいない」ヴァランタンは、少女の手をそっと振りほどきながら言った。

「なら、お母さんにお花はどうですか？　とってもやさしい息子さんみたいだから、いちばんきれいなのを売ってあげます。たったの八リヤール。スー硬貨二枚だけで買えますよ」

　ほかの状況であれば、ヴァランタンはポケットに手を差し入れ、小銭を探すために時間を割いただろう。けれどもこのときは、ル・ヴィケールの隠れ家に一刻も早くたどり着きたくて気が急いていた。だから、少々そっけなく応じた。

「母親は死んだよ！　ぼくには花を贈る相手なんかひとりもいない」

　少女のぼさぼさの前髪に隠れた暗いまなざしが、まるで命を得たかのように不意に光を宿した。彼女は声を低くして、熱っぽく甘えるように言った。

「こんなにすてきなのに、かわいそう！　お兄さん、愛に飢えてるんでしょ。お兄さんのことをこのままひとりにしたら、あたしは悪い子になっちゃう。三十スーでどう？　あたしの家で、あたしがお兄さんを温めてあげる」

　少女は思わせぶりに流し目を送ると、ぼろ着をたくしあげ、垢だらけのやせこけた太腿を見せた。ヴァランタンは少女を改めてよくよく眺め、思っていたよりも少し年上かもしれない、と思った。十三、あるいは十四歳か。やせ細っていて背丈も小さかったから、ほんの子どもだと勘ちがいをしていた。

この気の毒な少女を追い払い、先を急ぐことはできなかった。わざとらしく媚びた誘惑の背後に、彼女が背負う困窮が透けて見えたからだ。少女が哀れでならなかった。ヴァランタンは自分の軽はずみな行為を責めつつも、少女の手をつかんでぼろぼろのスカートから引き離した。そして財布を取り出すと、その中身を彼女の胼胝《たこ》ができた小さな手のひらに空けた。

少女は硬貨の数に驚いて、目を見開いた。

「神さまに感謝します!」ほとんど恍惚とした表情で叫んだ。「神さまは、天国からあたしに天使を遣わしてくださった!」

興奮して騒ぎ立てる少女を黙らせるのにヴァランタンはとてつもなく苦労した。目立たないようにわざわざ労働者に扮してきたのに、こんなにすぐに人目を惹いてしまったら話にならない! こうした地区では噂はあっというまに広がるし、羽振りのいい労働者は、疑いをかき立てたり、ならず者の強欲を刺激したりする存在にほかならない。そこで彼は、目的地にできるだけ早くたどり着こうと歩を速めたが、花売り娘の顔が頭から離れなかった。彼は自分自身に言い聞かせた――そもそもル・ヴィケールを追いはじめたのは、あの気の毒な子どもを救うためだ。標的まであと少しだ、ここで捜索を台無しにするわけにはいかない……。

彼は一階に靴屋の工房が入っていた廃屋を監視しながら、気の毒な少女の残像を追い払うため頭を振った。そして問題の廃屋と周辺の家々に注意を向けた。周囲の家屋も崩壊寸前といったたたずまいで、そこでは大勢がひしめき合って暮らしていた。歳月を経てもル・ヴィケールはやり方を変えていないようだ。彼はいつも汚泥にまみれた赤貧の地区を好んでいた。そうした場所でなら、新たな犠牲者を容易に見つけられるからだ。だが今回だけは、やつにとってこの選択が仇《あだ》になる……。

界隈のどこかで十一時半を告げる鐘が鳴った。そろそろ邪悪なけだものを狩り出す頃合いだ。

ヴァランタンは足首に忍ばせた短剣が鞘から問題なく抜けるか確認した。だが、確かめるまでもないことだった。というのも自宅を出る前、用意周到に鞘に油を塗っておいたからだ。確認を終えると、今度は労働者が着る上っ張りの下から旅行用のフリントロック式二連拳銃を取り出した。この武器には小型という利点——長さは二十センチにも満たない——のほか、扱いが容易で、しかも一度の装塡で二発撃てるという強みがある。ヴァランタンは拳銃がきちんと装塡されているか点検すると、ベルトの手が届きやすい場所に挿した。獲物に飛びかかろうとする野獣の興奮を覚えずにはいられなかった。なにしろもう何年ものあいだ、この瞬間を待ってきたのだから。

見張り小屋にしていた崩れかかったあばら家を出ると、辺りは漆黒の闇にとっぷりと覆われていた。前年にガス灯がお目見えしていたが、設置されたのはパリの裕福な地区の大通りだけだ。ここパリの古い地区ではオイル式の街灯に頼るしかなかったが、その多くは壊れていて、しかも壊れていないものもあまり使われてはいなかった。街灯の管理を任された地元の役所の監督不行き届きのせいだ。そのため、日が暮れると一帯はすぐに闇に包まれ、それが不安をかき立てるのだが、ヴァランタンは今回ばかりはその闇をありがたく思った。暗闇に身を潜めているかぎり、彼が近づいてくることに誰も気づけないからだ。

最善策を考えたすえ、正面突破をあきらめ、裏口から忍びこむことにした。追いこまれたル・ヴィケールが、囚われの身にある者（ひょっとしたら複数いるかもしれない）を犠牲にしたりするような事態はなんとしてでも避けなければならない。というのも、あのけだものならそうするだろうから。パリに戻ってきてからも、怪物は悪行をやめることができなかった。ヴィドックの情報提供者たちが正しければ、ル・ヴィケールはこのあばら家でひとり住まいをしているはずがない。自分の小さなペットを連れこんだにちがいない。

　ヴァランタンは汚泥に足を滑らせないよう注意しながら大股で跳ね飛ぶように道を渡り、雑草がはびこる横道に入った。夜風が枯れ草を揺らし、闇にどこか不穏なざわめきを響かせている。柵に沿って暗闇を進むと、予想どおり小さな裏庭に出た。庭の中央に苔むした井戸があり、敷地の奥の境界壁に背を向ける形で物置小屋が設けられている。小屋は荒れ果てており、屋根は潰れ、壁に空いた穴から茨が飛び出していた。

　ヴァランタンは目をすがめ、あばら家の裏側の壁を検分した。一階にひとつ、ガラスがすっかり割れた窓がある。うってつけの侵入口だ！

　そっと音を立てずに窓まで移動し、腕の力で自分の身体を引きあげた。家のなかにはカビと湿気のにおいがこもっていた。部屋の隅に古い薪ストーブがある。染みのついたテーブルと壁にぶらさがっている鍋類も見える。ストーブに近づいて上げ蓋を開け、なかを引っかきまわした。厚く積もった灰のしたに炭のかけらが残っていて、その一部はまだほんのり暖かい。あばら家は無人に見えたが、誰かが前日、あるいは少なくとも前々日までここで火を焚いていたのは明らかだ。

　ヴァランタンは神経を張り詰め、感覚を研ぎ澄まして身を起こすと、物音がしないかどうか耳をそばだてた。外で風がうなりをあげているせいで、すぐにはよくわからない。だが必死に耳を澄ますと、かすかになにかがこすれるような音がした。誰かが床のうえで椅子を引いているような、重いものを移動させているような音だ。音はどうやら家の正面、靴屋の工房のほうから響いてくるようだ。

　ヴァランタンは二連式の拳銃をベルトから引き抜くと、音を消すためもう一方の手で包みこみながらふたつの撃鉄を慎重に起こした。そしてドアまで移動し、黒々とした闇に包まれた廊下に出た。灯りをつけるのは、見つかる危険を冒すことに等しい。けれどもなにも見えないまま、あまたの罠が仕掛けられているかもしれないこの未知の家のなかを進むのも賢明とは言えない。一瞬迷ったあと、〈地下室のネズミ《ラ・ド・カーヴ》〉（原注：芯に樹脂を染みこませた照明）に火を灯《とも》すことにした。すぐに壁の表面で不吉な火影《ほかげ》が躍りはじめた。

上階につながる階段と四つのドアが見えた。階段は踏み板が湿気に食われて途中で途切れている。ドアはすべて閉まっていた。ヴァランタンはどうするべきか決めかねた。すると突然、ものすごい音がした。風が瓦を吹きあげたかのような、家全体をのみこむような、猛烈な音だ。そしてそのあとふたたび、なにかがこすれる音がした。聞こえるか聞こえないかぐらいのごくかすかな音だ。それは前方、正確には右側にあるドアの向こうから聞こえてきた。ヴァランタンは漠然としていた脅威が現実のものになったような、すでに心の底で覚悟していたことが裏づけられたような気がした。やはりル・ヴィケールは、ほかの獲物とはちがう。そうやすやすとしっぽをつかませない。

拳銃を持った手で灯りを隠しながら、ヴァランタンはふたたび前進した。そして物音が響いてきたドアの前で足を止め、息を潜めた。ドア枠に耳をつけると、もっとはっきり音がした。なんの音かは言いあてられないが、確かにドアの向こうに誰かがいる。ドアの向こうで誰かが得体の知れない作業に精を出している。きしまないよう慎重にドアの取っ手に力をかけた。取っ手はわずかな音も立てずにじりじりと下がっていく。軸受にぶつかった。鍵がかかっていないことを確かめるため、取っ手にさらに軽く力をこめた。ドアがわずかに開いた。その瞬間、ひとつ大きく息を吸ってドアを勢いよく押し開けると、拳銃を前方に向けながら室内に飛びこんだ。

誰もいない！

部屋はかつてここで商売を営んでいた靴職人の倉庫

兼工房だったにちがいない。擦り切れた絨毯のうえに木くずが落ちている。空《から》っぽの道具掛けや、壊れたり錆びついたりした工具も見える。部屋にあるのはなんの価値もないガラクタばかりだ。

ヴァランタンは、家の裏側にまわるため通ってきた横道とは反対側の壁に狭い窓があることに気がついた。秋風にあおられて鎧戸がせわしなく翻《ひるがえ》り、いまさっき注意を惹いた、あのなにか物がこすれるような音を立てている。見張り場所を出てから身を包んでいた高揚感がみるみる引いていき、遅すぎた、という確信に取って代わった。

望み薄だが、念のため廃屋のほかの場所も確認しよう。そう思い部屋を出ようとした瞬間、心臓がびくんと跳ねた。まったく、どうかしてる！　危うく見逃すところだった！

なぜここに絨毯が？　なぜ工房に絨毯が敷いてある？

ヴァランタンは即座に床に屈みこみ、横糸が見えるほど擦り切れた絨毯の隅を持ちあげた。〈ラ・ド・カーヴ〉の揺らめく炎のもと、長方形の揚げ戸が見て取れた。

ヴァランタンの神経はすぐに極限にまで昂った。細心の注意を払いながら揚げ戸の輪に手をかけ、自分のほうに引き寄せた。ぽっかりと真っ暗な穴が開いた。不揃いな踏み板をそなえた階段が、家の深部に向かって延びている。

彼は銃をしたに向け、警戒しながら階段を下りはじめた。〈ラ・ド・カーヴ〉を後ろ手に、しかも背中からなるべく離して持ちながら闇を進むと、少しずつ土のにおいが強まってきた。不快で息が詰まりそうだ。ヴァランタンは一瞬、墓場を思わせるこの臭気に気を失いそうになったが、ぐっとこらえて立てなおした。

階段を下りた先にドアにあった。押してみると、ドアは不気味な音を立ててきしんだ。最初に目に飛びこんできたのは、中世にまで遡ると思われる、交差リブで支持された丸天井だ。

そしてその直後、檻に気がついた。幅の広い鋼鉄の柵をそなえた、重厚で不吉な檻。

子どもの遺体は寝藁のうえ、奥の壁に寄りかかる恰好で置かれていた。着衣はない。美しい金髪が顔の大部分を隠している。喉をかき切られ、大量に血が出ていた。血がやせた胸に黒ずんだ染みをつくっている。胸のうえに、首から革紐でぶらさげた十字架が垂れている。

簡素で粗雑な造りの、木の十字架。

「ダミアン……」ヴァランタンは虚《うつ》ろな声でつぶやいた。

だが死体に近づき、顔を覆うシルクのような髪を払う前からわかっていた。ダミアンであるはずがないことを。

23 テュソー医師の特別な治療法

ヴァランタンがサン＝メリ地区での捜索の失敗から立ちなおるのに丸二日を要した。彼は二日のあいだくよくよと後悔し、ル・ヴィケールを取り逃がしたという事実をようやく受け入れた。父ヤサント・ヴェルヌにしても、過去に何度もル・ヴィケールを捕らえ損なっている。とはいえ、今回はずいぶんあっさり逃亡を許してしまった。近隣の住人たちに話を聞くと、問題の廃屋には数週間前から老人がひとりで暮らしていたが、二日前にふつりと姿を消したとのことだった。住人らはこの老人を、靴屋の工房を再開しようとしている職人だと思っていた。見知らぬ老人が家に閉じこもり、近所の誰とも親しく付き合おうとしなかったため、それ以上の情報は得られなかった。現場を徹底的に調べてみたが、今後の捜索の手がかりとなるようなものも見つからなかった。ル・ヴィケールが逃げ去るさいに殺害した子どもについても、身元を特定できるものは皆無だった。おそらく、行方不明になっても気にかけてくれる人がひとりもいない、路上で拾われた子どもだろう。

それにしてもル・ヴィケールは、自分の隠れ家が人に知られてしまったことにどうして気づいたのだろう？　ヴァランタンはとりわけこの疑問に頭を悩ませた。だが納得のゆく説明が見つからず、最終的には、ヴィドックの情報提供者たちが慎重さを欠いていたのだろうと考えることにした。そしてつねに警戒を怠らないル・ヴィケールが彼らの監視の目をかいくぐり、時機を見計らって狩り場を変えたのだ。

ヴァランタンは、最後はこう結論づけて落胆している自分を慰めた——絶好の機会を逃しはしたが、運は向いてきている。少しずつ網は狭まりつつあるのだから。ル・ヴィケールがまだパリにいるのなら、そのうち足取りをつかむことになるはずだ。新たに犠牲者が見つかったことは、ル・ヴィケールが倒錯した犯罪への性向をいまだに断ち切れずにいることのあかしだ。彼は早晩、致命的な失態を犯すだろう。大切なのは、あきらめずに根気よく事にあたり、ここぞというときにここぞという場所にいることだ。そしてこの手でル・ヴィケールを捕らえて身動きを封じたとき、ようやくダミアンを悪の支配から逃れさせることができる……。

それまでのあいだは、リュシアン・ドーヴェルニュの死と、おそらくそれに関連すると思われるティランクールなる人物の死の捜査に戻るよりほかはない。数日前、フランシャール警視と警視総監にかなりあけすけに示唆された。新体制が反対派を抑圧しているといった噂が流れるのを未然に防ぐため、早急に事件を解明しろと。その一方でヴァランタンは、先日会ったヴィドックから、狂気と死と鏡が結びついたこの謎の事件のもつれた糸を解きほぐすのに役立ちそうな三人の名前を得ていた。シャンパニャック子爵、エミリー・ド・ミランド、そしてエドモン・テュソー医師の三人だ。

どれも叩けば埃が出てきそうな人物ばかりではないか。

まずはとっつきやすいところから始めよう。そう考えたヴァランタンは、シュレーヌ通りにあるドーヴェルニュ邸へ向かった。だが、いざ屋敷の前まで来ると、家長で代議士のシャルル＝マリー・ドーヴェルニュに面会を申し出るのがためらわれた。話を聞くのにふさわしい相手ではないような気がする。リュシアンの父であるこの代議士が重んじているのは、正義ではなく復讐だ。もし不都合な真実が明らかになりはじめたら、なんとしてももみ消そうとするだろう。いや、父親ではなく、亡きリュシアンを愛し、底意のない態度で話をしてくれそうな人物に会うべきだ。

というわけでヴァランタンは、ドーヴェルニュ邸の向かい側の歩道の、屋敷の出入り口をしっかり見張れる場所に陣取った。そして朝の遅くに若いメイドがひとり、買い物籠を手に屋敷から出てきたのを目にすると、彼女のあとを尾《つ》け、道の向こうにあるとなりの区画に達するのを待って声をかけた。メイドは初め迷っていたが、五フラン硬貨を握らせて頼みこむと協力に同意した。ヴァランタンはシュレーヌ通りに戻り、失敗した場合の次善策について考えながら、そわそわとその場を行ったり来たりしていた。とはいえ、メイドが買い物籠を食料品で一杯にして戻ってきてから次に邸宅の門が開くまで、十五分もかからなかった。門が開いたのはフェリシエンヌ・ドーヴェルニュを通すためで、彼女はひとりだった。リュシアンの妹は通りに出ると、周囲にさっと目を走らせた。そしてそう遠くない場所にヴァランタンがいることに気づいたが、素知らぬふりをしてアンジュー通りのほうへ歩き出した。

ヴァランタンは距離を取って彼女のあとを追いはじめた。

そして、前世紀末から帝政期にかけて建てられた瀟《しょう》洒《しゃ》な邸宅や壮麗な建物が建ち並ぶ大通りをフェリシエンヌに続いてのぼっていった。いっとき道の真ん中でフェリシエンヌに追いついて話しかけようとしたが、彼女は、もう少し待って、とでも言うようにそっと手を振って制止した。どうやら、どこか行くあてがあるらしい。やがてふたりはルイ十六世広場にたどり着いた。この広場には、革命で首を刎《は》ねられた国王ルイ十六世と王妃マリー＝アントワネットを偲んで建てられた贖罪《しょくざい》の聖堂がある。ふたりはその聖堂をまわりこむ形で、一七九二年の国王逮捕時に虐殺されたスイス人衛兵を悼む墓碑と糸杉に飾られた〈名誉の中庭〉を突っ切った。ほかに人影は見あたらない。フェリシエンヌは迷うそぶりを少しも見せずに、聖堂の入り口となる柱廊玄関を挟むふたつの回廊のうちのひとつへ足早に進んでいく。ヴァランタンはその回廊で彼女と合流した。

「こちらからの伝言にすぐに応じてくださってありがとうございました」ヴァランタンは挨拶のあとにすぐに礼を言った。「ですが、ひとりで外出させてもらえないのではと危惧していましたよ」

フェリシエンヌは頬を赤らめた。

「普段であれば、お付きの者なしで外に出ることなんかありません。でも、兄さまがあんなふうに死んでから、父も母もおかしくなってしまって。教会で兄さまを悼みたいと言えば、それでじゅうぶんでした。誰もなにも訊いてきませんでした。ここでなら誰にも見られず、邪魔もされずに落ち着いて話せます」

「あなたはほんとうに機知に富んだかたですね」ヴァランタンは、初めてシュレーヌ通りにあるドーヴェルニュ邸を訪れたときに彼女からさっと密かにメモを手渡されたときのことを思い出しながら言った。

「なぜ早急にわたしと話をされたかったんですか？」

フェリシエンヌが逸《はや》る気持ちを抑えるようにしながら尋ねてきた。「リュシアン兄さまがみずから命を絶った原因がわかったんですか？」

「その問いに、是《ウィ》とお答えできればよかったのですが。残念ながら現時点ではまだ、死に先立つ数週間の行動を追っているところです。この時期にお兄さんと付き合いのあった者たちに捜査の焦点を絞っています。この前お会いしたとき、お兄さんの精神状態が不安定で、夢遊病にかかっていたようだとおっしゃいましたよね。これについて、お兄さんが医師に診てもらっていたかどうかご存じですか？」

「テュソー医師に診てもらっていたかということですか？」

「そうするのが自然だと思いますが？　ご一家のかかりつけ医なんですよね？」

「そうですが、そんなに前からではありません。テュソー医師を父に紹介したのはリュシアン兄さまなんです。最先端の特別な治療をしてくれるって褒めそやしていました。とりあえず、テュソー医師がとびきりの人たらしであることだけは確かです。警戒心の強いあの父ですら、テュソー医師をすぐに信頼するようになったから」

ヴァランタンは彼女の口調に苦々しさが潜んでいる気がした。

「こちらの勘ちがいかもしれませんが、あなたはテュソー医師を胡散臭く思っているのでは？」

フェリシエンヌは顔をしかめた。そんな表情をすると、彼女の丸くて幼い顔の印象が強まった。急に彼女がひどくか弱い存在に思われた。目の前にいるのはもう、自分が属する上流階級の決まり事を破ってでも捜査の進展に力を貸そうとする果敢な少女ではない。子ども時代を終えたばかりの、脆くて迷える十代の女の子だ。

「テュソー医師がわたしたちの家に入りこんできた手口が気に入らないんです。それに兄さまだけでなく、両親にまで影響を与えていることも。テュソー医師のせいでわたしは母から引き離されました。お互いいちばん必要としていたときに」

「どういうことです？」

「リュシアン兄さまが突然亡くなったうえ、その死をめぐる状況がとてもつらいものだったから、母は深い悲しみに突き落とされました。さっきも言ったように、父はテュソー医師を信頼し切っていたから、オルネー谷にある自分の療養所で母を休ませるよう主張するテュソー医師の言いなりになったんです」

「お見舞いに行けなかったのですか？」

「もちろん行きました！　父が三日前に連れてってくれました。でも、ちょっと変なところで、気持ち悪い感じでした。だって、面会時間も面会の回数もかぎられているし、患者さんたちを厳重に隔離しているんですもの。患者同士が交わることはありません。食事も自分の病室でとらされています……。あの療養所のなかの雰囲気は、ほんとうに変なんです」

ヴァランタンの頭のなかでひらめくものがあった。それはまだ漠然とした直感にすぎなかったが、捜査の糸口をつかんだ気がした。

「お兄さんがテュソー医師の特別な治療法について語っていたとおっしゃいましたよね。どこがどんなふうに特別なのかご存じですか？」

「よくはわかりません。あのときはとくに注意を払っていなかったから。わたしが知っているのは、テュソー医師が母に睡眠療法を施すことに決めたということだけです。父とわたしがこの前会いに行ったときも、母はどこかぼんやりしてました。わたしたちがそばにいるのに、心がどこかをさまよっているみたいで、嫌な気持ちがしました」

「お兄さんもその療養所で治療を受けていたのでしょうか？　たとえば、夢遊病の発作を治すために」

「わかりません。でも、実家を出て外で暮らすようになってから、兄さまは内にこもるようになりました。わたしにも以前みたいにはざっくばらんに話をしてくれなくなったし。だから、誰にも内緒でその療養所に滞在した可能性はあります。でも、どうしてそんな質問を？」

「深い理由はありません。これもまた、死に先立つ数週間のあいだにお兄さんがどんなことをしていたか把握するための質問です。とりあえず、最後にひとつお訊きします。ミシェル・ティランクールという名前に聞き覚えはありませんか？」

フェリシエンヌは必死に記憶を探っているような表情を浮かべた。

「いいえ、ないと思います。誰です？　リュシアン兄さまの知り合いですか？」

「いまのところ、どうやらそうではなさそうです。ですが、万が一ということもあるので」ヴァランタンは、ここでひと呼吸置いて続けた。「ひとつお願いがあるのですが、フェリシエンヌさん」

少女はかすかに微笑みを浮かべた。

「いままでのことから、わたしが協力を惜しまないってことはおわかりですよね？」

「ええ、わかっています。そこでお願いです。おそらく数日中にお母さまのところにお見舞いに行かれるのではないかと思うのですが、そのときにお兄さんがその療養所に入院したことがなかったか調べていただけないでしょうか？　できれば、ミシェル・ティランクールについても。そこで働いている人にこっそり訊いてほしいのです。患者の名前が書かれた記録簿もあるはずですし。もしなにかわかったら、この住所に知らせてください」

ヴァランタンは少女の手にメモを滑りこませた。

「わかりました。やれるだけやってみます」フェリシエンヌは重々しくうなずいた。「すみません、もう帰らないと。あんまり長く家を空けてると、父が心配し出すから」

フェリシエンヌが手を差し出してきたので、ヴァランタンはさっと口づけした。その瞬間、相手が震えるのを感じた。そのあと彼はその場にたたずんで物思いにふけりながら、小さなずんぐりとしたシルエットが糸杉の木立のあいだを驚くほど毅然とした足取りで遠ざかっていくのを見送った。

24 化学の最新の知見を語り合う

薬学高等学院の階段教室の教壇に立つ人物の、深みのある声がやんだ。細いアルバレート通りに面した窓から射す陽の光は灰色だが、学生たちの目は聖火を灯《とも》したように輝いている。彼らはいっせいに立ちあがり、いつものように明快で有意義な講義を授けてくれたペルティエ教授に熱烈な拍手を送った。

ペルティエ教授は盛大に手を叩きつづける崇拝者たちを、たいしたことじゃない、とでも言うように手で制した。彼は仕事を果たしたという満足感に包まれながら、黒や灰色のフロックコートをまとった学生たちが階段教室から出ていくのを眺めた。そして、これらの若者たちの二、三人にでも自分の化学に対する情熱が伝われば時間を無駄にしたわけではない、と考えた。

教室にもう五、六人ほどの学生しかいなくなったとき、ドアロのすぐそばの壁に背をつけて立っているヴァランタンに気がついた。遠くから小さく手を振ると、かつての愛弟子は拍手をする仕草をした。

「すばらしい講義でした」ヴァランタンは教室から学生の姿が消えると、握手を求めて近づいた。「最後のほうしか拝聴できませんでしたが、とても明快な説明だと思いました。それにしても、先生の講義は相変わらず大人気ですね。後継者は見つかりましたか？」

「やあ、ヴァランタン！　会えて嬉しいよ」大学の式服に身を包んだペルティィエ教授は、三列の毛皮がついた真紅の垂れ布の裾を肩の向こうに払いあげながら声を弾ませた。「後継者うんぬんについては、きみがいちばんよく知る立場だろうに。わたしのもっとも優秀な生徒が、残念ながら薬学に背を向けてしまったことを」

「とはいえ、その生徒が本日、恩師に会いに来ました。博学な師のお力を、またもやお借りするために。少しだけお時間をちょうだいしてもかまいませんか？」

「きみのためならいつでも大丈夫だよ！　だがよければ、更衣室まで付き合ってくれ。まずはこの重たい教授用の式服を脱がないと。歩きながら話そう。実は今日の午後、パリの衛生評議会でスグリのゼリーの各種混ぜ物に関する重要な報告書を読みあげなければならないのだよ。なのに、まだ報告書ができあがってなくてね」

ヴァランタンは微笑みが浮かぶのを抑え切れなかった。ペルティィエ教授の教えを乞うようになってずいぶん経つが、この偉大な師はつねに種々の仕事や、数々の学会や審議会の公務と雑用に忙殺されていた。そのため、ヴァランタンに会う機会が少ないとこぼしつつも、まれに会えたときにも数分以上時間を取れたためしがなかった。

「スグリのゼリーがそんなに重大な問題だとは知りませんでしたよ」ヴァランタンは冗談めかして言った。

「いやいや、これは重大な問題だよ！　貧しい人は病気になるとスグリのゼリーに頼るんだ。たいていは栄養剤として、水で溶かして飲む。あるいは栄養をとらせるために、子どもに毎日食べさせる。だが、安いという理由で彼らが買っているまがいもののゼリーには栄養価などまったくない」

「先生はここでも、一般大衆の健康に心を砕いていらっしゃるのですね」

「また心にもないことを。いや、とにかく、この問題は告発しておかねばならない。というのも、スグリのゼリーについてはほかにもさまざまなインチキがまかりとおっているからね。そのうちの主なふたつは特定済みだ。ひとつ目は、ビートの搾り汁でペクチンを色付けし、ラズベリーのシロップで香りをつけてゼラチンで固めたもの。もうひとつは西の地方で見られるやり方で、粘り気を出すために海藻を使ってタチアオイで着色し、酒石酸とグルコースで味つけをしたものだ……。おっと、わたしは自分のことばかり話しているな。きみは相談があって会いに来たんだよね……」

ヴァランタンは表情を曇らせた。

「いま抱えている少々デリケートな事件について、お尋ねしたいことがあるのです。近年分離に成功した数ある天然物質のなかで、人間の意思を奪い、深刻な異常行動を引き起こす恐れのあるものを先生ならなにかご存じかと思いまして」

「異常行動というのは、どういったたぐいのものかな？」

「そうですね、たとえば夢遊病の発作や錯乱、あるいは問題の物質を摂取した人物が自殺に駆られるといったようなものです」

ペルティエ教授は天を仰ぐと、困惑した目でヴァランタンを見つめた。

「かわいそうに！　偉大な化学者になる素質をそなえていたきみが、いまでは下劣な犯罪と対峙するためにその稀有《けう》な知性を使うことになるなんて！」

「先生、お願いです、四年前にわたしが警察に入ることを決めたときにわたしたちを対立させた不毛な議論を蒸し返すのはやめましょう。先生とわたしは、どちらも悪と闘う道を選びました。単に闘う場所がちがうだけです。とにかく先生にはお時間がありません。けれども、どうしてもお知恵をお借りしたいのです」

「すまない、ヴァランタン」ペルティエ教授はかつての愛弟子の肩にやさしく手を置いた。「だが、わかっているだろう、わたしはきみのことが心配でならないんだよ。えっと、きみは人間の自由な意思を奪うことのできる薬があるかと尋ねたんだっけな？」

「ええ、そのとおりです」

「そうだな……、すぐに思いつくのは有毒なナス科の植物だ。なかでも〈三つの悪魔〉と呼ばれる植物については、きみも知っているはずだ」

「ベラドンナとチョウセンアサガオとヒヨスですね」ヴァランタンはうなずきながら植物名を挙げた。

「〈三つの悪魔〉と呼ばれているのは、魔女集会で悪魔を呼び出すのにこれらの植物が使われたとの言い伝えがあるからです。みな毒性があり、死に至らしめる危険があることは存じています」

「すばらしい！　きみが植物学の知識を少しも忘れていないことがわかったよ。ヒヨスは〈美しき眠り草〉とも呼ばれている。なぜなら、現実を感知する力を損ない、水薬として摂取すると二度と起きあがれない眠りに導くことすらあるからだ。とはいえ、残りのふたつはさらに恐ろしく、目下、いくつもの研究がなされている。抽出分析化学のおかげでこれらの植物が持つさまざまな有効成分についての知見が深まったが、それら成分の主なものとは、非常に強力なアルカロイドだ」

「やはり先生におうかがいしたのは正解でした」

ペルティエ教授はこの褒め言葉に気をよくし、式服を脱ごうとしていた手を止めて説明を続けた。実際、話に夢中になりながらもふたりは、薬学高等学院の階段教室に隣接する教員用更衣室の前までたどり着いていた。更衣室の開いたドアの隙間から、ニスを塗った板張りの壁や、いにしえの名薬剤師たちを描いた肖像画が見える。ヴァランタンは厳粛な表情を浮かべた肖像画を眺めながら、現在の薬剤師は、かつて君主たちに毒物の番人を任じられたこれらの先達の尊敬すべき後継者にほかならないのだと考え、感慨にとらわれた。

「ベラドンナについては……」ペルティエ教授は話を続けた。「ルイ＝ニコラ・ヴォークラン（一七六三〜一八二九。化学者、薬剤師）が帝政期にその主成分となるアルカロイドを単離することに成功した。そしてそのアルカロイドは数年前、ドイツの薬剤師によってアトロピンと名付けられた。これは命の糸を絶ち切るとされているローマの神、アトロポスにちなむものだ。これの中毒症状としては、不安やめまいのほか、幻覚や痙攣発作が挙げられるが、昏睡したり、心肺器官が麻痺して死にいたる恐れもある。チョウセンアサガオもアトロピンを含んでいるが、まだ純粋な形では分離されていないアルカロイドも大量に入っている。そしてそれらもまた、錯乱や不安をかき立てる幻覚を引き起こす。プロイセンの一部の化学者はこれらの成分の抽出において、どうやらわれわれの先を行っているようだ。最近、彼らのひとりがプロイセン科学アカデミーで発表した論文を読んだのだが、そこではまだきちんと特定されていないこれらの成分のせいで中毒症状を起こした人が意識を失くし、そのあと記憶を喪失する可能性があると書かれていた（原注：チョウセンアサガオの主要アルカロイドであるスコポラミンがシュミットによって単離されたのが一八九二年のことで、以来、詐欺や強姦などの犯罪で使用されている）」

「非常に興味深い話です」ヴァランタンは物思わしげに顎をなでながら言った。「誰かにその成分を摂取させた場合、当の本人やまわりの人がそれに気づかないということはありますか？」

ペルティエ教授はかぶりを振った。

「おそらくそんなことはないだろう。なんと言っても、それらが引き起こすのは幻覚の発作であり、たとえ当の本人に発作の記憶がなくとも、そうした発作にまわりが気づかないなんてことはないからね。しかもきみは症状として、錯乱だけでなく、夢遊病の発作も挙げていたね。ナス科のアルカロイドで、そのような症状が出ると記されている文献はない」

「なるほど。ということは現時点では、人間の意思を奪い、本人の知らないうちに夢遊病のような症状や激しい錯乱を引き起こすことのできる薬は存在しないということですね？」

「そうだね。少なくともわたしの知るかぎりは」

ヴァランタンは顔をしかめた。フェリシエンヌがテュソー医師の治療法が特別だと主張したとき、ヴァランタンは同医師が一部の有害な物質を悪用しているのだろうと仮定した。だが、見識の高いペルティエ教授その人が、そのような物質に心あたりがないことを認めている。ということは、この仮定は忘れたほうがいいだろう。

ヴァランタンは自宅に戻ると、玄関のコンソールテーブルのうえに管理人が置いていった手紙をみとめた。手紙は二通あり、彼はそれらを喫煙室兼図書室に持っていった。一通目の手紙からは、スイカズラのほのかな香りがした。開封した瞬間、心に不安がせりあがってくるのを感じ、視線はおのずとあの秘密のドアが隠されている書棚へ向けられた。

直感はあたっていた。手紙はアグラエ・マルソーからだった。また会いたい、新しい芝居の初演に招待する、という内容で、彼の名前が記された翌日の夜のチケットが同封されていた。ヴァランタンは唇を噛んだ。ル・ヴィケールの追跡とテュソー医師にかかわるこのところの捜査で忙しく、あの美しい女優のことは頭の片隅に追いやられていた。けれども、秘密の部屋が荒らされたことに気づいて以来、恐ろしい疑念は頭にこびりついて離れなかった。あの日、フォーヴェ＝デュメニルとの決闘に赴くため早朝にアパルトマンを出たとき、家のなかの物はすべてきちんとあるべき場所に収まっていた。それを自分はちゃんと確認した。アグラエは留守に乗じて家のなかに入りこんだ。彼女以外のいったい誰が、あんなに整然と家捜しをおこなえただろう？　彼女の目的はなんなのか？　異性への好奇心の誘惑に負けてしまったのか？　それとも、人に言えないなにか別の理由があるのか？　これらの疑問に答えを得ることは当面できないし、アグラエに裏切られたかもしれないと思うと感情が暴走してしまいそうな気がする。そこでヴァランタンは、この件についてはもう考えないようにしようと決め、残念だが招待は無視することにした。

二通目の手紙には彼の名前も住所も記されていなかった。手紙と言っても、それはただ折りたたんだ紙切れを蠟で留めただけのもので、封印はなかった。紙切れを開き、稚拙な文字で書かれた数行のメモに目を走らせた瞬間、心臓が勢いよく跳ねあがった。

もし、あんたがまだル・ヴィケールを追ってるんだったら、いいか、やつはいまや窮地に陥っている。パリじゅうのごろつき集団に指令が出されている。もはや、やつに力を貸す者はいない。信頼できる情報提供者が明晩、重大な情報をくれると約束した。待ち合わせは十一時。場所はルヴィエ島の工事現場の入り口。必ず来るように。

ムッシュー・V

25　オルネー谷の療養所

　ヴァランタンは翌日、ヴィドックに指定された約束の時間まで手持ち無沙汰にそわそわと歩きまわって過ごすより、オルネー谷まで足を延ばして日中を有意義に使ったほうがいいと判断した。そこでニスを塗った靴とフロックコートと山高帽を脱ぎ、しなやかな革の乗馬用ブーツ、鹿革の半ズボン、着心地のよい黒いビロードの狩猟用ジャケットという恰好になり、縦長の布カバンを肩に斜めがけした。カバンには二連式拳銃など、今回の遠出に役立ちそうなものすべてを詰めこんだ。彼は玄関の鏡に映った自分の田舎貴族風の出で立ちに満足すると、アパルトマンを出て地獄《アンフェール》市門へ向かった。そしてそこに駐まっていた乗合馬車《クク》（原注：ブルジョワの家族が日曜日にサン＝クルー、ムードン、シャヴィル、モンフェルメイユ、アンギャン、アントニー、ソーなど近郊の田舎に出かけるために利用した十人乗りの馬車）に乗りこみ、シャトネーへ赴いた。シャトネーからは歩いてオルネー集落を目指すつもりだった。集落は同名の川が蛇行して流れる谷間にあった。

　ここ数日、穏やかな天気が続いていた。爽《さわ》やかな香りに包まれた田園を歩くのは気持ちがよかった。足を踏み出すごとに枯れ葉の絨毯がかさこそと鳴り、子どもの頃、森を歩きまわって過ごしたときの心地よい感覚がよみがえった。ヴァランタンは秋をこよなく愛していた。美しさと儚《はかな》さを合わせ持ち、苦悩する心の襞にしっくりとなじむのは、秋を置いてほかにない。

　集落のはずれの家々まで来たとき、教会の鐘の音が鉄床《かなとこ》を打つ甲高い鎚《つち》の音で増幅され、大気が青銅の振動で満たされた。ヴァランタンは集落の広場へ向かった。そこでは顔を紅潮させた鍛冶屋が、綱につながれた番犬のようにうなりながら鉄を打っていた。屈強な胴体を厚い革の前掛けで隠した人の好さそうな大男で、繋駕《けいが》用の部品をつくっていた。彼は笑顔で近づいてくる小粋な身なりをした青年に気づき、仕事の手を止めた。

「こんにちは、親方」ヴァランタンは快活に声をかけた。「親方なら知ってるかなと思って。実はこの辺りにあるという療養所を探してるんです」

鍛冶屋は手の甲で額の汗をぬぐうと、見慣れぬ人物の顔を警戒するようにまじまじと眺めた。

「つまり、家族の見舞いかなにかでやってきたってことかい？」そう言って濃い眉をひそめた。

「そういうわけじゃなくて。隔離された環境で静かに過ごせる施設として、その療養所を勧められたんです。年老いた叔母がひどい肺炎から回復したばかりなんですが、パリの淀んだ空気から逃れて過ごすのにうってつけかなと思ったんですよ。健康を取り戻すには、澄んだ空気がいちばんですからね。だけど、決める前に自分の目で確かめようと思って」

ヴァランタンはテュソー医師の療養所に行く前に近隣の住民から情報を集めたほうがいいと考え、乗合馬車《ク》に揺られているあいだに口実を考えた。鍛冶屋はヴァランタンの話を聞きながら渋い表情を浮かべた。

「隔離された環境ねえ……まあ、確かにそうだがね。けども、お兄さんの親戚がそこで快適かって言われたら、そいつはどうだかなあ……」

「どういうことです？」

「まあ、悪く取ってほしくないんだが、あそこは悪い噂がごまんとあってね。なに、おれがこんな話をするのも、お兄さんはいい人っぽいから、大事な叔母さんをよくわからない施設に軽々しくあずけてほしくないからでさ」

最初から当たりを引いたとヴァランタンは満足したが、表情には出さないようにした。あとは相手に話をさせるだけだが、あまりにも具体的なことを根掘り葉掘り尋ねて、不信感を持たれないようにしなければならない。

「あの療養所はそんなに評判が悪いんですか？　人から聞いた話とどうもちがうな」

「ちょいと、お兄さん！」大男の鍛冶屋は、よく知りもせずにいい加減なことを言っていると思われるのはたまらない、とばかりに説明を始めた。「おれはなにも、あそこで受けられる治療について批判してるわけじゃねえ。ただ、あんなところ、おれからしたら、治るどころか気が滅入っちまうよ」

「それはどうして？」

「行けばわかるさ。だがな、おれにはどうしたって牢屋みてえに思えてならねえんだ。それに、あそこの人たちのやり方がどうにもおかしくて」

「どういうことです？　あそこの人たち？　やり方がおかしい？」

「三年前にあの地所を買ったのはパリから来た医者だ。で、その医者は、そこに住みはじめるとまもなく、生け垣を取っ払わせ、代わりに敷地をぐるりと高い壁で囲わせた。以来、昼となく夜となく番犬が数匹、それも子牛みてえにでっかいやつが門を見張ってる。庭には狼用の罠が仕掛けてあるって噂する連中もいる。この辺りに狼が出ると思うかい？　いや、真面目な話！」

「その医者に実際に会ったことはあるんですか？」

「いや、さっぱり！　そもそも、あそこで働いてる人にも療養してる人にも会ったことはありゃせんよ。あの人たちは施設に閉じこもって暮らしてる。隠遁生活ってやつですかね。外界とつながってる唯一の人物が、食料や生活必需品を運んでる障碍《しょうがい》を持つ人でね。聾唖者って言うんでしたっけ？　いや、とにかく、あそこは絶対に妙なところですって」

「なるほど！　あそこに行く前に親方にお話を聞けたのは幸運だったな。心ばかりのお礼をしたいのですが」

ヴァランタンがポケットに手を差し入れたのを見て、鍛冶屋は、いや、とんでもない、とでも言うように毛むくじゃらのごつい手を振った。そしてすぐに引きさがり、ふたたび奴床《やっとこ》と鎚をつかむと、しゃにむにガンガンやり出した。どうやら突如、しゃべりすぎたという後悔に駆られたらしい。ヴァランタンは無理に謝礼を渡さないほうがいいと判断した。

「あとは実際に足を運んでみるだけだな」わざと軽い調子で言った。「道を教えてもらえたら助かるんですが……」

「小さな森を抜けると十字架が建っている三叉路に出ます。そしたら左の道を行き、小川に沿って進みなさい。療養所は谷の反対側の斜面にありますよ」

話好きの鍛冶屋の道案内はとても正確で、ヴァランタンは難なくテュソー医師の療養所に行き着いた。鍛冶屋から聞き出した情報に好奇心が大いにかき立てられていた。療養者に静かな環境を提供するという目的だけで、侵入者や村人の好奇な目から施設を守るための対策をこれほど念入りに講じるのはやりすぎだろう。反面、施設内でこっそり、人に言えないような怪しい活動がおこなわれているのであれば、このような厳重な手立ても合点がいく。ヴァランタンは今度こそ有力な手がかりをつかんだと手応えを感じはじめていたので、優秀なテュソー医師が施している治療について詳細を知りたくてたまらなくなった。

療養所の壮大な建物は、どの道からも離れた奥まった場所にあった。オルネーの鍛冶屋が話していたように、壁がぐるりと施設を取り囲んでいる。壁は一部で高さが三メートル近くにまで達しており、てっぺんには先端を尖らせた鉄棒がそそり立っている。壁はありとあらゆる侵入の試みから施設を守るだけでなく、無遠慮な視線をも遮っていた。ヴァランタンは敷地をひとまわりし、谷沿いの道に面した門が外につながる唯一の出入り口であることを確認した。そこでその門に近づいてみると、すぐに威嚇するような大きな吠え声が辺りののどかな静寂をかき乱した。ヴァランタンがとっさに茂みに身を隠した直後、目をぎらつかせ、泡立つよだれを垂らした獰猛な番犬が二頭、飛び出してきた。犬たちは鉄門に体当たりしてその場をぐるぐるとまわると、後ろ脚立ちし、門の鉄棒を爪でカシカシと引っかいた。やがて敷地内のどこかから短く呼ぶ声がして、二頭の番犬はわめき立てながら戻っていった。〈ずいぶん熱烈な歓迎ぶりだな。だが、この程度でひるんでなるものか〉ヴァランタンは茂みを出た。そして道を引き返し、敷地の裏側にまわった。そこでは壁越しに、妻壁を数多くそなえた施設のスレート屋根の複雑な形状を垣間見ることができた。ヴァランタンはふとひらめいた――夏場なら庭木の緑が建物を覆い隠すところだが、晩秋のいまなら、高台に行けば遠目に施設の様子を窺《うかが》えるはずだ。

そこで、木が生えた谷の斜面をのぼりはじめた。姿の見えない鳥が一羽、ヴァランタンのゆったりとした歩調に合わせてトゥルルルと鳴いた。そよ風が苔のみずみずしい香りを運びながら秋の枝を揺らし、彼のまわりに今年最後の黄金色の葉を降らせた。こんな状況でなければ、たっぷり時間を取って、やさしい愁《うれ》いを帯びた画趣あふれる景色を心ゆくまで味わっただろう。だがいまは、狩人としての本能がすべてを脇に追いやっていた。彼の耳元で小さな声が、はるばるオルネーまで足を運んだのは無駄ではなかったとささやいていた。

斜面を半分までのぼったところで振り返った。落葉した木々の合間、絡み合う枝の隙間からテュソー医師が療養施設に変えた屋敷と庭が見える。屋敷は小さな湖のほとりに建っていて、湖ではなめらかな水面《みなも》に映るハリエニシダの影を切り裂きながら、白鳥が数羽、滑るように泳いでいる。

ヴァランタンは建物の玄関につながる白い石の階段

に視線を向けた。階段の基部に優雅なふたり乗りの軽《テ》装二輪馬車《イルビュリ》が駐まっている。ヴァランタンは布カバンから船乗り用の望遠鏡を取り出して引き伸ばすと、レンズを馬車に向けた。豪華な造りと馬車を牽く二頭の純血種の馬から判断すると、まちがいない、大貴族か大富豪だけが持つことのできる高価な馬車だ。ヴァランタンは望遠鏡を上方に向け、ファサードをじっくり観察した。一階の鎧戸は開いており、二階と三階のほぼすべての窓に鉄格子が嵌《は》まっている。白いカーテンの向こうのそこここで、ぼんやりとした人影が動いているのが窺えた。

　ヴァランタンはそのまま待機することにした。じきに誰かが姿を現わすだろうし、自分としてはひがな一日、いや、少なくともパリへ向かう最終の馬車が出る時刻までここに陣取って見張りつづけてもかまわない。そこで、厚く積もった枯れ葉のうえに腰を下ろし、クルミの木の幹にゆったりと背をつけた。そして上着のポケットから銀のフラスコを取り出した。ひと口ぐっと呷ると、アルマニャックの古酒で腹の底まで熱くなり、活力が湧いてきた。

　さてと、親愛なるテュソー医師、あなたがなぜこの療養所を要塞化したのか、そのわけを少しばかり探らせてもらいましょう！

　わけを探るのに夕がたまで待つ必要はなかった。ヴァランタンはまず、番人が革紐につないだ犬を連れて庭を定期的に見まわっていることに気がついた。そのあと、昼食の時間になっても敷地から誰も出てこなかったので、職員も施設内で食事をとり、おそらくそこに寝泊まりしているのだろうと見当をつけた。そして太陽が傾き出した頃——懐中時計を見ると四時前だった——、ついに玄関のドアが開き、マロングラッセ色のフロックコートを着た人物が姿を見せた。ヴァランタンは、療養所の所有者と思しきこの人物の骨ばった顔と先の尖った顎髭に望遠鏡を向けた。疑いの余地はない。どう見てもその男は先日、パリの死体安置所に収容されていたリュシアン・ドーヴェルニュの遺体のそばで面識を得、そのあとリュシアンの埋葬のさいにふたたび目にしたテュソー医師だ。彼はまだ施設内にいる人と話をしているように見えた。すぐにドアがもう少し広く開き、新たにふたりの人物が玄関から延びる階段のてっぺんに姿を見せた。

　ヴァランタンはがぜん興味をそそられ、もっとはっきり見えるように望遠鏡の焦点を調節した。テュソー医師が見るからにいそいそと慇懃《いんぎん》に応対している人物は女性で、歳は三十ぐらい。高慢な感じのする麗人で、赤褐色の見事な縦ロールの髪が肩に優雅に垂れている。肩から肘にかけて袖がふわりと膨らんだボートネックラインのオーガンジーのドレスのうえに美しい刺繍を施したモスリンのケープをまとっており、田舎の旅よりもシャン＝ゼリゼ大通りに遊びに行くのにふさわしいような優美な出で立ちだ。女性はテュソー医師といきいきと楽しそうに話しこんでいる。

　三人目は後ろに控えていた。黒い礼服、ケープ、山高帽という恰好で、会話には加わらず、ぼんやり別のことを考えているような心ここにあらずの表情だ。だが、連れの女性が口づけを受けるためにテュソー医師に手を差し出したあとそっと合図を出すとすぐに反応し、彼女に先駆けて階段を下りた。けれども、こわばってぎくしゃくした、どうにも不思議な歩き方だった。女性が軽装二輪馬車《ティルビュリ》に乗るために手助けしたときの身ごなしも、あやふやで危なっかしい。男はそのあと馬車をゆっくりとまわりこみ、彼女のとなりの席に座った。そして手綱を持ってブレーキを解除しようと身を傾げた瞬間、その顔がヴァランタンのほうを向いた。ヴァランタンははっと息をのんだ。この未詳の男がなぜあれほどぎこちなく不自然に見えたのか、すぐにそのわけを理解した。

男のかっと見開いた目は、見る者を困惑させるほど奇妙に据わっていた。それは目覚めているのに眠っているような、虚《うつ》ろなまなざしだった。

26　四人対ひとり

夜の訪れとともにパリの空に大きな厚い雲が垂れこめてきた。湿った風が立ち、セーヌ河の水面《みなも》を吹き抜けていく。ヴァランタンはセレスタン修道院を、次いで兵器廠の建物群を通り過ぎた。遅い時間だというのに、兵器廠ではまだ人が立ち働いているようだ。目の前にルヴィエ島（一八四八年、埋め立て工事によって河岸と一体化した）がその黒い島影をくっきりと浮かびあがらせている。セーヌ河の光る水面に浮かぶこの島は、二十年近く前から薪の加工場として使われてきた。島に建物はほとんどなく、西の端に薪加工場の事務所と小さな倉庫、そして恐怖政治期（一七九三年六月～九四年七月。ジャコバン派独裁政権によって反革命派が弾圧された）に武器をつくるために接収され、いまでは捨て置かれてしまったボタン工場の廃墟があるだけだ。ほかにあるのは貧弱な茂みと岩、そしてポプラの木が数本と、誰の興味も惹かないものばかり。日が暮れて労働者と運搬人が去ると、島は完全に無人になる。

ずいぶんお誂《あつら》え向きの場所だな。密会したり、あるいは……誰かを罠にはめるには。

ヴァランタンは冷たい夜気から身を守るため、ケープの前開きをしっかり閉めると、セーヌ河のマイユ分流にかかるグラモン橋を渡った。橋はルヴィエ島と右岸のモルラン河岸を結んでいる。静寂のなか、ヴァランタンの足音がステッキを突く音とともに木の橋板に響き、遠くにまで彼の存在を知らせている。ヴァランタンは目をすがめて眼前の岸に瞳を凝らし、待ち受けている人影がないか確かめようとしたが無理だった。島に一本だけあるオイル式の街灯が、薪加工場の粗末な事務所の壁を照らしている。街灯の黄色みがかった炎では、暗闇を蹴散らすには力不足だ。しかも川面《かわも》から立ちのぼった霧が、河畔を青みがかった白布で覆っている。

橋を渡り終えると、ヴァランタンは街灯の光に近づいた。人がいる気配はまったくない。唯一、老いた野良猫が街灯の真下にあるベンチに陣取っていたが、ヴァランタンが近づくとすぐさま退散した。彼はまず、事務所のドアを確かめた。きちんと施錠されている。ということは、誰かがなかに潜んでいる危険はない。そのあと、つかの間生まれた雲の切れ目に乗じて、月明かりのもと、周囲をざっと検《あらた》めた。積みあげられた木材の山も貧弱な茂も、まだかろうじて建っている旧ボタン工場の壁も、灰色の埃で覆われているように見える。あらゆるものが、遺棄と死を思わせるある種の無機質な霜で凍りついているようだ。けれどもこの不吉な印象は長くは続かなかった。すぐに暗雲がふたたび空を覆い、周囲の細部をまた闇に沈めてしまったからだ。

ヴァランタンは野良猫に席を譲ってもらったベンチにようやく座り、フラスコを取り出した。残っていたアルマニャックを飲み干すと、その日の午後、テュソー医師の療養所を長いあいだ見張っていたときのことが思い出された。あの医師がなんらかの形でリュシアン・ドーヴェルニュの死にかかわっているのはまちがいない。謎の麗人と一緒に療養所を去ったあの男は、フェリシエンヌが兄について語ったのと同じ夢遊病のような症状を見せていた。それが偶然であるわけがない。いや、その逆で、もろもろの状況がそうした症状と、あの医師のうそぶく〝特別な治療法〟との関連性を示唆している。いったいどんな治療法なのだろう？ その治療が、繊細な若者を自殺に走らせたのか？ 自殺をしてしまったのは単なる事故だったのか、それともそこには解明すべき隠された意図があるのか？

ヴァランタンがそれらの疑問を反芻《はんすう》していると、深い闇のどこかで犬が吠え出した。するとそれを合図にしたかのように、直近の廃墟から人影が現われた。細身の体型で、急ぐことなくまっすぐこちらに向かってくる。ヴァランタンは人影に視線を据えたまま、ベンチから立ちあがった。

いよいよ来たな！ 手紙の文面どおりに事が運ぶのか、それとも罠なのか、これではっきりする……。

だが人影は、半分まで来たところで立ち止まった。そこにもうひとり、闇のなかから別の男が登場した。男は島を突っ切る小道に立っていた。小道は東の端で、薪加工場へのもうひとつの入り口であるエスタカード歩道橋に通じている。歩道橋への逃げ道がふさがれたことを悟ったヴァランタンは、おのずと視線をいましがた通ってきたグラモン橋へと振り向けた。

セーヌ河の分流から立ちのぼる濃霧のせいで、グラモン橋へ通じる道がまだ使えるかどうかは定かでない。だが、ほどなくして木造の橋から足音が響いてきたとき、ヴァランタンは驚きはしなかった。聞きまちがいでなければ、グラモン橋に新たにふたりの男がいる。つまり、島から出る道がすべて封鎖されてしまったということだ。敵か味方か？　状況からして、答えは明白だろう。とはいえ、響いてくる足音に、聞き覚えのあるあの金属のこすれるような音がまじっていることに気づいたとき、予感は不吉な確信に変わった。なにしろその足音は、アグラエ・マルソーと知り合った日、サント＝アヴォワ地区で襲撃される直前に聞こえたのと同じ音だったのだから！

そのことに気づいた瞬間、ヴァランタンは恐怖に駆られてもおかしくはなかった。そうした状況を想定していなければ、おそらく狼狽していただろう。しかしオルネーでの長い見張りのあいだ、彼には自称ヴィドックが持ちかけてきたこの待ち合わせについて思慮をめぐらす時間がたっぷりあった。そして考えれば考えるほど、ヴィドックが書いたとされるあのメモの中身が怪しく思われた。窮地にあるとされるル・ヴィケールに関する情報を握るタレコミ屋にヴィドックが会う必要性はわかる。だが、なぜ警官まで呼び出すのだ。意味がない。ヴィドックが後日、手に入れた情報を伝えてくれればいいだけだ。そうすることで情報源を秘匿できる。しかも、この時刻、この場所での待ち合わせだ。夜にルヴィィエ島に赴く者などいない。こんな隔絶された場所でこんな夜中に会う理由がどこにある？　考えうる利点とは、ここなら誰にも邪魔されず、確実に報復を果たせることと、死体の処理が簡単だということだ。なにしろセーヌ河に投げこめばそれで済む。

そんなあれこれを考えたすえに、ヴァランタンはひとつの結論にたどり着いていた。つまり、誰かが見え透いた罠にはめようとしているという結論だ。夕がた、彼はパリに戻る駅馬車に揺られながら、じっくり時間をかけて策を練った。簡便で安全な方策として、フランシャール警視に連絡し、警視庁の同僚と巡査たちにルヴィィエ島を封鎖してもらうことも考えた。だが、警察の要員を配置すればどうしても目を惹き、罠を張った者、あるいは罠を張った者どもに気づかれる恐れがある。ヴァランタンの頭にあったのは、霧の夜の襲撃事件と自宅の秘密の小部屋に何者かが侵入した一件だ。このふたつが関連している場合、それは今回の呼び出しも含めてここ数日で都合三回、自分を直接に狙った策略があったことを意味する。四度目を許すわけにはいかず、そのためには敵、あるいは敵たちの正体を暴く機会をみすみす見逃してはならない……。というわけでヴァランタンは、誰の目にも明白な途方もない危険を冒してでも約束の場所に出向くべきだ、と判断した。

すぐに四人の男が近づいてきた。敵たちがまだある程度離れた闇のなかにいるあいだ、ヴァランタンはオイル式街灯の真下でじっと動かずにいた。灯りのしたにたたずめば恰好の標的になるのはわかっていたが、得失を天秤にかけたうえでの選択だった。背後に事務所の建物があり、右岸へ通じる二カ所の出口も封じられているため、もはや袋のネズミだ。連中はそれを承知している。しかも発砲しても、誰の注意も惹かないはずだ。このようなひとけのない場所に呼び出したのは、誰にも知られずに獲物を始末するためにほかならない。

獲物に逃げられないようアーチ形の陣形を取った四人の敵が、街灯がつくり出す光輪の端までやってきた。ヴァランタンの目にようやく四人の詳細が明らかになった。うち三人は労働者の身なりで、残りのひとりはブルジョワの服を着込んでいる。顔に煤を塗りたくっていたが、その服装から一味の首領と思われる男の正体をヴァランタンは難なく特定した。樽のように膨らんだずんぐりした体型、厚ぼったいまぶたの奥に埋まった陰険そうな目。疑いの余地はない。二週間前、フランシャール警視が率いる治安局に異動させられる直前にしたたかに打ち据えてやった、男色専門の太り肉《じし》の悪徳周旋屋、偉大なるイエス《グラン＝ジェジュ》だ。一方、ほかの三人は名の知らない男たちだった。そのなかのふたりは、ナイフの鋭い切っ先をこちらに向けている。三人目はけだものじみた顔をした大男で、重そうな金槌を不気味なほどの余裕でぶんぶん振りまわしている。軽く足を引きずっていたのはこの男で、実際、変形した足をかばうために片方の靴は金属で補強してあった。だが、にもかかわらずほかの誰よりも――図抜けて――危険に見える。

「おまわりさん、またお会いできるとは奇遇ですな！」グラン＝ジェジュが物騒な騎兵用拳銃の銃口を向けながら言った。「こんな夜更けに、こんなにひとけのない場所にひとりで乗りこむとは、賢明とは言えませんぞ。偉そうに説教を垂れている御仁ならとくに」

ヴァランタンは皮肉をこめてうっすらと笑うと、先日の殴打の痕が残る相手の顔を顎でしゃくった。

「そちらこそ夜の外出は控えるべきでしょうね。傷だらけのその顔を子どもが見たら、化け物と見まちがえるでしょうから」

グラン＝ジェジュはふんと肩をすくめると、手下に確認するように言った。

「こいつの言うことを聞いたか？　警部殿は相変わらず洒落たことをのたまう」それからゆっくりと視線をヴァランタンに戻したが、瞳の奥に邪悪な光がぎらついていた。「いくらでも利口ぶるがいい！　もっとも利口ぶったところで、罠に陥るのは避けられんようだな！　ヴィドックの署名入りのメモ、あれはなかなかうまい思いつきだっただろ？」

グラン＝ジェジュは明らかにたっぷり時間をかけたがっていた。報復のひとときをじっくり味わおうという魂胆だろう。ヴァランタンはこの機を利用し、敵の陰謀にかかわる情報を目一杯引き出そうと考えた。

「わたしとヴィドックの関係をどうやって知った？」

四人の敵のちょっとした身動きも見逃すまいと目を光らせながら尋ねた。

「おめでたい男だな！　ったく、なにを考えているのやら！　おれのような男を襲っておいて、無事でいられると思っていたのか？　この二週間、手下があんたのあとをぴたりと尾《つ》けていたのさ。あんたがル・ヴィケールを追ってるのは知っていた。だから、手下たちからあんたがヴィドックに会ったと聞いたとき、すぐにこのふたつの事実を結びつけ、こたびのうまい計略を思いついたってわけだ」

「しかもわたしのアパルトマンに入りこみ、いろいろ嗅ぎまわりもした。ずいぶん危ない橋を渡ったものだな。誰かに見つかる恐れもあったのに」

　グラン＝ジェジュは驚いて目を見開いた。ヴァランタンの指摘に心底びっくりしたか、役者顔負けの演技力をそなえているかのどちらかだ。

「なんの話だ？」そう言って、濃い眉をひそめた。

「あんたとちがって、こっちは狼の口にみずから飛びこむほどイカれちゃいない」

「なるほど、この話はやめよう。それより、これからどうするつもりだ？」

「答えはすでにわかっているだろうに」

　ヴァランタンはいぶかしげな表情を装い、顎をさすった。

「まあ、わからないこともない。だが、警察の人間を襲えば早晩、そのツケを払わなければならなくなる。そのことにまで頭が及ばないほどおたくが痴《し》れ者だとは、どうしても思えなくてね。パリではどこにいても逃げ隠れできない」

　グラン＝ジェジュは不気味な笑い声をあげた。

「誰かを殺人罪で訴えるには、まずは死体が必要だ」

　そう言って彼は、大男を指さした。手のなかでぐるぐると金槌をまわしている大男は、見物客を感嘆させようと張り切っている縁日のレスラーを思わせた。

「ここにいるプティ＝ピエールは、あんたにずぶりとやられた先日の夜のことをよく思っちゃいない。傷口からずいぶんと血が出たからな。以来やつの夢は、あんたを好きにいたぶることだ。念願かなったあかつきには、あんたの身体はずたずただ。セーヌの魚たちはたいそうなご馳走にあずかることになる」

「ああ、まちがいなく人間ミンチにしてやるぜ！」プティ＝ピエールと呼ばれた男がボスの言葉を裏づけるように言うと、左右の手にペッと唾を吐き、金槌を頭上に振りあげた。

「ちょっと待て！」グラン＝ジェジュが手を伸ばして手下を止めた。「思わぬ逆襲を受けぬよう、こいつの隠し道具を取りあげるのが先だ。あんたのステッキをこっちに投げてよこせ。剣が仕込んであるはずだ。この前はこれでかなりうまいことやったようだから」

　ヴァランタンは深く息を吸った。いよいよ運命の瞬間がやってきた。このときのために彼は二時間前、ルヴィエ島に一度目の短い上陸を果たしていた。場所の下見をし、襲撃にそなえるためだ。あと数秒もすれば、自分がみずからの力を過信していなかったかどうかが判明する。ただし過信していたとしても、後悔する暇はないだろう。

　拳銃で脅しつづけているグラン＝ジェジュの命令に従うかのように、ヴァランタンはステッキの握りから手を離し、反対側の端部をつかんだ。だが、ステッキを敵の足元に投げ捨てる代わりに、さっと垂直に突きあげて街灯を壊した。一瞬にして完全な闇が五人の男を包みこんだ。

　相手が驚いている隙に、ヴァランタンはベルトに挿しておいた拳銃を取り出すと、すぐさま二発、大男のプティ＝ピエールが立っていた場所を狙って撃った。まずはこの大男の力を削ぎたかった。あの怪力でかかってこられたらお手上げだ。二発の銃声に続いて苦しげな喘鳴《ぜんめい》が響いてきたかと思うと、巨体がどうと地面に倒れる音がした。

「なんてことだ！」グラン＝ジェジュが暗闇のなかでわめいた。「この悪魔はプティ＝ピエールを殺しやがった。あいつに装塡する間を与えるな。殺せ！　殺せ！」

　ヴァランタンは用済みとなった拳銃を声のする方向へ投げつけた。この場面では、剣を仕込んだステッキも用をなさない。剣では、銃を持つひとりを含めた三人の敵といっぺんに相まみえることができないからだ。だが幸い、最初にこの島に来たときに隠しておいた別の武器があった。彼は古びた事務所の建物に背を付けて置いてあるベンチのしたに両手を滑りこませると、装塡済みですぐに撃てる状態になっている憲兵用の拳銃二挺を取り出した。頭目に発破をかけられたごろつきふたりが、ナイフで虚空《こくう》を突きながら近づいてきた。だが、ヴァランタンの目はすでに周囲の闇に慣れていた。彼は左右の手にそれぞれ一挺ずつ拳銃を持ち、地面に片膝をついて体勢を整えると、動くふたつの人影に落ち着いて狙いを定めた。ふたつの銃口が同時にふたつの火を噴いた。銃撃された哀れなやくざ者たちは、叫び声をあげるまもなく後ろにひっくり返った。

　グラン＝ジェジュはわずかに十歩ほど離れた場所で、ふたりの手下が地面に倒れる音を聞いた。極悪人の背筋に冷たい戦慄が走った。悪夢だ！　これは悪夢としか言いようがない。この呪われたおまわりは、ものの数秒で腕利きの子分三人を殺した。この滅びの天使に、いまやたったひとりで立ち向かわなければならない！

　グラン＝ジェジュは恐慌に駆られながら周囲の闇を必死に探った。やつはどこだ？　だが、どこにも見えない。忽然《こつぜん》と姿を消したかのようだ。彼は震える両手で拳銃を握りしめると、闇のなかでひときわ黒々としている事務所の建物に銃口を向けたままあとずさりした。じゅうぶんな距離を確保したと判断したら全力で走り出し、グラモン橋を渡ってマレ地区の狭い路地にまぎれこむつもりだった。

グラン＝ジェジュは頭に血をのぼらせながら死にものぐるいで闇に目を凝らした。いきなり悪魔が飛び出してくるように、いまこの瞬間にも敵が眼前に姿を現わすのではないかと慄《おのの》いた。こめかみで血がドクドクと脈打っていたせいで、左のほうで草がわずかにカサリと音を立てたことに気づかなかった。恐怖で感覚のすべてが狂っていた。そのせいで、おのれの全身に広がる灼熱がいったいどこから発せられているのか、すぐにはわからなかった。さらに数歩、よろよろとあとずさった。いまや熱は炎の舌となって、彼の臓腑を引き裂いた。制御できない痙攣が両手を襲い、握っていた拳銃を無意識のうちに取り落とした。

その直後、グラン＝ジェジュは両膝をがくりと草上についた。水揚げされた魚のように、口を大きく開けて空気を取りこもうとした。だが身体を揺すってしゃくりあげた瞬間、口からごぼごぼと血を吐いた。顎が胸のうえに落ちた。そしてそのとき初めて、この悪辣な男は下方を見た。彼がこの世で最後に目にしたのは、心臓のあたりで胴着《ジレ》から突き出している長細い鋼鉄の刃だった。

27　ダミアンの日記

ぼくは読みまちがえた。

こんなにも長いあいだ――何カ月も何年も――ぼくを監禁しているのだから、ル・ヴィケールは曲がりなりにもぼくに愛情を抱いているはずだ、と考えていたのだ。もちろん、**彼**なりのやり方で。つまり、胸の悪くなるような、醜悪で暴力的でぼくを独り占めにするやり方で。けれどもとにかく、ぼくはそう考えるようになっていた。だから**彼**は、ぼくにマドモワゼル・ルイーズを殺させたのだ。ぼくをほかの誰かと分かち合いたくなかったから。ぼくと**彼**のあいだに、誰かが割りこむのが許せなかったから。

ぼくは読みまちがえていた。そのことに気づいたのは、親友のトガリネズミのむごたらしい死から数日後……、地下室に〝もうひとり〟がやってきたときだ……。

そのときぼくはひどい状態だった。あまりに多くのものを奪われ、あまりに多くの苦難に晒《さら》され、あまりに多くの絶望と悲しみを抱えていた。正気を保てず、手はいつも震えていた。全身が熱に蝕《むしば》まれているような気がした。とはいえ、額に手をあてても、いつもより熱いわけではなかったのだけれど。

混乱して朦朧《もうろう》としていたぼくは、もう眠ることができなかった。夜通し寝板に座り、まるで自分自身をあやすように、とめどなく上体を揺らしつづけた。昼間は逆に、なかば意識が飛んでいるようなありさまで、目覚めている時間は短く、そのときにはとめどなく涙が流れた。そしてそれ以外の時間は、眠りよりも深い昏睡に沈みこみ、疲れはて、頭がひどくしびれた状態で目が覚めた。

そしてある日、この昏睡から目覚めたとき、ぼくは地下室に閉じこめられているのがぼくひとりでないことに気がついた。

けれども、すぐに気づいたわけじゃない。そう、すぐにそうとはわからなかった！

ぼくは少しずつ意識を取り戻した。こめかみを万力で締めつけられているようだった。吐き気がこみあげ、目を開けようとするたびに、何十本もの針が脳みそをざくざくと突き刺した。ぼくはカビくさい毛布に顔をうずめて丸くなった。そしてこぶしを握りしめ、閉じた両目に押しつけた。赤い斑点がその狂気の舞をやめるまで、ずっと長いあいだ押しあてていた。そして舞がやんだとき、ようやくゆっくり手を離した。

陽光の筋が何本か、地下室の闇に射していた。土間に横たわる人の姿をみとめたような気がしたとき、ぼくはまぼろしを見ているのだと思った。ぼくの頭が、ぼくにいたずらを仕掛けているにちがいない、と。ぼくはふたたび目を閉じて、めまいのような感覚がやわらぐのを待った。もう一度目を開けると、人の姿はまだあった。

土間に少年が横たわっている。

身体を起こしたときにうめき声をあげてしまったせいで、〝もうひとり〟も目を覚まし、寝藁代わりに敷いてあったぼろ切れの山のうえに起きあがった。ぼくと同じ金髪だ。けれども顔はもっと猛々しく、向こうっ気の強さを漂わせている。

そう、金髪の少年……だけど、ぼくとはちがう。もっと年上で、もっと大柄で、もっとたくましい。

「きみは……誰？」

返事はなかった。〝もうひとり〟はぼくをじっと見たけれど、ぼくの問いが聞こえなかったふりをした。心臓が猛烈な勢いで跳ねはじめた。永遠に固まってしまったと思っていた世界にこの見知らぬ少年が現われたことで、ぼくの心は半信半疑と恐怖のあいだを行き来した。

「どうやってここに来たの？　ル・ヴィケールに連れてこられたの？　彼に閉じこめられたの？」

けれども、金髪の少年は黙ったままだった。ただ無言でぼくを見つめた。そのまなざしに恐怖はなかった。ただ静かな好奇心があるだけで、その好奇なまなざしは、じっと見つめられているうちにぼくにはどこか皮肉な色合いを帯びてきた。どんな態度を取ればいいのかわからなかった。彼に近づこうとはしなかった。彼の不可解な沈黙のせいで、時間が進むにつれてぼくは大きな不安に包まれた。この少年はいったい誰だ？　なぜなんにも話をしてくれないんだ？　ぼくにとって危ない存在なのか？

ぼくらがどのくらいのあいだそうして冷ややかに、ほとんど挑発するような目つきで見つめ合っていたかわからない。頭のなかではいろんな考えがめぐっていた。ル・ヴィケールはぼくが孤独に押し潰されそうになっているのを理解し、ついに友だちを与えることにしたのだろうか。この不幸な少年が、これからぼくと一緒に囚われの暮らしを送るのだろうか。少年はいまは混乱しているせいでなにも反応できずにいるけれど、じきにぼくらは、視線を交わす以外のやり方でかかわりを持つようになるはずだ。同じ不幸を抱えているという事実が、ぼくらの距離を縮めるにちがいない。けれどもぼくは不思議なことに、ぼくらはちがいすぎるからうまくやっていけないのではないか、と感じていた。彼の閉ざした表情の奥には冷ややかさと残酷さが居座っていて、それがぼくの喉を締めつけた。少しずつぼくは、なぜ彼が地下室にいるのか、別の理由を探すようになった。

そして、ようやく見つけた。

ル・ヴィケールは、ぼくの囚われの日々の苦痛をやわらげようとしたのではない。まったくの逆で、マドモワゼル・ルイーズの存在を隠していたことを根に持ち、ぼくを交代させることにしたのだ。〝もうひとり〟がぼくに取って代わるのだ、ぼくを押しのけるのだ。じゃあ、ぼくはどうなるんだろう？　もうお気に入りではなくなったおもちゃは、どんな目に遭うんだろう？

ぼくは恐怖にこわばった。息が急に細まった気がした。肺に火がついた。呼吸が苦しい。地下室のドアをガンガン叩いてル・ヴィケールを呼び、赦《ゆる》してくださいと訴えたい。けれども起きあがることができず、歩くことなど問題外だ。脚はまるで綿でできているかのようだ。身体に力が入らない。しかたなくぼくは土間に倒れこみ、這いつくばって前進した。南京錠のついたドアにつながる階段まで、なんとしてでもたどり着きたかった。階段をよじのぼるのは無理だとわかっていたけれど。

まさにそのとき、〝もうひとり〟が笑い出した。それは茨の束のような、棘のある笑いだった。ぼくは振り返った。見知らぬ少年は腰に手をあてて仁王立ちし、床で身をくねらせているぼくを見下ろしながら大笑いした。彼の瞳に映るぼくは、惨めな虫けら同然だった。平気で踏み潰してもかまわない、取るに足らないちっぽけなもの。

そんなふうにして、ぼくは〝もうひとり〟と知り合った。

28　浮かびはじめた全体像

「ってことは、昨夜のルヴィエ島の殺人事件、あれはあんたのしわざだったのか？」

「ええ、わたしがやりました」

「どうかしてる！　あんたは掃除すると決めたら、ずいぶん徹底的にやるんだな！　もっとも警視庁内では、敵対するやくざ者同士の果たし合いという見方に傾いてるようだが」

「わざわざ誤解を正すつもりはありません。上司たちにこみ入った説明をするのを避けるまでです。実は、偉大なるイエス《グラン＝ジェジュ》とのあいだにひと悶着あって、以来、やつはわたしを狙っていました。わたしに関する情報を得ようとここ数日、暗黒街を嗅ぎまわっていたのはたぶんやつでしょう」

「まあ、すでにご存じだとは思うが、あんたが法を逸脱したやり方でこっそり揉め事の決着を図ったことが上層部に知れたら、えらいことになるぞ。パリ警視庁では、いまや出る杭は打たれるどころか引っこ抜かれてしまうことをいちばんよく知るのは、なにを隠そうこのわしだ！　とはいえ、グラン＝ジェジュが死んで悲しむ者などおらんよ。あの外道は、上流階級の殿方にお小姓をあてがうために孤児院と取引してたんだからな。あやつが地獄の業火で焼かれることを祈るばかりだ！」

ヴィドックは口で願うだけでなく、手で呪いの仕草までした。彼がいまいるのはヴァランタンのアパルトマンで、家主と一緒に心地よい暖炉の火のそばでくつろぎながら葉巻をくゆらせ、革命前に樽詰めされたコニャックの古酒をちびちびと飲んでいた。

「あの卑劣漢のことはいっとき脇に置きましょう」ヴ

アランタンは言った。「会いに来ていただきたいと頼んだのは、いま抱えている事件で新たな展開があったからなのです」

「いま抱えている事件というのは、ああ、あれか。ドーヴェルニュの倅《せがれ》が自殺した件だな」

「まったく、油断も隙もないおかただ！　なぜわかったんです？　先日サン＝マンデ湖でお会いしたとき、この事件についてこちらからはひとことも言わなかったのに」

「なに、情報をあれこれ突き合わせてみただけだ」ヴィドックはそれだけ言うと、具体的な説明を避けた。「わしと知り合ったからには覚悟しておくべきだ。このわしに隠し事をするのはほぼ無理だとな。とはいえ、あのティランクールなる狂人の死にも、あんたはずいぶんと興味を持ってるように見えたが」

「実際、あのふたつの死はつながっているんです。まさに今朝、その確証を得ました。リュシアン・ドーヴェルニュの妹が知らせてくれたんです。リュシアンとティランクールの双方が、急死する数週間前にテュソー医師の療養所に滞在していたことを」

「リュシアンの妹はどうやってそれを？」

「彼女は歳こそ若いですが、気骨と勇気のある人です。いま彼女の母親がオルネー谷にある問題の療養所に滞在しているのですが、母親を見舞ったときに少しばかり情報を集めてくるよう頼みました。すると彼女は、療養患者の世話をしているシスターのひとりから話を聞き出すことに成功したのです。リュシアンとティランクールはふたりともテュソー医師の治療を受け、その後ほどなくして自殺しています。あなたもご存じの、華々しい特殊な状況下で」

「ふむ、ふむ……」

「これは単なる偶然ではないと確信しています。というわけで、あなたにもう一度連絡を差しあげたのです。テュソー医師と彼の主流とはとても思えない治療法について、すでになにか有力な情報は得られましたか？」

今朝がたフェリシエンヌから短い手紙をもらった直後、ヴァランタンはサン＝マンデに人を遣り、ヴィドックに「テュソー医師について調べてもらい、目ぼしい情報を入手したらすぐに会いに来てほしい」と要請していたのだ。かつて治安局を率いていた元徒刑囚のこの人物は、ずいぶん熱心に動いてくれたにちがいない。なぜなら早くもその日の夕がたにはヴァランタンの自宅にやってきたからだ。

ヴィドックは、グラスに残っていたブランデーをいっきに飲み干すと言った。

「テュソーはいまパリで脚光を集めている医者だ。だが皮肉なことでもある。というのも、本人はどちらかと言えば地味な手合だからな。秘密好きの、こそこそした手合とまで言えるかもしれん。にもかかわらず、ここ何年かですこぶる羽振りのいい連中を患者に抱えることになった。議員、司法官、作家、銀行家、仲買商など、社会の上層にいる輩《やから》ばかりだ。われらが優秀なテュソー医師は確かな腕の持ち主のようで、彼の治療を受けた人はすぐに彼を、なくてはならない存在だと感じるようになる」

「リュシアンの妹のフェリシエンヌも同じようなことを言っていました」ヴァランタンは、金属のコップに葉巻の灰を落としながらうなずいた。「彼女の父親が、ほんの数週間でテュソー医師に文字どおり心酔するようになってしまったと。ですが断言しますが、ドーヴェルニュ代議士は御しやすい人ではありません。容易に他人《ひと》に心を許すようなたちじゃないですよ」

「テュソー医師の魅力にイチコロになったのは彼だけじゃない。前回会ったとき話したように、彼は一時期、エミリー・ド・ミランドと昵懇《じっこん》の間柄ですらあった。そのあと彼女は、シャンパニャック子爵に乗り換えてはいるが。つまりテュソー医師は医術の神アスクレピオスの弟子であるのと同時に、政界や社交界の花形たちと親交を結べる人物というわけだ!」

暖炉の火勢が衰えたので、ヴァランタンは炉端に近寄った。熾火の炎は頼りなく、散らす火花も儚《はかな》く弱々しい。彼は火をかき立て、新たに二本、薪をくべた。炎が勢いを盛り返すと、身を起こして訪問者に向きなおり、腰を包む心地よい熱を味わった。

「わたしの理解が正しければ」額に皺を寄せながら言った。「テュソー医師は強力な後ろ盾を得るのに長《た》けているということですね。ということは、彼を追及するにあたっては、強力な手札をそろえておかないとまずいですね」

「だろうな。だが全員が全員、やつを好いてるわけじゃない。とくに同業者たちのなかには敵もいる。彼はすでに医学校と揉めてるからな。そもそも彼がパリの診療所を閉め、オルネー谷に例の療養施設を開いた理由のひとつはそれだ」

「それは興味深い情報ですね。なぜ同業者たちを敵にまわしているのでしょう?」

ヴィドックは肩をすくめると、暖炉のほうへぞんざいに脚を伸ばした。

「むろんわしは医学については素人だが、どうやら医学アカデミーが認めていない治療法を用いていることが批判されているようだ。あんたは〝動物磁気〟というのを聞いたことがあるか?」

「ウィーンのフランツ・アントン・メスメル(一七三四〜一八一五。動物磁気説の提唱者)という名の医師によって、前世紀末にフランスに伝えられた学説だということは知っています。革命が勃発する少し前に公式に否定されていますが、いまだに一部の医師が、これにもとづく治療を多少なりとも内密に施しているらしいことも」

「どうやらあんたのテュソーもそのひとりのようだ。少なくとも巷《ちまた》の噂を信じるならば。実際にはやつが用いているのはやつ独自の治療法で、やつはそれをアレクサンドル・ベルトラン（一七九五～一八三一。動物磁気説や夢遊病を科学的に解明しようとした）というほかの医師の研究から着想を得て開発した。ベルトランは〈ル・グローブ〉紙の創刊メンバーのひとりで、当紙の科学記事の編集にあたっている」

「その独自の治療法というのがどんなものか、ご存じですか？」

「いや、さっぱり！　だがわしがあんただったら、この二、三日じゅうにパサージュ・ショワズールにある〈ル・グローブ〉紙の事務所に足を運ぶな。このベルトランなる男から、なにがしかの情報を聞き出せるはずだから」

ヴァランタンは興奮を隠し切れなかった。葉巻の吸いさしを暖炉に投げ捨てると、いそいそと両手をこすり合わせながら、いまいる喫煙室兼図書室のドアのほうへすでに向かいはじめた。

「なぜ二、三日じゅうなんです？　この足ですぐに行ってきますよ。運がよければ、そのベルトランなる人物に会えるでしょう。駄目でも、住所を手に入れてきます」

ヴィドックは相変わらず肘掛け椅子にゆったりと身を委《ゆだ》ねながら深々と葉巻を吸うと、空《から》グラスとコニャックの瓶を恨めしげに見やった。革張りの椅子と琥珀色のブランデーが、暖炉の揺らめく火影《ほかげ》を映して微妙な色合いに輝いている。

「寒いなか、急にひとっ走りしたくなったようだな！　だが、マルソーとかいう名のタンプル大通りの女優についての情報は聞かんでいいのか？」

ヴァランタンはぴたりと足を止めた。マルソーの名を聞いただけで、胸に甘い痛みを覚えたことが意外だった。

「アグラエのことですよね？　彼女についてなにかわかったんですか？」

「正直言えば、たいしたことはわかっていない。だが、あんたを安心させるたぐいの情報を得た。どうやらあんたは、あの美女が気になってならないようだから……。それにしてもこの暖炉、ものすごく熱いな。喉がカラカラだ。もう一杯いいか？」

彼は顎でブランデーの瓶をしゃくり、ヴァランタンの許可を待たずに瓶をつかむと、自分のグラスになみなみと注いだ。そしてぐびりとひと口飲み、舌鼓を鳴らした。

「いやはや、うまいな！　あんたは実に舌が肥えている。天使たちがさえずりながら喉を下っていくようだ」

「そんなことはどうでもいいですから、ヴィドックさん、アグラエについてどんなことがわかったんです？」

元徒刑囚にして元警官で、さらには新米の卸売商で、少々いかがわしくもあるこの人物は、皮肉っぽく唇を尖らせた。その姿は縄張りに堂々と君臨し、ほかの猫たちを支配下に置くおのれの力をとくと味わっている大きな雄猫のようだった。彼は一文言い終えるごとにブランデーをひと口飲みながら、アグラエについて語った。

「彼女の歳は二十二。四年前に生まれ故郷のロレーヌ地方から上京し、すぐにタンプル大通りのさまざまな劇場で端役にありついた。そうこうしているうちにマダム・サキに見いだされ、今年の三月に彼女の一座に加わった。どうやら身持ちのいい娘のようだ。ほかの大半の女優たちとはちがい、芝居が跳ねたあとに開催される宴《うたげ》や夕食会にはあまり顔を出していない。関係と呼べるような関係を結んでいる男もいない。もっとも、彼女に想いを寄せている男はたんまりいるがね。最近ではあのドーヴェルニュの倅が熱をあげていた。だが、死ぬ数週間前に彼女に会うのをやめている」

「怪しげな人物との付き合いや、特定の政治集団とのかかわりは？」

「そうした気配は微塵もない。あのアグラエという娘に興味があるのなら、このまま突き進んで大丈夫だ。だが、気をつけたほうがいい。あのかわいい顔をしたお嬢さんは、簡単には落とせそうにないからな！　あんたは天からいろんな恵みをたっぷり授かってはいるが、道は平坦ではないぞ！」

ヴァランタンは誤解を解こうとはしなかった。アグラエをものにしようとしているとヴィドックに思われようが、結局のところどうでもいい。彼女が策略家ではないとわかっただけでとりあえず嬉しかったし、安堵も覚えた。とはいえ、疑問は残る。彼女でなかったら、いったい誰があの秘密の小部屋に入りこんだのだ？　だが、いまはほかにもっと火急の用があった。彼は急いで玄関へ向かうと、ケープ、ステッキ、帽子をさっと手に取った。

「もろもろの情報、ありがとうございました」玄関から声をかけた。「〈ル・グローブ〉紙の事務所に行ってきます。暖炉とコニャックを楽しんでください。お帰りのさいには、管理人に声をかけてくだされば大丈夫。合鍵を持っているので、施錠してくれます」

ドアが閉まる音を聞きながら、ヴィドックは満足げに大きな笑みを浮かべた。そしてコニャックをもう一杯グラスに注ぐと、高価な寄せ木細工の小箱から葉巻を一本、新たに選び取った。そして慎重に火をつけ、肘掛け椅子の背にゆったりともたれかかりながらうまそうに深々と吸いこんだ。若いとはいいものだな！　わしもまだ二十歳《はたち》だったらなあ！

ヴァランタンはアパルトマンが入った建物を出るとすぐに、できるだけ早く右岸に連れていってくれる辻馬車を探した。金曜の晩で時刻はまだ七時前。ほんの少しの運に恵まれれば、土曜版と日曜版の紙面について話し合うため、編集者の大半がまだ〈ル・グローブ〉紙の事務所に居残っているはずだ。秋はすでにその最後の炎を燃やし尽くしてしまい、昨晩からパリは雨がちの灰色の天気に包まれていた。この時刻、界隈の通りは閑散とする。まれにすれちがうのは、分厚いマントを着込んだ急ぎ足の人影ばかり。サン＝シュルピス広場では、工事人の一団が古い二本芯のオイル式ランタンを、炎が五つ灯《とも》るガス式の街灯に交換する作業にあたっていた。着衣に染み入る雨のなかで仕事を続けなければならない男たちは、優美な服に身を包んだヴァランタンが通り過ぎるのをにらみつけるような、あるいはどこか羨むような目つきで眺めた。結局ヴァランタンは、空いている辻馬車を捕まえるのにヴォジラール通りにある貴族院議場の前まで出なければならなかった。御者は運転台でうたた寝をしていた。ヴァランタンは馬車に乗りこむのに、幌代わりに頭と肩に防水布をかぶっていた御者を揺り起こさなければならなかった。

　彼は、パサージュ・ショワズールへの入り口に近いプティ＝シャン通りで馬車を降りた。パサージュ・ショワズールはマレ銀行が旗振り役となって近年建設された屋根付きのアーケードで、パリでももっとも人気のある場所のひとつにかぞえられていた。〈ル・グローブ〉紙はこのアーケードの七十五番地に事務所を構えていた。ポール＝フランソワ・デュボワ（一七九三～一八七四。ジャーナリスト、政治家）、次いでシャルル・ド・レミュザ（一七九七～一八七五。政治家、作家、哲学者）が率いたこの日刊紙は前王シャルル十世の統治に反対した主要勢力のひとつで、前のポリニャック内閣に公然と歯向かっていた。七月革命ののち、筋金入りのオルレアン主義者だった編集委員のほとんどが当紙を去り、その多くが新体制下で報奨人事として公職にあずかった。そのあと〈ル・グローブ〉紙はいっとき清算手続きの対象となったが、当紙をサン＝シモン主義（原注：社会経済的な懸念に応え、倫理にかなう産業化と友愛的な社会を提唱して当時人気を博していた思想。名称はその主要な論客であり、一八二五年に没したクロード＝アンリ・ド・ルヴロワ・ド・サン＝シモンにちなむ）の宣伝紙に変えようともくろむ新しい経営陣によって、数日前に買い取られていた。

ヴァランタンはアーケードの壮麗なガラス張りの屋根や、建ち並ぶ流行最先端の店のあいだに設けられた大理石の付け柱には目もくれず、目指す新聞社の事務所まで大股で歩き進んだ。事務所のなかはてんやわんやの忙しさで、パイプや葉巻から立ちのぼる煙のなか、植字工と自由気ままな身なりをした新聞記者たちがせわしなく行き交っていた。ヴァランタンは植字工のひとりを呼び止めて身分を明かすと、アレクサンドル・ベルトランとの面会を願い出た。植字工はいぶかしげに、けれども敵意をそれほど感じさせない目つきで訪問者の顔を見た。新王ルイ・フィリップの政府が報道の自由を復活させて以来、警察は出版界でいまだに疎んじられてはいたものの、少なくとも打倒すべき直接の敵とはもう見なされていなかった。

植字工が編集室の奥にあるガラス張りの小部屋のような場所を指さしたので、ヴァランタンは安堵した。医師でもあるアレクサンドル・ベルトランは、日曜版に掲載予定の科学アカデミーの会合に関する報告記事を仕上げるため、少しばかりの静けさを求めて個室にひとりでこもっていた。

ベルトランは歳の頃は三十。知性を感じさせる広い額の持ち主で、存在感のある頰髭に縁取られた顔は、いかにも意志が強そうに見えた。厚手のウールのフロックコートを窮屈そうに着込み、シャツの襟元には何重にも巻いた白いネクタイが結ばれている。周囲の喧《けん》騒《そう》をよそに躍起になって原稿を書いているのだろう、紙のうえにせっせと羽根ペンを走らせている。

ヴァランタンが来訪の理由を短く述べると、彼はやれやれとかぶりを振った。

「とんだ災難だな！」ため息をつき、うんざりした仕草で羽根ペンを投げ捨てた。「こっちはこの記事を書きあげなきゃならないのに、ほんの小一時間も静かに仕事ができないなんて！　動物磁気について、具体的になにが知りたいんです？」

「率直に申しまして、ご教示いただけることはなんでも捜査の助けになるでしょう。なにしろこの分野に関するわたしの知識はかぎられていて、知っているのは〝動物磁気〟などという不思議な呼び名とメスメルの名前ぐらいですから」

「では、その始まりにまで遡ったほうがよろしいわけですね？　メスメルはウィーン大学で医学を学び、治療師としていささか物議を醸したのち、一七七八年にパリにやってきました。そしてすぐに独自の治療法を開発し、一定の成功を収めました。彼は、身体のなかには自然の磁気流体が存在し、それが体内で滞ることでさまざまな病気が引き起こされると主張しました。ゆえに、彼によれば治療者の役割とは、治療を目的に患者を磁化させてこの流体を濃縮し、その再配分を図ることなのです。そのため、メスメルはまず磁石を用いることで、次に患者を集団で磁気桶に浸すことで治療を施しました。実際、この特別な風呂を経験した上流階級の人たちの一部は、本物の発作を経験しています。治療の最中に自分自身を制御できなくなり、なかには痙攣する人まで出たのですからね。この治療法はすぐに医学界を二分しました。メスメルを低俗ないかさま師とする見方がある一方で、医学に革命をもたらしたと評価する人たちもいたのです」

「実際のところはどうだったのでしょう？」

「たいていの場合、真実は真ん中にあるものです。このウィーン出身の医者が犯した過ちは、自身の治療法を〝動物磁気〟という物理学、生理学的に疑義の多い知見にもとづいて確立しようとしたことでしょう。そのため一七八四年に科学アカデミーと王立医学学会から異論の声があがったのです。最終的にメスメルはこうした懐疑的な人びとと闘うことに疲れてしまい、祖国に戻りました。ですが、すでに彼のもっとも忠実な弟子のひとりであるピュイセギュール侯爵（一七五一～一八二五）が、彼の治療法に微妙な変化を施していました。

ピュイセギュール侯爵は、〝メスメルの治療を受けた患者の一部に効果が出たのは、彼らがいまだ知られていない意識の状態に陥ったからだ〟と最初に主張した人物で、侯爵はそれを〝磁気睡眠〟と名付けました」

ヴァランタンは興奮して武者震いをした。

「それは、夢遊という特殊な状態を指すのでしょうか？」

「そうともかぎりません。おそらく関連はしているのでしょうが」そう応じたベルトランも、執筆途中の記事のことは忘れて少しずつ会話にのめりこんでいるように見えた。「わたし自身、長年この現象を研究し、多くの著作を執筆しました（原注：*Traité du somnambulisme et des différentes modifications qu'il présente*（一八二三年）、*Du magnétisme animal en France et des jugements qu'en ont porté les sociétés savantes*（一八二六年）、*De l'extase*（一八二九年）などがある）。そして、磁気流体は想像の産物だという結論に達しました。ですがメスメルが考案し、ピュイセギュール侯爵が改良した〝条件付け〟のやり方は医療において、とくにある種の痛みを取り除くのに有効だと考えています。なぜ彼らのやり方が機能するかは、想像や暗示が大きな役割を果たす〝覚醒下にある睡眠〟といったもので説明できると確信しています」

「患者の感覚に作用するような条件付けが可能だとおっしゃるのですか？」

「それ以上のことができますよ。わたしは長年、メスメルの業績に多少なりともおおっぴらにもとづいて治療をおこなっているヨーロッパじゅうの医師と文通しています。その主な人物はファリア神父というポルトガルの司祭と、ラフォンテーヌというスイスの磁気治療師です。どちらも患者をこの一種の〝覚醒下にある睡眠〟に陥らせ、彼らの感覚を変えるだけでなく、ある種の行動に誘導することにも成功してます。もっとも驚くべきは、眠りから覚めたとき、患者はみずからの意志とは無関係におこなったそうした行為についてまったくなにも憶えていないということです」

ヴァランタンはそれらの説明を聞きながら、一抹の嫌悪がまじった不安を覚えて身震いした。こうした手法を用いて犯罪を目的に人の心を操れば、どんな結果がもたらされるだろう。そんな疑問がどうしても心に浮かび、めまいのようなものを感じた。

「いったいどのような方法を使えば暗示にかかりやすい状態をつくり出せるのでしょう?」

「鋭い質問ですね、警部!」ベルトランは拍手をするふりをした。「この分野にまつわる事柄を警察のかたにこれほどすんなりご理解いただけるとは思いませんでした。こうした状態を引き起こすやり方はメスメル以降、ずいぶん進化しましたよ。わたしのまた別の文通相手であるスコットランドのジェイムズ・ブレイド(一七九五〜一八六〇)医師は新しい誘導法の信奉者で、中枢神経を疲労させることで〝覚醒下にある睡眠〟を引き起こすことができると主張しています。そのため彼は、光るものを凝視させて意識の機能を変えるまったく新しい方法を提唱しました。そしてそれを、〝催眠〟と名付けたのです」

その言葉を耳にした瞬間、ヴァランタンははっとして心臓が止まりそうになった。これですべて説明がつく。自殺に先立つ数週間前にリュシアン・ドーヴェルニュに見られた症状、テュソー医師の療養所の玄関口で目にした未詳の男も同じような症状を見せていたこと、リュシアンとティランクールを襲った突然の発作、ふたりが自殺を図った場所にそれぞれ光り輝く鏡があったという事実、テュソー医師が施している謎の治療法、彼が動物磁気に関心を抱いていたこと、精神を外部の意思に委ねることを許すこの奇妙な眠り……。テュソー医師は最終的にどんな怪しい計画を成し遂げようとしているのだろう? それはエミリー・ド・ミランド、そしてとくには例の裁判の予審を担当することになっているシャンパニャック子爵とのあいだに関係があるのだろうか?

〈ル・グローブ〉紙の事務所を出たとき、ヴァランタンをもっとも悩ませていたのはこの最後の問いだった。シャンパニャック子爵がかかわっているとなると、フランシャール警視にしても警視総監にしても、ほんのわずかな過ちも許さないはずだから。

29　有力な手がかりを見つけるも、あえなく追い返される

翌朝遅く、ヴァランタンはサン＝ジェルマン街にあるシャンパニャック子爵の屋敷の玄関前にいた。オルネー谷への遠出に加え、ヴィドックとベルトランから得た情報のおかげで、捜査はこの二日で大きく前進した。リュシアン・ドーヴェルニュとティランクールの自殺にテュソー医師が関与していることにもはや疑いの余地はない。だが、ヴァランタンはフランシャール警視に報告書を上げる前に、リュシアンとテュソー医師のみならず、謎の多いエミリー・ド・ミランドとアルフォンス・ド・シャンパニャックも含めた四人のあいだの関係を明らかにしたかった。そしてそれを探る

のは、微妙で危険な領域に足を踏み入れることだとじゅうぶんわかっていた。これからは、卵のうえを歩くような細心の注意が必要だ……。

シャンパニャック子爵の屋敷でヴァランタンを迎えたお仕着せ姿の執事は、陰鬱で四角四面な地獄の番犬そのもので、旧体制下や王政復古期によくいた従僕を思わせた。つまり主人の威を借り、下層民には主人よりも厳しく傲慢に接していた従僕だ。

執事はヴァランタンの風貌や服の仕立てを値踏みして最初は愛想よく迎えたが、職位や来訪の理由を知ると、急に見下す態度に出た。彼はまず、「旦那さまは午前中、ましてや土曜日は決して訪問客に応対なさりません」と告げてヴァランタンを追い返そうとした。だがヴァランタンがどうしてもと言い張り、その瞳が緑色から灰色に変わって剣呑な雰囲気を漂わせ出したためしぶしぶうなずき、豪華な調度品をそなえ、窓からフランス式庭園を望める控えの間まで案内した。

控えの間では、壮麗なベネチアングラスの花瓶にたっぷりと活けられた白百合が、思わずのぼせてしまいそうな強い芳香を放っていた。部屋の四隅にはロココ様式の見事な彫像が黒檀の円柱のうえに鎮座し、訪問客ににこやかに微笑んでいる。

〈少なくとも召使いの執事よりは感じのいい接客だ〉

ヴァランタンはそう思いながら、翼の生えた大理石の天使の頬を漫然となでた。

部屋には上等な布を張った木製の腰掛けがあった。だが、長く待つ気はなかったので腰は下ろさず、壁を飾るたくさんの絵画を一枚一枚見てまわることにした。ミシェル・ガルニエ、ジャン＝ジョゼフ・タイヤソン、ルイ・ボワイーなどそこそこ有名な画家の作品だけでなく、ジャン＝バティスト・シャルダンやフランソワ・ブーシェといった巨匠の絵も飾られている。なかには洗練をきわめた逸品もあり、屋敷の主の確かな審美眼を物語っていた。

作品から作品へと移動しながら鑑賞を続けていたヴァランタンはふと、ある不自然な細部に気がついた。明らかにこの部屋は訪れた人を感嘆させようと飾り立てられているのに、赤と金のシルクの布を張った壁に一ヵ所、最近取りはずされたらしい絵画の額の見苦しい跡が残っていたのだ。そこだけ色が抜けたその長方形の跡は、祈禱台の上方、手入れの行き届いた芝生と花壇が広がる庭園を望むふたつの窓のあいだにあるため、嫌でも目につく。このような無粋をそのままにしているのがヴァランタンにはどうにも解せなかった。これでは美しい女性の顔が、目立つ場所にできたイボのせいで台無しになっているようなものではないか。

屋敷のどこかで時計が十一時を打った。その音でヴァランタンははっとして、控えの間の検分を打ち切った。彼はすでに十五分ものあいだ、件《くだん》のシャンパニャック子爵がお出ましになるのを立ったまま涼しい顔で待っていた。けれども我慢には限界があり、そろそろ爆発しそうだった。いまいるのがフランスの由緒ある名門貴族の家系に連なる貴族院議員の屋敷でなければ、派手にいら立ちをぶちまけていただろう。だがアルフォンス・ド・シャンパニャックから得る情報がなんとしても必要だ。そのためには、これほどの地位にある人物の機嫌を損なうわけにはいかない。ヴァランタンは怒りを懸命にこらえながら、シャンパニャック子爵にお目通りがかなうのをひたすら待ちつづけた。

というわけで、時間は相変わらず腹立たしいほどゆっくりと流れていった。ヴァランタンはふと、この広大な屋敷が異様に静まり返っていることに気がついた。これは説明のつかない静けさだ。というのも、これほど大きい屋敷は通常、活況を呈しているからだ。この規模になると召使いの数も多いはずだし、昼どきになるにつれて彼らはどんどん忙しくなる。なのに物音ひとつせず、人が動く気配もまるでない。まるで無人であるかのように、あるいは絶対安静の病人がいるかのように、屋敷は静けさに包まれている。

ヴァランタンは怪訝に思い、じっとしていられなくなった。そわそわと控えの間を歩きまわり、先ほど通ってきたドアのほうをイライラと見やった。相変わらず誰も来る気配がないので我慢ができなくなり、部屋の反対側に行き、一階の応接室のひとつに通じていると思われるドアを注意深くそっと小さく開けてみた。

思ったとおり、そこは豪奢な応接室だった。フランス窓には分厚いカーテンが引かれていて、部屋は薄闇に沈んでいる。だがそれでもヴァランタンは、壁にいくつか、白布で覆われた額がかけられているのをみとめた。

アルフォンス・ド・シャンパニャックは室内の装飾について、ずいぶん風変わりな感性を持っているようだな。パリの名士たちを自宅に迎えることに慣れているはずの人物にしては、かなり妙だ！

ヴァランタンは忍び足で応接室のドア口をまたぎ、いちばん近い額に近づいて凝視した。なぜ白布をかけている？　この屋敷には不可解な点が多すぎやしないか？　控えの間の壁に残る額の跡、屋敷に重くのしかかる静寂、人の目から隠されたこれらの額……。

心臓の鼓動が速まった。手を掲げ、白布の端を少しだけめくってみた。すると……豪華な鏡のなめらかな反射面が現われた。

ヴァランタンはいくつかあるドアに視線をめぐらせた。相変わらず静まり返っている。もしここにこうしているのが見つかったら、確実に首が飛ぶ。シャンパニャック子爵は権力機構の上層部にいる相当な数の人間と知り合いで、警官をひとり、即刻お払い箱にすることなどわけないだろう。それでもヴァランタンは、はっきりさせなければ、と思った。

これは重大な発見だ。そう意識していたので残りの三枚の白布もめくり、まったく同じ鏡が隠されていることを確認した。そう、まったく同じ鏡だ。その瞬間、ひらめいた。千里眼でなくとも見抜ける簡単なことだった——控えの間のシルクの布張りの壁に残されていた跡は、当初考えたように絵画をかけたものではなく、もうひとつ別の鏡の跡にちがいない。多くの訪問客を通さなければならない部屋の壁に、布で隠した状態で鏡をかけておくわけにはいかず、しかたなく撤去したのだろう……。

ヴァランタンは猛烈な勢いで頭を働かせながら応接間を出た。シャンパニャック子爵は鏡に脅迫的なこだわりを持っている。このこだわりこそが明らかに子爵を、リュシアンとティランクールの自殺に、そして動物磁気から着想を得たというテュソー医師の謎の治療法に結びつけている。だがシャンパニャック子爵は間近に迫った前首相と前大臣たちの裁判の予審を担当していることから、捜査はきわめて微妙な政治的様相を帯びることになった。これはまさに警視総監が恐れていた事態だ。上層部に相談し、シャンパニャック子爵の周辺を洗う捜査を続ける許可を得ないかぎり、これ以上先へは進めない。ヴァランタンは子爵だけでなく、あの謎のエミリー・ド・ミランドも聴取するつもりだった。彼女こそ、この不可解な事件に関係する四人のなかの、ティランクールをのぞく三人をつなぐ人物なのだから。

貴重な時間をこれ以上無駄にはできない。ヴァランタンはエルサレム通りにある警視庁まですぐに行こうと、玄関ホールへ通じるドアのほうへ歩き出した。するとそのときドアが開き、三十分前に彼を迎え入れた執事がいかめしい顔で現われると、ヴァランタンを見るからに傲岸な目つきでねめつけた。

「旦那さまより、警察のムッシューにお会いできなくて遺憾である旨をお伝えするよう言いつかってまいりました。旦那さまはいま、親しいご友人であられるマダム・ド・ミランドの予期せぬ訪問にご対応されており、あのご婦人を昼食にお誘いしないわけにはいきません。日を改めて出なおしてくださるようにとのことでした。ですが、来週の後半までは時間が取れません。さらにできれば、午後いちばんでお願いします」

　ヴァランタンは執事の慇懃《いんぎん》無礼な物言いに怒りが爆発しそうになったが自制した。そんなことをしてもなんの得にもならない。執事は相手が気を悪くしたと知って喜色満面になり、さらなる喜びを得ようと屋敷の玄関先まで張りついてくるだろう。ヴァランタンはいら立ちをぐっとこらえ、顔に笑みを貼りつけた。

「おたくのご主人は、わが国特有の貴婦人《ギャラントリー》への献身の伝統を大切に守ろうとなされているようですね。どうかわたしからの讃辞をお伝えください。いや、それよりもむしろ次回、念願かなってちょっとした尋問をさせていただけることになったあかつきに、わたしから直接お伝えいたしましょう」

　執事は顔をしかめた。しがない警官が自分の主人についてなんであれ嫌味な物言いをすることは、彼にとって噴飯物の出来事だった。火箸かなにかでこの失礼な警官をつまみあげて外に放り出すことができたら、喜んでそうしただろう。

　ヴァランタンと執事は縦並びになって玄関ホールを斜めに突っ切った。市松模様のタイルを歩くふたりの足音が、ホールの巨大な空間に反響した。ホールには石造りの堂々たる階段が設置されており、二階の部屋に通じる廊下と張り出したギャラリーにつながっていた。階段のそばを通りかかったとき、ヴァランタンは二階で人影が動くのに気づいて目を上げた。錬鉄の手すりの後ろに豪華な身なりをしたひと組の男女が立っていて、ヴァランタンと執事が通り過ぎるのを眺めている。

　すぐにわかった。

　それは二日前、オルリー谷の療養所を出ていくところを目にしたあのカップルにほかならなかった。

30　フランシャール警視、指揮を執る

　ヴァランタンがエルサレム通りに着いたとき、警視庁の門前はちょっとした緊張感に包まれていた。ファサードに沿って辻馬車が二台並んでいて、そのうち一台にはすでに平服の四人の警官が乗りこんでいる。もう一台は、治安維持を担当する巡査が客車の扉を手で押さえて開けたままにしていた。玄関先では数人がなにやら熱心に話しこんでいる。ヴァランタンが巡査にどうしたのかと尋ねようとしたとき、議論を交わしていた集団からフランシャール警視が抜け出してきた。屈強な身体つきをした蓬髪の治安局長は、ヴァランタンの腕をつかむと言った。

「いいところに来たな、ヴェルヌ！　ラストゥールという名のボナパルティストの扇動者について、生情報を得た。こいつはタンプル大通りでいかさま賭博をやってるんだが、これは彼が属する秘密結社の大物らに接触するための巧みな隠れ蓑だと言われている。こいつの捕り物を指揮するため、これから現場に向かう。ぐずぐずしてはいられん。取り逃がしてしまうからな」

「ドーヴェルニュ事件の捜査に進展があったので報告に参りました。こちらも急を要します。きわめて深刻な事実が判明したんです」

「なんだと？　深刻な事実？」フランシャール警視はぐいと部下のヴァランタンを引っ張った。「一緒に乗れ。話は馬車のなかで聞こう」

　フランシャールは馬車に乗りこむや、ステッキの握りで客室の前壁をこつこつと叩いた。二台の辻馬車はすぐにバリルリー通りとシャンジュ橋のほうへ走り出した。

フランシャール警視は座席のベンチでくつろいだ姿勢を取ると、人の好い顔をヴァランタンに向けた。

「さて、話を聞こうじゃないか。ドーヴェルニュ事件の捜査はどこまで進んでいる？　どんな事実が判明したんだ？」

馬の蹄と鉄を巻いた車輪が石畳を打つ騒々しい音に負けないよう、ヴァランタンは声を張りあげなければならなかった。

「残念ながら、〈ドーヴェルニュ事件〉がじきに〈シャンパニャック事件〉になってしまうのではないかと危惧しています」

「なんてことだ！」フランシャール警視の朗らかな表情が一瞬にして曇った。「話を聞くのが怖いな。いったいどういうことだ？」

ヴァランタンは捜査の進捗状況と、テュソー医師を追うことで判明した事実を漏れなく詳細に説明すると、最後にこうきっぱり締めくくった。

「わたしからすると、いまや全体像はかなり明らかです。テュソー医師が鏡を使った恐るべき暗示法を開発したにちがいありません。患者の思考や行動を操れるような暗示法です。この方法を使って彼がリュシアン・ドーヴェルニュとミシェル・ティランクールを自殺に追いこんだのだと思います。問題はテュソー医師がいま、シャンパニャック子爵をその影響下に置いているということです。エミリー・ド・ミランドはテュソー医師に患者を斡旋《あっせん》する役目を果たしているのでしょう。おそらく医師に実験台を提供していると思われます。彼らの目的についてはまだわたしにも見当がつきませんが、この両名を厳重な監視下に置けばすぐに答えを見いだせるのではないでしょうか。むろんシャンパニャック子爵にも、こちらの質問に答えていただかなければなりません」

フランシャール警視は思案顔で顎をさすると不安げに額に皺を寄せ、ステッキの握りをつかむ手にぐっと力をこめた。

「きみがすばらしい働きをしたことは認めざるをえない」彼は困惑のため息をついて言った。「だがわかってほしいのだが、われわれは危険な領域に足を踏み入れている。考えてもみろ、相手は貴族院議員だぞ！　しかも前首相と前大臣たちの裁判の予審を担当している大物だ！　これはもう、われわれの手に負える事件じゃない」

「そのことはじゅうぶん承知していますよ、警視」

「それならけっこう！　いいか、わたしもきみもこの一件で地位を失う恐れがある。当面はこれ以上動くな。背後の守りを固めるまで、このまま捜査を続行するのはご法度だ。まずは警視総監にうかがいを立てる。シャンパニャック子爵の尋問と捜査の継続を許可できるのは総監だけだからな。こっちの言うことは理解できたか？」

「ええ、それはもうはっきりと。そこでひとつ質問ですが、警視総監にはいつ面会がかなうと考えていらっしゃるのでしょう？　というのも、手をこまねいてはいられないのです。シャンパニャック子爵に対するテュソー医師の暗示がどの程度まで進んでいるのかわかりませんが、オルネー谷で目にした子爵の様子からすると、最悪の事態がいつ起きても不思議ではありません」

「タンプル大通りで商売をしているあのろくでもないボナパルティストを捕まえたら、警視総監の自宅へ赴くことにする。政治的な影響を考えると、総監もおそらく大臣におうかがいを立てざるをえなくなるんじゃないか。というわけで、どんなに早くとも明朝まではなんの指示も受けられないと思う。指示があるまでじっとしてろ。くれぐれも先走ったことはするな。いいな？」

ヴァランタンは落胆を隠して従順にうなずいた。進退がかかっているのが自分ひとりであれば、上層部の許可など待たずに思い切った行動に出ただろう。だが、フランシャール警視は治安局長として自分よりもよほど危険を承知している。七月革命で誕生した新体制はいま、少しの過ちも許されない状況にある。なにしろ通りでは抗議行動が繰り返され、一枚岩ではないものの敵対勢力が攻勢を強めているのだ。ルイ＝フィリップの頭に載った王冠は、まだぐらぐらと危なっかしく揺れていた。

　失望から気をまぎらわせるため、ヴァランタンは窓外に目を向けた。力強い足取りで進む馬に牽かれて、馬車はどんどんサン＝ドニ通りをのぼっていく。旧郵便旅籠ホテル・グラン・セール〉があった場所を通りかかると、そこに新たな屋根付きパサージュ（パサージュ・デュ・グラン＝セールを指す）を建設するために働いていた多くの労働者たちに道を空けるよう、御者は声を張りあげなければならなかった。ここを過ぎれば、あとほんの数分で大通りが集まる地区に出る。土曜日のつねで、界隈はひどく混雑しているはずだ。

「アンビギュ座の辺りで下車しよう」フランシャール警視は、扉口から身を乗り出して馬車の進み具合を確かめたうえで指示を出した。「そこからタンプル大通りまで徒歩で行く。目立つわけにはいかんからな。ラストゥールは狡猾な男でつねに警戒を怠らない。あいつをしょっぴこうとしたのはこれが初めてじゃない。だが毎回、まんまと逃げられた」

　ヴァランタンはなにも言わずにうなずいた。〝タンプル大通り〟と聞いただけですぐに、ヴァランタンの頭の最前列にアグラエ・マルソーの顔が飛び出してきた。そして同時に胸がずきんと痛んだ。すでにもう二日も彼はアグラエを無視し、新作の芝居を観に来てほしいという誘いに色好い返事をせずにいた。秘密の小部屋を荒らしたのが彼女ではないかと疑っていたからだ。だがヴィドックがその疑念をあらかた払拭してくれた。となると今度は、あからさまに招待を無視したことでアグラエに嫌われたのではないかと考え、いたたまれなくなった。機会があればすぐに会いに行き、勇気を出して包み隠さず事情を説明するよりほかはないだろう。

馬車がサン＝マルタン大通りにある劇場群の端まで来たとき、フランシャール警視が御者に停まるよう命じた。ヴァランタンは物思いから引き戻された。もうじき正午で、通りを散策していた人びとの多くがすでに大通り沿いの側道を離れ、界隈に数多くある食堂に押し寄せていた。フランシャール警視と五人の部下たちは足早にシャトー＝ドーの噴水へ向かった。そこから先は道幅が三百メートルにまで広がり、木陰に彩られた長方形の広場のようなものが形づくられている。コリント様式やビザンティン様式もどきのペディメントをそなえた劇場と風変わりなファサードが並び、縁日が連日開かれていたこの通りこそ、パリの旧城壁内の地区でいちばんのにぎわいを誇るかの有名なタンプル大通りだ。劇場が開くまでのあいだ、労働者、ブルジョワ、仕事にあぶれたごろつきなどから成る多種雑多な群衆たちが軽業師や見世物師のテントや手品師の舞台に押し寄せ、お祭り騒ぎの喧騒《けんそう》のなか、香具師《やし》がひと稼ぎしようと大声を張りあげていた。

「全員で固まって行動するのはまずいな」フランシャールは部下たちに言った。「百メートル先からでも目立ってしまう。タレコミ屋の情報が本人の豪語するほど確かならば、ラストゥールはクルティウスの蠟人形館の前にいるはずだ。きみら四人は（彼は二台目の馬車に乗っていた警官たちを指さした）、群衆のなかに散らばり、標的がいる場所をこっそり囲むようにして近づけ。だが、気をつけろ、わたしを見失わないように注意するんだ。そしてわたしが帽子のてっぺんをぽんと叩いたら、いいか、それを合図に網を絞れ。あのこしゃくなボナパルティストに襲いかかるのは、最後の最後でだ。ヴェルヌ、きみはわたしと一緒に行動しろ」

　フランシャール警視とヴァランタンは、灰色のフロックコートを着込んだ警官（原注：目立たないようブルジョワの恰好をすることになっていた私服警官の多くが警視庁に支給された服を着ていたため、それがほぼ制服と化していた）たちが人混みにまぎれてそれぞれ歩き出すのを待った。辺りには焼いたソーセージ、氷砂糖のキャンディー、マカロンのにおいが漂っている。見世物の舞台のまわりで人びとが押し合いへし合いしていたが、浮き立つ気持ちが伝染しているのだろう、みな一様に明るい笑顔だ。バレエのチュチュを着て踊る犬や指で数をかぞえる賢い猿を前に目を丸く見開いている人もいれば、霊薬売りの口上や綱渡りをする道化師の冗談に聞き入っている人もいる。あちこちからどよめきや笑いがあがり、そこに新聞売りや菓子売りの呼び声が加わった。

「こんなに人がいるのに標的が見分けられるんですか？」ヴァランタンは、ドイツ産の化学式マッチの売り子――いちばん安心なマッチはいかがかね！　満足すること請け合いだ！――を押しのけながら尋ねた。

「心配するな。すでに言ったとおり、やつはいかさま賭博師に化けることで警察の目をごまかせると思っている。二、三人の仲間とともにカロ賭博（原注：なかを空洞にしたボーリングのピンのようなものと木製の玉を使ったカップ・アンド・ボールのような賭博）でお人好しからカネを巻きあげている。賭博師というのは隠れ蓑としては悪くない。共謀者どもに密かに接触できるだけでなく、懐を暖めることもできるのだからな。だが、どうしたヴェルヌ？　急に顔色が真っ青だぞ！　具合でも悪いのか？」

　ヴァランタンはポケットからハンカチを引っ張り出して額の汗をぬぐった。フランシャール警視と人群れのなかに入ってから、なんとなく圧迫感を覚えていた。食べ物のにおい、喧騒、周囲の熱気に気分が悪くなり、時間が経つにつれて不快なめまいのようなものを感じていた。

「なんでもありません」不調に負けまいと努めて言っ

た。「今朝、ほとんどなにも食べてなくて。空腹のせいでしょう」

「なら、気合を入れなおさんとな！　いまは具合が悪くなってる場合じゃない」

まさにその瞬間、ぽつぽつと雨が降り出した。驟雨《しゅうう》ではなくほんの小糠雨《こぬかあめ》だったが、そぞろ歩く人びとが通りから消えるにはじゅうぶんだった。その多くは遊歩道の並木のしたか、劇場のガラスの庇《ひさし》のしたに慌てて避難した。ヴァランタンは呼吸が楽になった気がした。頭をのけぞらせ、天から降り注ぐ雨を顔で受け止めると気分もよくなった。

「着いたぞ」数分後、フランシャール警視はヴァランタンの脇腹を軽く肘で小突いた。「あそこにいる薄紫の服を着た不恰好なのっぽが見えるか？　あいつがラストゥールだ」

ヴァランタンは指し示された方向に頭をめぐらせた。十メートルほど先に、黒々とした髪をしたひょろりとやせた長身の男がいる。男はケープのついたフロックコート、三重に巻いたネクタイ、格子柄の半ズボンという恰好で、ひっくり返した木箱の後ろに控えていた。木箱にはクロス代わりにカーテンが敷いてあり、数人の見物客が男を取り巻いている。男は急場ごしらえのテーブルのうえに、のろのろとした不器用な手つきで小さな玉をひとつ載せ、木製のカップをかぶせた。それからカップの両側に一個ずつ新たにカップを置いた。

「さあ、寄ってらっしゃい見てらっしゃい、これから玉を移動させるよ！　ほれ、こっちに行ったぞ！　お次はこっちだ！　さあ、玉はどこだ、どこだ、どのカップのしただ？」

彼は玉がカップから飛び出さないように注意しながら、三つのカップを持ちあげることなくクロスのうえで次々に滑らせた。そして何度かカップを移動させたあと不意に手を止め、大きく両腕を広げて叫んだ。

「玉が入ってるカップはどれだ？　一ルイ（二十フラン）

だよ、さあ、賭けた、賭けた！」

　国民衛兵の制服を着た男が五フラン硬貨を四枚、ひとつのカップの前に置いた。

「玉はこのなかだ」男は自信たっぷりに指し示した。

「すこぶる単純なことだ」口髭を生やし、襟に毛皮がついたコートにステッキに山高帽という出で立ちの男がしゃしゃり出てきた。「玉はずっと同じカップのなかにある。それを見失わないようにすればいい」

　そう言うと、口髭男は玉が隠されていたカップを持ちあげだ。

「ほら、どうだ！」勝ち誇って叫んだ。「実に造作ない！」

　フランシャール警視は小雨を避け、雨宿りをするようなふりをしてヴァランタンを少し離れたプラタナスの木のしたまで引っ張っていくと、愉快げに笑った。

「ここまでは茶番だ。もちろんあのふたりはサクラさ。ラストゥールの取り巻きで、ほんとうにカネを賭けているわけじゃない。ああやってカモをおびき寄せているのさ。さあ、このあとどうなるか、見てみよう」

　木箱のまわりでは同じショーが再開されていた。だが賭ける段になると、今度はコートを着た口髭男がいちばんにカップを指さし、前回と同じように見事当たりを出して賭け金の二倍の額を手に入れた。

「これで前振りは終了だ」フランシャール警視は言った。「見物人の大半がいまや、賭けに勝つのは簡単だと思いこんでいる。さて本番はここからだ。カップを動かすさい、ラストゥールは器用に玉を手のなかに隠す。誰にも見られず、気づかれずにな。だからどのカップを選んでも、負けが決まっている」

　見物人はいまや夢中だ。いかさま師がふたたび三つのカップを次々に交差させながら木箱のうえで滑らせているあいだ、木箱にもっと近づこうと大勢が躍起になって押し合っている。そのうちのひとり、濃いもみあげを蓄えたブルジョワの男が競争相手を紙一重の差で制し、右端のカップの前に金貨を一枚、さっと置いた。

「はずれ！」ラストゥールは金貨が置かれたカップを持ちあげて言った。「だがおれは太っ腹でね。残りのふたつのカップで勝負しよう。さあ、どっちを選びます？」

ブルジョワのもみあげ男がカップを選ぶと、ラストゥールはそれを持ちあげた。もちろん、なかは空《から》っぽだ。するとここでコートを着たサクラがふたたびしゃしゃり出てきて、もみあげ男に「ちゃんと見てなかったからですよ」と忠言した。彼によれば、玉は明らかに最初からずっと三番目のカップに入っていたらしい。そしてそれを証明しようとするかのようにみずからカップを浮かせ、確かに木の玉が入っていることを周囲に見せた。

「どんな手を使ったかわかったか？」フランシャールはヴァランタンにウィンクをした。「コートを着た野郎はまったく同じ木の玉を手に隠し持っていたんだよ。そして三番目のコップをつかみあげた瞬間、それを木箱のテーブルに滑らせた。まさにこの方法で、ラストゥールは連絡員と情報をやり取りしている。日中サクラが次々に交代し、なかに伝言を仕込んだ玉をああやってやつに渡しているのさ」

「なるほど。なかなかうまいやり口ですね」

「ああ。だが幸せは長くは続かない。このちょっとしたインチキを終わらせるときがきた。わたしは部下たちを見まわって準備が整っているか確かめてくる。きみは気づかれないよう注意しながらラストゥールに近づいてくれ。そしてわたしが合図を出したら、やつを取り押さえるんだ。部下はほかの連中を担当する」

雨はすでにやんでいた。ふたたび密になった側道の人群れのなかにフランシャール警視がまぎれていくあいだ、ヴァランタンは周囲の人びとをかき分けながら、賭け事に興じている人混みへと進んだ。そして、カップをふたたび滑らせはじめたラストゥールから四メートルほどのところで足を止めた。

するとそのとき、喧騒を突き破る鋭い声がした。

「気をつけろ！　おまわりだ！」

ヴァランタンは不意を衝かれ、即座に反応できなかった。状況を把握したときにはすでに周囲が騒然としていた。人びとはみな、なにが起きているのか確かめようときょろきょろと四方に頭をめぐらしたり、つま先立ちしたり、その場で飛び跳ねたりしている。ざわめく群衆に取り囲まれながらもヴァランタンの視線は一瞬、野次馬の群れを必死に窺《うかが》っているラストゥールの姿を捉えた。その直後、彼と目が合った。視線を逸らすまもなく、ラストゥールは人差し指を向けてきた。

「あそこだ！　真ん前にいる！」ラストゥールは叫んだ。

まずい、気づかれてしまった！

ラストゥールを取り逃がすまじと、ヴァランタンは障害物になっている見物人たちを押しのけて突き進んだ。標的に目を据えたまま無我夢中で猛進していたせいで、横の動きにはまったく注意を払っていなかった。そのため、国民衛兵の制服を着たサクラのひとりが、折りたたみナイフを開いてさっと近づいてきたのに気づけなかった。

襲われそうになった瞬間、ヴァランタンは幸運にも群衆に揉まれて左側へ押し出された。そのおかげで、ナイフの刃は腕をかすめただけだった。だが、後ろにいた女性が痛みに悲鳴をあげた。ドレスについた血を目にした群衆は、恐慌をきたして大声で騒ぎ立てた。その混乱のせいで、ヴァランタンはラストゥールと彼の一味を見失ってしまった。

十分後、フランシャール警視と部下たちがなんとか群衆を落ち着かせたときには、すでにラストゥールたちの姿は消えていた。

「とんだ失態だ！」フランシャール警視はため息をつ

いた。「あのラストゥールの野郎にまたもや逃げられてしまった！　それから、ヴェルヌ、あいつがずらかるのをなんとか阻止できなかったのか？」

ヴァランタンはフロックコートの袖についた破れ目を指でなぞりながら言った。

「ナイフの切っ先がほんの少しでもずれていたら、わたしはいま、上司の質問に答えることもできなかったでしょう。いったい誰が〝おまわりだ！〟なんて叫んだのやら、そいつを捕まえることができたらいいのですが」

「ったく！　こっちが見落とした見張りがいたんだろうな。とにかく、きみが無事でよかったよ。きみの代わりに刺された女性も、幸い、軽い傷で済んだしな。なにしろこっちは、ラストゥールを取り逃がしたということだけですでに、警視総監から大目玉を食らうことになるんだから……」

ヴァランタンは無言のままでいた。確かに危ないところだった。今回はほんとうに運が味方してくれた。この幸運を心から味わうべきだろう。だがひとつ、引っかかる点があった。気のせいだと片づけようとしたが、気になってならない。それは、警告を発した見張りの声に聞き覚えがあったということだ。

31 内省

　ヴァランタンは警視庁の近くでフランシャール警視および同僚たちと別れると、最初に目についた居酒屋に飛びこんだ。すんでのところで死をまぬがれたという衝撃が覚めやらず、強い気つけが必要だった。理解のあるフランシャール警視は彼に翌朝まで休みを取ることを許し、「いいか、だいそれたことはするなよ。警視総監にこれから会いに行くから、捜査を再開するのはそのあとだ」と強い口調で念を押しただけだった。

「〝慎重は安全《シュルテ》の母〟だからな！」フランシャール警視はヴァランタンが洒落に気づくよう、〝安全（シュルテには「治安」の意味もある）〟をことさら強く発音した。

　三杯目のフロック・ド・ガスコーニュ（葡萄果汁にアルマニャックを加えたワイン）を飲むうちに、昂っていたヴァランタンの心も落ち着いてきた。この十二日ほどのあいだ、彼は実に五回も命の危険に晒《さら》された。まず霧のなかでの襲撃があり、次に〈王冠を戴く雉《きじ》たち〉亭で〈ジャコバン派再生会〉のメンバーたちと対決し、その翌日にはフォーヴェ＝デュメニルとの決闘に挑んだ。さらに二日前には、ルヴィエ島でグラン＝ジェジュと彼の手下たちの罠に落ちた。そして今日はナイフで刺されそうになった。今回の襲撃は突然のことで、人群れのなか混乱していたため、恐怖を覚える間もなかった。しかし振り返って考えると、ヴァランタンはなによりこの最後の襲撃に不快な戦慄を覚えた。それはおそらく、襲ってくる敵にまるで気づけず、しかも自分に関係のないどうでもいい事件のためにむざむざと命を落としそうになったという厭わしい感情によるものだ。

　今日のことでヴァランタンは警官になって以来初めて、自分が選んだ人生につきまとう危険を痛感した。

自分にとって人生の有意義な唯一の目的を果たす前に死ぬかもしれないと考えると、心がかき乱された。人生の唯一の目的、それはル・ヴィケールの暴力を断ち切り、哀れなダミアンを完全に解放することだ。と同時にヴァランタンは、自分が抱える孤独の大きさも自覚した。なにしろこの心の動揺を打ち明けられる家族や友人がひとりもいないのだから。

研究に没頭し、顔を合わせたときもいつも立ち話程度しかできないペルティエ教授を除き、ヴァランタンはもう誰とも心の通う関係を結んでいなかった。実際には父親の死以来、彼は周囲の人との関係をいっさい断ち切り、世捨て人のような、いや、厳格な修道士のような暮らしを送ってきた。彼は自問した。自分は単にみずからの力を買いかぶっていたのだろうか？　世界から孤立したまま自分ひとりの力で大きな事を成し遂げられるなどとうそぶける人が、はたしてこの世にいるのだろうか？

そんな問いに思いをめぐらせているうちに、ヴァランタンはいつのまにかある人物のことを考えていた。最近彼に愛情のしるしを示してくれた唯一の人、アグラエ・マルソーだ。初めて会ったときからヴァランタンはあのかわいらしい女優に心を惹かれ、彼女が心に引き起こした思いがけない感情にとまどった。アグラエは自由な精神と胸の内を率直に口にする勇気をそなえていて、それは彼女特有のものだった。古い慣習から大胆にも自分自身を解放しようと努め、警視庁に押しかけてでまかせを口にし、さらには強引に彼のアパルトマンに入りこみもした。それもこれも、ヴァランタンが決闘で命を危険に晒すのを阻止するためだ。

その一方で、自分はいったいなにをしただろう？　自分がしたのは、これまで感じたことのない感情にとまどい、それを押しやることも言葉にすることもできないまま、アグラエが秘密の小部屋に侵入したのではないかという疑惑を口実に関係を断ち切ろうとしたことだ。そうした口実に安易に飛びついた。だが、そもそもあの部屋が荒らされたとほんとうに言い切れるだろうか？　確かに、あの部屋にあったいくつかの物の置き場所が変わったような印象を持った。そう、それは単なる印象であり、絶対にそうだといまもまだ断言できるだろうか？　翌朝に決闘を控えて神経が昂っていたことから、気づかぬうちにあの部屋の物を自分で動かしたという可能性も否定できない。たとえば決闘用の拳銃を収める小箱の錠に細工を施すため、何時間もあの部屋で作業をしたときに。そう、いま事の次第を冷静に振り返ってみると、自分で無意識に物の置き場所を変えたのだ、そうにちがいない、という気がしてならない。とにかくヴィドックは、アグラエが品行方正な娘だと太鼓判を押した。となると、きわめつけの無礼者として振る舞ったのは自分のほうだ……。

みずからの不躾なおこないを償うべく、ヴァランタンはもう手遅れかもしれないと危惧しながらも、店の者に紙と筆記具を持ってきてもらった。そしていそいそと羽根ペンを走らせてアグラエ宛の手紙を書き、新作の舞台を観に行けなかったことを謝罪した——それもこれも、劇場に向かうまぎわに不測の事態、つまり警官という仕事につきものの突発的な事態が起きたせいです……。ヴァランタンはこのような失礼があったあとでもアグラエが彼を赦《ゆる》し、次の公演に招待してくれることを望んだ。

手紙をたたみ終えると、退屈しのぎに客たちのサイコロ遊びを眺めていたちんぴらの少年に目を留めた。知りたがり屋の目をした、ぼさぼさ頭のやせこけた十二歳ぐらいの少年だった。ヴァランタンは少年に二フラン硬貨を一枚渡すと、「この手紙をマダム・サキの劇場に届けてくれ」と頼んだ。そしてそれなりに人間の本質を理解していたので、「きちんと役目を果たし、三時前までに戻ってきたらもう一枚、二フラン硬貨をあげよう」と約束した。そのあと、朝からなにも食べておらず、しかも酔いがまわっていたため、酒のつまみをたっぷり注文した。

　二時間後に居酒屋を出たとき、腹は満ち、心は少し晴れていた。だが残りの午後をどうして過ごせばいいのだろう。フランシャール警視には、「追って指示が出るまで、ドーヴェルニュ事件の関係者にはどんな形であれいっさい近づくな」と釘を刺されている。事件の関係者たちに警戒されてはならないというのがその理由だが、と同時に、捜査の過程でシャンパニャック子爵を詳しく調べなければならなくなったときに国の上層部にまちがいなく警官たちを保護してもらえるよう、事前に根まわしをしておく必要もあるらしい。なにもすることがないとなると、夜までの時間が長くなりそうだ……。手持ち無沙汰を危惧したヴァランタンは、フール通りで霊柩馬車を見かけたのを機に、南墓地（原注：現在のモンパルナス墓地）を訪れることにした。

　墓地に着いたとき、雨がふたたびしとしとと降りはじめていた。この場所にぴったりの天気だ。一八二四年につくられたこの新しい墓地は、広々とした草地と種類豊富な樹木と、パルナス丘《モン・パルナス》にあった粉挽き小屋を改修して設けられた番小屋のおかげで鄙《ひな》びた雰囲気を保っていた。

　まだ数が少ない墓は北側に集まっていた。それはあたかも死者たちが、自分たちには美しすぎるこの場所を墓地として占有してしまったことをいくらか申しわけなく思い、遠慮して日あたりの悪い隅に引っこんでいるかのようだった。

　ヴァランタンは、落葉こそしているがまだ堂々と見事なトネリコの木まで、墓地内のいちばん大きな道を下っていった。トネリコの木の根元に白い大理石の墓があり、異彩を放っていた。科学にまつわる器具や記号で周囲を飾られていたからだ。科学に造詣の深い人ならすぐに、それらがコンパスや直角定規などだと気づくだろう。薬剤師のエティエンヌ＝フランソワ・ジヨフロワが一七一八年に科学アカデミーに寄託した〈元素の親和力表〉にある科学記号――〈酸の精〉、〈アンチモンのレグルス〉、〈礬《ばん》の酸〉、〈酢の精〉、〈吸収性の土〉……――だとも。墓碑のまわりには、一七八九年に数学者ユーリイ・ヴェガが計算した円周率の最初の百四十の数字がぐるりと記されている。一方、碑文のほうはふたつの名前と四つの年月日だけと、簡素さが際立っていた。

クラリス・ヴェルヌ　一七八〇～一八〇二
ヤサント・ヴェルヌ　一七七四～一八二六

碑文を目にしただけで、ヴァランタンの心に思い出がよみがえった。ここに黙想しに来るたびに、過去から立ちあらわれたひとつのイメージが脳裏に浮かぶ。それはいつも同じイメージだ。深い闇のなかで無限に増殖していく、微笑みを浮かべた男性の顔。まだそれほど年配ではないはずなのに、雪のように白い髪がその端整な顔を縁取っている。男性の腕がやさしく慎重に、さあ、こっちにおいで、と誘いかけるように伸びてくる。迷子になった小さな動物を怖がらせまいとでもするように。あの微笑み。慈愛に満ちたあの仕草。それはヴァランタンの記憶にある父とのいちばん古い思い出だ。十二歳ぐらいだったときの。

あのあとヴァランタンは、この孤独でときに寡黙な父に忍耐と愛という宝物を見いだした。ヤサント・ヴェルヌはたったひとりのわが子の知性を呼び覚ます仕事を誰にも任せず、みずからの手で教育にあたった。そして息子に理性の絶対的な力を信じる心と、科学への尽きせぬ興味を伝えた。数年後、同じ年頃の少年たちが英雄の物語に夢中になったり、初めての恋のときめきを覚えたりしている一方で、若きヴァランタンは日がな一日『百科全書』のいくつかの項目を読んだり、ニュートンやラヴォアジエの著作を学んだりしながら何日も過ごすことができた。そしてその後、何年も前にお産で亡くなった父の若い妻、クラリス・ヴェルヌの肖像画を父の寝室で目にしたあの出来事が起こった。いまだ喪の悲しみに暮れていたヤサントはそのとき、息子に外の世界を見せなければならないことに気がついた。そうして十五歳から十九歳まで、ヴァランタンは父のアパルトマンとジョゼフ・ペルティエの薬局を行き来して過ごし、この知の巨人の研究にささやかな貢献を果たせることに大きな喜びを感じた。

その間ヤサント・ヴェルヌは、つねに息子を見守っていた。おそらく過保護なほどに。彼は息子をやさしさと愛で包み、母親がいない寂しさを忘れさせようと努めた。ヤサントはときたま家を空けたが、長期にわたることは決してなく、頻度も年に一、二回程度だった。田舎でひとり暮らしをしている年老いた従姉妹《いとこ》を邪険に扱うわけにはいかなかった。ヴァランタンは、家を留守にしなければならなくなるたびに父が後ろ髪を引かれる思いでいるのを感じていた。父は息子の世話をたったひとりの家政婦エルネスティーヌに頼み、息子には思慮深く慎重な行動を促す言わずもがなの注意をこんこんと説いた。逆に父の帰宅はまさに祝い事で、父は必ず息子に土産《みやげ》を持ち帰ってきた。けれども従姉妹の健康状態が芳しくはなかったのだろう。というのもヴァランタンは長じるにつれ、旅から戻ってくるたびに父が苦悩し、言いようのない悲しみに打ちひしがれていることに気づいたからだ。

あの頃、どうしたら真実を察することができただろう？

幸せだった過去を振り返りながら、ヴァランタンは喉の奥に大きな塊がせりあがってくるのを感じた。地面が雨で濡れているのもかまわず、彼は墓のそばの草地に崩れるように尻をつき、冷たい墓石に額をあずけた。

一八二六年の最初の数ヵ月ですべてが一変した。あの頃、ヤサント・ヴェルヌはどんどん憂慮を深めているように見えた。普段は気遣いのできる穏やかな人だったのに、注意散漫で気が昂っていた。あの冬、父は少なくとも二度、田舎へ赴いた。従姉妹の具合が悪く、かいがいしい世話が必要で、そのためには自分がそばについていなければならないとのことだった。二度目に父が家を空けたとき、ヴァランタンは〈レコー・デュ・ソワール〉紙で死体発見の記事を読んだ。ちょうどその一月、ベルヴィル村にある二階建ての家屋が地滑りのため倒壊した。借家人は幸運なことにその日は留守にしていて、しかもその後、姿を現わすことはなかった。借り手は聖職者で、家主にはマルタンと名乗っていたが、本名はおそらく別の名前と思われた。それからほどなくして、瓦礫を撤去していた土木作業員によって、丸天井をそなえた地下室が被害をまぬがれてそのまま残っているのが発見された。地下室に入ると、血の凍る光景が広がっていた。金属の檻のなかに、十歳ぐらいの少年の全裸死体が横たわっていたのだ。死因は窒息死だった。

ヴァランタンはこの恐ろしい記事を読み、大きな衝撃を受けた。盲人が奇跡的に突然視力を回復し、陽の光で目を焼かれたかのように。あるいは夜、悪夢にうなされて目覚めると、夢よりもひどい現実が待ち受けていたかのように。彼は殺された少年がル・ヴィケールの犠牲になったとわかっていた。すべてが一致する。旅行方をくらました聖職者、地下室、金属の檻……。旅から戻ったヤサント・ヴェルヌが目にしたのは、苦悩に苛まれている息子の姿だった。父子は長々と語り合ったが、今後の方針をめぐって意見は一致しなかった。ヴァランタンはそのことに鋭い胸の痛みを覚えた。まさに善を体現し、誰よりも尊敬する人とのあいだの初めての対立だったからだ。

それから数週間後。もともとまぼろしにすぎなかった幸せを運命が執拗に打ち砕こうとしたかのように、あの辻馬車の恐ろしい事故が起きた。ヤサント・ヴェルヌは朝、いつものように健康のためセーヌ河のほとりを散歩していた。ヴォルテール河岸を歩いていると、野鳥捕獲屋の古ぼけた荷車から木箱がひとつ転がり落ち、石畳のうえでバラバラに壊れた。運の悪いことに、木箱から十羽ほどのインコがいっせいに飛び立ち、そばに停まっていた辻馬車の馬たちを驚かせた。御者は不意を衝かれ、急に走り出した馬たちを制止できなかった。ヤサント・ヴェルヌは暴走する馬たちのちょうど前方にいて、馬車にこめかみと肩を強打された。そばに居合わせた人たちが意識不明となったヤサントを近くの骨董店まで運び、急いで近所の医者を呼びに行った。医者を待つあいだ、ヤサントが携帯していた身分証明書から身元がわかり、自宅の場所も判明した。半時間後に事故を知らされたヴァランタンは、不安に色を失いながら現場に急行した。けれども悲しいかな、着いたとき父はすでに息を引き取っていた。ヴァランタンは和解できないまま父が逝ってしまったという後悔と悲しみに打ちひしがれながら、すでに硬直しはじめた父の身体と血の跡がついた白い髪に縁取られたその気高い顔を前に、長いあいだ無言のまま悄然とたたずんだ。

気の毒なことに、家政婦のエルネスティーヌも主人の死のわずか数日後に悲しみのあまり亡くなった。ヴァランタンは、自分もこの残酷な死から立ちなおることが決してできないだろうと思った。二週間後、二度と浮かびあがることのない奈落に突き落とされたような気持ちを抱えながらも、日々の暮らしに虚《むな》しく空いた穴を埋めようと父の机の整理に取りかかった。そして父の秘密を見つけた。年老いた従姉妹など存在しなかった。ヤサント・ヴェルヌは人生の最後の七年を、ひたすらル・ヴィケールを追うことに費やしていた。ヴァランタンへの愛のために。なぜならヤサントにとっては、ヴァランタンの幸せこそがなにより大事だったからだ。そしてヴァランタンを幸せにするために、平安と進歩を愛する温和な彼が、自分自身を無理やり正義の裁き人に変えていた。何日か家を空けていたのは有力な情報を手に入れ、その真偽を確かめようと現場に足を運んでいたからだった。

この事実にヴァランタンは胸をひどく揺さぶられた。どうしてなにも気づかなかったのだろう？　なぜわからなかったのだろう？　他人にあまりにも無関心で、心にあまりにも大きな傷を負っていたせいで、ヤサント・ヴェルヌがくれた支援に報いることができなかったのだろうか？　けれども父の手助けをするのは息子の務めだ。恥、苦悩、怒りがないまぜとなった感情が今度は彼を闘いへと導いた。あの怪物はまだそこにいる、闇に潜んでいる。怪物に立ち向かい、哀れなダミアンをあの男の支配からようやく解放するときが来た。

過去の思い出に浸っていたせいで、ヴァランタンは雨が勢いを増し、いまや土砂降りになっていることに気づかなかった。ようやく物思いから覚めたとき、服はしとどに濡れ、雨粒が顔を伝っていた。後ろ髪を引かれる思いで、ぽつんと離れた場所にある父の墓を去って入り口の番小屋に向かい、数人の訪問者とともに庇《ひさし》のしたで雨宿りをした。もう雨からは守られているというのに、雫はいつまでも頬を垂れ、唇にわずかに塩辛い味を残して落ちていった。

32　ダミアンの日記

〝もうひとり〟が地下室に現われたあと何日も――あるいは何週間も――、ぼくと彼の関係はとても奇妙だった。ぼくは監禁されはじめた頃、仲間がいればこの囚われの暮らしとル・ヴィケールの暴力にも耐えられるだろうと思っていた。

けれども、それは幻想だった！

とはいえ、そんな心の支えこそ、マドモワゼル・ルイーズがいっときぼくにくれたものだった。彼女はぼくの遊び相手であり、相談相手であり、誤解を恐れずに言えば、恋人だった。いま振り返ると、ぼくとこの小さなトガリネズミとのあいだに生まれた愛情は、ぼくが不幸を分かち合うこの新しい仲間とのあいだにある、取り立ててどうと言うこともない関係とは比べようもないものだった。新しい仲間はようやく口をきくようになっていた。ぼくの質問に答えてくれるようにはなっていたけれど、返事はほとんどいつもそっけなかった。ぼくがやつの邪魔でもしているかのように、あるいはぼくを自分の同類と見なすことを嫌悪しているかのように。やつは自分の名前のほかに、やつもぼくと同じくみなしごであること、そしてやつもまたル・ヴィケールの罠にかかったことを教えてくれた。けれども明かしてくれたのはほぼそれだけだった。過去については ひとことも触れようとしなかった。〝もうひとり〟はどこからともなく突然現われた存在で、ぼくは嫌な気持ちになった。やつなら、いつでも好きなときにまたどこかへ消えていけるような気がしたからだ。

もちろん、そんなことはなかった。〝もうひとり〟は正真正銘、囚われの身で、ぼくと同じ運命を背負わされていた。

同じ運命？

いや、まったく同じではない！　ぼくは読みまちがえていた。なにしろやつが来た最初の日、ぼくはル・ヴィケールが新しいおもちゃを見つけ、この新参の少年がぼくに取って代わると考えていたのだから。まったく、とんだ思いちがいだった！　ル・ヴィケールがやつに自然の摂理に背く行為を強いることは一度もなかった。わずかな愛撫すらしなかった。あいつには手を触れず、近づくこともなかった。声もかけなかった。汚らわしい欲望に駆られて地下室に下りてくると、〝もうひとり〟のことは無視してぼくを好きなように弄《もてあそ》んだ。まるでぼくとル・ヴィケールしかいないみたいに。正直に言おうか？　最初の頃、ぼくは痛みにもかかわらず、喜びに似た思いすら感じた。というか少なくとも、心の底からほっとした。結局、なんにも変わらない。ぼくはまだ彼のお気に入りだ。お気に入りでいつづけるかぎり、殺されやしない……。

それからしばらくして、お払い箱になって始末されるという恐怖が鎮まると、今度は嫉妬で身体がうずくのを感じた。なぜやつは手荒なことをされないんだ？　なぜぼくで、やつじゃないんだ？　どうしてやつはあれをまぬがれるんだ？　手をつけないのであれば、ル・ヴィケールはなぜあいつをさらったんだ？　不可解な思いと強烈な不公平感にぼくは蝕《むしば》まれた。毒がゆっくりと血のなかに広がり、なかからぼくを腐らせていくみたいに。ぼくは恨みがましく、けんか腰になった。

〝もうひとり〟は人の心を読むたぐいまれな才能の持ち主だったにちがいない。というのも、ぼくがまたル・ヴィケールの慰みものになった日の晩、寝床のうえで身を縮め、ふつふつと湧きあがる敵意にとらわれながらやつを目の端でにらんでいると、驚くほどやさしい口調でこう言ったからだ。

「それはあいつがきみを屈服させたからだよ」

ぼくはびくりと肩を震わせた。やつが話しかけてくるなんて、これまでほとんどなかったからだ。たいていぼくが声をかけ、やつは短く答えるだけだった。

ぼくはしどろもどろで尋ねた。

「なんだって？　いま、なんて言ったんだ？」

「きみはいま、ル・ヴィケールがもうひとりを襲わないのはなぜだろう、って考えてたよね」やつは唇にうっすら笑みを浮かべて答えた。「なら、そのわけを教えてやろう。それはきみがあいつに歯向かうのをやめたからだ。あいつは、きみを屈服させることに成功した」

ぼくは心底驚いて唖然とした。やつはどうやってぼくの心を読んだんだ？　こんなふうに心を見透かされたことで、ぼくはますますやつを疎ましく思った。怒りを爆発させ、躍りかかりそうになった。めった打ちにされてもかまわない、と思った。というのも、たぶん相手はやすやすとぼくを組み敷くはずだから。けれどもぎりぎりの瞬間で、なにかがぼくを引き止めた。それはあいつの微笑みだ。あるいは、うっすらとした微笑みの背後にほの見えるなにかだ。それはぼくが恐れていた嘲笑や軽蔑ではない。そうではなく、それはまぎれもなくある種の思いやりだった。

「どうやって彼に抗《あらが》えばいいんだよ？」意固地な口調で尋ねた。「あいつはおとなで、ぼくはほんの子どもだ。どうせあいつに叩かれて、また檻に入れられるだけだ。そんなの、絶対に嫌だ！　耐えられない！」

「おれなら、やつがおれに手を触れようとしたら、おとなだろうとなんだろうと、必ず報いを受けさせる」彼は奥歯をぐっと噛んで歯を鳴らした。「やつが無事にここから出られると思ったら大まちがいだ。どうなるか見てろよ！」

ぼくは尊大に肩をすくめた。

「きみはまだ来たばかりだから、大きなことを言えるのさ。ぼくはもうずっとこの地下室に閉じこめられている。三年……いや、四年かな、もう正確にはわからない。ちゃんとかぞえていなかったから。だけど、きみが同じくらい長くここにとらわれたあとでもまだそんな大口を叩けるのか、見ものだよ！」

やつの笑みが広がり、暗闇で真っ白な歯が光るのが見えた。灰緑色の瞳の色が濃くなり、不思議な光が宿った。やつがふたたび口を開いたとき、その声はびっくりするほど穏やかで力強かった。

「この地下室に一ヵ月以上も閉じこめられるなんて、絶対にごめんだ。チャンスがあればすぐに、ぼくは即座にあの悪魔の手先から逃げ出すつもりさ」

その瞬間、ぼくはどう言い返せばいいのかわからなかった。それはやつの静かな自信に不意を衝かれたからだ。そしてそれ以上に心の奥底で瞬時に、どうしてかはわからないけれど、やつの言葉が決して空威張《からいば》りによるものではないという確信が生まれたからだ。やつはこれからまちがいなく起こる事柄を、ただ冷静に伝えていた。

それでもそれから数日間は、ぼくらの日常を揺るがす出来事はなにも起こらなかった。ル・ヴィケールはいつもどおり、粗末な食事を運ぶため、そしてぼくらが便所代わりにしている桶を取り替えるため、日に二度地下室に下りてきた。

それでもたったひとつ、小さな変化が生まれていた。それは〝もうひとり〟が進んでぼくに話しかけるようになったことだ。それもかなりやさしい態度で、そしてとにかく偉ぶったところが少しもない口調で。会話を交わしていくうちに、ぼくはふたりが同い年だと知り、最初やつが年上に見えたのは、やつがただ芯の強い性格をしているからだということに気がついた。やつによれば、ぼくは致命的なまちがいを犯したのだそうだ。抵抗する気持ちをすっかり捨て去ってしまうというまちがいだ。ル・ヴィケールはぼくの心に、ぼくは無力だという思いを植えつけることに成功した。

ぼくが**彼**から逃れられないのは、ぼくが実際に無力だからじゃなく、**彼**がそう信じさせることに成功したからなのだ。けれどもやつはぼくとはちがい、あの悪魔の手先のような牢番が遅かれ早かれミスを犯すと信じていた。それを注意深く待ち、その瞬間、誰にもなににも邪魔されず、チャンスを必ずつかんでみせると断言した。

ぼくは反論しなかった。それはぼくに力をくれる仲間を得たことが嬉しくてたまらなかったからだ。けれども時が流れ、〝もうひとり〟が自分で設定した期限──やつは「一ヵ月以上も閉じこめられるなんて、絶対にごめんだ」と言った！──が近づいてくると、やつの輝きが翳ってきたように見えた。逃げてみせると言ったその言葉に嘘はなく、やつは本気だったが──それについて疑ったことはない──やつは単にまちがえていたのだ。誰もル・ヴィケールから逃げられやしない。ぼくのように、あいつも少しずつあきらめざるをえなくなるのだろう。ぼくらは梁《やな》にかかった二匹の魚で、自由を取り戻すことなど決してない……。

三十日目の朝、ル・ヴィケールがその日最初の食事を届けに来たあと、〝もうひとり〟は地下室のドアからいちばん離れた隅にしゃがみこみ、牛乳の入った椀の中身をすべて土間に空けた。ぼくは驚いて見ていた。そしてやつが牛乳で柔らかくなった土間の土を練りはじめたとき、ようやく尋ねた。

「どうしたんだ？　頭がおかしくなったのか？」

返ってきたのは曖昧な笑みだけだった。そして毛布の一枚をざっと帯状に引き裂くと、つくったばかりの黒っぽい粘土の塊のようなものと混ぜた。やつはそれをこぶし二個分の大きさの玉になるまで練りあげた。それからその出来《でき》に満足すると寝床に座り、粘土の塊が乾いて固くなるまでしばらく静かに待った。そのあとその日はずっと、この即席でこしらえたボールのようなものを目の前の壁に投げつけて過ごした。

トン！　トン！　トン！

しばらくすると、この規則正しく響く音がぼくの神経に障り出した。けれども、こんな些細なことで〝もうひとり〟と仲たがいをしたくなかったから黙っていた。ただ目をつむり、もうなにも聞こえないように手のひらで左右の耳をふさいだ。やがて眠ってしまったにちがいない。目を開けると夜だった。地下室は真っ暗で、音もしなければ人が動く気配もなかった。ぼくは言葉にできない不安に喉が締めつけられた。

ぼくが声をかけようと口を開きかけたとき、ガチャガチャと音がして地下室のドアが開いた。階段のうえにル・ヴィケールが、一方の手に盆を、もう一方の手にオイルランプを持って現われた。彼はいつものようにランプをドアロにある木箱に置いたあと階段を下りてきた。そして土間のうえ、ぼくらのふたつの寝床に挟まれた場所に、スープが入った椀と黒パンのかけらを置こうと身を屈めた。

その瞬間、〝もうひとり〟がそのときまで背中に隠し持っていたボールを振りあげた。そして階段をのぼったところに置いてあるランプに狙いを定めて投げつけた。ランプは階段から土間に落ちてバラバラに壊れ、地下室が突然暗闇に沈むと同時に大きな混乱に包まれた。ル・ヴィケールの怒号が響いてきたと思ったら、駆け出す足音がした。ぼくもこの隙に逃げ出すべきだとわかっていた。けれども、できなかった。ぼくのなかのなにかが、ぼくの足を引っ張った。ル・ヴィケールにふたたび捕まったらどうなる？　仕返しに恐ろしいことをされるのは火を見るより明らかだ。これまでにないくらいのひどい目に遭うはずだ。ぼくは金縛りにあったみたいに、自分の寝板のうえで固まっていた。

人影がさっとドアロを駆け抜けるのが見えた。あとを追ってル・ヴィケールが階段をのぼっていった。ドアが閉まり、ガチャリ、と鍵がかかった。

〈この地下室に一カ月以上も閉じこめられるなんて、

絶対にごめんだ〉――〝もうひとり〟の言ったことはほんとうだった。彼はチャンスをつかんだ。チャンスをつくり出しさえした。なのにぼくは、哀れなこのダミアンは、みすみすチャンスを失った。ぼくの悪夢は、決して終わらない……。

逃げ出した〝もうひとり〟がどうなったか、ぼくはずっとあとになって知った。やつはル・ヴィケールのおぞましい家から抜け出し、空き地やうらぶれた家々が点在する汚らしい町はずれで追っ手を振り切ることに成功した。そしてそこからなんとかパリの城壁内に入りこんだ。疲労困憊していたやつは、ル・ヴィケールがまだ自分を追っていると思いこみ、トローヌ広場のパン・デピス市で浮かれ騒ぐ群衆にまぎれこめば完全に**彼**を撒けると考えた。けれどもそこで、最初に目についたテントに潜りこむという愚かな失敗をしでかした。というのも、恰好の逃げ場だと思われたそのテントのなかにあったのは……鏡の宮殿だったから。

その娯楽小屋は地獄の罠となってやつを閉じこめた。やつは恐怖に半狂乱になり、一時間以上も鏡の迷路をぐるぐるさまよい、何度も新しい鏡にぶつかり、ついには意識を失いかけて地面に倒れこんだ。するとそのとき、混濁する意識のなかに、深みのあるやさしい声が響いてきた。

「ここでなにをしているんだ？　きみは死ぬほど疲れているように見えるよ」

少年は目を開いた。男の人がこちらをのぞきこんでいる。

白髪に縁取られた端整な顔にはやさしさがにじみ出ていた。男性の唇がふたたび動いた。

「きみの名は？」

〝もうひとり〟は息も絶え絶えだった。それでも最後の力を振り絞ってなんとか名前を告げると、そのまま気を失った。

「ヴァランタン……、ヴァランタンです」

33　逃　亡

ヴァランタンは墓地を出るとまず辻馬車を探したが、結局あきらめた。雨脚が弱まってきたので、徒歩で帰ることにした。数ある過去のイメージのなかで絶えず心によみがえってくるのは、トローヌ広場の鏡の宮殿でのぞきこんできたヤサント・ヴェルヌの顔だった。あれから十一年が過ぎたが、記憶は当時と同じくらい鮮明に残っていた。

ル・ヴィケールの魔の手を逃れたときに愛情あふれるこのやさしい人物に出会えたのは、きわめつけの幸運だった。ヤサント・ヴェルヌは年若い妻クラリスを亡くしていた。初めての子となる男児を死産したあと感染症にかかり、症状が全身に広がったため医師たちも打つ手がなかった。以来、孤独な男やもめとなったヤサントは毎年、妻に初めて出会った祭り、パン・デピス市を訪れていた。鏡の宮殿でヴァランタンを見つけたとき、この迷子の少年を気の毒に思ったが、と同時に、亡くなった妻とあまりにも似ていたため衝撃を受けた。そして、寛大を絵に描いたようなヤサントは少年を引き取り、自分の苗字を名乗らせ、実の子のように育てた。ヴァランタンはつねに、自分がどれほど感謝をしているかヤサントに伝えるまもなく彼が逝ってしまったことを、取り返しのつかない心の傷として抱えていた。運命はヴァランタンに養父を授け、そのあとこの愛する養父を突然奪い去るという残酷な仕打ちを与えたのだ。

自宅のあるシェルシュ＝ミディ通りまで来たときも、彼はまだ鬱々とした物思いにとらわれていた。そのため、アパルトマンのある建物の玄関口にいる灰色のフロックコートを着たふたり連れの男にすぐには気づかなかった。鍵を出そうとポケットをまさぐっていると、無愛想に声をかけられ、はっと顔を上げた。

「ヴェルヌ警部ですね？」

鉛の握りがついた棍棒ステッキとその特徴的な服装から、ヴァランタンは即座に、ふたりの男が警視庁の私服警官であることに気がついた。ひとりは骨ばった長身の男で、醜い顔、陰鬱な表情、目のしたのたるみ、突き出した顎でどこか墓掘り人を思わせた。もうひとりは相棒より二十センチは背が低く、ずんぐりむっくりの体型で、肥大した鼻と赤ら顔から大酒飲みと思われた。

声をかけてきたのは背の高いほうで、ヴァランタンを見つめる目はいまや異常なまでの好奇心でぎらついていた。

「ええ、わたしです。どんなご用件でしょう？」

相手は咳払いをすると、どことなくとまどった様子で助けを求めるように連れの男のほうに軽く振り返った。だが、もうひとりの男が無言で後ろに控えたままなので、ぶっきらぼうに口にした。

「治安局長のフランシャール警視の命令でここに来た。警視が会いたがっている」

ヴァランタンは驚きを隠せなかった。

「フランシャール警視はもう総監から回答を得たのですか？　明日の朝まで新しい動きはないはずだとおっしゃっていましたが」

長身の警官はかぶりを振り、顔をしかめた。すると陰気な顔がほとんど化け物のような面相に変わった。どうやら当惑しているらしい。

「言っている意味がわからない。あんたがまちがいなくヴェルヌ警部なら、こっちは予審判事の署名が入ったあんたの逮捕状を持っている。フランシャール警視がみずからあんたを尋問したいと言っている」

ヴァランタンは耳を疑った。逮捕状？　まさか、ありえない！　聞きまちがいか？　あるいはなにか恐ろしい誤解でもあるのだろうか。

「逮捕するんですか、このわたしを？　ちょっと待ってください、なにかの手ちがいですよ！　だってわたしは、フランシャール警視にある微妙きわまりない事件の捜査を任されているんですよ。それにほんの数時間前までわたしは警視と一緒でした」

「弁解したり、声を荒らげたりしても無駄だ」長身の警官は不安げに周囲に視線を走らせた。「おれたちは命令に従ってるまでだ。おとなしくついてこい。そのあといくらでも警視に弁明すればいい」

　ヴァランタンは疑念に駆られた。その瞳が緑色から灰色に変わった。うわべだけは冷静を装い、ふたりの男を値踏みした。

「まず、あなたがたがほんとうに警視庁の職員である証拠はありますか？」疑うような口調で尋ねた。「それに、その逮捕状とやらを見せていただけますか？」

　今度は赤ら顔の男がフロックコートの懐に手を突っこんで書類を引っ張り出した。そしてそれを開くと、ヴァランタンに突きつけたが手渡しはしなかった。正規の逮捕状に見える。印刷された書式は真正のようだし、印章にも問題はなく、さらに宛先の欄には確かにヴァランタンの名前が羽根ペンで書き入れられている。ヴァランタンはぞっとした。悪い夢でも見ているのか。あるいは、これはたちの悪いいたずらなのか。

「なぜこんな扱いを受けるのか、少なくともその理由を教えてください。いったいなんの容疑です？」

　墓掘り人を思わせる長身の警官が同僚を押しのけた。彼は、相棒が逮捕状を突きつけているあいだに取り出した鎖の手枷《カブリオレ》（原注：手錠の前身。スプリング状の環から成る鎖の両端に握りが付いたもの。囚人の移送時などに使われた）をぶらぶらさせながら、検察官のような口調で一語一語はっきり区切りながら言い渡した。

「あなたは四年前、自分の養父の殺害を依頼した容疑に問われている。さらに養父の財産を不当に手に入れ、正統な相続人であるダミアン・コンブを排除した罪も疑われている」

ヴァランタンは心臓が凍りついた。半分目を閉じ、窒息しかけているかのように短く何度か息を喘がせた。ふたたび目を開けたとき、顔面は蒼白で、血の気が引いていた。

「いったい……どういうことだ？」宙に視線をさまよわせながら口ごもった。「狂っているとしか思えない……」

あまりの衝撃に茫然としていたため、彼は右の手首に手枷《カブリオレ》の短い鎖が巻きつけられていることにも気づかなかった。

「ほんとうにこれをかける必要はあるんだろうか？なんだかんだ言っても、こいつは同僚だぞ」

相棒に顎で手枷《カブリオレ》を指しながらずんぐりむっくりの警官が初めて発したこの声で、ヴァランタンはようやく手を拘束されていることに気がついた。

ひょろりと長身の警官は相棒をにらんだ。

「おれたちが詳細な指示を受けているのはわかってるよな。しかもフランシャールは勝手な行動を好まない。面倒なことになりたくなかったら、言われたとおりにしたほうがいい」

長身の警官は不意にぐいと鎖の握りを引っ張り、ヴァランタンを連行しようとした。抵抗させまいと短軀の警官がふたりの背後にぴたりと張りついた。辺りには夕闇が落ち、はしごを肩にかけた灯火人が通りの街灯へ向かって歩いている。三人はさほど遠くない場所に駐めてあった公用馬車まで行った。

車内に落ち着くとすぐに長身の警官が扉のカーテンを引いたので、車内に薄闇が満ちた。ぴしりと鞭が入る音がして、馬車がゆっくりと走り出した。車輪の立てる大きな騒音が、間口の狭い建物が建ち並ぶ石畳の道に不吉なこだまを響かせた。

ヴァランタンは座席のベンチにふたりの警官に挟まれて座りながら、混乱した頭をなんとか整理しようと試みた。逮捕されたことは確かに大きな衝撃だが、それより驚かされたのは着せられた罪の内容だ。父は事故で死んだのではなく、殺された？　しかも殺害を依頼したのがこのぼくだって？　狂っているとしか言いようがない！　遺産を強奪したという主張と同じくらい狂っている。ましてや気の毒なダミアンを排除したとして罪に問うなんてお笑い草だ……。そこまで考えると、緊張を強いられたヴァランタンの脳は耐えうる限界に達してしまった。これはもうお手上げだ。彼は糸が切れた操り人形のようにぐにゃりと脱力した。

長々と息を吐くと、うなじと肩を背もたれにあずけた。それから心臓の鼓動を落ち着かせ、頭を空《から》にしようと試みた。いっとき意気消沈したが、生存本能はまだ目覚めている。彼はまだほんの十二歳ぐらいのときに、その尋常ならざる適応力でル・ヴィケールの魔の手を逃れることができた。秘訣は感情に流されず、理性に従い冷静に逆境を分析することだ。最初の衝撃を乗り越えたいま、ヴァランタンはこの話がまったく筋の通らないものであることに気がついた。フランシャール警視にほんとうに容疑をかけられているのであれば、なぜ彼は今日の昼前に会ったときにそのことをおくびにも出さなかったのだろう？　警視庁に出向いていったとき、なぜすぐ逮捕させなかったのだろう？　唯一のもっともらしい説明は、あのラストゥールとかいうごろつきを逮捕するためタンプル大通りに赴いたときにはフランシャールがまだこの件を知らなかった、というものだ。だが、どうにも腑に落ちない。四年も前に起きたとされる事件が、なぜこの半日で急に闇から浮上してきたのだろう？　いや、絶対におかしい！

そこまで考えたとき、馬車がわずかに脇に寄った。その拍子にヴァランタンの身体は左どなりにいた警官のほうへ流され、扉のカーテンもはらりとめくれた。一瞬、コンシエルジュリーの塔が見えた。馬車はシャンジュ橋を渡り終えて右岸に入っていた。

「いったいどこへ連れていくつもりだ?」ヴァランタンは怒りをにじませた声で尋ねた。「治安局にいるフランシャール警視に会いに行くんじゃないのか?」

長身の警官が手枷《カブリオレ》の鎖の握りをしっかりと保持したまま、ヴァランタンに顔を向けることもなくそっけなく応じた。

「こっちは今晩じゅうに警視と面会するだなんて、ひとことも言ってないぞ。おれたちはな、おまえをラ・フォルス（原注：マレ地区のロワ＝ド＝シシル通りにあったパリの刑務所）に連れてくよう命じられている。そこで警視がおまえを尋問する。気が向けば明日か、ひょっとしたらもっとあとに」

ヴァランタンは〝おまえ〟呼ばわりされたことにも気づかなかった。いま伝えられた情報が新たな一撃となって彼を打ちのめしたからだ。今夜フランシャール警視と会えないとなると、それは早急に身のあかしを立てる望みが絶たれることを意味する。そしてなにより、最低でもひと晩は牢獄で過ごさなければならないということだ。それはヴァランタンにはとうてい耐えられないことだった。少年時代にル・ヴィケールに地下室に閉じこめられたあの経験のせいで、自由を奪われると考えるだけで気が狂いそうになった。

それから数分間、彼はのしかかる運命の重みに圧倒されているふりをした。そしてふたりの警官がいっとき囚人のことを忘れて昇進の見込みについてたわいのない会話を交わしているあいだ、この窮地を抜け出す計画を立てはじめた。ひとつ確かなのは、チャンスは一度きりで、計画を成功させるには公用馬車がサン＝ドニ通りを離れ、マレ地区の雑然とした路地に入る瞬間を待って行動を起こさなければならないということだ。ヴァランタンは好機を逸しないよう、勘を頼りに注意力を全開にして馬車の道筋を追った。

そして御者が馬たちを狭いロンバール通りに入れたことを確信すると、大きくひとつ息を吸い、一か八かの勝負に打って出た。彼は自由な左手を胴着《ジレ》に差し入れて懐中時計を取り出すと、床に落とした。それから身を屈め、拘束されている右手を伸ばして時計を拾うふりをした。この突然の動作に、手枷《カブリオレ》の握りをつかんでいた警官がつんのめった。彼は腹立たしげに文句を言うと、ヴァランタンの姿勢を正すため手首を引っ張った。

「なにやってんだ？　おとなしくできないのか？」

だが、警官はそれ以上なにも言えなかった。手首をぐっと引きあげられたときの勢いを利用して、ヴァランタンが相手のこめかみに強烈な一撃を加えたからだ。手枷《カブリオレ》の鎖の環が柔らかい顔の肉を引き裂き、警官は喉を詰まらせたように喘いで扉に倒れこんだ。もうひとりの警官は、暗がりのせいでなにが起こったのかすぐにはわからず、相棒のやせた長身の身体が床にくずおれるのを目にしてようやく事態を把握した。悪態をついて拳銃を取り出そうとしたが、車内が狭く、しかも慌てていたせいでもたついた。なんとか銃把を握った瞬間、すでに彼のほうに向きなおっていたヴァランタンから顔面に頭突きを食らった。鼻の軟骨が折れ、豚が鳴くような悲鳴をあげた。カリフラワーのようなありさまになった鼻から、ドクドクと血が流れ出た。

ヴァランタンは相手が恐慌をきたしている隙に手首から鎖をはずすと、馬車の扉を蹴り開けた。そして床に倒れこんでいる長身の警官の身体をまたいで通りに飛び降りた。御者はなにも気づかずにそのまま十メートルほど馬を走らせ、鼻を潰されたまだ意識のある警官の叫び声を聞いてようやく馬車を停止させた。

ヴァランタンはすぐにモール通りとの交差点を目指して逆走した。そこまで無事にたどり着ければ、このパリの古ぼけた地区で追っ手を振り切ることができるかもしれない。なにしろこの地区の大半には、路地や屋根付きの抜け道や中庭から成る迷路が広がっているのだから。だが交差点まで行き着き、道を曲がろうとした瞬間、背後で銃声が鳴った。肩にまず衝撃を、そのあと痛みを感じた。そして激痛が放射状に広がった。

それでも息を切らしてなんとか小路に逃げこみ、最初に通りかかった建物のファサードにもたれた。すでに左腕全体が麻痺したようにこわばっている。鎖骨の後ろに右手をまわしてみると、べったりと血で濡れた。ロンバール通りを駆ける足音がどんどん近づいてくる。これ以上、このままここにいるわけにはいかない。

彼は残っている力をかき集めると、建物の戸口までよろよろと歩き進み、ドアを開けてカビと小便のにおいが立ちこめる薄暗い通路に入りこんだ。

一時間以内にこの地区を離れなければならない。それ以上とどまれば、出口がすべてふさがれて袋のネズミになるだろう……。

34 追われる者

その晩、アグラエ・マルソーは舞台を下りるとすぐに着替えのため楽屋に駆けこんだ。劇場入りしたときにヴァランタンの手紙を読んだ彼女は、芝居のあいだじゅうずっと客席にちらちらと目をやった。手紙にはその日の舞台を観に来るとは書かれていなかったが、会いたくてたまらない気持ちからヴァランタンの姿を探さずにはいられなかった。

集中力が切れ、台詞のいくつかに詰まりそうになりながらも、彼女は客席の前方を必死に窺《うかが》った。だがヴァランタンの姿は見あたらなかった。それでも大急ぎで着替えをしながら、まだ望みを捨てられずにいた。ひょっとしたらあの人は楽屋口で待っているのかもしれない……。

あの愚かな決闘の朝、管理人をだまして入りこんだヴァランタンのアパルトマンで彼と顔を合わせたとき、アグラエは「この人はわたしに心を惹かれ、とまどっている」と感じた。だからその後、予想に反してなんの連絡もないのが不可解だった。招待を無視されたときには、自分が思いちがいをしていたのではないかと不安になった。そうであってほしいという願望が、現実を見る目を曇らせたのだろうか。いら立ちは大きく、そのため彼女は、ふつうは幼子にしか見られないような澄んだ瞳を持ち、ときに愁《うれ》いをのぞかせるあのアポロンに自分がどれほど心を奪われているか自覚した。彼女は、ヴァランタンの自信に満ちたうわべのしたに隠された脆さに気づき、胸が切なく締めつけられていた。あの人はわたしに気づかれていることを感じ取ったのだろうか？　隠してきた心の傷があらわになるのが怖くて、ハリネズミが針を逆立てるように突然自分の殻に閉じこもるようになったのだろうか？

アグラエはヴァランタンに無視されたことに落胆したが、その思いを咀嚼《そしやく》したあとははっきりさせようと心を決めた。彼女はひっそりと身を引くたちではない。ヴァランタンが特別な想いを抱いていないのなら、はっきり面と向かってそう言ってもらわなければあきらめがつかない。というわけで、彼に説明を求めようと意気ごんでいたとき、思いがけず手紙をもらい、すべては誤解だったとわかった。雲が奇跡のようにすっきり晴れた。

彼女は楽屋を出るさい、楽屋口で彼と会えるのではないかという期待から最後にもう一度、鏡に目をやった。大丈夫、わたしはきれいだ、と自信を持ってヴァランタンに再会したかった。とくに念入りに身だしなみを整えたわけではなかったが、鏡のなかの自分がかなり魅力的だったのでほっとした。淡い緑色のダマスク織りのドレス、ドレスにぴったり合ったケープ、斜めにかぶった毛足の長い帽子が愛らしくて茶目っ気のある雰囲気を醸し出している。

小道具係や端役たちが行き来する混雑した通路で、芝居の相手方である主役の男優に腕を引っ張られた。

「そんなに急いでどこに行くんだ？　サキの親爺さんが新作芝居の成功を祝ってみんなを〈ブルゴーニュの収穫祭〉亭に招待するって言ってるぞ」

「わたし抜きでやってちょうだい！」アグラエは腕を引っこめながら言った。「そうすれば、今夜ばかりはあの老いぼれヤギさんの不埒な手もテーブルのうえでおとなしくしてるでしょうよ」

「お高くとまっていると痛い目に遭うぞ。少なからぬ数の女優がきみの地位を狙ってるんだからな」

「わたしの地位なんて奪えばいいじゃない。喜んで進呈するわ！」

アグラエは笑いながら逃げ出すと、人混みをかき分けて劇場の裏にある楽屋口まで行った。楽屋口は狭い袋小路に面していて、大通りに出るには二十メートルほどこの細道を進まなければならない。

遅い時刻だったが、土曜の夜のつねでタンプル大通りに沿って延びる側道はまだ大勢の人でにぎわっていた。建ち並ぶ劇場の前では観劇を終えた人びとがたむろし、贔屓《ひいき》の役者の演技について意見を交わし合っている。夜遊び好きもたくさんいて、周辺のカフェに繰り出したり、あいにくの天気にも負けずに舞台上で最新の妙技を披露している大道芸人たちに拍手を送ったりしている。さらに、そうした群衆を目あてにやってきて、商売に精を出す新聞売りもいた。彼らが売りさばいているのは、数時間前に〈ル・モニトゥール〉紙、〈ル・コンスティテュショオネル〉紙、〈ラ・トリビューン〉紙が報じた三面記事をちゃっかり借用して扇情的に書きなおしたゴシップ新聞だ。新聞売りがあちこちで呼び声をあげ、周囲の喧騒《けんそう》に輪をかけていた。

〈出たよ、出たよ、死刑判決が出たよ！　死刑に処せられるのは、情婦を鑿《のみ》で殺した家具職人のオーギュスト・ティモテ・ティエルスラン！　罪のない被害者の身体には、なんと三十二カ所の刺し傷があった！　詳しくは読んでのお楽しみ！　さあ、買った、買った！〉

〈政財界の醜聞発覚で、オルレアン派の議員が窮地に！　取次業者のプランションが、軍の物資供給契約の獲得をめぐって袖の下を渡したことを認めたぞ！　事件の全容を知りたきゃ、どうだい、どうだい、たったの一スーだよ！〉

〈パリで大胆不敵な逃亡劇！　四年前の犯罪でお縄となった警部が、ラ・フォルス監獄への移送途中に大脱走！　警察内にはたして共犯者がいるのやら⁉〉

　袋小路を出たアグラエは、人混みから響いてくる新聞売りの声に耳を貸すこともなく、劇場前の列柱回廊に集まっている人びとに目を凝らした。ヴァランタンの姿はない。がっかりした自分が情けなかったが、落胆せずにはいられなかった。今夜再会できたら、すごく嬉しかったのに。でも、しょうがない！　たぶん、明日かあさってには来てくれるはず……。

「おやおや、べっぴんさん！　誰かをお捜しですか？」なれなれしい男の声がした。「どうやら王子さまに約束をすっぽかされたようですね。ちがいます？」

　声をかけてきた男は二十代後半ぐらいで、明るい色の帽子、にぎにぎしい刺繡が施された胴着《ジレ》、エナメルを塗った光沢のあるブーツと、頭のてっぺんから足先まで派手にきめていた。さらに、もみあげはポマードでテカテカと光らせ、両耳に小さな金の輪っかをはめ、懐中時計の鎖代わりにしている金髪の長い編み紐をこれみよがしにぶらぶらさせている。まさにポン引きの典型といった風情だ。三角形の肩がけ《フィシュー》を腰に巻いてタンプル大通りをそぞろ歩く、ブルジョワ狙いの娼婦たちを扱う周旋人にちがいない。

劇場の出入り口はこの種の輩《やから》にとって、新たな稼ぎ手を獲得するための絶好の狩り場だった。この男のように見目のよい者は、獲物に正面からぶつかっていく。一方そうでない者は、別の女性を勢子《せこ》に使って密かに獲物に近づいていた。勢子役の女はたいてい、服や装身具を扱う気のよい行商人のふりをした。彼女たちはかわいらしい下っ端女優に近づき、社交界に出入りするために必要なドレスや宝飾品を破格の値段で貸すことを申し出る。そして、そのうまい話にまんまと乗せられてしまったうぶな娘たちは多額の借金を背負いこみ、サント＝ペラジー監獄（原注：一八三一年まで良俗を乱した者や借金を返済できない者を収容していたが、その後、政治犯を拘留する施設となった）に入れられないようにするには身売りするよりほかなくなった。アグラエの知り合いにトゥール出身のフォスティーヌという愛らしい駆け出しの女優がいたのだが、彼女は一カ月もしないうちにアンビギュ座からアングラード通りに立つ街娼へと身を落とした。

「あなたのようにすてきな女性に待ちぼうけを食わせるとは、なんともけしからんやつですね」気障なポン引きが唇に魅惑的な笑みを浮かべながら、いたずらっぽい目つきでしつこく迫ってきた。「でもこのわたくしめが、そのうつけ者の代わりを立派に務めてさしあげましょう。クルティーユ地区で一杯いかがです？失恋の痛みを忘れるには、シュレンヌのワインを飲んで踊るのがいちばんです」

「それはどうもご親切に！」アグラエは鼻にもかけない態度で応じた。「わたしはね、自分の髪を大事にしているの。だから初めて出会った伊達なムッシューに髪の毛を献上し、懐中時計の鎖に使ってもらうつもりは絶対ないわ！」

冷たくあしらっても、男は臆面もなく近づいてくる。カーネーションのきつい香水と冷めたタバコのにおいがした。とっさにアグラエは狭い袋小路に数歩あとずさった。だが、相手は気落ちすることなくさらに迫ってきた。女たらしの魅力的な微笑みが、肉食動物を思わせる笑みに変わった。暗闇のなかで尖った歯が光るのが見えた。アグラエはすぐに、大通りから狭い袋小路に戻ったのはまちがいだったと気づいた。こんな暗い場所では見知らぬ男に襲われても誰にも気づいてもらえないし、大声で叫んでも周囲の喧騒にまぎれてしまうにちがいない。

「さて、さて、お嬢さん」ポン引きは自信たっぷりに言った。「〝絶対ないと、絶対言うべからず〟という諺《ことわざ》をご存じでしょうか。もしお許しいただけるのなら、お約束いたしましょう。お嬢さんがこのわたくしめに、愛のしるしとして自分の幾筋かの巻毛以上のものを差し出すようになることを」

そのとき、男の背後から毅然とした声が響いてきた。

「おたくは耳が遠いようだな。このお嬢さんはかなりはっきりと、おたくに興味はないと伝えたはずだ」

ポン引きは罵り言葉を吐き、一戦を交える気満々でくるりと後ろを振り向いた。だが相手を目にすると、好戦的な態度を慌てて引っこめた。袋小路の入り口に立っていたのは不穏な人影だった。一見すると優雅な装いをした男で、長いケープの黒が恐ろしいほど青ざめた顔色と対照を成している。けれどもよく見ると、ほとんど現実のものとは思えないほどに美しいその顔は、蠟のような顔色や冷たく光る瞳と相まって超常的な存在と対峙しているような気にさせた。たとえば、魂を拾い集めるために地上に下りてきた死の天使を相手にしているような……。

不穏な人影はケープの前開きに手を差し入れると、その不吉な印象を強めようとしているかのように抑揚のない虚《うつ》ろな声で言った。

「すぐに失せないと、その頭に一発ぶちこんでやる。さあ、どうする？　さっさと決めろ。忍耐はわたしの得手ではない」

ポン引きは肝を潰していたせいで、どこからともなく現われたこの幽霊のような男が立っているのもやっとの状態であることに気づかなかった。それにいくら女が魅力的でも、さすがに悪魔と勝負するほどの価値はない。というわけでポン引きは、この物騒な人影を遠まわりするようにしてそそくさとその場から退散した。

ポン引きが人混みに消えるとすぐに、謎の人影は苦痛のうめき声をあげた。拳銃を取り出すふりをしてケープの前開きのしたに差しこんでいた手がだらりと落ちた。そしてその場でよろめくと、地面に倒れこみそうになった。救世主の正体にようやく気づいたアグラエが慌てて駆け寄り、その身体を抱き止めた。

「ヴァランタン、ああ、なんてこと！　いったいどうしたの？」

ヴァランタンが肩に寄りかかってきた。青白い額を汗が滴り、身体が燃えるように熱い。彼がポン引きを脅すことができたのは、ひとえに強靭な意思の力によるものだった。だがそのせいで最後の力が尽きてしまった。ようやく口を開いたものの、かろうじて聞こえる程度の弱々しいうめき声を出すのが精一杯で、アグラエは切れ切れの言葉を聞き取るのに耳をそばだてなければならなかった。

「……痛い、ものすごく痛い……、肩を撃たれた……頼む、助けてくれ……」

アグラエは近くにある楽屋口を慌てて見やった。

「さあ、わたしに寄りかかって。楽屋に連れてくわ。そしてお医者さんをすぐに呼んでもらいましょう」

ヴァランタンは白目を剝くと、震える手でアグラエの袖をつかんだ。荒く熱い息が彼女の首筋にかかった。

「駄目だ……、それは、駄目だ……警察に追われてる……どこか安全な場所に行かないと……身を隠さなければ……」

ヴァランタンは譫言《うわごと》を言っているにちがいない、とアグラエは思った。それか、切れ切れに発せられた言葉の意味を取りちがえたのか。それにしても、彼はいまなんて言った？　治安局の警部である彼が、警察に追われてるですって？　わけがわからない！　でも、どんなにおかしな話でもそれがもしほんとうだとしたら、この人を助けることでわたしはいったいどんな厄介事に巻きこまれるのだろう……。

　それでも、懇願するヴァランタンの瞳に苦悩の色を見たアグラエは、ぐずぐず考えるのをやめた。

「ここから二ブロック先に部屋を借りてるの。さあ、つかまって。わたしの部屋まで歩けそう？」

　うめき声をあげながらヴァランタンは彼女の首に腕をまわし、身体をわずかに起こした。

「なんとか……歩かなければ」

　ほどなくしてタンプル大通りに、きつく身を寄せ合った若いひと組の男女が姿を現わした。いまや劇場のほとんどが閉まり、大道芸人の小屋も鎧戸を引き、宵っ張りたちも冷たい風を受けて陰鬱にきしんでいるランタンの灯りのもと、それぞれ大通りから引き揚げていた。

　アーケードがつくり出す影のなかをよろめきながら歩き進むカップルに気づく人はほとんどなく、気づいたとしても誰も気に留めなかった。飲みすぎたとんまな亭主を気の毒な女房が家に連れ帰っているのだと思っていたからだ……。

35　ヴァランタン、最後の運試しに出る

銃弾は鎖骨と肩甲骨のあいだを抜ける形で肩を完全に貫通していた。だが幸い、骨と神経は無事だった。懸念されるのは、傷口に入りこんだ服の切れ端が腐ってしまうことだった。感染症を防ぐには、すぐに傷口を洗う必要があった。

アグラエはなかば意識を失ったヴァランタンを自分のベッドに寝かせると、部屋にたどり着くまでのあいだに説明された難しい作業に取りかかった。彼女はランプの炎で熱した編み物針を手に、銃弾で焼けた布地の細かい切れ端を傷口から一つひとつ根気よく引き出した。そして傷口にブランデー――この機に、匿名のファンから贈られたボトルを開けた――をたっぷり振りかけると、ペチコートを細く裂いたものとシルクのスカーフを使って圧迫包帯をこしらえた。

作業のあいだ、ヴァランタンは目を閉じてじっとしていた。ときたま弱々しいうめき声と支離滅裂な言葉の断片が口からこぼれ、それを聞いたアグラエは昏睡しているわけではないと安堵した。それでも大量に失血したせいで、手当てが終わった十五分後には夢のない深い眠りに落ちた。

そのあと二日間熱が続き、長い眠りと苦痛に喘ぐ短い目覚めが交互に繰り返された。アグラエは仮病を使って舞台を休むと、怪我人のそばに張りつき、折を見て解熱作用のある煎じ茶を飲ませたが効果はなかった。彼女は最悪の事態を恐れはじめた。言われたとおりに医者を呼びに行かなかったのは、はたして正しかったのだろうか。そして三日目、言いつけに背いて医者に診せようかと真剣に考えはじめたとき、ようやく熱が下がった。

ヴァランタンは昼下がりに眠りから覚め、ベーコンのかけらがいくつか浮いたスープをすべて飲み干した。おかげで少し気分がよくなった。とはいえ、背中全体に広がる痛みのせいでまだ考えがまとまらず、今後の方針も定まらなかった。けれどもこのまま寝ているわけにはいかない。そこでアグラエを説得し、その結果彼女は、買い物のメモを携えてペルティィエ薬局までひとっ走りすることに同意した。包帯、樟脳《しょうのう》の入った酢、そしてとくには鎮痛作用のある阿片チンキを手に入れるために。

彼女が部屋を出るまぎわ、ヴァランタンは釘を刺した。

「ペルティィエ先生本人に話をつけてほしい。ほかの人では駄目だ。おそらく先生はぼくがどこにいるか探ろうと、あれこれ尋ねてくるだろう。だけど、居場所を絶対に明かしてはいけない。薬局から出るときも、尾行してくる者がいないかどうか念を入れて確かめてくれ」

ヴァランタンはひとりになると、ここ数日の出来事を振り返り、自分の周囲でなぜ物事がこれほどの急展開を見せたのか理解しようとした。けれども頭が混乱し、さまざまなイメージの断片が脳裏をぐるぐると駆けめぐることになった。少年の頃に迷いこんだあの鏡の宮殿の内部にふたたびとらわれ、ぼんやりとした幻影や揺らめく影に囲まれているような気がした。蠟燭《ろうそく》の炎に照らされたクラリス・ヴェルヌの肖像画、シャンパニャック子爵の虚《うつ》ろなまなざし、フランシャール警視の悔しげな顔、骨董屋の床に力なく横たえられた養父の身体、死体安置所で目にしたリュシアン・ドーヴェルニュの謎めいた微笑、闇に包まれた地下室に置かれた鉄の檻……。頭のなかのつむじ風がようやく収まったときには、すっかり汗まみれで脱力していた。ベッドに横倒しになり、枕に頭をつけた。ヴァランタンは疲れていた。すべてに――無分別な闘いに、長年にわたって毎晩のように追いかけてくる恐ろしい夢に、狼が決して腹を満たすことがなく、子羊が絶えず追われつづけるこの常軌を逸した世界に、考えるだけで憤怒がたぎる嘘と不正義と過去の思い出に疲れはてていた。

一方アグラエは、事の成り行きにとまどい、留守中にヴァランタンの容態が悪化したらどうしようと不安に思いながらも、ヴァランタンとはまったく別の苦悩に苛まれていた。ヴァランタンの具合を案じる一方で、自分はいったいどんな厄介に巻きこまれてしまったのだろうと自問していたのだ。わたしはたぶん、とてつもなく愚かなことをしているのだ——いくら隅に追いやろうとしても、そんな考えが絶えず頭のなかに浮かんできた。それでも任された仕事を、小さい勇敢な兵士のようにてきぱきとしっかりこなした。

しかも、帰り道でいくつか貴重な情報を手に入れた。容易なことだった。というのも新聞各紙がここ数日、パリのど真ん中で起きた派手な逃亡劇と治安局の警部が容疑者となった殺人事件を大々的に報じて売上を伸ばしていたからだ。記者たちの多くが今回の事件こそ、かの有名な元徒刑囚ヴィドックが治安局長を更迭されたあとも、同局がいまだにいかさま師と犯罪人の巣窟であることを示す証拠だと見なしていた。記者たちのなかには同局の人員の大々的な刷新を要求する者もいれば、この機に乗じて「ルイ＝フィリップの七月王政は前体制より劣っている」と主張する者もいた。

そうした論争以上にアグラエを動揺させたのは、ヴァランタンにかけられた容疑の中身だった。彼女にとってそれはあまりにも恐ろしすぎて、とても真実とは思えなかった。実際のところ、あの天使のような顔の下に恐ろしい殺人鬼が隠れているという考えに彼女は全身で抗《あらが》った。とはいえ、新聞に書かれていたヴァランタンのおおざっぱな人物像——曖昧な過去を持ち、好ましくない手法を用いて一線を越えることもままある一匹狼の警官――を読んだ彼女は、自分がヴァランタンについてほとんどなにも知らないことに気づかされた。決闘の前夜にふたりで食事をとったとき、まずリュシアン・ドーヴェルニュとの関係について尋ねられ、そのあと彼は聞き役にまわり、アグラエだけが一方的に話をした。女優としての夢、女性の地位向上に賭ける意気ごみ……。そう、あのときヴァランタンは自分のことはなんであれ、少しも話をしてはくれなかった。彼の頑なな沈黙にアグラエはいま、心をかき乱されていた。しかも彼が住んでいるシェルシュ＝ミディ通りにあるアパルトマンはずいぶん豪華だし、彼が身につけているのは警官の安月給にはそぐわない高価な服だ。そうした事実も彼女を不安にさせた。ヴァランタンのことは信頼している。だけど、本人の口から彼がほんとうは何者なのか、説明してもらわなければならない……。

阿片チンキのおかげで痛みがやわらいだヴァランタンは、アグラエの苦悩を感じ取り、彼女を安心させなければならないと思った。だが、重すぎる自分の過去のすべてを打ち明けるのはまだ時期尚早だ。おそらくまだ早すぎる。とはいえ、彼女は危険を冒して助けてくれた。だから、秘密の一部だけでも明かすべきだろう。

そう考えたものの、まだ具合が悪くて詳しい説明は無理だった。そこで少年の頃、おとぎ話に出てくる鬼のような極悪人にいかにして連れ去られたか手短に語った。ダミアンについて、つまり数週間囚われの暮らしをともにし、逃亡のチャンスが到来したときに置き去りにせざるを得なかった自分の分身でもある少年について話した。さらに養父となった男性との出会いと、そしていまその人を殺した容疑をかけられていることを胸を震わせながら説明した。そして最後に、自分が警官になったのは、養父のヤサント・ヴェルヌの遺志を引き継ぎ、ル・ヴィケールの犯罪行為を終わらせるためだと付け加えた。

話を聞きながらアグラエの心にさまざまな感情がよぎった。ヴァランタンが話を終えたとき、彼女は哀れみと狼狽と疑問がないまぜになった表情を浮かべた。

「なのに、あなたにいったいなぜ、人生の恩人であるはずの男性の殺害を依頼したなんていう疑いがかかるの？」彼女は憤慨した。「どんな裁判官だって、こんなの理屈に合わないってわかるはずよ」

「ぼくにも理解できない。なにしろ数日前までずっと、養父は不運な事故で亡くなったと思っていたんだから。事故死であることに疑義が挟まれたことはこれまで一度もない。とにかく、まったくもって不可解な話だ。四年も経ったあとにあれは殺人だったなどと、警察はいったいなにを根拠にそんな結論を出したんだろう？それに、なぜいまになって突然、過去の事件が掘り返されたんだろう？」

「どういうこと？」

会話を交わしながらアグラエは、ベッド脇のテーブルにペルティエ薬局から持ち帰った品々を並べ、ヴァランタンの包帯を交換する作業に取りかかっていた。阿片チンキで痛みが収まったヴァランタンは、アグラエを全面的に信頼し、彼女の手当てに身を委《ゆだ》ねていた。

「ぼくに任された事件の捜査は大詰めを迎えている。まさにそんな時期にこんな嫌疑をかけられるのは、控えめに言っても奇妙だ」

「〝事件〟というのは、リュシアンの自殺のこと？」

「自殺したのは彼だけじゃない。ぼくはいま、リュシアンは犠牲者のひとりにすぎないと確信している。リュシアンの心は犯罪を目的に操られた。その目的をこれから解明しなければならないのだが、シャルル十世治下で首相と大臣を務めた者たちをめぐる裁判に関連している可能性もある。こっちの読みがあたっているのなら、これは七月王政を揺るがすための策謀だろう」

ヴァランタンはアグラエにここ数日の捜査で判明した事実、とくには動物磁気と鏡を用いた精神錯乱の手法を通じてテュソー医師が一部の患者の心を支配しているのではないかと疑うようになった経緯を説明した。そしておそらく、エミリー・ド・ミランドがテュソー医師の共犯者であることも。

「信じられないわ！」催眠術の不思議な力について説明を受けたアグラエは、興味を惹かれるのと同時に不安に駆られた。「なにがしかの暗示をかければ、ある人物に無意識にある行為をさせることができ、しかも当の本人がそれを憶えていないなんて、そんなことあるのかしら？　こんな黒魔術みたいな話、聞いただけで血が凍るわ！」

「いずれにしてもこれで、誰かがぼくを陥れようと策をめぐらせたという可能性は理解できたんじゃないか。敵はおそらく、ぼくが彼らの陰謀を暴くのを阻止したかったんだろう」

「これからどうするつもり？」

ヴァランタンはじっと考えこんだ。必死に知恵を絞ったせいで額に皺が寄った。けれども今度は頭のなかで計画の輪郭が形づくられた。

「まずはなぜ判事がぼくの逮捕状に署名したのか、その理由を突き止めなければならない。そのための方法はひとつしかない。早急にフランシャール警視に会って話を聞くことだ」

「それって、狼の巣穴に飛びこむようなものじゃないかしら？」アグラエが不安げな目で尋ねた。「だって、警察は組織をあげてあなたを捕まえようとしているみたいだもの。新聞はあなたのことを排除すべき社会の敵のように書き立てていたわ」

「やってみるしかないな、危険ではあるけれど。だが、ほんとうに選択の余地はない。フランシャールを説得して、捜査を最後まで続けられるよう何日か猶予をもらわなければ。そしてそのあと、ぼくにかけられている容疑についていくらでも答えるつもりだ。身の潔白を明らかにしてみせる」

アグラエはすでにヴァランタンの肩を消毒し、包帯も巻き終えていた。だが、指先をうっかり彼のうなじにさまよわせていた。ヴァランタンはその手をそっとつかんで引っ張り、彼女を自分の正面に移動させた。

「こんなわけのわからない事件に巻きこんでしまうことをほんとうに申しわけなく思っている。それに、あなたにはすでにいろいろよくしてもらった」ヴァランタンは深刻な口調で言った。「けれどもまだあなたの助けが必要だ、アグラエ。もちろん、いまの状況と起こりうる危険を考えれば、あなたが拒むのもじゅうぶん理解できる。だから強制する気はまったくない」

勇敢なアグラエは少しもためらわなかった。

「丸二日ほとんど寝ないであなたを看病し、マダム・サキの一座をクビになる危険を冒したすえに、わたしがおめおめと逃げ出すと思っているのなら、とんだ見当ちがいよ！　それで、わたしはなにをすればいいの？」

「明日、ぼくがフランシャールに会っているあいだ、シャンパニャック子爵の屋敷を見張ってほしい。ぼくがあの屋敷を訪れた直後にさまざまな嫌疑がかけられたのはおそらく偶然ではないだろう。知らないうちにどうやらぼくは蜂の巣をつついてしまったようだ。いまや事態が急転する恐れがある。手遅れでないことを祈るばかりだ。この三日、ぼくが怪我で動けなかった隙に敵がうまいこと手を打っていないといいのだが。まだであれば、おそらくオルネー谷の療養所かシャンパニャック邸でなにか動きがあるはずだ」

「指示がちょっと漠然としているわ。シャンパニャック邸の前で具体的にわたしはなにをすればいいの？」

「人の出入りを書き留めておいてほしいんだ。訪問客が来たら、それが誰なのかできれば突き止めてくれ。もしシャンパニャック子爵が外出したら、どこに行くのかあとを尾《つ》けてくれるとありがたい。でも、見つからないように気をつけなければならない。敵はおそらく、目的のためなら手段を選ばない連中だろうから！」

室内に射す光が翳った。窓は閉まっているものの、タンプル大通りから太鼓やシンバルが打ち鳴らされる音と拍手喝采が聞こえてくる。客寄せのための道化の見世物が始まったのだ。

話しすぎて疲れたヴァランタンは、ベッドに横になると目を閉じた。やがて阿片チンキが効きはじめ、彼は夢の神《モルペウス》の腕に抱かれてあっというまに眠りに落ちた。

アグラエは、やさしさを湛えたまなざしで長いあいだヴァランタンをじっと見つめていた。眠りに就いているときにはその顔からいつもの峻厳さが消え、代わりに幼子のように清らかで無垢な表情が浮かんでいる。アグラエは顔を寄せると、ヴァランタンが深く眠っていることを確かめるためにまつげにやさしく息を吹きかけた。それからゆっくりとさらに顔を近づけ、ヴァランタンのわずかに開いた唇にそっと口づけした。

36　抜き差しならない証拠

フランシャール警視は怒り狂って突進する猛牛のように、うつむき加減で脳天を前に突き出しながら警視庁から大股で飛び出してきた。そして歩道沿いで待たせていた辻馬車に、御者に声をかけることもなく乗りこみ、革のカバンを座席のベンチに乱暴に放り投げた。発車を促すためにステッキで天井を突くと、客室全体が揺れた。

もう四日とは！

ヴァランタン・ヴェルヌが監獄への移送途中に姿を消してすでにもう四日が経つ。怒りが収まらない警視総監は、内閣官房でも話題になっているこの失態の全責任をフランシャールに押しつけた。とはいえ、フランシャールは部下であるヴェルヌの行方を追うため手を尽くした。シェルシュ＝ミディ通りにあるヴェルヌのアパルトマンは昼夜を問わず監視させているし、彼が逃走時に負傷したため――これについては少なくとも明白な証拠がある――、パリじゅうの病院と診療所にあたってもみた。だが成果はなかった。前日、フランシャールはさらに医務室や薬局にも聞き込みをおこなうよう部下に命じた。その一方で、なんらかの情報を得られるとはもう思えなくなっていた。ヴェルヌの野郎はどうやら忽然《こつぜん》と姿を消しちまったらしい。この罰あたり者めが！

フランシャールは不機嫌と疲労が混じり合ったため息をついた。十一月に入りパリが霧で覆われるようになってから、日脚《ひあし》が急激に短くなっている。しかもこのところの失策続きで、毎夕、警視庁を出る時刻がどんどん遅くなっている。まったく因果な商売だ！　湿った冷気が馬車の客室内にまで入りこみ、石畳を踏む馬の蹄が通りのファサードに陰鬱な音を反響させている。

ほかのことを考えようとしてもどうしても気になってしまうのは、部下であるヴァランタン・ヴェルヌの存在そのものだ。治安局に迎え入れる前、フランシャールはヴェルヌ警部に関する情報を集めようとさまざまな報告書を読み、同僚たちから話を聞いた。すると毎回、同じような文言に出くわした。一匹狼、気難しい、通常とは異なる捜査手法、変わり者……。初めてヴェルヌに会ったとき、他人とのあいだに距離を置こうとする態度が印象的だった。もっとも、おそらくあれは意図せずにやっているのだろう。それにあの洒落た身なりと、即座に相手を値踏みするようなあの目つき。〈実に奇妙なやつだ！　こいつはおそらく、無聊《ぶりょう》を慰めるために警官になったんだろうな〉——初対面のとき、フランシャールはそう考えた。

だがそのあと、判断を改めざるをえなかった。ドーヴェルニュ事件でヴェルヌは驚くべき明敏さを発揮し、テュソー医師とエミリー・ド・ミランドを容疑者としてあぶり出し、鏡の謎に合理的な説明を与え、リュシアン・ドーヴェルニュとミシェル・ティランクールの不審死は例の裁判をめぐる陰謀の一部なのではないかとの見立てを示した。しかもごく短期間に。これはお手柄以外のなにものでもない。そして、まさにその事実がフランシャールをいら立たせた。ヴェルヌが挙げた目覚ましい成果を踏まえれば、自分がヴェルヌを過小評価していたことを認めるべきだったのだ。だがそうはせず、自分が状況を支配していると思いこみ、ヴェルヌを逮捕するにあたってじゅうぶんな対策を怠った。フランシャールは心の奥底で、警視総監から叱責を受けるのももっともだとわかっていた。ヴェルヌにやすやすと逃亡を許してしまった責任の多くは自分にある……。

そんなことを考えながら心中でみずからを責めてい

たフランシャールはふと、辻馬車が停まっていることに気がついた。考え事に没頭していたせいで、石畳をがたがたと揺れながら進んでいた辻馬車が停止したことすらわからなかったのだ。もう着いたのか、と驚きながら客室の扉のカーテンを開けてみた。石造りの建物が夕暮れの巨大な紫色の影に染まり、セーヌ河が闇に気だるく身を委《ゆだ》ねている。追いかけっこをして河岸を走りまわるネズミたちの鋭い小さな鳴き声が、暗がりのなかからどこか不吉な響きを伴って聞こえてきた。

　けしからんな、御者はいったいなにをしているのだ？　粗忽者《そこつもの》めが、よもや居眠りをしているのではあるまいな？

　フランシャールは向こう岸にアルスナル堀の閘門《こうもん》をみとめて驚いた。とすると、ここはサン＝ベルナール河岸か。なんと、パレ島（原注：シテ島の当時の別名）を出て自宅《うち》とは反対側に向かったということか！

　酔っ払った御者が仕事をほっぽり出して居眠りをしているにちがいない。そう考えたフランシャールは御者を叱りつけようと、客室の扉を開けてステップに立った。頭巾のついたマントを着込み、運転台のうえで身を縮めている御者の姿形は、ぺしゃんこに潰れた汚らしい栗色の山高帽を載せられた重たい荷物のように見える。これはどこからどう見ても眠りこけているようだな……。

　御者の袖をつかんで乱暴に揺り起こそうとした瞬間、思いがけないことに御者がさっと身を翻《ひるがえ》し、ブテ・エ・フィス社のフリントロック式拳銃の、わずかにらっぱ形に広がった銃口を突きつけてきた。その拍子にマントの襟がはだけ、暗闇にもかかわらずフランシャールは難なくヴァランタン・ヴェルヌの美しい顔をみとめることができた。

「ヴェルヌ！　ヴェルヌじゃないか！　いったいどういうことだ？」

　ヴァランタンは無言のまま拳銃の銃身をさっと振り、

上司に客室に戻るよう命じた。そして顔をしかめないよう気をつけながら、銃口を相手に突きつけたまま運転台を下りた。傷のせいでまだ思うようには動けない。傍目にはそう見えないほどじゅうぶんな量の阿片チンキを服んだことを祈るばかりだ。フランシャールにいまの容態を知られたら、弱点を突かれてあっというまに窮地に立たされるだろう。ヴァランタンはフランシャールに直談判しに行くことの危険を重々承知していたが、ほかに打つ手はないとわかっていた。

痛みをこらえて涼しい顔を装い、フランシャール警視に向き合って座った。驚きから覚めたフランシャールは、怒気をはらんだ目で部下を見た。

「頭がおかしくなったのか、ヴェルヌ！　このわたしを脅すとはどういう了簡だ？　こんなことをしてどうなるか、わかっているのか？」

ヴァランタンは申しわけなさそうに微笑んだ。

「こんな手荒な手段に訴えたことをどうかお赦《ゆる》しください」彼は顎で拳銃を指しながら詫びた。「ですが、こうでもしないと話を聞いてくださらないと思ったのです」

「パリの警官が総出できみの行方を追っている。しかも、見つけ次第撃てとの命令を受けているんだぞ」フランシャールは獅子を思わせる蓬髪を振った。「逃げ切れる見込みは万にひとつもない。いいか、賢明なのはいますぐその拳銃をこっちに渡し、わたしと一緒に検事のところへ出向くことだ。裁判のさいにはみずから出頭した事実が考慮されるよう、できるかぎりのことをすると約束しよう」

ヴァランタンは肩をすくめてその提案を一蹴した。そして、そうしながらも警戒は緩めず、上司の向こう見ずな反撃にそなえていた。

「逃げるつもりなどいっさいありません。こんな時分にこんなひとけのない場所にお連れしたのは、一対一で静かにお話ししたかったからなのです」

「静かにお話しだと？」フランシャールは皮肉めいた口調で言い返した。「拳銃を手にしてか？　なにを寝ぼけたことを！　いいか、こっちが言いたいのはこれだけだ——自首して、腕のいい弁護士に頼め！」

「言うのは簡単ですよ！　でもいいですか、わたしは自分が養父の殺害を依頼し、ダミアン・コンブなる人物から遺産を強奪した罪に問われていることは知っています。これらは途方もない大罪です！　ですが、いったいどんな証拠をもとにこんなろくでもない容疑がかけられているのか、わたしにはさっぱりわからないのです」

フランシャールは大きなため息をつくと、横に身を投げ出そうとした。ヴァランタンは即座に警告した。

「警視、動かないでください！　軽率なことはなさらぬようお願いします。発砲したくはありませんから。わたしたちはすでに殺人事件を二件抱えています。もうじゅうぶんでしょう。そう思いませんか？」

フランシャールはびくっと身動きを止めると、座席に放り出されていた革のカバンを指さした。

「きみに関する捜査資料が入っている。それを読めば、われわれが手堅い証拠を握っているとわかるはずだ」

「なるほど。では、どうぞ」ヴァランタンは急に不安に襲われた。「ですが、警視の手の動きを追えるよう、資料はゆっくり取り出してください」

フランシャールは指示どおり、何種類かの資料をカバンから緩慢な動作で引っ張り出すと、まずは消印のない封書を手渡した。表書きに住所はなく、ただ大文字で〈ヴァランタンへ〉と記してある。

「これが一週間ほど前、警視庁に送られてきた。添え書きも説明もなかった。ポケットにあるライターを取り出させてくれたら、中身を読めるぞ」

ヴァランタンは承諾のしるしにうなずいた。フランシャールに封書を手渡された瞬間、誰の筆跡かすぐにわかっていた。

胸の鼓動が速まった。ヴァランタンは折りたたまれていた手紙を開き、フランシャールが掲げるライターの炎のもとで読みはじめた。冒頭を読んだだけで、なぜこの手紙が〝手堅い証拠〟なのかすぐに理解した。この手紙はすでにそれこそ何度も読んでいる。それでももう一度最後まで読まずにはいられなかった。一文一文読み進めるごとに、わが身をみずから焼いているような痛みを覚えた。

愛する息子、ヴァランタンへ

今日、手紙を通じておまえに語りかけることを許してくれ。おまえはおそらくこれを、意気地のなさの表われと見なすかもしれないね。だがそれは的はずれだ。どうか知ってほしい。わたしが手紙に頼ったのは、おまえを助けたい、おまえにわかってほしいという一心からなのだよ。わたしは頻繁に感じていた。おまえの心には怒りが、自分と他人への嫌悪感がたぎっていることを。だからわたしは、万が一おまえが理性に耳を貸さず、わたしがいま必要だと考えている措置を講じたことを知っておまえがわたしを責めた場合、おまえがいったいどんな行動を起こすのか、そしてそれ以上に自分がいったいどんな反応を示すのか、恐れるようになったのだ。おまえを前にするとわたしはうろたえ、感情を抑制できなくなるのではないかと案じている。言葉によるものであれ、肉体的なものであれ、わたしが暴力をどれほど嫌っているかは知っているはずだ。だからわたしは書斎の静けさを選び、自分の考えをまとめておまえにこの手紙を書くことにした。

この七年間、どうすればおまえの心に巣食う悪魔たちからおまえを解放できるのか、頭を悩ませない日はなかった。おまえのやさしい天使のような顔のしたに、これほどまで苦悩に満ちた魂が隠されていることに、いったい誰が気づくだろう？　わたしは覚悟を決め、力のかぎりを尽くしておまえを夜の闇から引き出そうとした。おまえが切望する心の平安をおまえに与えるため、わたしがどれほどのことまでしたかを知れば、おまえはおそらく驚くだろう。みなに、科学をこよなく愛する温厚な金利生活者だと思われているこのわたしが！

　だが、この話はもうよそう。いつかわたしの努力が報われる日が来ることを願っている。そのときにはおまえもわかってくれるはずだ。

　とりあえずおまえにはわたしがこの数カ月来、シャラントン王立精神病院を率いている高名な精神科医のエスキロール先生（ジャン・エティエンヌ・ドミニク・エスキロール。一七七二〜一八四〇）に定期的に相談していることを知っておいてほしい。わたしはエスキロール先生におまえのことを相談した。これを読みながら腹を立てているおまえの姿が見えるようだよ。おまえとしてはもちろん、事前に話してほしかっただろう。だが正直、承諾してくれただろうか？　いや、そんなはずはない！　けれどもいまは以前にも増して、わたしは自分の行為が賢明だったと思っている。先生は卓越した知識をそなえた思慮深いかたで、やり取りを重ねていくうちに、決して押しつけがましくなくこちらの進むべき道を示してくださった。

　おまえに言うべきことは、煎じ詰めればとても短い言葉で言いあらわせる。それは、いいか、ヴァランタン、〝そろそろ席を譲れ〟ということだ。この七年間、わたしはおまえに寄り添いながら、まるで盲《めし》いた人のように闇に両腕を突き出してやみくもに歩き進んだ気がしている。だがいま、わたしの目はようやく光明を捉えた。この前交わしたおまえとの会話も、つらいものではあったがわたしが心を決める後押しをした。おまえの意には染まないかもしれないが、わたしはおまえを救うことができる。そしてエスキロール先生は、おまえを救うためにはおまえの心に揺さぶりをかける必要があるとわたしに説いた。だからおととい、わたしは前回作成した遺書を破棄し、新しいものに書き換えた。そしてそのなかで、わたしの全財産をダミアン・コンブに譲ると記した。そうすればあの迷い子は、責め苦から解放されたあかつきに人生を立てなおし、胸を張って社会に戻ることができる。そうできなければならないのだ！

どうかわたしの決断を受け入れてほしい。いいか、おまえはなにがあってもわたしのたったひとりの子であることに変わりはない。この世でいちばん大切な存在、おまえのためなら自分を捨ててもかまわないとまで思わせてくれた存在だ。

おまえを愛する父、ヤサント・ヴェルヌより

手紙を持つヴァランタンの手がだらりと下がった。目が潤み、顔が青ざめた。四年を経たいまでも、彼は激しく動揺していた。養父との諍《いさか》い、あのとき思わず投げつけた辛辣な言葉。そんなつらい思い出のすべてが津波のようにいきなり彼をのみこんだ。ヤサント・ヴェルヌが突然逝ってしまったことで、ヴァランタンは謝罪して対立を解消し、妥協点を探るために歩み寄る機会を奪われた。そしてそれはヴァランタンのなかで、いつまでもふさがらない傷、肩の傷よりも別の意味で彼を苛み、どんなに強い薬をもってしてもその痛みをやわらげることのできない傷だった。

フランシャール警視は、入手済みのほかの書類もこれみよがしに掲げた。

「このメモはその手紙と同じ人物が書いた自筆の遺書に添えられていたものだ。手紙にあるように、遺書の

なかでヤサント・ヴェルヌは全財産をダミアン・コンブなる人物に遺している。遺書の日付は一八二六年二月二十六日。つまりヤサント・ヴェルヌはこれが書かれた日から一週間も経たないうちに、辻馬車のいわゆる〝事故〟で命を落とすことになる。ダミアンなる人物の洗礼証書もある。彼がまだ生きているとすれば、ほぼきみと同じ年齢だ。この人物がいったい何者か、知ってるか？　唯一の相続人に指名するくらいだから、きみの養父とは相当親しい間柄なのだろうな」

悪い夢を見ているようだ、とヴァランタンは思った。なぜ自分に嫌疑がかけられているのか、これで合点がいった。一連の書類が語っているのは整合性のあるストーリーだ。すべての辻褄が合い、すべてが彼の有罪を示している。すべてが現実であるのと同時に、すべてが嘘だった。ヴァランタンのまなざしが揺れ、瞳の奥に強情な幼子を思わせる意固地な光が宿った。彼は一瞬、真実のすべてを明かそうと考えたができなかった。あまりにも長すぎるし、あまりにもこみ入っている。まずは目の前の切迫した状況に対処しなければならない。

「これらの書類はわたしのものです」ようやくそう口にした。「二週間ほど前、自宅のアパルトマンで盗まれました。私物が動かされたような気がしていたのですが、思い過ごしだろうと思っていました。それはそれとして、ひとつわからないのは、この書類を読んだだけで警視はなぜわたしを疑うようになられたのかということです。これらの書類には殺人や財産の簒奪の容疑を裏づける証拠は少しもありません」

「確かに、匿名で送られてきたこれらの書類だけでは足りなかった」フランシャールは静かに応じた。「だが無視するわけにもいかなかった。というのも、犯罪の証拠や有罪を立証する決め手こそなかったが、それらを読めば少なくとも動機は明らかだからな。というわけで、自分の手で捜査することにした。古い記録を漁り、きみの養父が急逝したときに作成された報告書や調書のそれぞれに目を通した。そこにはきみの養父を撥ねた辻馬車の御者の氏名と住所が記されていた。そこで、監督のための通例の手続きだと偽り、わたしはこの男を警視庁に呼び出した。そして難儀はしたが執拗に攻め立て、なんとか白状させた。あれは事故ではなかったと認めたのだよ。大金をつかまされ、事故を装ったとな。仲間と協力して馬を暴走させ、ヤサント・ヴェルヌを撥ね殺すという事故を。いいか、あれは正真正銘の殺人事件だ！」

ヴァランタンの心臓が跳ねあがった。彼は、警察が主張する偽の真実に立ち向かうだけの強さは持ち合わせていると自負していた。根拠薄弱の言いがかりなど、造作なく一蹴できると信じていた。なのに、目の前で爆弾が炸裂するようにすべてが吹き飛んだ。ということは、ほんとうだったのだ！　父の死は事故ではなかったのだ！　その話の続きを聞きたいのかどうか、自分でももうわからなかった。突然、どこかちがう場所にいたいという願望にとらわれた。ベッドで身を縮め、阿片チンキを飲み干したいと思った。そうすればもう、この世界の醜悪さを背負わなくていい、闘わなくていい。ふくらはぎに食らいついてくるおぞましいけだものを振り払おうと、夜の闇を駆けつづけなくてもいい。好きなだけ眠れる、夢のない眠りに落ちることができる、忘れるために眠ることができる……。

だが、胸にせりあがってくる嫌悪を押さえながら、挫けそうな心を立てなおした。そして、脅すようにフランシャールに拳銃を突きつけると、会話の主導権を握ろうとした。

「その御者に悪党どもの名を吐かせることができたのですか？」小声で尋ねた。

フランシャール警視はヴァランタンの目を直視したあと、非難めいてはいなかったが、ままならない運命の重みを感じさせる口調で言った。

「御者が明かした名前はひとつだけだ。それは殺人を依頼した者の名で……ヴァランタン・ヴェルヌ、きみの名だ」

ヴァランタンはふたたび衝撃に打ちのめされた。肩ががくりと落ち、拳銃を握った腕から思わず力が抜けた。フランシャールは好機到来と判断した。気取られないようにしながら筋肉に力をこめ、ヴァランタンのわずかな隙を衝いて飛びかかろうと身構えた。ヴァランタンははっと危険を感じ取った。相手の顔がわずかにこわばったのを見落とさず、銃口をぐっと引きあげた。

「わたしには警視を説得するすべがまるでないのですが」挑発的な声音で言った。「それでも御者は嘘をついています。わたしは無実であり、それを証明してみせます！」

「それより自首して、わが王国の司法を信頼することだな。もし濡れ衣を着せられているのであれば、そうするのが賢明だ。長いあいだ逃げまわるわけにもいかんのだから」

ヴァランタンは首を横に振った。弱さを見せてはならない。もう自分ひとりの問題ではない。ここで屈服するわけにはいかない。真実を明らかにして父の仇《かたき》を討つには、自由の身でありつづけなければならないのだから。

「見ず知らずの人間の手に自分の運命を委ねるのは、わたしのやり方ではありません。言い分を聞いてもらうには、検事のもとに空手《からて》で出向くわけにはいかないのです」

「なにか画策しているのか？　いったいなにを企んでいるのだ、ヴェルヌ？」

「警視、二日の猶予をください。たった二日だけでけっこうです。そのあいだに任された事件を解決し、テュソー医師とその一味たちから自白を引き出しますから」

フランシャールは顔をしかめた。

「残念だが、ヴェルヌ、それはできない。このままきみを逃したら、わたしの立場が危うくなる」

「そうであれば、いたしかたありません……」

そう言うや、ヴァランタンは着ていたマントのポケットから手錠を取り出すと、フランシャールに放った。

「手錠の鎖を扉の取っ手に通したあと、鉄の輪を左右の手首にしっかりはめてください。錠をかけたふりをしても無駄です。のちほど施錠の有無を確認しますから」

「きみは重大な過ちを犯している」フランシャールはしぶしぶ言われたとおりにしながらつぶやいた。「ますます窮地に立たされるぞ。今度はもはや言い逃れはできまい」

「ええ、そうかもしれません。それでも一か八かやってみるしかないのです。申しわけありません。ですが、わたしは奪われたものを取り返そうとしているだけなのです」

そしてその言葉どおり、座席に散らばっていた書類をかき集めると、革のカバンに丁寧に収めた。そしてカバンをマントのしたに差し入れた。フランシャールは抗議しようとしたが、ヴァランタンはその暇を与えず、スカーフで彼にきつく猿轡《さるぐつわ》を嚙ませると、辻馬車を降りて大股で歩き去った。

セーヌ河岸の闇のなかにまぎれこんでいくヴァランタンの背後から、馬車のスプリングがぎしぎしときしむ音と、猿轡のしたから漏れ出るフランシャールのうわずった叫び声が響いてきた。

37 テュロの売春宿

同じ日の一時間前、フォーブール・サン゠ジェルマン街の立派な大通りに別の辻馬車が駐まっていた。乗っていたのはアグラエ・マルソーで、シャンパニャック邸のファサードにじっと視線を注いでいる。彼女は日中のほとんどをそこでシャンパニャック子爵の屋敷を見張って過ごしたが、とくに変わったことはなかった。邸宅は奇妙な深い眠りに落ちてしまったかのようだった。上階の鎧戸は頑なに閉ざされたままだし、訪れる者もいない。一階の窓辺にも庭にも人の姿は皆無だった。だがシャンパニャック子爵はまぎれもなく上流階級に属しており、貴族院議員であることはこれすなわち、政治や社交上の義務を多々抱え、隠遁生活とは相容れない暮らしを強いられていることを意味していた。

ヴァランタンの見込みちがいだったのだろうか。わたしをここに送りこんで長いあいだ見張らせる必要などなかったのかもしれない……。アグラエがそんなことを思いはじめていると、ようやく訪問客が現われた。瀟洒《しょうしゃ》な箱馬車《クーペ》が一台、邸宅の門の前で停まったのだ。馬車に乗っているのはふたり。外の運転台に座って手綱を握っているのはブルジョワのスーツを着た男で、ゆったりとした毛皮のコートをまとっている。山高帽をかぶってはいるが、赤鼻の丸顔、長いもみあげ、禿げあがった幅広の額の持ち主であることが見て取れる。馬たちを方向転換させるときの鞭の入れ方や手綱さばきが少々ぎこちなく、明らかに馬車の運転には慣れていないようだ。

もうひとりは女性で客室のなかにいたが、赤鼻の男がブレーキをかけ、運転台から下りて呼び鈴を鳴らそうと門に近づいたとき、扉口から身を乗り出して二言三言、男に声をかけた。その拍子にアグラエは、赤褐色に光る豊かな巻毛に縁取られた高慢で美しい顔をほんの一瞬だけ垣間見ることができた。女の顔の特徴は、ヴァランタンから教えてもらったエミリー・ド・ミランドの外見にほぼ一致する。反面、連れの男のほうは例のテュソー医師にしてはあまりにも小太りで、腹も出すぎていた。

この未詳の男が呼び鈴を鳴らすと、めかしこんだ執事が出てきて門を開けた。箱馬車《クーペ》は前庭の砂利をきしませながら敷地内へ入っていった。

アグラエは興奮にぞくぞくした。結局、ヴァランタンの読みどおりだった。敵は盤上の最初の一手を打ってきた。あの人に少しでもたくさんの情報を持ち帰らなくっちゃ。アグラエは御者にそのまま待機しているよう頼むと、馬車を降り、散歩をしているようなふりをして邸宅の塀沿いに歩いた。門の近くまで来ると足を止め、シニヨンにまとめている頭に載せた小さな帽子の留めピンをなおすふりをした。そして、そっと玄関前の階段を窺《うかが》った。ふたりの訪問者は待たされて焦れていたにちがいない。というのも、葉巻を口にくわえた部屋着姿の男がようやく階段上に現われ、なかに入るよう促していたからだ。その男は優雅に腰を折って挨拶すると、訪ねてきた女の手に接吻した。あれがシャンパニャック子爵かしら？　確信は持てなかったが、明らかに使用人には見えない。

これ以上ここでぐずぐずしていたら目を惹いてしまうだろう。そこでアグラエは、二十メートルほど歩き進むと道を渡り、反対側に建つ高い塀の影に身を潜めるようにして歩道を引き返した。さあ、これからどうしよう。あいにくヴァランタンはまだ来ない。あの人は、フランシャール警視が警視庁から出てくるのを待ち伏せし、猶予をもらうために直談判すると言っていた。危ないからよしたほうがいいとぎりぎりまで説得したが、聞く耳を持たなかった。いまはとにかく無事に再会できることを祈るばかりだ。でも、ヴァランタンが合流する前に訪問者たちがシャンパニャック邸から出てきたら、いったいどうすればいいんだろう？　ここにとどまり、眠れる森の美女のお城のような屋敷をじっと眺めているべきなのか？　それとも作戦を変更して、エミリー・ド・ミランドの馬車を追ったほうがいいだろうか？　アグラエは決めあぐね、この難しい選択に直面しなくてすみますようにと祈ることしかできなかった。

馬車まで戻ると、御者が身を傾げて尋ねてきた。

「あのですね、お嬢さん」彼はうなじをかきながら言った。「いえ、ずいぶんと暗くなってきたものですからね。お嬢さんのご友人には今朝、日暮れまでこの馬車を借りあげたいって言われたんですよ。なに、文句を垂れてるわけじゃありません。なにしろそれほど苦労をせずに稼げるんですからね。でもですね、まだまだこのまま待たされるんでしょうか？　っていうのも、ちょいと肌寒くなってきたものでして」

そう言われて初めてアグラエは、日が暮れはじめていることに気がついた。ぶるりと身体が震えた。空気が湿っているせいで周辺の庭園から草木と土のにおいが立ちのぼり、寒さに拍車をかけている。まるで薄暗い下草のなかに閉じこめられているようだ。地面に落ちた薄紫色の影が、通りの反対側の石壁の基部や木々の幹にまで伸びている。ぴちゃぴちゃとなにかをすする薄気味悪い音が聞こえてくるような気がした。闇が落ちたら人間たちをのみこんで咀嚼《そしゃく》しようと、ぬめぬめする怪物のようなものがどこか近くに身を潜め、舌なめずりでもしているような音だ。

アグラエはかぶりを振り、突拍子もない考えを追い払った。想像力がたくましすぎるのも困りものだわ。それもこれも、年がら年じゅう身の毛のよだつ三文芝居を演じてきたせいよ！

「わたしが見るかぎり、まだ日暮れじゃありません！」彼女は気の毒な御者にぴしゃりと言った。「暗くなったら出発しますが、それまではここにいてもらいます。なにを言っても無駄よ。わたしの友人はたっぷりお支払いしたはずだもの」

顎髭を生やした御者はぶつぶつと悪態めいた言葉をつぶやくと、むっとした顔でマントの前見頃をぴっちり閉じた。とはいえ、客の若い娘が客室に戻るためステップにのぼったときには、白く輝くストッキングと、くるりと優美に方向を変えた踝《くるぶし》に思わず見とれた。娘は大変な減らず口だが、もし自分が十歳若かったら、甘い言葉で気を惹こうとしただろう。娘のベッドで転がりまわって大汗をかけるなら、寒さのなか何時間も凍えた甲斐もあろうというものだ。

目新しいことはなにもないまま三十分が経過した。日中でもすでにひっそりとしていた界隈は、綿にくるまれたような静寂にのみこまれていた。道行く人はほとんどおらず、霧の帯が幾筋か、宵闇にたなびいた。

シャンパニャック邸の玄関前の階段で不意に光が揺れはじめた。アグラエは客室の扉のガラス窓の曇りを手の甲で拭いた。お仕着せ姿の召使いふたりがオイルランプを掲げて階段を下り、優美な箱馬車《クーペ》に乗りこもうとしている三人組を照らしている。家の主は先ほどの部屋着ではなく、ケープを羽織り、山高帽をかぶってふたりの訪問者に付き添っている。そして女と一緒に客室に乗りこんだ。一方、訪問客の小太りの男は外の運転台に座った。アグラエはほっとため息をついた。これで難しい選択を迫られずに済む。迷う余地はない。

「屋敷から出てくる馬車のあとを尾《つ》けてちょうだい」

扉口から身を乗り出して御者に小声で頼んだ。「でも、気づかれないようにじゅうぶん距離を置いてね！」

箱馬車《クーペ》がアグラエの乗る馬車のそばを通りかかったので、彼女は慌てて客室に引っこんだ。箱馬車《クーペ》は医学校通りのほうへ遠ざかっていく。アグラエの馬車がそのあとを追い、やがて二台の馬車は速歩《はやあし》でセーヌ河に向かって北上したあとラ・アルプ通りに入った。アグラエは交通量の多い大通りに出て少しだけほっとした。これで相手に気取られる危険が減る。けれどもこの安堵には相反する感情が含まれていた。一方で彼女は、冒険の危険な香りに酔っていた。人生にヴァランタンが入りこんできたことで、彼女は代わり映えのしない日常とタンプル大通りの女優という浮き沈みの多い不安定な職業生活から一時的に逃避することができた。けれどもその反面、逃亡犯を全面的に信頼し、詳細のよくわからない怪事件にやみくもに首を突っこむことの危険も承知していた。

だけど、いまさら二の足を踏むのは少し遅すぎるのでは？　そんなことはもっと前に考えるべきだったのよ。すでにどっぷり泥沼にはまってしまった以上、あとはもう溺れないようにふんばるしかないわ。

二台の馬車は相次いでシャンジュ橋を渡り終えると、黄昏の最後の光を受けて淡く輝くセーヌ河に沿って走った。そしてルーヴル宮殿まで行き着いたとき、急に減速した。アグラエはカーテンを開け、さっと周囲に目を走らせた。平底船が二隻、サン＝ニコラ港の波止場に係留されていて、十二人ほどの運搬人が重そうな木箱を船から下ろして荷車の列までせっせと運んでいる。荷車のせいで道がふさがれているのを見て取ったのだろう、先を行く箱馬車《クーペ》の御者は最後の最後に方向を変え、プーリー通りに入った。

尾けていることに気づかれないように、アグラエが乗る馬車の御者は賢明にもすぐにはあとを追わなかった。彼は馬たちをしばし引き留めて、箱馬車《クーペ》の車輪の金属音がじゅうぶん小さくなるのを待ってから自分の馬車を狭いプーリー通りに入れた。

二台の馬車はルーヴル宮殿、次いでサン＝トノレ通りを過ぎると、パレ・ロワイヤル広場に達してリヴォリ通りに入った。とりわけ活気のあるこの地区では、すでにガス灯に火が入っていた。多種雑多な物音に会話の声が加わって、石畳を走る馬車の金属音をかき消している。馬車の外ではいつもの日常の暮らしが流れているのだと思うと、アグラエは不思議な気持ちがした。自分はいま、人がふたりも死んだ怪事件を追いかけ、警察が血まなこになって捜している男を助けるために危険を冒している。人びとはそばを通り過ぎるなんの変哲もない辻馬車のなかに、そんな人生の一大事を抱えた女が乗っているとは露知らず、ささやかな商売に精を出したり、店やカフェに足を運んだりしている。まるで別世界を生きている群衆のなかに放りこまれた夢を見ているようだ、とアグラエは思った。

この奇妙な感覚が彼女の心に新たな不安をもたらした。エミリー・ド・ミランドの一行がパリを出てこのまま郊外や、さらにはもっと遠い場所へ向かったらどうしよう、と心配になったのだ。パリの城壁の外に出ることを御者はほぼまちがいなく拒むだろう。説得できる見込みはほとんどなく、なんとか説得できてもそのあいだに一行に逃げられてしまうにちがいない。

すると不思議なことに、つい先ほどまでは無謀な冒険に軽々しく乗り出してしまったことを後悔し、不安に苛まれていたというのに、獲物を見失うかもしれないと思うと、今度は一抹の苦々しさがこみあげてきた。暗闇のなかをひとりとぼとぼと歩いて戻り、追跡に失敗したことをヴァランタンに告げるなんて考えたくもない。あの人をがっかりさせてしまうだろう。そんなわけで、やがて馬車がふたたび減速し、スプリングをきしませながらついに停止したときには、ほっと胸をなでおろした。

「どうやら目的地に着いたみたいですよ、お嬢さん」客室の扉に顔を寄せながら御者が告げた。

扉を開けたアグラエは、いまいる場所がだだっぴろい広場の真ん中だったので驚いた。広場をうっすら照らしているのは、錬鉄製の支柱のてっぺんで細々と灯《とも》っている数個のオイルランプだ。いまや日はとっぷり暮れている。とはいえ、オイルランプのおかげで遠くのほうにぽつぽつと、馬に乗った人たちや石の欄干、落葉した木々のシルエットが見える。

「ここはどこ？」アグラエは尋ねた。

御者は、そんなことは訊かなくてもわかるだろうに、とあきれたような顔で天を仰いだ。

「コンコルド広場だよ。民衆が自由にものを言えた頃に、国王とその妻のオーストリア女が首を刎《は》ねられた場所だ」

「それで、あの人たちが乗った箱馬車《クーペ》は？　見あたらないんだけれど」

「あそこですよ」御者は鞭で広場の南西の方角を示した。「シャン＝ゼリゼ地区に隣接する空堀の近く、テュロの元売春宿のちょうどとなりです。お嬢さんが連中に気づかれたくないって言ってたから、うちの馬車をわざと離れた場所に停めたんだが」

「気を利かせてくれてありがとう。わたしの友人はあなたが指示どおりにちゃんと働いたことに満足するはずよ」

「なに、そんなこたあ、なんでもない。だがもう夜になっちまったんで、そろそろ馬たちを厩舎に戻さんといけません。明日以降も馬車が入り用なら、会社のほうに連絡して〝エミール〟とご指名くだされ。喜んで馳せ参じますよ。あなたのようなすらりと美しいお嬢さんとひがな一日じっとしてるだけで大金が稼げるなんて、そうそうあることじゃあないですからね！」

そう言うと御者は、下心みえみえのウィンクを送ってよこした。それから運転台に戻り、掛け声と鞭で眠っていた馬たちを起こした。馬たちは厩舎まであとひとふんばりだとわかったのか、勢いよくぶるっと身を震わせ、駆け足で闇のなかに消えていった。アグラエは不安で胸が少し苦しくなった。これからはたったひとりだ。

彼女はまわれ右をすると、この広場について知っていることを思い出そうとした。とくに、なにがどんなふうに配置されていたかを。テュイルリー宮殿のテラスと牧歌的な雰囲気の残るシャン＝ゼリゼ地区に挟まれたコンコルド広場は、幅二十メートルほどの空堀と空堀の縁に設けられた石の欄干に囲まれた広大な八角形をしており、それぞれの隅には巨大な哨舎のような石造りの家屋が建っていた。家屋はもともと、ルイ十五世の栄光を語る一連の像を置くための大きな台座だった（原注：これらの台座には現在、フランスの八大都市を象徴する八つの女性像が置かれている）。だが革命によって計画は頓挫し、その後、空洞のある台座が家屋に改造された。そして一部の住人たちがそこで仕出し料理屋、葡萄酒の販売、代書業といったちょっとした商売を始めた。

　そうした珍しい住居には唯一無二の魅力があった。地下に下りる階段がついていて、草木が生えた空堀の底まで行くことができたのだ。住人たちはそこを専用の庭として利用し、夏には心地よい木陰と田園風の風景に魅せられた多くのパリっ子を集めていた。だが二年前、台座を利用したそれらの家に不法に住み着いていた人の大半が強制退去させられた。以来、広場は上流ブルジョワジーに人気の散策の場となり、美化工事の再開が検討されていた……。

　広場の特徴や成り立ちを頭のなかでざっとおさらいしたアグラエは、御者が示した広場の端に向かって慎重に歩を進めた。近づくにつれて、シャンパニャック子爵らが乗っていた箱馬車《クーペ》のどっしりとした黒いシルエットが見えてきた。二頭の馬は、台座の石壁に打ちこまれた鉄の輪につながれていた。目を皿にして探ってみたが、周囲に人影は見えない。女と男ふたりは消えていた。

　台座の家のなかにいるのだろうか？　確かめるため、アグラエは見つかる危険を承知のうえで、思い切って家屋の入り口に近づいた。そしてドアに耳を押しつけようとしたとき、建物の裏手のほうからかすかに話し声が響いてきた。そこで背後にまわりこむと、広場の境界線となっている空堀に設けられた石の欄干が見えた。話し声は空堀の底から聞こえてくる。欄干から恐る恐る身を乗り出して下方をのぞきこんだ。すると美しい庭の草木のあいだに、ランタンの光輪と明るい色のドレスの一端が見えた。エミリー・ド・ミランドとふたりの従者が、空堀の底に建てられた粗末な木造の小屋に向かって歩いている。小屋に入る前、男のひとりが欄干を見あげた。

アグラエは乗り出していた半身をとっさに引っこめて、欄干の陰にひざまずいた。危うく悲鳴をあげるところだった。動悸が激しくなった。見つかってしまっただろうか。不安になりながら、じっとそのままの姿勢で長いあいだ物音に耳を澄ました。けれども変わった音はしない。どうやら相手は気づかなかったようだ。周囲はふたたび静まり返り、夜の闇に包まれている。

木造のつましい小屋を目にしたことで、アグラエは御者が言っていた〝テュロの元売春宿〟がなにを指すのか思いあたった。空堀が観賞用の庭となる前、広場にあった家屋が悪い評判を取っていたことを思い出したのだ。それはひとえにジョゼフ・テュロとかいう名の男が革命期に、広場の家のひとつをもぐりの売春宿に変えたせいだった。彼は、人がおいそれとは立ち入れない空堀の特徴を活かして専用庭に小屋を設け、そこを酒場とした。だが小屋の内部には広場のしたに掘られた地下道へつながる入り口が隠されていて、そこで娼婦たちが客を満足させるべく、こっそり商売に精を出していた。復古王政期の初期、密告によってこの実入りのよい商いの場所は閉鎖された（原注：この逸話は史実である）。まちがいない、エミリー・ド・ミランドとふたりの男は、密会にうってつけのあの地下空間に姿を消したのだ。

じゃあ、わたしはどうすればいいの？　アグラエは考えこんだ。あの三人組が戻ってくるのをここでじっと待つのはあまり意味がない。おそらく三人は駐めてある箱馬車《クーペ》に乗りこむだろうが、自分にはもう馬車がないからあとを追うことはできない。とはいえ、このまま自宅に戻るのも論外だ。なにしろヴァランタンに伝えられる情報が少なすぎる！ けれどもいま、ちょうど自分の足のしたでいったいなにが企てられているのかがわかれば、ヴァランタンの捜査の行方を左右する大きな貢献を果たすことができるはずだ。

そう確信したアグラエは、危険をものともせず、広場の角に建つ台座の家の内部に入ることにした。老朽化した玄関のドアの錠は、大きめの小石で叩いてあっけなく壊すことができた。アグラエは家の唯一の部屋に入った。なかはがらんどうで荒れすさみ、冷たく湿っていた。壁の釘に耐風ランプがぶらさがっている。ランプの炎は、四方向に設けられた細い銃眼から入りこむ風にあおられて揺らめき、黒煙を上げていた。

アグラエは耐風ランプを手にして掲げ、暗い部屋の隅々を照らした。ドアを見つけたので開けてみると、狭くて急な階段が延びていた。階段を下りた先に、最初に入ったのと瓜ふたつの部屋があった。その部屋を通り抜けると空堀に出た。手でさわれそうな気がするほどに闇が密度を増した。それでも歩き進むと、小屋に行きあたった。かなり老朽化が進んでいるのだろう、壁板がバラバラになりかけている。小屋のなかに入ると、思ったとおり、地下に通じる揚げ戸があった。揚げ戸の蓋を持ちあげたとき、蝶番《ちょうつがい》が派手にきしんだのでアグラエは震えあがった。内部をランプで照らしてみた。地下へ通じる新たな階段が延びている。いましがた下りてきた階段よりも勾配がいびつに見える。踏み面も岩を直接削っただけのものだ。

アグラエはじっとしたまま耳をそばだてた。だが、なにも聞こえない。そこで階段を下りてみると、厚板で補強された地下道のようなところに出た。さらにもう一度足を止めて静寂を窺い、危険がないかどうか探った。異常なし。地下の空間は左右に延びていた。直感を頼りに、パリの地下深くへと下っていくほうの道を進むことにした。三十メートルほど行くと道が三本に分かれていた。かすかな物音が聞こえてこなければ、すぐに左の道を選び取ることはできなかっただろう。

道は急激に細くなった。平均的な背丈の男性でも、身を屈めなければ通れないだろう。石灰岩の壁から水が染み出し、硝石の強いにおいが漂っている。セーヌの河底からそう遠くはないはずだ。三十メートルほど進むと、ついさっき分岐点で耳にした物音がもっとはっきり聞こえてきた。男性の低い話し声だ。男が抑揚のない口調で、驚くほどゆったり緩慢に話している。話の内容まではまだ聞き取れないが、墓場のにおいが立ちこめる地下のこんな暗い場所でこんな奇妙なひとり語りを聞いているうちに、背筋にぞわりと悪寒が走った。

地下道の曲がり角を過ぎた先にドアが見えた。ドアには鉄格子が嵌《は》まったのぞき窓が設けてある。予想外のことだったが、アグラエは機転を利かし、ランプの灯りを空いていたほうの手でとっさに隠した。そしてほとんど真っ暗闇と化した地下道を転ばないように注意しながらドアまで近づき、つま先立ちをしてのぞき窓に目をあてた。

ドアの向こう側には大きな地下室が広がっていた。年代物の石組みの壁から判断すると、地下室は相当前につくられたものだろう。その昔、セーヌ河を通じて運ばれてきた密売品を保管するために使われていた秘密の倉庫と思われた。内部を照らすのは、壁の支持具に据えられた四本の松明だ。その揺らめく炎のおかげで、アグラエは驚くべき光景を目にすることができた。まず、エミリー・ド・ミランドと御者役の小太りの男が目に入った。ふたりは部屋の隅でじっと動かず控えている。部屋の中央にはくたびれた藁の背もたれがついた椅子がひとつ置いてあり、シャンパニャック邸の主と思われる上品な身なりの男が、彫像のように微動だにせず座っていた。大理石を思わせるその冷ややかな美しい顔は異様なほどに凝り固まっていて、その真ん前には、こんな地下室にはまるでそぐわない大きな鏡が置かれている。そしてもうひとり、三人が到着する前にすでにここにいたのだろう、茶色い山高帽をかぶった男が、椅子に座っている男性の背後に立っていた。やせこけた顔に尖った顎髭。ヴァランタンから聞き及んでいたテュソー医師の特徴にぴったりだ。深くこもった低音の美声でゆったりとひとり語りをしていたのはこの男だった。

「あなたはいま、身体が重い、と感じている。この重い石の丸天井が、あなたを重い眠りへといざなっているかのように。あなたは、知らず知らずのうちに、少しずつ、少しずつ、眠りへと運ばれる。あなたは、光を見つめている。それは、夜の闇に輝く星だ。それは、夜の闇のなかであなたを導く、黒い星だ。だが、夜は、どこにある？　昼は、どこにある？　白は、どこにある？　黒は、どこにある？」

陰鬱なモノローグを続けながら、山高帽をかぶり、フロックコートを着た男は、椅子に座る患者の頭上でオイルランプをゆらりゆらりとゆっくり揺らした。患者はなめらかな鏡面に映るランプの炎を目で追っている。

「あなたは、どんどん気持ちがよくなっていく。あなたの呼吸は、だんだん遅くなる。あなたの筋肉から、力が抜ける。あなたはもう、わたしの声が聞こえない。あなたはもう、星が見えない。わたしの声と星。星とわたしの声。そのふたつが、あなたを夜から引き戻す導き手だ。そのふたつが、あなたに道を示してくれる」

アグラエは息を殺した。モノローグの奇妙な調べと、特定の言葉の繰り返しから生まれる効果が、彼女自身にも影響を及ぼしはじめた。危険な状況に置かれているというのに、多幸感に包まれてふわふわと宙に浮いているような心地がした。テュソー医師の声が慰めとなって不安をやわらげてくれたかのように。目の前の光景と響いてくる声に没頭していたせいで、背後から忍び寄ってくる足音に気づけなかった。

危険を察知したときにはもう遅かった。脇腹に拳銃の銃口を突きつけられ、耳元に熱い息を吹きかけられた。

「なぜそんなふうにドアの前で立ち聞きをしているのかな、お嬢さん？　われわれの仲間のところに行けば、もっとよく聞こえるのに」

驚いたアグラエはさっと振り返り、武器を突きつけている男の顔を見て目を疑った。

「なぜ、あなたがここに？　これはいったい……どういうこと？」

38　陰　謀

「誰かと思えば、ヴェルヌ警部と仲よしこよしのお嬢さんではないですか！　まさかこんなところでお会いするとは奇遇ですな！　〈好奇心は身を滅ぼす〉と、いままで誰かに教わらなかったのですかね？」

フランシャール警視は地下室のドアの前にいた娘が二週間前、朝いちばんに警視庁に乗りこんできて、自分はヴァランタンの情婦だから彼の住所を教えろと迫った厚かましい若い女だとすぐにわかった。だがその半面、あのときの娘がいったいなにをしにここに来たのか、そしてなにより、この秘密の隠れ家をどうやって見つけたのか、まるで見当がつかなかった。

拳銃をひと振りして地下室に入るよう娘に命じなが

ら、フランシャールは胸中にじわじわと不安が広がるのを感じた。ヴァランタン・ヴェルヌとのやり取りがまだ心に引っかかっていた。フランシャールはセーヌ河岸に置き去りにされた馬車を見つけて不審に思った警邏《けいら》によって解放されるまで、一時間以上も辻馬車の扉に手錠でつながれていた。そしていま、ヴェルヌと親しい娘が地下室にいる仲間たちを見張っている。それらはすべて一連の作戦なのか？　ヴェルヌは事件を解決するのに二日の猶予が欲しいと訴えたが、あれはただの芝居だったのか？　芝居だとすると、ヴェルヌに疑われていたことになる。このままうやむやにしておくわけにはいかないだろう。いずれにせよ、このはすっぱ娘に知っていることを吐かせる必要がある。

アグラエがフランシャールに促されて地下室に入ると、なかにいた四人のうち三人の顔に驚きの表情が浮かんだ。四人目、つまり鏡の前に座っている男だけはふたりが入ってきたことにも気づかなかった。彼は椅子のうえで石像のように固まり、鏡に映るランプの灯りにすっかり心を奪われているように見えた。とはいえ、ランプを揺らすテュソー医師の手も驚きに止まっていた。

アグラエは、シャンパニャック子爵と思われる人物のほうへ近づいていこうとした。だがフランシャールは彼女の背を突き、地下室の隅に立っていたふたり組の男女のほうへ押しやった。エミリー・ド・ミランドは近づいてくるアグラエを、敵意と蔑みの目でにらみつけた。抑え切れない感情のせいで彼女の高慢な顔が引きつり、品のなさを感じさせるほどにまで変貌した。

「誰なんです、この女は？」エミリー・ド・ミランドは冷ややかな声で尋ねた。「なにをしにここへ来たのです？」

フランシャールはむっとした調子で応じた。

「どうやらこの娘はあんたがたのあとを尾《つ》けてきたようだ。言っておくが、これは由々しき事態だぞ。だが、こっちはあんたがたにちゃんと注意したはずだ。さらなる用心が必要だとな。まあいい、これについては場所を移して改めて話すことにしよう。目下しなければならんのは、われわれの患者がこうした不慮の出来事に影響されんようにすることだから」

「どうするおつもりです?」

「この最後の暗示の回を中断しよう。なにしろ事が事だから、どんなわずかな危険も冒すわけにはいかん。テュソー医師とあんたがたで、子爵が放心状態にあるうちに彼を自宅に送り届けるんだ。明朝、子爵はなにもかも忘れているはずだ」

そこまで言うと、フランシャールはエミリー・ド・ミランドと一緒にいた小太りの男に顔を向けた。

「あんたはわたしと一緒にここに残れ。この知りたがり屋のお嬢さんと話をしなければならん。ここに彼女を送りこんだのは誰なのか、ヴェルヌがわれわれについてどこまで知っているのか、聞き出さなければならんからな」

エミリー・ド・ミランドは素直にうなずいた。それでもアグラエのそばを通り過ぎたときには、唇を引いて残酷な笑みを浮かべた。彼女は手袋をはめた手の甲でアグラエの顎をくいと持ちあげると、針のように鋭いまなざしでその瞳を直視した。

「残念ですわ」アグラエの首筋から胸の膨らみの始まりにまで指先を這わせながらささやいた。「あなたへの尋問は、わたくしがみずから担当したかったのに。わたくしなら、その綺麗な喉からかわいらしいうめき声を引き出してあげられたはずだから」

アグラエは自分の身に望ましくない事態が待ちかまえていることを薄々感じてはいた。だが、穏やかではあるが残虐さを感じさせる声音でそのことを告げられると、恐怖に凍りついた。大声で叫び、この悪夢から覚めたかった。けれども恐怖に喉が引きつり、身体は金縛りに遭ってしまったかのように硬直した。

アグラエはなんの反応もできないまま、エミリー・ド・ミランドがテュソー医師とともにシャンパニャック子爵を椅子から立ちあがらせるのを眺めていた。子爵の動作の一つひとつがぎくしゃくとこわばっていて、アグラエはかつてタンプル大通りで目にした機械仕掛けの人形の見世物のようだと思った。

三人が地下室を出ていくと、フランシャールはアグラエを椅子に座らせ、手下の小太りの男に彼女を後ろ手に縛るよう命じた。アグラエは縄をかけられる短いあいだを利用して、呼吸を鎮め、頭のなかを整理しようと努めた。わたしがここにいることを知る人はいない。ということは、ここから生きて出るのに頼れるのは自分だけだ。そのためにはなんとしてでも時間稼ぎをし、彼らについて実際よりも多くの情報を握っていると相手に思わせなければならない。自分たちの身に危険が迫っていると向こうが感じれば、彼らはおそらく身の安全を図るため、わたしを殺すより取引の材料に利用しようとするだろう。うまくいくかわからないし、ひどく危なっかしい作戦だけれど、こんな絶望的な状況ではほかに手はない……。

そこまで考えると、アグラエはうなだれていた顔を上げ、自分を見つめているふたりの男の前で精一杯勝ち気な表情を繕った。

「なにがお望みなの？」そう言ったものの、声がうわずった。アグラエは、震えていることがばれていませんようにと祈った。「まさか、わたしが単独行動をしているなんて思っていないわよね。ヴェルヌ警部はいま、あなたがたの悪事の証拠をそろえているわ。あなたがたはここ数時間中にひとり残らず捕まることになる。勝負に出たものの、敗北したのよ」

ブルジョワの身なりをした、赤ら顔で小太りの男が眉をひそめてフランシャール警視のほうを向いた。たるんだ不健康そうな肌の毛穴という毛穴から、不安がにじみ出ているように見える。

「この娘はいったいなにをほざいてるのだ？　フランシャール警視、あんたは確かに豪語しましたぞ。〝すべては自分の掌中にある、あの生意気な警部の動きを封じるため、効果てきめんの罠を張った〟と」

「落ち着け、グリスランジュ！」フランシャールは一喝した。「ヴェルヌはいまだ警察に追われる身だ。治安局長のわたしが言うのだからまちがいない。どうがんばればやつが当局に言い分を聞いてもらえるのだ？　あいつがほんの少しでも姿を見せれば即座に逮捕され、真っ先にこのわたしのところに連絡が入る手筈になっている」

「ヴェルヌがあんたにすべてを報告していなかったなら？　いずれにせよ、あやつはエミリーとテュソー医師まで遡ることができたんですぞ。それに、われわれが催眠術を使ってシャンパニャックの心を操ろうとしているのも知っている。ほかのもろもろについても把握済みかもしれん……。そしてそれをあんたに内緒にしているとすれば、それはすなわち、あやつがあんたを疑っているからだろう」

　フランシャールはどっしりとした肩をすくめただけで、言い返さなかった。彼は以前からグリスランジュ弁護士こそが、自分たちの小さなグループの綻《ほころ》びだとわかっていた。なにしろ実験台となる人物をテュソー医師に提供するさい、ドーヴェルニュ代議士の倅《せがれ》を紹介するという致命的な失態を犯したのだから。グリスランジュによれば、少し前から〈王冠を戴く雉《きじ》たち〉亭に出入りするようになっていたドーヴェルニュの息子は家族と疎遠になっており、急死したところで騒ぎにはならないとのことだった。催眠術に上流階級の恵まれた人をも極端な行為に走らせるほどの力があるのかどうか確かめるには、リュシアン・ドーヴェルニュは確かに恰好の被験者だった。もうひとりの実験台であるティフランクールはフランシャールが見つけ出してきたのだが、あいにく下層階級に属していた。というわけでテュソー医師の話では、リュシアンを使った実験がうまくいけば大いに期待が持てるとのことだった。成功したら、本来の標的、つまり前首相と前大臣たちの裁判の予審を担当しているシャンパニャック子爵を操る策略に取りかかることが可能になる……。

テュソー医師は与えられた仕事を十二分にこなし、自死に追いこむほどの暗示をリュシアンにかけることに成功した。だが、グリスランジュの人選が災いした。リュシアンの父であるドーヴェルニュ代議士は、反抗的な息子の自殺を受け入れるどころか大騒ぎした。つまり、正式な捜査を開始するよう、権力上層部に通じるコネを使って圧力をかけた。フランシャールはうまく立ちまわり、リュシアンの死にまつわる捜査を型破りな一匹狼の警部に任せることに成功した。通常の捜査手法を逸脱しがちな警部に事件を担当させれば、必要に応じて捜査の信頼性を容易に貶《おとし》めることができるからだ。というわけで、少なくともフランシャールのほうは如才がなかった。

よく考えてみれば、グリスランジュが犯した失態はこの件にとどまらない。この弁護士がもっと気を利かせていれば、ヴェルヌの命運は〈ジャコバン派再生会〉の秘密の会合に潜入したとき、とうに尽きていたのだ。あそこでヴェルヌが死んでいれば、ドーヴェルニュの息子の死に関する捜査もそこで立ち消えになっていただろう。責任のいっさいは、綺麗事ばかり並べ立てているこの使えない男、口ばかり達者で行動が伴わないこの抜け作にある。こいつさえしっかりしていれば、無駄な危険を冒すことなくドーヴェルニュ代議士を納得させることができたはずだ。なのに、この愚鈍な弁護士は、ヴェルヌを居酒屋の地下室から生還させた。そいつがいま、目の前にいる。目の前で、自分たちが追われているのではないかと震えあがってズボンを濡らしている。痛い思いをすれば学ぶのなら、喜んでこいつの両の頬を張り飛ばしたいところだ。だがフランシャールは自重した。いまはそんなことをしている場合ではない。

フランシャールはアグラエの目の前に立つと、拳銃をベルトに挿し、指の関節を鳴らした。

「まさかあんたは、ここから生きて出られると思っているほどおめでたい人間ではなかろうな」意図せずとも恐ろしい声音になった。「だが、この世とおさらばする方法はさまざまで、しかもいわば、多かれ少なかれ苦痛を伴うものだ。こちらの質問にすべて素直に答えてくれれば、苦しませずにすぐに死なせてやる。そうでなければ……」

アグラエは椅子のうえで身をよじった。すると、手首を縛っている縄が肌に擦れた。これからなにが起こるのだろうと考えると、恐怖の波にのまれそうになった。尋問され、ぶたれるのだろう。たぶん、もっと恐ろしいこともされる。そしてわたしのほうは、知っている情報が少なすぎて、つくり話をして相手をだますこともできない。すぐに彼らは、わたしがひとりでここにやって来たことや、助けに来る人など誰もいないことに気づくだろう。そしてあとはあっさりわたしを殺し、この地下道のどこかに隠す。わたしの遺体は、永遠に見つからない……。

「さて、最初の質問だ」フランシャールは地面に膝をつき、アグラエと顔を突き合わせた。「ここまで誰かと一緒に来たのか？　それはヴェルヌ警部だろうな、おそらく……」

アグラエは、目の前にあるものを追い払うかのように、あるいは恐怖に打ち勝つ力をかき集めて抗《あらが》おうとするかのように何度も瞬きをすると、はっきりとした口調でゆっくりと切り出した。

「よくわからないのは——、公共の秩序を守らなければならない警察の人間であるはずのあなたが、どうしてこんな犯罪の企てに加担したのかってことよ」

その声には挑むような調子があり、フランシャールは面食らった。通常、女を取り調べるときには脅すだけでじゅうぶんだった。痛い目に遭うかもしれないという恐怖だけで、どんなに鼻っ柱の強い女もすぐに自供した。抵抗する手立てのないこの娘がなぜ歯向かおうとするのか、理解できなかった。

フランシャールの背後では、グリスランジュが折りたたみナイフの刃を開いていた。めくれあがった唇から食いしばった歯がのぞいている。こめかみでは太い静脈が脈打っていて、肌のしたに毒蛇でも潜んでいるようだ。

「ここはひとつ、わたしに任せてほしい。こやつの鼻を削ぐか、目をくり抜くかしてやる」グリンスランジュが口を挟んだ。「そうすれば、子羊よりもおとなしくなるはずだ」

「落ち着け、グリスランジュ！」フランシャールは振り返って彼をにらみつけながら、ふたたび一喝した。

フランシャールは急に、この怖いもの知らずの娘を冴えない下っ端の手に委《ゆだ》ねてしまうのは惜しいような気がした。欲しい情報を手に入れる方法はほかにもあるはずだ。フランシャールはその長い警官としての経験から、自分の立場や考えを率先して明かしたほうが実入りが多いことを学んでいた。こちらが胸襟を開けば相手も胸襟を開く、という寸法だ。

フランシャールは立ちあがった。そして少しばかりぐるぐると歩きまわると、ふたたび椅子のそばに立ち、大きな手を娘の両肩に置いた。

「脱帽ですな、お嬢さん」心底感嘆して言った。「あんたは肝が据わっている。だが、それはなんの役にも立たん。シャンパニャック子爵は二日後、ヴァンセンヌの砦にある監獄に赴き、あのろくでなしのシャルル十世のもとで首相と大臣を務めたやつらの最初の聴取に取りかかることになっている。前首相のポリニャック公爵の独房に、ここにあるのと同じような鏡が置いてあるのは確認済みだ。その後の展開はお嬢さんにも読めるんじゃないか？　子爵は突然の狂気に襲われ、ポリニャック公爵を惨殺する。もちろん、この成り行きに共和主義者もシャルル十世を支持する正統王朝主《レジティミ》義者《スト》も満足しない。共和主義者はこの一件を、厄介な事実が明るみに出ることを恐れた体制側の陰謀だと主張し、正統王朝主義者《レジティミスト》のほうは、法にもとづく裁判よりも殺人を選んだとして現国王を糾弾するだろうからな。かくしてポリニャックの死は、火薬庫に火をつけることになる」

「すごく嬉しそうね」アグラエは辛辣な調子で応じた。「警視さんは、革命と帝政時代の殺戮をとっても懐かしがっているみたい」

フランシャールは、アグラエの短絡的な指摘にうんざりしたように首を振った。

「あんたはさっき、わたしがなぜ犯罪行為に加担したのかと尋ねたな。それは二重の意味でまちがっている。ひとつ目、わたしは加担したのではない、指揮したのだ。テュソー医師を巻きこんだのはこのわたしだ。わたしはテュソー医師が同業者たちにねたまれ、難癖をつけられているときに知り合った。いいか、われわれのこのちょっとした陰謀を計画したのはこのわたしだ。隅から隅までな。ふたつ目のまちがい、それはあんたが物事を逆さまに見ていることだ。眺める方向が逆だから、われわれの正義の企てを犯罪と見なしてしまうのだ。犯罪者や極悪人とは、七月革命後に民衆から権力を掠め取ったやつらだ。オルレアン公と彼を担ぎあげている銀行家や大地主たちのことだ。わたしはこの七月、パリの街に築かれたバリケードにいた。民衆が圧政に立ちあがる姿をこの目で見た。だが結局、それでなにを得た？　玉座の主が変わっただけだ。つねに持てる者が支配する。まったく、ひどい話だ！　われわれの手でこうした一切合切を変革せねばならん！」

「そうやって、この国をふたたび混乱に陥れようとしているのね？」

「〝卵を割らずして、オムレツはつくれない〟と言うではないか。民衆の知恵は、議場の席を温めているあれら愚昧な輩《やから》どもの演説すべてに匹敵する。さて、これ以上時間を無駄にはできん！　こちらの質問に答える準備はできたか？」

アグラエはもう勝ち目がないと観念した。だが、自尊心が敗北を認めることを拒んでいた。彼女はわずかに残っていた勇気をかき集め、フランシャールの顔に唾を吐いた。

「威勢だけはいいようだな！」

フランシャールは顔をゆがめた。そしてポケットからハンカチを取り出すと、視線をひたとアグラエに据えたままゆっくり時間をかけて顔を拭いた。それから姿勢を正して数歩下がり、グリスランジュに場所を譲った。

「いいだろう」フランシャールはため息をついた。「グリスランジュ、どうやらこの娘はあんたに相手をしてほしいようだ。煮るなり焼くなり、好きにしろ。今度ばかりはわたしを落胆させるんじゃないぞ。この娘の口を割らせ、情報を目一杯引き出せ！」

グリスランジュの瞳の奥に残忍な光が灯《とも》った。彼はナイフの先端を向けて獲物に近づいていった。アグラエは立ちあがることも、もがくこともできなかった。迫りくる鋭い切っ先を目にした途端、全身から力が抜け、両脚も布でできているかのようにへなへなと萎えた。少しでも動こうとしたら倒れてしまう、と彼女は思った。

グリスランジュはアグラエのシニヨンをつかんで勢いよく後ろに引き、顔をのけぞらせた。

そしてナイフの先を左目に近づけた。するとそのとき、ベキッと木の割れる音がした。その直後、地下道に通じる木製のドアから黒いふたつの人影が飛びこんできた。フランシャールとグリスランジュが事態を把握するより先に乾いた銃声が鳴り、火薬のにおいが地下室内に立ちこめた。

グリスランジュは言葉にならない叫び声をあげてナイフを取り落とした。それから胸に手をあて、くるりと身を反転させると床にくずおれた。

だが、フランシャールはすでに状況を理解して立ちなおっていた。ベルトから拳銃を引き抜いてアグラエの後ろにまわりこみ、彼女を盾にした。そして空いているほうの腕を彼女の首にまわすと、こめかみに銃口を突きつけた。

地下室に飛びこんできたふたりの襲撃者は、フランシャールのこのすばやい反応に不意を衝かれた。この状態で再度引き金を引けば、アグラエの命の保証はない。いまや襲撃者たちとフランシャールはともに両脚をふんばり、それぞれが手に拳銃を握りしめながら鏡を挟んで向き合う形となった。

「ヴェルヌ！　そしてヴィドックじゃないか！」フランシャールは乱入してきた者たちの正体を知り、驚きをあらわにした。「どうやってここに？」

「ただあんたを尾けてきたのさ、フランシャール」ヴィドックが言った。「あんたは自分に容疑がかかるわけがないと高を括っていたようだが、多くの犯罪者同様、過ちを犯した。過ちに無縁な者などおらんのだ」

「いったいどんな過ちを犯したのか知りたいものだな」フランシャールは次なる攻撃にそなえて、ヴァランタンとヴィドックのあいだですばやく視線を行き来させた。

「フランシャール警視は先ほど、わたしが警視をあの辻馬車のなかに手錠をかけて置き去りにしたとき、猿《さる》轡《ぐつわ》を噛まされてはいたものの助けを呼ぼうと叫びましたよね」ヴァランタンは説明した。「馬車から遠ざかりながら、警視の高くかすれたような声を聞いてすぐにぴんときたんです。四日前、ラストゥールを逮捕しに行かされたとき、群衆のなかから警官がいることを知らせる声がして、わたしは危うく命を落としそうになりました。あのとき、確かにどこかで聞いたことのある声だとは思ったのですが、誰の声かはわかりませんでした。それもそのはずです。警視は自分だとばれないように、声の調子を変えていたんですからね。ですが今日、あの馬車から少し離れたところで警視の叫び声を聞き、確信を持ちました。あれは四日前に耳にした声だと」

「つまり、わたしが助けを呼ぼうとしなければ……」

「……この不気味な事件に警視がどんな役割を果たしたのか、おそらくわからずじまいだったでしょうね。些細な事柄が大事を招いた。〝蟻の一穴《いっけつ》、天下の破れ〟ってやつですよ。さっき諺《ことわざ》を持ち出して民衆の知恵を讃えた警視のことだ、これも気に入ってくださるんじゃないですか。警視がわたしを罠にかけたことに気づいたあと、わたしはこれまでの出来事をすべて頭のなかでさらってみました。わたしがフォーヴェ＝デュメニルと決闘することを知っていたのは、アグラエを除いてはあなただけで、あなたはわたしが留守をしているあいだにわたしのアパルトマンに入りこみ、匿名で送られてきたとされる例の書類を奪うことができた人物です。さらにわたしがシャンパニャック子爵を操ろうとするおぞましい陰謀の存在に気づいたことを知る唯一の人物であり、そのためわたしを亡き者にして口封じをしようとしたのでしょう」

フランシャールはうなずくと、称賛の口笛を吹いた。

「お見事だな、ヴェルヌ。やはりわたしはきみを過小評価していたようだ。しかし、まだわからんことがある。それはきみがいかにしてこんなにすばやくこの悪党のヴィドックを呼び出し、ふたりしてここに乗りこんできたかということだ」

ヴァランタンはヴィドックとともにドアを突き破って地下室になだれこみ、アグラエが殺されかけている状況を目にして以来、極度の罪悪感に襲われるのと同時に彼女に危害が及ぶのではないかと気が気でなかった。アグラエが危険の数々を冒したのは自分のせいであり、彼女にもしものことがあれば、一生自分を責めつづけるだろう。だからフランシャールの問いに進んで答えることにした。フランシャールの注意がアグラエから逸れ、彼女を無事に助け出す隙が生まれることを期待して。

「すべてがフランシャール警視の罠だったと気づいたあとも、警視がエミリー・ド・ミランドやテュソー医師とどのような関係にあったのか、ほかに共犯者がいたのかなど、疑問だらけでした。それに、確たる証拠もないのに警視から自白を引き出すような賭けに出ることもできませんでした。そこで警視を監視し、陰謀に加わっている者たちを一網打尽にすることにしたのです。ですが、たったひとりでは無理です。そのとき運がわたしに味方してくれました。ヴィドック氏がちょうど毎週水曜に、カルチェ・ラタン地区の居酒屋で自分が以前率いていた捜査班の部下たちと飲み会を開いていることを思い出したのですからね。そこでわたしはその居酒屋に駆けつけ、辻馬車を駐めた場所までヴィドック氏と一緒に戻りました。警視がまだ馬車に閉じこめられているよう天に祈りながら。到着したとき、警視はちょうど拘束を解かれたところで、そのあとわたしたちはここまで警視のあとを尾けてきたのです」

ヴァランタンが問いに答えながらフランシャールの注意を惹いているあいだ、ヴィドックは相手に気づかれないようにしながら少しずつじりじりと横へ移動した。フランシャールの視界からはずれつつ、アグラエの命を危険に晒《さら》さないような射角を確保するために。

そしてあと少しだと思った瞬間、フランシャールがヴィドックの動きを制した。

「もう一歩でも動いてみろ、ヴィドック。このかわいい娘の頭をぶち抜いてやる！」

「自首してください、フランシャール警視！」ヴァランタンは必死に訴えた。「共犯者たちはこの地下道内で捕まりました。ヴィドック氏の部下たちが彼らを拘束していますし、地下道のすべての出口にも人員が配置されています。シャンパニャック子爵は動物磁気と催眠術の専門家であるベルトラン医師のところに運ばれました。テュソー医師がかけた催眠術が解け次第、子爵から話を聞くことになっています。子爵の証言から、あなたがたにかけられている容疑が裏づけられるはずです。もう勝ち目はありません。それなのに罪のない女性を傷つけてなんになるのです？　その人を放してください、警視！」

フランシャールは一瞬、損得を勘定しているような表情を見せた。だがその直後、アグラエの首にまわした腕を緩めるどころか彼女を無理やり立たせると、その身体を盾にして引きずり、地下室の奥、壁から出っ張っている大きな岩のほうへあとずさりした。

「落胆させてすまんな、ヴェルヌ」フランシャールは悠然と言い放った。「だが、このフランシャールたるもの、そうやすやすとは捕まらん！　ここを選んだのは、秘密の出口があるからだ。ちょうどこの後ろにもう一本、セーヌに通じる地下道が走っている。そこを通って脱出する。きみにとって大切な人らしいこのお嬢さんには一緒に来てもらうよりしかたあるまい。わたしを追うのをあきらめるのなら、約束しよう、無事に逃げおおせたあとこの娘を解放する。だが、きみが正義を気取り、わたしを追跡しつづけるのなら、この娘がいちばんにその報いを受けることになる。ご理解いただけただろうか？」

ヴァランタンはなにもできないもどかしさに身悶えした。アグラエの瞳は恐怖に見開かれ、助けてと無言で叫んでいる。けれども自分になにができる？　いまは悪党が主導権を握り、条件を出せる立場にいる。

「わかった」ヴァランタンは泣く泣くうなずいた。

「今回は警視、あなたの勝ちだ。十分だけ時間をやる。

いいか、十分だけだ！」

フランシャールの勝ち誇った笑みよりも、アグラエのまなざしにある無言の悲嘆がヴァランタンの胸を突き刺した。掲げていた拳銃をしぶしぶ下ろすと、しかたないという身振りでヴィドックに同じように武器を下ろすよう合図を送った。

フランシャールはヴァランタンとヴィドックに視線を据えたままアグラエをさらに引きずり、飛び出た岩まで後退した。そして一瞬ののち、ふたりの姿は岩に溶けこんだかのように闇に消えた。

39　対　決

すかさずヴィドックがヴァランタンに駆け寄った。

「まさか、あんたはやつを信頼し、あんたの女友だちを返してくれると信じてるわけじゃないだろうな？　わしはあの種の輩《やから》をよく知っている。保身のためなら手段を選ばず、約束なんぞ平気で破る」

「ええ、わかっています。ですが、少しばかり譲歩するよりほかありませんでした。捨て鉢になったフランシャールが躊躇なくアグラエに手をかける可能性がありましたからね。すみません、拳銃を一挺、貸してください。ふたりを追いかけて、フランシャールに奇襲をかけます。ヴィドックさん、あなたは部下ふたりを連れて地上からセーヌへ向かっていただけませんか」

「わしもあんたと一緒のほうがいいんじゃないか？　闇のなか、あいつが待ち伏せしていないともかぎらんぞ。ふたりで追いかけても足りんぐらいだ」

もちろん、ヴィドックの言うとおりだった。だが、ヴァランタンはひとりで行くと決めていた。この闘いは彼自身の闘い、これもまた絶えず繰り返される悪との闘いだったからだ。闘いは十数年前、あのおぞましい地下室で十二歳の少年が即席でつくった玉をオイルランプに投げつけたときから始まった。そしてヴァランタンは、たとえアグラエを助け出し、フランシャールを捕まえたとしてもなにも解決しないとわかっていた。闘いが終わるのは、父の死の復讐を果たし、もう二度と悪事を働けないようル・ヴィケールを捕らえるか殺すかしたときだけだ……。おそらくこの闘いに終わりなどないのかもしれない——そんな恐ろしい考えが初めて胸のなかに忍びこみ、彼の心の砦を崩しにかかった。だがヴァランタンは、自分の内部に宿る怒りのすべてをかき集めてそんな考えを押しやった。力のかぎりを尽くして闘うよりほかに道はない。

彼はかぶりを振り、異論を受けつけない決然とした表情でヴィドックの申し出を断った。

「それはできません！　ふたりで行けば、やすやすと見つかってしまうでしょう。万が一わたしがフランシャールを見失ってしまったら、どうかあなたのほうで彼の行く手をはばんでください」

ヴァランタンは持っていた拳銃をヴィドックのものと交換すると、フランシャールとアグラエが姿を消した地下室の隅まで行った。壁から出っ張っている岩の背後に、闇に延びる狭い通路が見える。通路から腐敗臭が漂ってきた。まるで地獄へ通じる秘密の入り口のようだ。

ヴィドックが松明を差し出してきた。だが松明を持てば容易に標的になるためヴァランタンは受け取らず、真っ暗な空間に慎重に足を踏み入れた。

けれどもほんの数歩進んだだけで、心臓の鼓動が速まり、額と腋の下に冷たい汗がにじむのを感じた。クルミ材の銃把を握る左右の手がじっとりと汗ばみ、めまいのようなものが襲ってきた。目の前で紫色の蝶たちが舞い出した。彼は左右のそれぞれの手に握っていた拳銃のうちひとつをフロックコートのポケットに収めると、手でこめかみをぬぐった。グリスランジュと〈ジャコバン派再生会〉のメンバーたちに〈冠を戴いた雉《きじ》たち〉亭の地下室に連れていかれたときや、サン＝メリ地区の中心部にあったル・ヴィケールの隠れ家に侵入したときに襲われたのと同じ症状だ。自分ではどうしようもできなかった。土のにおいが立ちこめる暗い密閉空間に入るたび、少年時代に監禁されていたときのイメージがよみがえってくる。イメージは頭のなかでひしめき合い、グロテスクな万華鏡でものぞいているように重なり合う。そうした状況に慣れ、心の混乱を乗り越えて前に進むため、ヴァランタンにはいつも一、二分の猶予が必要だった。

そしてこのとき、心に巣食う悪魔の群れからヴァランタンを解放してくれたのは、とらわれているアグラエのイメージだった。彼は袖の折り返しで額をぬぐうと、ふたたび慎重に歩を進めた。

通路は狭く、腕を広げただけで濡れた壁に手が触れた。地面は凸凹していて、苔と岩壁を流れ落ちる幾筋もの水流のせいで滑りやすい。しかも相手に気づかれないよう、細心の注意を払って前進しなければならない。この狭い通路ではちょっとした物音も増幅されて遠い先にまで届くだろう。その証拠に、前方から水音や押し殺したうめき声のようなものが盛んに聞こえてくる。とはいえ、漆黒の闇に包まれたこの閉ざされた空間を進みながら獲物までの距離を正確に測るのは難しい。それでもヴァランタンは、フランシャールとアグラエまでの距離はせいぜい百メートルほどだろうと見積もった。

ヴァランタンはちょっと立ち止まって息を整えた。夕がたに飲んだ阿片チンキの効果が薄れはじめ、左肩の鈍痛がぶり返している。まだ動けるうちに片をつけなければならない。彼が立てた作戦は単純なものだった。フランシャールに気取られないように注意しながらぎりぎりまで接近し、相手が油断し、しかもアグラエを危険に晒《さら》すことのない一瞬の隙を衝いて襲撃する。手探りで通路をふたたび進みはじめてから十分ほどしたとき、顔に悪臭ふんぷんたる風を感じた。腐敗物と糞便のにおいだ。この通路はおそらく、セーヌ河に流入する下水道に合流するのだろう。数メートルほど行くと、淀んだ水たまりにずぶりと靴が沈みこんだ。下水道に近づいている証拠だ。水面には半分解けかかった得体の知れないごみが浮かんでいる。

突然、闇のなかに悪態が響いた。声はすぐ近くから聞こえてきた。その数秒後、ガンガンと鳴り響く衝撃音も。狂気の発作に襲われた人が金属の塊を叩いているような音だ。

ヴァランタンは目をすがめて闇に瞳を凝らした。三十歩ほど先に灰色がかった楕円が見える。警戒心をいや増しして近づいていくと、金属の音がどんどん大きくなり、いら立ちのうなり声も加わった。灰色の楕円は通路の終点で、そこまで進むと幅の広い地下道に出た。

石積みの壁と泥水が流れる排水路が見えた。悪臭で息が詰まりそうになった。思ったとおりだ。右岸の新興地区から出る汚物を流すために最近設けられた下水道のひとつに到達したのだ。

下水道の丸天井に反響する金属を叩くような音は、どうやら左手のほうから聞こえてくるようだ。ヴァランタンは注意深く左方向に目を向けた。下水道の出口に至る最後の数メートルにかすかな光が射している。おそらく月明かりだろう。その光のおかげで、ヴァランタンは下水道がまちがいなくセーヌ河岸に通じていることを確認した。だが出口は巨大な鉄格子でふさがれており、フランシャールが両手で鉄格子をつかんで懸命に揺すっている。鉄格子に取りつけられている南京錠と鎖を壊そうとしているのだろう。強情に抵抗する金属の衝撃音とともに、フランシャールの怒号と叫喚が響いてくる。彼の真後ろに気の毒なアグラエが倒れていた。気を失ったか、恐怖に茫然としているかにちがいない。

ヴァランタンは胸を衝かれた。自分が火中に飛びこんだせいで、アグラエに火の粉が降りかかった。これは呪いだろうか？　ぼくに愛情を注いでくれる人はみな、ぼくのせいで苦しむことになるのか？　激しい後悔と苦悩と身体の痛みとが相まって、頭が混乱しはじめた。それでもここは踏みとどまらなければならない。あともう少し持ちこたえなければならない。ふたたび光を目にする機会を手に入れるために。だがそのためには、アグラエに傷ひとつ負わせずにこの下水道を出るよりほかに道はない。

石壁に背をつけると、ふたたび左右の手に拳銃を握った。けれどもすぐに使おうとはしなかった。強まる一方の肩の傷の痛みのせいで狙いが定まらず、的をはずすのが怖かった。とはいえ、確実を期すために的に近づくのは、当然、身を隠している暗闇から出ていくことを意味する。相手に見つかる危険も高まる。いつなんどきフランシャールが振り向くともかぎらない。相手は即座に銃口を向けてくるはずだ。つまり、切れる手札は一枚しかない。一か八かの勝負に出るまでだ！

「フランシャール警視？」ヴァランタンは呼びかけた。「わたしです、ヴァランタン・ヴェルヌです。そんなふうに鉄格子を揺すっても無駄です。そこで行き止まりです」

肉厚の人影がさっと振り返り、猫のようなしなやかさと敏捷さでアグラエの背後に身を隠した。

「ヴェルヌだと？　だが、警告したはずだ。あとを追ってきたら……」

「よく考えてください、警視！」ヴァランタンは相手の言葉を遮った。「あなたが持っているのは単発式の拳銃です。それでアグラエを撃ったところでなんになるんです？　あとはこちらのなすがままです。さらに、その一発で南京錠を壊しても、向こう側で待ち受けているヴィドック氏にあっさり捕まるだけです。もうおわかりでしょう。白旗を揚げるよりほかにないのです」

いっときの沈黙のあと、フランシャールは言った。

「これはまた、ずいぶんと自信ありげな言い草だな。こっちにはきみが懇意にしているこの娘の頭を撃ち抜いて、きみに意趣返しをするという手もあるぞ。どう思う？」

「そうかもしれませんが、警視はそんなことはしません」ヴァランタンはそう否定しつつも、自分の言葉が言下に退けられないよう祈った。「警視はこれまで政治的な理想を追求するために行動してきました。判事はその点を考慮することでしょう。ですがここで非道にも人を殺《あや》めれば、断頭台はまぬがれません。フランシャール警視、よく考えてください！　あなたは残虐な殺し屋ではありません」

アグラエをひざまずかせていたフランシャールは、背中で彼女の片腕をねじりあげて銃を突きつけた。そして嘲りの笑いを漏らした。

「わたしはきみとはちがって残虐な殺し屋ではない、とおっしゃりたいのかな、ヴェルヌ。この罪なき娘に、自分が人殺しであることを伝えたのか？　この娘はきみの正体を知ってるのか？　きみが何者か、この娘に明かしたのか、ヴェルヌ？」

ヴァランタンは食ってかかった。

「おかしなことを言わないでください！」

「いまさらなにをほざいているのやら？　このわたしにそんな嘘は通じんぞ！　この捜査を任せるためにき

みを選んだとき、わたしはきみを単に、規則を無視するやくざな警官だと思っていた。信用を容易に貶《おとし》めることのできるはみ出し者だとな。だが、きみのアパルトマンにあった書類はきみをはめようとしてわたしが置いたものではないし、高額の報酬を受け取ってヤサント・ヴェルヌを撥ね殺したことを認めたあの御者も、わたしのつくり話ではない」

話しているうちにフランシャールは気が昂ってきたようだった。慎重さをかなぐり捨てて身を起こすと、アグラエの顔を引きあげてヴァランタンに向けた。そして瞳を奇妙な光でぎらつかせながら、まるで叩きつけるように言葉を吐いた。

「親殺し！　そう、これがあんたを夢中にさせた男の正体だよ、お嬢さん！　金銭という最低の動機で人を殺した下賤なペテン師だ！　それというのも、こいつの育ての親が遺産のすべてをダミアン・コンブとかいう男に譲り渡そうとしたからだ。このダミアンという男もまた、おそらくこいつの手にかかったんだろうな。どうだ、わたしとあの男、どちらが正真正銘の怪物だ？」

アグラエを苦しめようとしたために、フランシャールのヴァランタンに対する注意が一瞬逸れた。その隙にヴァランタンは下水道内を歩き進んだ。おそらく、これ以上の好機はない。彼は息を詰め、右手を伸ばし、狙いを定めて引き金を絞った。

雷轟《らいごう》のような銃声が下水道じゅうにこだました。銃弾はフランシャールの頭をかすめ、壁にあたって跳ね飛んだ。アグラエの悲鳴が響いた。

「しくじったな！」フランシャールはアグラエを離すと立ちあがった。そして、唇に勝ち誇った笑みを浮かべてヴァランタンに向き合った。「チッ、チッ、チッ！　これで潮目が変わったようだな。きみは拳銃を二挺持っている。ということは、二発撃てた。一発目できみはあの愚昧なグリスランジュを始末した。そしていま、二発目をむざむざ無駄にした」

フランシャールはそう言うと、余裕綽々《しゃくしゃく》の体《てい》で腕をだらりと垂らし、持っていた拳銃をぶらぶら揺らして太腿にあてながらヴァランタンのほうへ近づいた。

ヴァランタンは身じろぎもせず、敵が近寄ってくるに任せた。

ヴァランタンまであと数歩のところまで来たとき、フランシャールがゆっくりと腕を引きあげた。相手を思うがままに仕留めることができるのが嬉しくてたまらないのだろう、その瞳が病的な喜びでぎらついている。だが、ヴァランタンは彼にじっくりその喜びに浸る暇を与えず、ヴィドックと交換した拳銃をさっと掲げて至近距離から発砲した。

フランシャールは茫然と目を見開くと、風船から空気が抜けるようにくずおれた。そして一瞬後には下水路に突っ伏していた。顔面を浸した汚水が、急激に赤く染まっていった。


ヴァランタンは、フランシャールが死んだのかどうか確かめようともせずアグラエのもとに走り寄った。彼女は極度の衝撃のせいで、ふたたび身を縮めて激しく痙攣しながら震えていた。ヴァランタンは彼女のそばに膝をつき、抱きしめようとした。けれども反射的に拒まれた。

「アグラエ、ぼくだ、ヴァランタンだ」彼女を安心させようと声をかけた。「落ち着いてくれ。すべて終わった。もう大丈夫だ」

アグラエがうつむいたままだったので、ヴァランタンは彼女の唇からようやく漏れはじめた切れ切れの言葉を理解するのに耳をそばだてなければならなかった。生気がなく、消え入りそうな声だった。アグラエの髪は汚れてもつれ、顔は蒼白だった。

「あの男が言っていた恐ろしいことは……、新聞が書いていた容疑は……、全部……全部……、ほんとうなの？」

ヴァランタンは抱きしめる代わりにアグラエの氷のように凍えた手を取ると、左右の手のひらで包みこむようにして強く握った。

「誓って言うが、フランシャールが嘘をついたか、あるいはそう思いこんだにちがいない。ぼくはお金欲しさに父を殺してなどいない。さらにダミアン・コンブから財産を奪い取ってもいないし、彼を亡き者にもしていない。それは真実でないばかりか、そんなことは単に不可能なんだ」

アグラエは金褐色の大きな目をヴァランタンに向けた。驚きと同時に困惑の色を浮かべて。

「それは……どういうこと？」

「ぼくにはそうした罪を犯すことができない確かな唯一の理由がある」ヴァランタンの声がかすれた。「それは、ぼくがダミアン・コンブだからだ」

40　ヴァランタンの消失

「ああ、ダミアン・コンブはこのぼくだ。だがぼくは七年間、この事実を忘れることに成功した」

ヴァランタンはアグラエとふたりきりで辻馬車に乗りこむのを待って、ようやくすべてを明かした。アグラエは説明を求められる立場にいた。ヴァランタンのせいで死にかけたのだから、当然、ヴァランタンの秘密を知る権利がある。彼はその秘密をこれまでたったひとりの人物にしか告げてこなかった。それは急逝するその日まで彼が世界で誰よりも愛した人物、ヤサント・ヴェルヌその人だ。

「ぼくは八歳でル・ヴィケールにとらわれ、十二のとき脱走に成功した。だが、ぼくの一部があの地下室に閉じこめられたままになった。それを理解したのは七年後、あの怪物の隠れ家のひとつがベルヴィル村で偶然見つかったことを報じた〈レコー・デュ・ソワール〉紙の記事を読んだときだ」

「もうなにがなんだかわからない……」そうつぶやいたアグラエは、いつもの顔色を取り戻しつつあった。「ダミアンというのは、数週間にわたってあなたと一緒に地下室に監禁されていたもうひとりの少年の名前よね？」

ヴァランタンとアグラエは深夜の二時頃、コンコルド広場の地下道から出た。途方もない目に遭ったせいでふたりとも疲労困憊だった。幸い、後始末はすべてヴィドックが引き受けてくれた。元治安局長のヴィドックはまだパリ警視庁内にいくつか伝手《つて》があり、「それらを使って問題を処理しておくから任せとけ」と請け合い、こう説明した。

「夜明け前にはエミリー・ド・ミランドとテュソー医師の身柄が拘束され、事件の詳細を記した報告書が警視総監の執務机に置かれることになるはずだ。ほかのもろもろの事柄は明日でもかまわんだろう。いずれにせよ、シャンパニャック子爵が正気を取り戻し、こちらの証言を裏づけられるようになれば話が早いだろうな」

さらにヴィドックは、「いまはとにかく、アグラエを家に連れ帰って休むことをだけを考えろ」とヴァランタンに命じた。そして最後まで善きサマリア人を演じようとしたのか、こんな遅い時間にどんな手を使ったものやら、ヴァランタンたちのために辻馬車を手配してくれた。そのおかげでふたりは、寝静まったパリの街をえんえんと歩くという苦行をまぬがれた。

ヴィドックに休むことだけを考えろと言われはしたが、ヴァランタンはアグラエに秘密を打ち明ける瞬間をこれ以上先延ばしにしたくなかった。この数時間、あまりにも多くの感情がこみあげたせいで、さまざまな思いが胸の縁からあふれ出そうになっていた。それに、いまを逃せばもう言葉が出てこないような気がした。彼の心は長いあいだ閉ざされていた部屋のようなもので、かき乱されて舞いあがった埃がふたたび部屋のそここに舞い落ちる前に、扉と窓を開けて風を通さなければならない。肩の傷はずきずきと痛んでいるが、怪我のせいで弱気になり、防御を下げざるをえなくなったこの特異なひとときを利用するべきだ。おそらくいまが人生で唯一の機会だろう。孤独を断ち切りたいと願うのなら、自分自身をさらけ出し、また別の痛みを呼び覚ますという危険を冒さなければならない……。

「これから打ち明けることとは……」そう切り出したヴァランタンの頬は削げ落ち、瞳は熱で潤んでいた。「高名なエスキロール医師の見立てにもとづくものだ。養父はぼくに内緒でぼくの症例をエスキロール医師に相談していた。養父は精神病の専門医が息子を救ってくれると確信していたんだ。けれどもたぶん、最初から順を追って話したほうがいいんだろうな。きっとそのほうが理解しやすいだろうから……」

「……前に話したように、ぼくは生まれた直後に棄てられた。だから、実の両親のことはほとんど知らない。そしてわずか生後一カ月でモルヴァン地方の木樵の夫婦にあずけられた。一八一五年の七月、ぼくが八歳になったとき、ル・ヴィケールがぼくを引き取りに来た。そのあと、あの男はモントルイユ市門の近郊の町にある自分の家の地下室にぼくを閉じこめた。そのときはまさか、自分があのおぞましい場所に四年も監禁され、聖職者の姿をしたけだものの、自然の摂理に反する欲望の犠牲になるとは思わなかった」

ヴァランタンが過去の凄惨な体験をほのめかすと、アグラエの顔がこわばった。彼女は慎み深くヴァランタンの顔から目を逸らしたが、動揺しているのは明らかだった。その証拠に、まるで喘いでいるかのように呼吸が荒くなり、美しい胸が徐々に激しく上下した。

「あれほど幼い頃にはまだ、悪や宿命といった大仰な言葉がなにを意味するか、ほんとうにはわからないものだ。だからぼくは、自分がなぜこんな目に遭うのだろうかと理由を探し、すべて自分のせいだと思いこんだ。自分のなかに、正当な罰を受けなければならない悪しきなにかがあるにちがいない、と。おそらくいちばんつらかったのは、心のなかに根を下ろしてしまったそうした思いこみを、自分はこんな報いを受けて当然だという確信を耐え忍ぶことだった。身体的な虐待よりもずっとつらかった。それと、孤独に耐えることも」

「もっと早くに逃げようとはしなかったの？」

「おかしな話だが、ぼくは自分の運命を受け入れるようになっていた。ル・ヴィケールはぼくの抵抗の意思をことごとくくじき、ぼくを彼のペットにすることに成功した。飼い主がわずかな時間を自分に割いてくれたことに、ほとんど感謝すらする従順な動物に。そして何カ月、何年にもわたる囚われの日々が続いたあと、ある日、彼はなによりもひどい行為をぼくに強いた」

ヴァランタンはここで間を置き、マドモワゼル・ルイーズの恐ろしい死の記憶をよみがえらせた。息が詰まり、心の底に眠っていた古い悲しみが喉元までせりあがってきた。水を攪拌することで、池の底に沈んだ泥が水面にゆっくりと立ちのぼってくるように。ここはヴァランタンの沈黙を尊重すべきだと察したアグラエは、慰めるために彼の前腕にそっと手を置いた。

「皮肉なことに、この無意味で残虐な行為がぼくを救ってくれた」ふたたび口が利けるようになるとヴァランタンは説明を続けた。「あのときの衝撃はぼくの心を激しく揺さぶった。ずっとのちにエスキロール医師が父に説明したように、あのときぼくの脳は、耐えがたい出来事を受け入れるのではなく、ふたつに分裂したようになった。そうしてある日、ダミアンがいる地下室にヴァランタンがやってきた。あの日以来、ぼくらはいつもふたりだ。従順で抗《あらが》うことがまるでできないダミアンと、彼より強く、勝ち気で強情な彼の分身、ヴァランタン。ふたりのうちの一方だけが、ル・ヴィケールから逃れる力をそなえていた……」

アグラエは身震いし、盛んに瞬きを繰り返した。

「つまり、それは……、そんなこと、まさか、ありえない！」

「でも、そうなんだ！」ヴァランタンはアグラエの考えを読んで説明した。「あの牢獄から逃げ出すために、不幸な少年は自分自身の一部を切り落とさなければならなかった。ダミアンにはル・ヴィケールに立ち向かうだけの力がなかった。それができるのはヴァランタンだけだった。ヤサント・ヴェルヌがトローヌ広場の鏡の宮殿で疲労に倒れこんでいた子どもを見つけたとき、彼が腕に抱いたのはヴァランタンのほうだった。ダミアンは、どこかで果てしのない夜にとらわれつづけていた。あの子を鎖から解くことができるのは、ル・ヴィケールの死だけだ」

「あなたを育ててくれたお父さまはそうした事情をすべて把握していたの？」

「長いあいだ真実の一部しか知らなかった。並はずれたやさしさと忍耐のおかげで、父は一緒に暮らしはじめた最初の頃にぼくから話を聞き出すことに成功した。だが、ダミアンのことは話せなかった。ぼくの心が単にダミアンの存在を消し去っていたからだ。そのあと、囚われの日々の記憶をすべて消し去ったのと同様に。父はぼくに内緒でぼくの過去を明らかにしようとした。ぼくが父に明かしたわずかな手がかりをもとに、父はぼくを引き取ったモルヴァン地方の里親を割り出した。そして生後すぐにあずけられたパリの修道会のシスターたちに連絡を取った。そうして父はぼくの身元を知り、ダミアン・コンブの名前で作成された洗礼証書を手に入れた……」

「……ぼくの隠された過去を知った父は、ル・ヴィケールによる監禁の日々がぼくの心の扉を開ける鍵だと理解した。人生の最後の七年のあいだ、父はあの怪物を追うことに全力を注いだ。ぼくはその事実を知らなかった。例の新聞記事がようやくぼくの目を開かせることになる一八二六年のあの日まで。ル・ヴィケールがまだ生きていて、罪のない子どもたちをいたぶりつづけていることを知り、ぼくはふたたび大きな衝撃に見舞われ、忘却によって保たれていた心の均衡が崩れた。ぼくは自分が何者なのか思い出した。あのとき父は地方に行っていた。父が戻ってきたあと、ぼくは父と長々と話し合った。つらい内容の話だった。父はずっと前から真実を知っていたと打ち明けた。そのときはまだ、父がぼくの症例をエスキロール医師に相談していたことは知らなかった。それでも父は、医師の助言に従ってぼくに、〝ほんとうの自分を取り戻さなければならない、過去を否定して生きていくのはもう無理だ〟と説いた。けれどもぼくは聞き入れなかった。その少しあとに父は遺言書を書き換え、相続人をヴァランタン・ヴェルヌからダミアン・コンブに変えた。と同時に、フランシャールがぼくのアパルトマンで見つけた例の手紙を書いた。もちろん、フランシャールにはあの手紙に書かれていた内容の真の意味は理解できなかった」

アグラエは恥じ入って顔を紅潮させた。

「なのに、わたしはさっき、あのおぞましい下水道であなたのことを疑いかけた……」

「どうか自分を責めないでくれ。表面上はぼくに不利な証拠がそろっていたんだから。とはいえ、父を殺した御者の話はどうにも腑に落ちない。ぼくが無実である以上、いったいどういうことなのか解明する必要がある」

アグラエは腕を離すと、ヴァランタンの頬をやさしくなでた。

「ちょっとのあいだ忘れましょうよ、犯罪とか謎とかは。それらはどこにも逃げやしない、眠りから覚めたときにもちゃんとそばにいるはずよ。朝までもう何時間もないけれど、ようやく休めるようになったんだもの、いまはとにかく眠りましょう」

そしてそれ以上なにも言わずにヴァランタンの胸に身を寄せ、目をつむった。ヴァランタンは抱きしめる勇気こそなかったが、じっとそのままにさせていた。

41 怪事件捜査室

一週間後、ヴァランタン・ヴェルヌはしばらくぶりにエルサレム通りにあるパリ警視庁の庁舎に出向いた。この七日間、彼はフランシャールとその一味たちの陰謀を阻止したことへの報奨と傷の治療を名目に、上層部から特別休暇を許されていた。ヴァランタンはその休みを利用し、ルイ十六世広場にある贖罪《しょくざい》礼拝堂でフェリシエンヌ・ドーヴェルニュと再会した。そして約束どおり、兄リュシアンの死の真相を伝えた。気丈なフェリシエンヌは、兄の死が真の意味での自殺ではなかったことを知って安堵し、ヴァランタンに謝意を告げた。まごころのこもったその言葉に、ヴァランタンは胸をひどく揺さぶられた。

ヴァランタンはアグラエにも会った。ほぼ毎日のように。ふたりの関係は、暗黙の了解のもと、秘密を分け合う親しい友人の間柄にとどまっていた。とはいえ、複雑な女心に疎いヴァランタンの目から見ても、彼がこの可憐な舞台女優にとって友人以上の存在であることは明らかだった。アグラエが本心を見せないようにしていたのは単に、ヴァランタンがこれまで味わってきた苦しみを気遣い、相手を急かさないようにするための配慮からだった。ヴァランタン自身、アグラエと会うたびに心のなかで複雑な感情がせめぎ合って混乱した。ヴァランタンの脳は彼に、矛盾する指令をひっきりなしに送りつづけた。アグラエに惹かれていることは自覚していたが、抱きしめることも、口づけすることもできない。彼女のほうが最初の一歩を踏み出そうとしたら、どうすればいいのだろう、と自問することもあった。けれども答えは見つからなかった。身体がどう反応するのか、実際のところ、まったくわからなかった。はたして自分は恋する女性の欲望に応えることができるだろうか？　そんな不安を抱えていたため、ヴァランタンはふたりの関係を曖昧なままにしておいた。

さらにもうひとつ、アグラエとの関係と同じくらい気になる別の問題があった。パリ警視庁での今後について、まだなんの保証も得られていないことだ。治安局に異動したままなのか、風紀局に戻ることができるのか。古巣に戻れば、ル・ヴィケールの追跡を再開できる。あるいは単に、目下実施中の警察機構全体を浄化する取り組みの生贄として解雇される可能性もある。というわけで、ついに七日目の朝、「翌日、出庁せよ」との公式な通達が自宅に届いたとき、ヴァランタンの胸には希望と不安が入りまじっていた。

当日、ヴァランタンはとりあえず治安局所属の警部として、新たに着任した警視総監の控室で長々と待たされた。事実、無能なジロー・ド・ランに代わり、アシル・リベラル・トレイヤール（一七八五～一八五五。法学者、行政官）が総監に任命されていた（原注：この人事は実際には数日前の一八三〇年十一月七日におこなわれた）。だが口さがない人たちはすでに、新任の総監の〝アシル（ギリシャ神話の英雄アキレスの仏語名）〟と〝リベラル〟のふたつの名前は、民衆による街頭の抗議行動を鎮めるために強硬路線と融和路線のどちらを取るべきか決められない政府の無能ぶりを象徴していると揶揄《やゆ》していた。役所の廊下ではすでに後継者の名がささやかれているとの噂すらあった。

こうした下世話な話にまったく通じていないヴァランタンは、書記や事務員たちが忙しそうに立ち働くさまに見入っていた。職員、書類、机、椅子などがあちらからこちらへとひっきりなしに移動するさまを見て彼は、総監が変われば職場全体の模様替えと椅子取りゲームをしなければならない決まりでもあるのだろうか、と冗談めかして考えた。

刻々と時間が流れるにつれ、ヴァランタンの意識は周囲の喧騒《けんそう》を離れ、ここ数日のあいだに新聞記者たちがギリシャ神話の夢の神にちなんで〈モルペウス事件〉と命名した一連の出来事の結末を思い返しはじめた。結局、この前代未聞の陰謀を企てた人びとのうち、判事の前に立ち、自分のなした所業の責任を取ることになるのはテュソー医師のひとりだけだ。だが、慢心と野心で目が曇っていたテュソー医師にとってこの犯罪の企ては政治的な陰謀ではなく、催眠術の可能性を極限まで高めるための手段にすぎなかった。というわけで、フランシャールとグリスランジュが死んだいま、犯罪に加わったメンバーと共和主義者の数ある秘密結社とのつながりを明らかにすることのできる唯一の人間はエミリー・ド・ミランドだけだった。彼女は逮捕後すぐに裁判所《パレ・ド・ジュスティス》の留置場に入れられた。けれどもどうしたものか、夜のうちに行方をくらました。おそらく牢番の監視の目をくぐり抜けることに成功したのだろう。あるいは、こちらのほうがありうる話だが、それまで何人もの男を手玉に取ってきた魅力的な彼女のことだ、牢番のひとりをたぶらかして協力を取りつけ、まんまと脱走したのだろう。

　ヴァランタンのほうはすぐに容疑が晴れた。フランシャールが盗み出し、のちにヴァランタンが取り戻した書類や、ヤサント・ヴェルヌが時間をかけて集めた証書などからヴァランタンの真の身元が判明したことにより、養父の財産を簒奪、横領した容疑は消え、養父殺しの動機の信憑性も損なわれた。さらに養父殺しについては、フランシャールが見つけてきた御者への反対尋問を通じて嫌疑不十分となった。御者は実際、報酬と引き換えに馬車でヤサント・ヴェルヌを撥ねたことは認めたが、依頼人の名前は一度も明かさなかったことが判明した。名前を明かさなかったのは単に彼がそれを知らなかったためで、そもそも依頼人には一度しか会ったことがなく、しかも会ったのは夜間、イヴリー平原にある廃屋でのことだった。フランシャールはヴァランタンが有罪だと信じこみ、しかもそうであれば自分にとって好都合だったため、この点については嘘をつき、彼を窮地に追いこもうとしたのである。

　そうした事実を聞いたヴァランタンは、容疑が晴れたことにまずは安堵した。その一方で、養父の死がもはや疑いの余地なく殺人であったことが判明したことで、可能性のある唯一の容疑者がすぐに頭に浮かんだ。養父のヤサント・ヴェルヌは善良な人物であり、知り合った人のみなから敬愛されていた。そんな人物の死を望んでいたのは唯一、養父が七年のあいだ追いつづけながら捕らえることのできなかったあの男、ル・ヴィケールしかいない！　そう気づいてヴァランタンは動揺した。そして以前にも増して固く心に決めた。なんとしてでもあの怪物を見つけ出し、あいつが周囲に撒き散らしてきた悪のすべてについてその報いを受けさせてやる……。

　宿敵のことを考えて怒りに燃えていると、書記がやってきた。書記は、「総監の身体がようやく空きました」と言ってヴァランタンを執務室に通した。天井の高い部屋で、壁の一部に蠟を塗った木板が張ってあり、窓には重厚なビロードのカーテンがかかっている。庁舎内には湿った冷気が満ちていたがこの部屋だけは例外で、石炭ストーブのおかげでぽかぽかと暖かい。新任のトレイヤール総監は第一帝政様式の肘掛け椅子に座り、虫眼鏡とピンセットを手にして置き時計の内部を調べていた。デスクパッドのうえに小さな歯車が整然と並んでいる。入室したとき、虫眼鏡を目にあてたまま顔を上げて見つめてきたので、ヴァランタンはひとつ目の巨人、キュクロプスに観察されているような気がした。

「ヴェルヌ警部!」総監は大きな声で呼びかけると、ようやく虫眼鏡を下げ、椅子に座るよう身振りで促した。「知ってるかね、わたしがきみに非常に会いたがっていたことを?」

ヴァランタンは警戒し、冷静な口調で尋ねた。

「なぜわたしにそれほどのご興味を持たれたのでしょうか?」

「前任者からきみに関する記録をどっさり引き継いだ」総監はパンパンに膨らんだ紙挟みにさっと手を触れた。「このなかにはきみの逮捕状と、きみの容疑についてフランシャール警視が作成したけっこうな分量の報告書も入っている」

ヴァランタンは抗議しかけたが、トレイヤールはさっと片手を上げてなだめる仕草をした。黒々とした髪、警視総監という新しい職務にはそぐわない、〝ふやけた〟とも形容できそうな驚くほど人懐っこい表情。澄んだ青い瞳が、芸術好きで夢見がちな人、という印象を与えている。

「〝フランシャール警視〟ではなくて、〝フランシャールの悪党〟と言うべきだったな」トレイヤールは笑顔で言いなおした。「きみに対する誹謗中傷めいた一連の容疑が晴れたことは承知している。というわけで、目下解決すべきはただひとつ、きみの処遇をどうするか、という問題だ」

相手が間を置いたのでヴァランタンは、ここはひとつ、パリ警視庁を統べる新たな権力者に忠義を誓うなんらかの言葉を発するべきなのだろうと判断した。

「わたしは総監殿のために尽力する所存であります。あのような遺憾な事件のあと、わたしとしては通常の業務に復帰することを願うばかりです」

「ふむ、ふむ、わかるよ」トレイヤールは甘い声で言いながら、目の前に置いてある細かい時計の部品をいじくりまわした。「ただ、そうは言っても、警視庁という組織は複雑な機械のようなものでね。円滑に作動するためには、部品のそれぞれが正しい位置に置かれ、周囲のほかの部品と完璧に連動していることが肝要だ。フランシャールとその一味の陰謀を見事阻止したきみの腕前を見れば、きみを治安局に残しておくのが正解なのだろう。だが、きみも知ってのとおり、治安局は大臣から目をつけられている。つまり、これまでいわば少々無謀な形で捜査員を採用してきたがためにちょうだいした、恥ずべき評判を払拭する必要に迫られている。一方、ここ最近、きみの名前が新聞各紙をにぎわせたが、これはきみにとっては決してありがたい状況とは言えないだろう。騒がれすぎ、目立ちすぎだからな。もっともこれはきみが意図したことではないし、そのことは重々承知している……。というわけで、きみを風紀局第二課に戻すという手ももちろん考えられるのだが、きみの前の上司であるグロンダン警視がいい顔をしないのだよ。〝あいつはいっぷう変わった手法を取る、与えられた指示を軽々しく逸脱する傾向がある〟などと言ってね」

なるほど、これが個人面談の目的だったのか。総監は解雇を申し渡すために呼びつけたのだ。ヴァランタンは落胆したが、態度には出さないよう努めた。頭のなかにあるのはもはや、一刻も早く辞去したいとの思いだけだった。親切ぶった態度で接してくるこの部屋の主に我慢がならなかった。

「もし、それで事が容易に運ぶのであれば」ヴァランタンはそっけなく切り出した。「午前中に辞職願を出させていただきます」

トレイヤールはすぐに反応しなかった。時計の歯車のひとつを指先でくるくるまわしながら、物思わしげな表情で黙ったままヴァランタンを見つめた。そして不意に茶目っ気のある笑みを浮かべた。

「時代は変わっているぞ、ヴェルヌ警部！　じきに科学分野のさまざまな発見と技術の進歩が、われわれの古い世界を根本から変革するはずだ。だが、一般大衆はそのことに気づいておらず、そのだまされやすさが仇《あだ》となり、一部の人間につけこまれている。というのも、犯罪もまた変化を遂げているからね。きみの最近の捜査で明らかになったように、われわれの敵の手法もこの先がらりと様変わりするだろう。われわれはそれに対応していかねばならない。というわけでわたしは、パリ警視庁の内部に、新しいたぐいの犯罪者たちの取り締まりにあたる専門の部署を創設することに決めた。部署にいかなる名称をつけようか、あれこれ頭を悩ませたが、きみの得意分野は〝信じがたい〟、あるいは〝説明のつかない〟などと形容される事件のようなので、〈怪事件捜査室〉と命名した。先ほど〝部署〟と言ったが、これは少しばかりおおげさだ。なにしろ、少なくとも発足時においてはひとり所帯なのだからな！　そのひとりというのは、きみだよ！　むろん、これはきみが承諾してくれたらの話であり、無理強いはしない」

ヴァランタンは驚きに目を見開いた。

「なぜ、わたしなんです？」

「先述したように、この紙挟みのなかにはきみに関する情報がたんまり入っている。そのためわたしは、きみが科学の多様な分野に精通していることや、とくに化学と薬学をあの高名なペルティエ教授のもとで学んだことを知っている。わたしはね、そのような知識が将来、社会の秩序を守るために大いに役立つと確信しているんだよ」彼はここで短い間を置いた。「なに、すぐに返事をしろと言っているわけではない。考える時間が必要なら、明日かあさってにでも改めて会おうじゃないか」

ヴァランタンは耳を疑った。考える時間？　考えるもなにも総監は、ル・ヴィケールを追い詰め、自分なりの方法で悪と闘い、そうすることで養父が果たせなかった仕事をやり遂げる裁量と手段を大皿に載せて差し出してくれたのだ。断る道理がどこにある？

ヴァランタンは感謝の気持ちをこめて、トレイヤール総監の期待に応える言葉を口にした。

エピローグ　ダミアンの日記

これらのすべてを紙に書きつける意味はあるのだろうか？　静寂に包まれたこの部屋で鵞《が》ペンをきしませたところで、いったいなにが得られるのだろう？　真っ白な紙に引かれるインクの軌跡は、ぼくをいったいどこへ導くのだろう？　ぼくが求めているのは逃げ道なのか？　闇から光へと通じる道なのか？　無から生へと続く道なのか？

いま読み返した文章は、ダミアンの日記の冒頭だ。ダミアンの日記。それはぼくの日記だ。ぼくはそれを一八二六年の四月に書いた。あの悲しい春に……。

　その年、春はまるで春らしくなかった。季節があたかも、ぼくらのうろたえる心に合わせて調子を乱してしまったかのように。春は悲しみをまとっていた。陰鬱さと涙に包まれていた。それはまず、ぼくの哀れな頭のなかでのことだった。ほんの数週間のうちに、ぼくは記憶を取り戻して自分のほんとうの名前を思い出し、それから立て続けに、父と実直な家政婦エルネスティーヌを失った。頭蓋のなかで突風が吹き荒れた。一夜のうちに森の木々の葉を散らして舞い狂う、あの木枯が吹いていた。ぼくはこの狂気にあてられたようになり、耳元ではきしみやうなりが響いていた。目を閉じることができなかった。夜は眠れず、日中は誰もいないアパルトマンを惨めに歩きまわった。後悔に苛まれながら。

　父と最後に話したときのことを思い出さずにはいられなかった。ぼくは、父とのあいだで交わされた激しいやり取りを頭のなかで反芻《はんすう》した。そして、どうしたらあのような事態を避けられたのかと自問した。ぼくの記憶が戻ったことを知ってから、父は何度も説得を試みた――エスキロール先生の見立ては確かだ。おまえのなかでヴァランタンがダミアンを押しのけているかぎり、おまえは自分の過去と折り合いをつけることができない。殻を打ち破ることを受け入れ、先生が大仰にも名付けた〝記憶の瘢痕形成〟なるものに取りかからなければならない……。

　でも、そんなことはできなかった。心の奥底でぼくは確信していたからだ。ル・ヴィケールが大手を振ってのさばっているかぎり、ぼくが置き去りにしたあの地下室からダミアンが抜け出すことはかなわない、と。けれども、父にそのことを伝えるための言葉が見つからなかった。それを伝えるのは、ぼくの力ではとうてい無理だと思われた。一方、父はやさしさと忍耐の見本のような人なのに、ぼくのこの道理を欠くこだわりを受け入れることができなかった。父は進歩を愛し、医学の力を信じていた。提案した最新の治療法を拒まれて、父はぼくに腹を立てている――ぼくにはそう感じられた。

父の死を知らされたとき、ぼくはひどく自分を責めた。あの人はぼくにすべてを与えてくれた。住むところも、家庭のぬくもりも、教育も、名前も。自分がいまあるのは父のおかげだ。そして父が初めてぼくからのいくばくかの返礼を期待したとき、ぼくはそれに応えることができなかった。あのとき――生前の父に最後に会ったとき――、ぼくらはほとんど喧嘩別れをした。けれども父を苦しめるつもりなどなかった。当時のぼくが望んでいたもの、そしておそらくいまもまだ望んでいるもの、それがなんなのかぼくにはよくわからない。おそらくあのとき、悪を引き起こした張本人が罰せられさえすれば、ぼくはほんとうの自分の人生を取り戻せると考えていたのだろう。

葬儀に続く数日のあいだ、愛する妻クラリスの亡骸《なきがら》を納めるために父がみずから選んだあの南墓地で、ぼくは自分もまた、二度と戻れない永遠の夜に沈んでゆくような気がした。けれども、そうはならなかった。無がぼくを欲していなかったのか、あるいはぼくが無を押しのけたのだろう。これはぼくがきわめつけの逆境にも負けない生命力をそなえていることのあかしかもしれない。海の底にまで沈んだ潜水夫が、溺れそうになりながらも踵《かかと》で海底をひと突きして水面に浮かびあがってくるように、ぼくはぼくをのみこもうとしていた闇をなんとか振り払うことができた。

ヴァランタンにはまだやらなければならない仕事が残されていた。ヤサント・ヴェルヌが断念せざるをえなかった狩りを再開し、ル・ヴィケールの悪事に終止符を打つという仕事が。だが父を偲び、自分の過ちを償うために、ぼくは過去をたどる長い旅にも出なければならなかった。ダミアン・コンブには戻れないにしても、少なくとも彼の物語を記し、彼が地獄へ落ちていくさまを綴った日記を残すことはできた。そうして迷宮の出口を見つけ、闇から光へとつながる通路を見つけなければならなかった。

いま、その日記が目の前にある。かなり分厚い紙束で、古いページはすでに黄ばんでいる。ぼくは、そのすべてがまるごと無駄になってしまわぬよう祈るような気持ちでこの最後のページを書いている。このあと、ぼくが羽根ペンを置いたときに、ぼくの人生の一幕がふたたび閉じる。結局、父が正しかった。ぼくは勇気を出してあの暗い地下室に戻り、ダミアンに手を差し伸べなければならなかったのだ。そうすることが必要だった。長いあいだぼくは、漠然とした罪の意識を抱えてきたのだから。そうした意識に長く浸っていると、最終的には自己憐憫に酔ってしまったり、狂気に陥ったりしてしまう。いま、それらすべてが過去のものとなった。自分がこれからすべきことはわかっている。

早晩、ひとりの男がル・ヴィケールの行く手に立ちはだかることになる。そしてその男の名がヴァランタンであろうがダミアンであろうが、結局のところ、どうでもいい。彼は、自分がするべきことをやるだけだ。

やがてぼくはこの最後の紙片を紙束のいちばん後ろに置き、すべてをひとまとめにして綴じるだろう。そしてアパルトマンを出るだろう。アグラエに会いに行くために。ぼくらの関係に未来があるのか、ぼくの身体が愛撫や抱擁を抵抗なく受け入れられるのか、ぼくにはわからない。けれども、少なくとも試してみる価値はある。彼女に会うにはセーヌを渡らなければならない。この日記を持っていこう。彼女に読んでもらうために。あるいは、河に投げ捨てるために。

どうするかはわからない。ぼくはまだ、迷っている……。

著者あとがき

十九世紀になされた発見や発明の数々を、怪事件の捜査にあたる警官の冒険物語を通じて紹介できたら面白いのではないか。そんなアイディアを思いついたとき、すぐに頭に思い浮かんだのが七月王政期（一八三〇～一八四八年）だった。この時期はいろいろな意味で決定的だった。科学と技術の急速な進歩は経済の飛躍的な発展に貢献し、経済活動はその後の第二帝政期に大きく花開くこととなった。それと同時に、下層階級の貧困と反体制勢力の多様化は、政治を大きく不安定化させる要因となり、旧体制《アンシャン・レジーム》から引き継いだ諸制度の摩耗を引き起こした。というわけで、七月王政期には物語を書くうえで願ったりかなったりの好条件がそなわっていると思われた。

ストーリーの時代背景として本書で示しているとおり、七月王政は混乱と騒乱のなかで幕開けした。事実、通りではストライキやデモや暴動が相次いだ。そうした状況に対処するため、新王ルイ＝フィリップと政府は当初、「強硬路線」と「融和路線」のあいだで逡巡した。前王シャルル十世の治下で首相と大臣を務めた者たちをめぐる裁判はこの点において、新体制に突きつけられた最初の大きな試練となった。

本書のなかで筆者がシャンパニャック子爵（架空の人物）に与えた役割を除けば、政治と司法を巻きこんだこの裁判に関する記述はみな史実である。たとえば本書でも触れたとおり、一八三〇年十月にはヴァンセンヌ城の監獄に収監されていた前の首相と大臣たちをその手で処罰しようと、共和主義者たちが同城になだれこむ騒ぎが確かにあった。さらに、リュクサンブール宮殿内に置かれた貴族院で同年十二月十五日に開かれた裁判の最中には暴動の恐れがあり、判決の言い渡しに先立ち、武装した民衆に命を狙われていた四人の被告を密かに脱出させるために秘策を講じる必要があった。被告たちは最終的には死刑をまぬがれて終身刑が宣告され、前首相のポリニャック公爵には公権剝奪も付加された。ルイ＝フィリップの権力は、この試練を乗り越えて最終的には強化されることとなった。

動物磁気と催眠術の歴史に関する記述もみな史実である。とくに、ヴァランタンが〈ル・グローブ〉紙の事務所で出会うアレクサンドル・ベルトラン医師は実在の人物だ。作中で示されているとおり、同医師はメスメルがこだわった〝流体〟理論に最初に異を唱えた人物のひとりで、〝覚醒下にある睡眠〟を引き起こすには、想像力と暗示の役割が重要であると主張した。さらに、スコットランド人医師のジェイムズ・ブレイドが初めて「催眠」という語を使ったことは事実であり、ベルトランと交流があった可能性も大いに考えられる。本作では物語を進めるうえで、ブレイドがその開発に多大な貢献を果たした新しい催眠誘導技術を援用した。だが実際にこの技術が開発された時期は、物語の舞台となった一八三〇年より十年ほどのちであることをお断りしておく。

最後に、パスキエ大法官（一七六七〜一八六二）（エティエンヌ・ドニ・パスキエ。第一帝政、王政復古期、七月王政期に国務相や上院議長などを務めた政治家）が「もっとも示唆深く、もっとも魅力的な研究対象のひとつ」と形容したこの七月王政について好奇心の強い読者や歴史マニアの理解が深まるように、いつものごとく参考文献を紹介しておこう。

Léon Abensour, « Le féminisme sous la monarchie de Juillet. Les essais de réalisation et les résultats », *Revue d'histoire moderne et contemporaine*, 1911, no 15-2, p. 153-176.

Laure Adler, *La Vie quotidienne dans les maisons closes, 1830-1930*, Hachette, 1990, rééd. Fayard, 2013.（ロール・アドレル『パリと娼婦たち 1830-1930』高頭麻子［訳］、河出書房新社、一九九二）

Jacques Aubert, Michel Eude, Claude Goyard et al., *L'État et sa police en France, 1789-1914*, Librairie Droz, 1979.

Dominique Barrucand, *Histoire de l'hypnose en France*, PUF, 1967.

Henri Beaulieu, *Les Théâtres du boulevard du Crime. Cabinets galants, cabarets, théâtres, cirque, bateleurs, de Nicolet à Déjazet (1752-1862)*, H. Daragon, 1905, rééd. Hachette Livre/BnF, 2013.

Jean-Marc Berlière et René Lévy, *Histoire des polices en France. De l'Ancien Régime à nos jours*, Nouveau Monde Éditions, 2011.

Jean-Marc Berlière, *La Police des moeurs*, Perrin, coll. « Tempus », 2016.

Philippe Berthier, *La Vie quotidienne dans La Comédie humaine de Balzac*, Hachette, 1998.

Georges Bordonove, *Louis-Philippe, roi des Français, 1830-1848*, Pygmalion, 1990.

Gabriel de Broglie, *La Monarchie de Juillet*, Fayard, 2011.
André Castelot, *Louis-Philippe, le méconnu*, Perrin, 1994.
Sébastien Charléty, *Histoire de la monarchie de Juillet (1830-1848)*, Perrin, 2018.
Frédéric Chauvaud, *Les Experts du crime. La médecine légale en France au XIXe siècle*, Aubier, 2000.
Louis Chevalier, *Classes laborieuses et classes dangereuses*, Plon, 1958, rééd. Perrin, 2002.（ルイ・シュバリエ『労働階級と危険な階級　19世紀前半のパリ』喜安朗・木下賢一・相良匡俊［訳］、みすず書房、一九九三年）
Robert Darnton, *La Fin des Lumières. Le mesmérisme et la Révolution*, Perrin, 1984.（*Msmerism and the End of the Enlightment in France* の翻訳、ロバート・ダーントン『パリのメスマー　大革命と動物磁気催眠術』稲生永［訳］、平凡社、一九八七）
François-Laurent-Marie Dorvault, *L'Officine, ou répertoire général de pharmacie pratique (éd. 1855)*, Hachette Livre/BnF, 2013.
Anne Martin-Fugier, *La Vie élégante ou la formation du Tout-Paris, 1815-1848*, Fayard, 1990.（アンヌ・マルタン＝フュジエ『優雅な生活〈トゥ＝パリ〉、パリ社交集団の成立　1815－1848』前田祝一［監訳］前田清子・八木淳・八木明美・矢野道子［訳］、新評論、二〇〇一年）
Pierre Gascar, *Le Boulevard du crime*, Atelier Hachette/Massin, 1980.

René Gast et Guillaume Rateau, *Album secret de Paris*, Éditions Ouest-France, 2019.

Adolphe Gronfier, *Dictionnaire de la racaille. Le manuscrit secret d'un commissaire de police parisien au XIXe siècle*, Éditions Horay, 2010.

André Jardin et André-Jean Tudesq, *Nouvelle histoire de la France contemporaine, tome 7 : La France des notables, la vie de la nation, 1815-1848*, Seuil, 1973.

Didier Michaux, « Le magnétisme animal. Constitution d'un phénomène et de sa représentation », *Bulletin de la Société française d'hypnose*, janv. 1986, no 2-3, p. 361-403.

Frédérick Myatt, *Encyclopédie visuelle des armes à feu du XIXe siècle*, Bordas, 1980.

Gabriel Perreux, *Au temps des sociétés secrètes. La propagande républicaine au début de la monarchie de juillet (1830-1835)*, Hachette, 1931.

Hervé Robert, *La Monarchie de Juillet*, PUF, coll. «Que sais-je ? », 1994, rééd. CNRS Éditions, coll. « Biblis », 2017.

Bruno Roy-Henry, *Vidocq, du bagne à la préfecture*, L'Archipel, 2001.

Jean-Noël Tardy, *L'Âge des ombres. Complots, conspirations et sociétés secrètes au XIXe siècle*, Les Belles Lettres, 2015.

André-Daniel Tolédano, *La Vie de famille sous la Restauration et la monarchie de Juillet*, Albin Michel, 1943.

Jean Tulard, *La Préfecture de police sous la monarchie de Juillet*, Annuaire de l'École pratique des hautes études, Année 1964, 1964, p. 427-431.

Eugène-François Vidocq, *Les Voleurs*, Éditions de Paris, 1957.

Eugène-François Vidocq, *Les Mémoires authentiques de Vidocq*, Archipoche, 2018.（ヴィドックの回想録としては、*Les Mémoires de Vidocq, Tome II*, Presses de Gérard et Cie, Verviers, 1966を底本としたフランソワ・ヴィドック『ヴィドック回想録』三宅一郎［訳］、作品社、一九八八年がある）

訳者あとがき

フランス発の歴史ミステリ、エリック・ファシエ著『鏡の迷宮　パリ警視庁怪事件捜査室』（原題：*Le Bureau des affaires occultes*、Albin Michel 社、二〇二一年）をお届けする。本書は本国フランスで読者、批評家双方から高く評価され、二〇二一年度〈メゾン・ド・ラ・プレス〉賞に輝いた。この賞は新聞・雑誌および書籍などを扱う同名の小売りチェーンが運営するもので、創設は一九七〇年。売り上げを著しく伸ばした、いわば読者に広範に支持された作品に与えられており、日本でも人気の高いミシェル・ビュッシの『彼女のいない飛行機』（平岡敦訳、集英社、二〇一五年）などが受賞している。

本書の舞台は一八三〇年、七月革命直後のパリ。主人公の二十三歳の若き警部、ヴァランタン・ヴェルヌはパリ警視庁の風紀局で働きながら、仕事とは別のある特別な理由から〝助任司祭《ル・ヴィケール》〟と呼ばれる謎の男を追っていた。けれどもある日、治安局への突然の異動を命じられ、代議士の子息、リュシアン・ドーヴェルニュの不可解な自殺をめぐる捜査を任される。リュシアンは実家の館で開かれた盛大な夜会の折、魅せられたように鏡に見入ったあと、母親の面前で二階の窓から身投げをするという不可解な死を遂げていた。婚約発表を控えていた前途洋々たる青年が、なぜ唐突に自死に走ったのか？　捜査を進めていくうちに、現体制に不満を持つ者たちの陰謀の影がちらつきはじめる。と同時に、ヴァランタンの身にも危険が迫るようになり……。

〈七月革命〉という語を目にするのは高校の世界史の教科書以来、というかたもいるかもしれない。そこで少々長くなるが、フランス革命から七月革命へと至る歴史の流れをここでざっとおさらいしておこう。というのも、押さえておいたほうが本書の理解が断然深まるはずだからだ。

フランス革命が始まったのは一七八九年。当初は開明的な貴族たちによって立憲君主制が敷かれるが、九二年に国民公会が発足し、共和政が実現。翌年、ルイ十六世が処刑され、ロベスピエール率いる急進共和主義のジャコバン派が恐怖政治をおこなう。その後、革命に干渉しようとする欧州諸国を相手とした革命戦争を通じてコルシカ出身の軍人、ナポレオン・ボナパルトが台頭、一八〇四年に皇帝に即位し（第一帝政）、欧州全域で戦闘を繰り広げる。だが、一八一三年の〈ライプツィヒの戦い〉の敗北をきっかけに翌年、失脚。ブルボン家のルイ十八世が王座に就く（復古王政）。一八一五年三月、幽閉先のエルバ島を脱出したナポレオンが皇帝に返り咲くも、同年六月、〈ワーテルローの戦い〉に敗れ、ルイ十八世が復位。一八二四年には大貴族と大地主に支持された過激王党派のシャルル十世が即位する。だが、革命前の社会に戻そうとする反動的な政策に対する民衆の不満が高じて一八三〇年七月に革命が勃発、シャルル十世は追放される。とはいえ、革命の中心的担い手たちが望んだ共和政の実現には至らず、ブルボン家に代わり傍系オルレアン家のルイ＝フィリップを国王に据えた立憲君主制（七月王政）が誕生した。

本書はプロットを構成するうえで、右のような経緯で成立した七月王政が直面することとなった政治的混乱を巧みに利用しているのが特徴だ。実際、新王ルイ＝フィリップはブルボン王家を支持する正当王朝主義者《レジティミスト》、共和主義者、帝国を懐かしむボナパルティストと対峙《たいじ》しなければならなかった。対立勢力が攻勢をかけ、秘密結社が暗躍する七月王政期は、「著者あとがき」にもあるように、確かに物語の舞台として魅力的であり、史実にもとづくことでフィクションとしての読みごたえが増している。歴史好きにはたまらない作品であり、本国フランスの読者に熱烈に支持されている理由のひとつもこのあたりにあるようだ。

さらに本書は当時の社会や風俗を生き生きと伝えている。道行く人びとの服装や様子、娯楽、カフェや居酒屋での会話および食事風景、通りの喧騒、馬車での移動や決闘のシーンなどを描写する筆の運びはまるで十九世紀の重厚長大なフランス文学を読んでいるかのように流麗かつ緻密で（ちなみにスタンダールは『赤と黒』を一八三〇年に、バルザックは『ゴリオ爺さん』を一八三五年に刊行している）、読者を十九世紀前半のフランスへといざなってくれる。

いまはなきパリの姿を教えてくれるという点でも貴重だろう。というのもパリは、ナポレオン三世の第二帝政期（一八五二～七〇）にセーヌ県知事のオスマンにより、現在見られるような近代的な都市に大きく様変わりしたからだ。本書を読めば、十九世紀前半のパリはまだ中世の名残を色濃くとどめ、宮殿や寺院や広場や、銀行家や黎明期の実業家に代表される新しい富裕層の美しい邸宅が建ち並ぶ新興地区のそばに、迷路のような路地や掃き溜めのような貧民街が広がる混沌とした都市だったことがわかる。そしてそんな光と影、栄華と貧困のコントラストが際立つパリの街を、主人公のヴァランタン・ヴェルヌが縦横に駆けめぐる。

ヴァランタン自身も光と影のコントラストが際立つ人物だ。すれちがう女性の多くがつい振り返って見とれてしまう天使のような美しい外見を持ち、ダンディで粋な恰好をし、さらに諸科学に通じていて頭脳明晰。だがそれでいて人を寄せつけない孤高の存在で、翳《かげ》をまとい、ときに冷酷、目的のためなら暴力も辞さない一匹狼の警官だ。この少しダークな見目麗しい出来すぎのヒーローは、どんな窮地も切り抜けてしまうほぼ不死身の存在であるゆえに、現代を舞台とした小説であれば少々陳腐に思われてしまうかもしれない。ところが舞台が十九世紀となると俄然、冒険小説の色合いが増し、独特の魅力を発揮する。その一方で、複雑な内面や苦悩する姿を丁寧に描くことで、脆さと危うさが共感を呼ぶヒーローともなっている。そんなヴァランタンがなぜ、ル・ヴィケールと呼ばれる男を執拗に追うようになったのか？　作中のところどころに挟まれる「ダミアンの日記」が、本筋の物語とどう絡んでくるのか？　自殺をめぐる謎とともに、これらの疑問も物語を牽引する重要な要素となっている。

当時の著名人や知識人など、実在の人物が登場するのも面白い。なかでもヴィドックはヴァランタンの相談役として、作中で大きな存在感を示している。小倉孝誠著『犯罪者の自伝を読む』（平凡社、二〇一〇年）によれば、ウジェーヌ＝フランソワ・ヴィドック（一七七五～一八五七）は強盗、殺人未遂、密輸などの罪で徒刑場に送られるが、そのたびに脱走を果たした人物で、のちに警察の密偵となり、その経歴と経験を活かしてパリ警視庁の治安局長にまでのぼり詰めた。また彼の『回想録』はバルザックの『人間喜劇』のヴォートラン、ユーゴーの『レ・ミゼラブル』のジャン・ヴァルジャンなどの造型に影響を与えたほか、ポー、ガボリオ、ドイルなどミステリ小説の先駆者たちに愛読されたと言われている。

印象的な登場人物といえば、女性陣も負けてはいない。まだまだ男性優位の価値観が支配的な十九世紀前半にあって、若き舞台女優のアグラエ・マルソーとリュシアンの妹フェリシエンヌが捜査を進めるうえで大きな役割を担っているのがすがすがしい。著者によれば七月王政は、断頭台の露と消えた女優で劇作家のオランプ・ド・グージュ（一七四八～九三）のような勇気ある女性を通じてフランス革命中に生まれ、復古王政期に抑圧されたフェミニズムの機運が息を吹き返した時期とのこと。それはルイ＝フィリップの治世下で出版の自由が復活し、表現の自由が保証されたことによるものであるらしい。著者はそんな七月王政下で権利獲得のために立ちあがった女性たちの声を、〝シリーズ〟

を通じて代弁する人物としてアグラエを造型したと言う。

そう、本書をお読みいただければこれがシリーズものの第一作目であるのは明らかで、すでにフランスでは二作目、***Le fantôme du Vicaire***（ル・ヴィケールの亡霊）が二〇二二年四月に刊行され、これも好評を博している。二作目でヴァランタンは〈怪事件捜査室〉の長として、年少の部下を従えて事件に挑む。立ちはだかるのは降霊術の謎だ。と同時に、宿敵ル・ヴィケールから挑発のメッセージが次々に届き、いつしか追う者から追われる者となって危険なゲームにはまりこんでいく……。


著者のエリック・ファシエは一九六三年生まれ。子どもの頃から大の歴史好き、文学好きで、初めて小説を書いたのは十六歳のとき。現在までに別名義のものも含めてすでに十二作の長篇小説と三作の短篇集を刊行している。だがその一方で薬学と法学の博士号を持ち、大学教授として薬事法と薬事経済を教え、薬の歴史を紹介する小さな博物館で学芸員も務めている。そんな経歴を目にすると、いかにも本書の生みの親にふさわしいバックグラウンドの持ち主だと納得する。というのも本書の最大の特徴は、十九世紀前半における最新の技術や薬学および精神医学に関する知見を随所にちりばめ、かつそれらが謎解きの鍵となっている点にあるのだから。

まだ電気も電話もなく、街灯がようやくオイルランプからガスランプに変わりはじめ、移動手段はおもに馬車で、一般的な銃は二連式を除き一度の装塡で一発撃つのが精一杯というこの時代、科学の進歩に関心を寄せ、新しい技術や知識にもとづいて捜査を進めようとするヴァランタン・ヴェルヌは時代の最先端をいく警官だ。七月王政期はフランスがイギリスから数十年遅れで産業革命を経験した時期に相当する。著者によれば、十九世紀前半、とくに七月王政期に科学のさまざまな分野で飛躍的な進歩が見られ（医学では麻酔や催眠、化学では植物の薬効成分の分離抽出、物理学では蓄電、電磁気学、熱力学など）、さらにダゲレオタイプ（銀板写真）やスクリュープロペラを始めとする数々の発明が生み出されたとのこと。

ヴァランタンはこれからどんな怪事件に遭遇し、どんな科学を武器に事件を解決していくのだろう。歴史と科学をかけ合わせた、魅力的なミステリシリーズの誕生だ。

二〇二二年九月

HAYAKAWA POCKET MYSTERY BOOKS No. 1984

加《か》藤《とう》かおり
国際基督教大学教養学部
社会科学科卒業,
フランス語翻訳家
訳書
『異常』エルヴェ・ル・テリエ
『念入りに殺された男』エルザ・マルポ
『マプチェの女』カリル・フェレ（共訳）
『ささやかな手記』サンドリーヌ・コレット
『ちいさな国で』ガエル・ファイユ
（以上早川書房刊）他多数

この本の型は、縦18.4センチ、横10.6センチのポケット・ブック判です。

〔鏡《かがみ》の迷宮《めいきゆう》　パリ警視庁《けいしちようかい》怪事件捜査室《じけんそうさしつ》〕

2022年10月10日印刷　　2022年10月15日発行

著者	エリック・ファシエ
訳者	加藤かおり
発行者	早川浩
印刷所	星野精版印刷株式会社
表紙印刷	株式会社文化カラー印刷
製本所	株式会社川島製本所

発行所　株式会社　早川書房
東京都千代田区神田多町２－２
電話　03-3252-3111
振替　00160-3-47799
https://www.hayakawa-online.co.jp

（乱丁・落丁本は小社制作部宛お送り下さい
送料小社負担にてお取りかえいたします）

ISBN978-4-15-001984-6 C0297
Printed and bound in Japan

ハヤカワ・ミステリ〈話題作〉

1958 **死亡通知書　暗黒者**　周　浩暉／稲村文吾訳

予告殺人鬼から挑戦を受けた刑事の羅飛は、省都警察に結成された専従班とともに事件を追うが——世界で激賞された華文ミステリ！

1959 **ブラック・ハンター**　ジャン＝クリストフ・グランジェ／平岡　敦訳

ドイツへと飛んだニエマンス警視は、富豪一族の猟奇殺人事件の捜査にあたる。映画化された『クリムゾン・リバー』待望の続篇登場

1960 **パリ警視庁迷宮捜査班　魅惑の南仏殺人ツアー**　ソフィー・エナフ／山本知子・山田　文訳

個性的な新メンバーも加わった特別捜査班は、他部局を出し抜いて連続殺人事件の真相に辿りつけるのか？　大好評シリーズ第二弾！

1961 **ミラクル・クリーク**　アンジー・キム／服部京子訳

〈エドガー賞最優秀新人賞など三冠受賞〉治療施設で発生した放火事件の裁判に臨む関係者たち。その心中を克明に描く法廷ミステリ

1962 **ホテル・ネヴァーシンク**　アダム・オファロン・プライス／青木純子訳

〈エドガー賞最優秀ペーパーバック賞受賞作〉山中のホテルを営む一家の秘密とは？　幾世代にもわたり描かれるゴシック・ミステリ

ハヤカワ・ミステリ〈話題作〉

1963
マイ・シスター、シリアルキラー
オインカン・ブレイスウェイト
粟飯原文子訳
〈全英図書賞ほか四冠受賞〉次々と彼氏を殺す妹。姉は犯行の隠蔽に奔走するが……。数々の賞を受賞したナイジェリアの新星の傑作

1964
白が5なら、黒は3
ジョン・ヴァーチャー
関麻衣子訳
黒人の血が流れていることを隠し白人として生きる青年が、あるヘイトクライムに巻き込まれ――。人種問題の核に迫るクライム・ノヴェル

1965
マハラジャの葬列
アビール・ムカジー
田村義進訳
〈ウィルバー・スミス冒険小説賞受賞〉藩王国の王太子暗殺事件の真相とは？『カルカッタの殺人』に続くミステリシリーズ第二弾

1966
続・用心棒
デイヴィッド・ゴードン
青木千鶴訳
裏社会のボスたちは、異色の経歴の用心棒ジョーに新たな任務を与える。テロ組織の資金源を断て！　待望の犯罪小説シリーズ第二弾

1967
帰らざる故郷
ジョン・ハート
東野さやか訳
出所した元軍人の兄にかかる殺人の疑惑。エドガー賞受賞の巨匠が、ヴェトナム戦争時のアメリカを舞台に壊れゆく家族を描く最新作

ハヤカワ・ミステリ〈話題作〉

1973
ゲストリスト
ルーシー・フォーリー
唐木田みゆき訳

孤島でのセレブリティの結婚式で起きた事件。一体誰が殺し、誰が殺されたのか？　巧みに構成された現代版「嵐の孤島」ミステリ。

1974
死まで139歩
ポール・アルテ
平岡　敦訳

靴に埋め尽くされた異様な屋敷。その密室に突然死体が出現した！　ツイスト博士が謎を追う異形の本格ミステリ。解説／法月綸太郎

1975
塩の湿地に消えゆく前に
ケイトリン・マレン
国弘喜美代訳

他人の思いが視える少女が視た凄惨な事件を告げるビジョン。彼女は被害者を救おうとするが、彼女自身も事件に巻き込まれてしまう。

1976
阿片窟の死
アビール・ムカジー
田村義進訳

一九二一年の独立気運高まる英領インド。阿片窟から消えた死体の謎をウィンダム警部とバネルジー部長刑事が追う！　シリーズ第三弾

1977
災厄の馬
グレッグ・ブキャナン
不二淑子訳

小さな町の農場で、十六頭の馬が惨殺されているのが見つかる。奇怪な事件はやがて町じゅうをパニックに陥れる事態へと発展し……